《山西抗日根据地红色文化经典文献大系》
编纂委员会 编

山西抗日根据地红色新闻经典文献

晋察冀根据地卷（四）

张汉静 主编

山西出版传媒集团 山西人民出版社

山西抗日根据地红色新闻经典文献

晋察冀根据地卷（四）

牛 杰 编撰

《晋察冀日报》

一九四一
YI JIU SI YI

一九四一

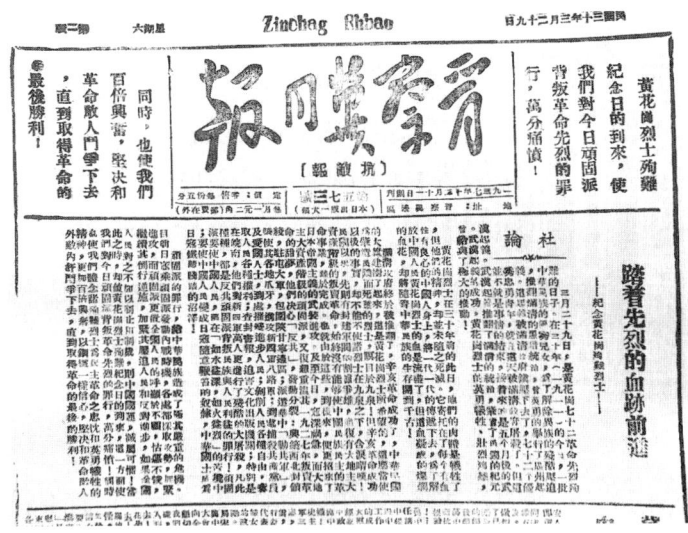

踏着先烈的血迹前进

——纪念黄花岗殉难烈士

三月二十九日，是黄花岗七十二革命先烈殉难的日子。在三十年（一九一一）的今日，一批中华民族的优秀儿女，为了解除□□的残酷压迫，推翻满清的黑暗统治，曾英勇的举行了广州起义。这起义被满清政府镇压下去了，七十二个优秀忠勇青年，就在这天被满清政府屠杀了。但这并不就是事情的结束，接着来的是五个月后的武汉起义。武汉起义推翻了满清的统治，肇□了民国的纪元。武汉起义的成功，黄花岗烈士的英勇牺牲、壮烈殉难，曾给与了极大的推动！

黄花岗烈士在三十年前的此日，他们的肉体是牺牲了，但他们的精神，却并未随之死灭。它寄托在了每个有血性有良心的中国人身上，将一代一代的传递下去，为了解放中国人民黄花岗烈士的血是流尽了，但这血凝成的灿烂的血花，却将随着中华民族的生存开到千古！

　　满清政府终于被推翻了，辛亥革命成功了，中华民国的大旗建树了起来，这是黄花岗烈士所希望的，这应当使为肇造民国而死难的烈士，瞑目于九泉！但辛亥革命成功以后的事实，却不能不使诸烈士在九泉之下，含泪唶叹！民国以来，先则有封建军阀的割据争雄，□复有大地主大资产阶级的叛卖革命，始终没有能够使中国民族民主的革命事业，臻于完成。也就由于这些，到后来，便更招来了日本帝国主义的武装进攻。及至今日，寇深祸急，而大地主大资产阶级的顽固派，又复想重温其一九二七年叛卖革命的甜梦，他们决心"反共"，发动分裂：兴筑西北封锁线，驻屯大军，包围陕甘宁边区；派遣华中"剿共军"，唆使其各地爪牙，进攻新四军八路军；到处捕杀共产党员及爱国人士，到处摧残进步人民；剥削人民各种自由，夺取人民各种权利；查封书报，迫害文化出版机关；特别是在皖南，他们对新四军万人更进行了残酷的大屠杀，凡此种种，都是反共顽固派背叛民族与人民利益的罪行！顽固派要使中国人民，陷在"如水益深，如火益烈"的苦境中；要使中国人民变成日寇随意鞭笞的奴隶，中华国土成为日寇铁蹄践踏的沼泽！

　　顽固派的罪行，给中华民族造成了极其严重的危机。目前日寇乘顽固派发动内战时机，各处都采取攻势，加紧进攻，而顽固派更置全国人民的呼吁于不顾，怙恶不悛，继续其倒行逆施，加紧其压迫人民和反对进步，如果全国人民对之不加以制止和制裁，则中国国运，诚属可惧！当此之时，却值黄花岗烈士殉难纪念日的到来，这一方面使我们对今日顽固派背叛革命先烈的罪行，万分痛愤！同时也使我们体念诸殉难烈士为民主革命之忠忱和英勇牺牲的精神，更加百倍兴奋，以钢铁一样信心，坚决和革命敌人外敌内奸斗争下去，直到取得革命的最后的胜利！

（原载一九四一年三月二十九日《晋察冀日报》第一版社论）

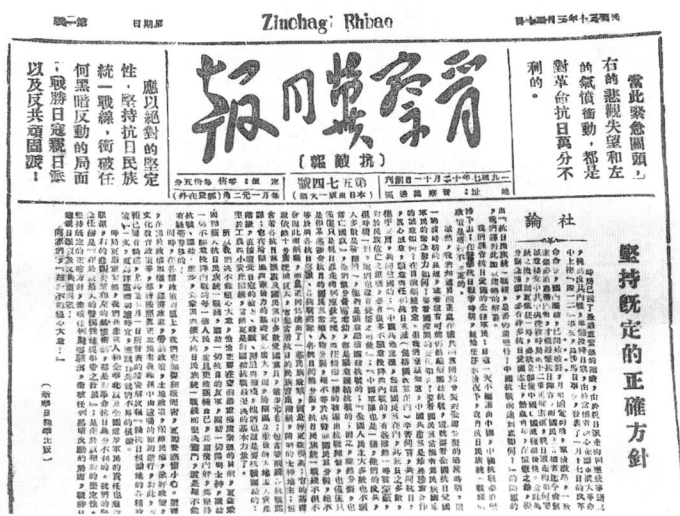

坚持既定的正确方针

时局已到了最严重紧张的阶段，由于亲日派走狗何应钦等逆贼，挑动反共内战，准备投降日寇，由于当权者决心企图重演大革命中上海"四一二"事变，长沙马日事变，发表了一月十七日的反革命命令，国内团结，已开始破裂，月末函电纷飞，军情激昂，一致主张必须肃清内奸，才能严整抗日阵容，而国民党当权者迄今尚无诚意接受中共中央挽救时局的十二项正确主张，亲日派走狗如何应钦之流，则更疯狂一时，必欲立即使中国亡国灭种而后快。当此万分紧急关头，必有许多抗日爱国志士，热血青年，在愤慨之余，提出"抗日民族统一战线，是否仍须坚持？中国抗战前途到底如何？"的问题的，我们谨对此加以简略的解答。

我们谨告抗日爱国的全体军民：日寇一天不驱逐出中国，中国抗战必须坚持下去；在整个抗日战争时期，无论在任何情况下，我们抗日民族统一战线的政策是绝对不变更的。

诚然，我们知道目前正处在国共两党开始分裂到全面分裂的过渡时期，这一过渡时期的长短，或者还有可能仍然继续团结抗战，这就要看全国抗日爱国军民的紧急努力如何？要看国际间的变化如何？要看国民党当权者为民族国家的诚意如何？在目前颇难肯定。但我们应该知道，中国共产党是始终珍重合作，真心诚意，愿意与任何抗日党派（包括国民党在内）辛苦同尝，共同抗日，携手并肩，共同建国的；"中国其他党派，包括国民党在内，其党员之多数，对于民族危亡之巨祸，必有很多不愿意投降与内战的，有些虽然一时被蒙蔽，但时机一到，他们也还有觉悟之可能"；"中国军队也是一样，他们的反共，人多数是被压迫"，他们是愿意继续团结抗战的；"全国人民之大多数也不愿当亡国奴"，他们无分贫富老幼，都是愿意团结抗战的；因之，纵然分裂，也仅仅只是亲日派走狗何应钦之流，与汪精卫一样的被逐出抗战阵营，也仅仅只是和某些叛变抗日的国民党当权人物分裂，绝不等于与整个国民党分裂，绝不等于与各抗日党派、各抗战部队、各抗日同胞分裂，抗日民族统一战线不但不会因此而削弱，而真正因为滚出了一些民族败类，质量将更益提高；它的基础还依然十分广泛而巨大，它包含着抗日的民族资产阶级，开明的士绅地主；包含着各抗日党派以及国民党中多数爱国党员，进步元老；包含着前线各抗战部队；它在沦陷区与敌后方的基础更为广大，因为沦陷区及敌后的大地主大资产阶级，直接遭受日寇的抢劫、杀戮、压迫与摧残，他们也还是要抗战团结的；至于工农与小资产阶级，当然更是对团结抗战最坚决的基本力量了。

所以我们决不能粗心大意，恰恰正要在空前严重极度紧张的目前，更益巩固和扩大抗日民族统一战线，团结一切抗日的友军，团结一切开明士绅，团结一切不愿意投降内战的每一个人民，并且更益团结自己，为肃清内奸，为坚持抗战、团结、进步，为巩固与扩大抗日民族统一战线而坚决奋斗，这是绝不能有丝毫游移的！

同时，在各种政策问题上，我们更加要细致周密，更加要谨慎小心。这里，在关于政权组织，经济政策，劳动政策，土地政策，保障民权，除奸政策，文化教育政策等，都将按照真正三民主义和孙中山遗嘱的原则进行，对此，本报已屡有论述，尤其是本月一日所发表的延安解放报"论抗日根据地的各种政策"一文，更为详尽而切适时宜，应该作为我们不易的根据。

时局更严重紧张，我们共产党人和全华北以及全国进步军民的责任也愈益艰巨，右的悲观失望和左的气愤冲动，都是对革命抗日万分不利的。我们的紧急任务是"在于以最大的警惕性注视事变之发展"；是在于以绝对的坚定性，坚持既定的正确方针，冲破任何惊涛骇浪，冲破任何黑暗反动的局面，战胜日寇亲日派以及反共顽固派！

同志们，"绝对不能粗心大意！"

（《新华日报》华北版）

（原载一九四一年三月三十日《晋察冀日报》第一版社论）

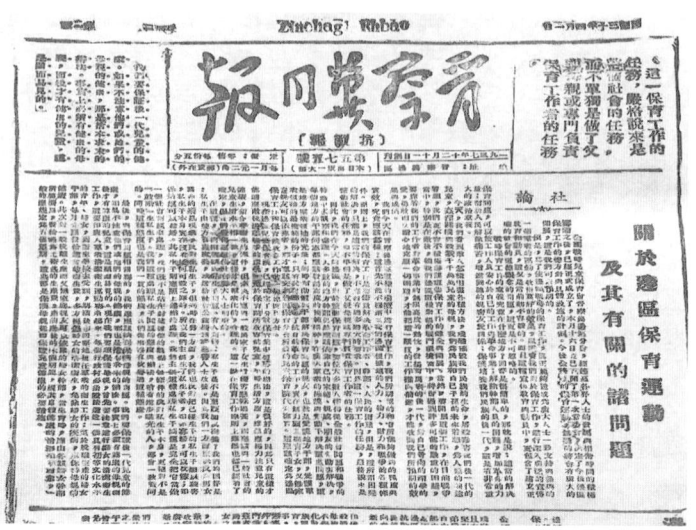

关于边区保育运动及其有关的诸问题

全国战时儿童保育会晋察冀边区分会，经边区各界人士的发起与相当时间的积极筹备之后，已经正式成立了，本月十六日应已召开了第一次常委会，决定了今后边区保育工作的总方针与具体设施的计划。今后全边区的保育运动，无疑的将会有广大的开展，这是我们可以预期的。

但是，为了使边区战时的保育工作，真正能够造成为与广大人士一致支持与参与的一个群众的运动，收将良好的效果，还需要我们对于保育工作，进行深入广泛的宣传教育和动员，这又是当前刻不容缓的。而且这种宣传教育与动员中，更包含了建立正确的社会的道德观念的问题，这更是不可忽略的。

战时保育工作的意义在什么地方？回答是很简单的，那就是说：适当的解决保育问题，可以使工作人员安心于自己的工作与革命事业；解除干部人员的困难，增加革命的力量；帮助人民解除痛苦，增进同胞的亲密友爱关系；保护培养我们民族的后一代，这是有非常重大的政治意义。

今天，我们看到敌人怎样用尽各种方法，残酷摧毁我们民族的生命，屠杀毒害我们后一代的儿童，奸淫蹂躏与杀戮千千万万儿童的母亲，我们为民族和自己子孙的未来着想，为人类的前途着想，我们更不容不积极□谋这个保育工作的健全与开展。当然，要开展这个工作，在目前战争当中，特别是在敌后，如我们边区这样紧张的战斗环境当中，将会遇到许多可能的严重的困难，要靠着我们的工作者对革命事业的无限高度的热忱，发扬到民族的后一代，对自己骨肉的深挚的爱，勇敢而又耐心地克服一切困难，才能把这一艰巨的工作推向前进，才能收到我们所预期的效果与成绩。

我们今天在晋察冀边区这样的环境中进行保育工作，我们所期望的和它所能够做到的程度与实效，究竟应该怎样？这首先不能不联系□我们边区根据地的人力、物力、财力和战争的各种条件。原则上，我们的保育工作是要尽量解决革命工作者、干部、人民的困难，但是，这所谓困难的解决，只能是适当的解决，不应该有过多过火的要求。因为这一保育工作的任务，严格说来是整个社会的任务，而不单独是做了父亲母亲或专门负责保育工作者的任务。

因此，我们在今天的边区，对于整个保育问题，要使大多数人懂得从全般社会问题和战争的特点中去观察和处理。大多数的地方干部仍然应该依靠自己的家庭、亲戚、朋友的帮助去解决，每个地方的干部同志都应该发扬高度的模范精神，在广大群众的拥护与帮助下解决这些问题，这是地方群众领袖的光荣；同时帮助这些干部解决保育问题的亲友，也就是爱护地方干部，爱护群众领袖的最模范的份子。只有父母都参加了抗日的革命的工作，实在无力顾及抚育子女，又无家庭亲友可以依靠者，那才应该交到边区保育分会所设的儿童保育院代为抚育。这应该确定为边区保育工作和保育院收容工作的一个原则和方针。

现在边区儿童保育院，已经确定了分散保育集中领导的办法，这是很好的，因为只有这样才能活应敌后游击战争的环境。至于保育院所收容的儿童，平时生活方面，虽然应极力注意儿童的健康，须合□□□的条件，但亦决不应与一般民家子女生话优劣悬殊过甚，而应该与一般社会的儿童生活水平相一致，这样才是群众化的，合理的。这一点在保育工作原则上虽然也都已经有了确定，但我们觉得还应使社会广大人士明了的。

在这里，我们附带谈到私生子问题。有人问到：私生子是不是应该加以抚养？我们的回答是：私生子由双方负责抚养，或送给社会公益机关或慈善人士收养。因为我们一方面坚决反对男女关系的紊乱现象，反对生私生子，但同时在另一方面，我们也反对把已经生下的私生子加以杀害，私生子本身实在没有任何可杀之罪的。所以我们主张生了私生子者，如系寡妇，可以改嫁；如系姑娘可以结婚。其私生子则应照上述办法处理。我们主张这样处理私生子问题是完全把它当做一个社会问题来处理，我们既不是站在封建道德的观点上无条件的反对私生子本身，更绝对不是"鼓励"生私生子。我们这种处理私生子问题的态度与办法，稍有进步眼光的人，都会一致赞同的。同时这种态度也是我们一贯的态度，我们从来没有改变过这种态度。

最后，与保育问题相关联的，我们还应该谈到保护母亲的问题。我们要保证后一代儿童的健康，如果不注意他们或她们的母亲的健康，那也是舍本求来的办法。事实上必须有健康的母亲而后才有健康的儿童，这是显而易见的。现在我们要想保护母亲，首先要注意进行妇女的清洁卫生工作，这要和广大群众清洁卫生运动联系起来。每个行政村必须设法选送一个具有初等文化水平的青年、妇女，到卫生学校去受训，期满后即回原地担任群众的卫生工作；至于脱离生产的妇女干部，每月亦应发给适当的卫生费，多方提倡妇女的清洁卫生,免除妇女的疾病,以保持母亲的健康。其次对一般脱离生产而又无家庭亲友可以依靠的妇女干部,当生育时,应由各该妇女干部所属机关,发给略为充裕些的生产费,产前产后的休假期间,视其身体健康的情形和□□□,一般的应规定为五个星期,这些都是保护母亲从而保护儿童健康的必要措施。

(原载一九四一年四月一日《晋察冀日报》第一版社论)

排除困难推进卫生运动

边区的清洁卫生运动，现在已经在各地广泛的实行开来。这一运动，确实有着重大的意义，它决定着边区社会的健康与福利，它的实行的良否，将对每一个住在边区的人——不论是军队，或人民——切身的生存利害发生严重的影响。

边区人民由于历史的与社会的原因所造成的生活条件一般是比较恶劣的，疾疫的蔓延，也最容易首先落在他们的身上，□□之后，□□条件也□，痛苦既不堪言，生命亦当危险。因此，清洁卫生运动在边区，首先就是为了人民，避免他们的疾病，增进他们的健康。使他们能□□强壮，精神焕发，有能力从事生产劳动与抗战工作。这对于人民，于抗战都是一件大事！

　　自从清洁卫生运动开始以来，由于各地各团体同志们的努力发动，努力宣传解释，民众们对此体的注意确也提高起来。因此，在清洁卫生上，已经开始表现了一些成绩。但由于人民的习惯□移，保守性成，或由于这一运动的实行，与其某些小的事情□小□不便，更或由于它的实行，与其跟前的某些小的□益，发生冲突，□村人民还有不少对于这一运动，存着观□和不愿意的态度。他们有的□依着："不干不净，吃到肚里没病"的□□哲学，对于食物之清洁，不加注意，菜既不洗干净，米□不淘清爽，吃饭什物，随意抛掷，剩下来的饭食，不盖，让苍蝇在内随意□□。衣服手脸，不清洗，说起来总是"我们□□，用不着那样讲究，洗了反觉得对人不好意思！"屋里院内不收拾，乱扔东西不整理，也说："若要光景过得好，□□满院乱糟"，这且不说，最严重的是污水缸和臭茅厕，让他们清理，却大感困难。因为这对于他们眼前的利益，多少有点冲突。污水缸的污水，是准备□猪的，臭茅坑则一方面积肥，一方面是猪儿的□息之所。这要清理起来，农民们就多有□□了。任凭你三说四说，左解释右解释，他绝不乐意，说："我们就凭着那养活呢！"如此种种事实，这就使我们的清洁卫生运动，不能更加完善的进行和完成了。

　　我们愿意□告我边区同胞：清洁卫生运动的开展，确实是我们自己的福利。我们要把眼光放的远大一点，不要"只见树木，不见森林"，只看今天早上，不顾明天下午！多少年来，我们所受的疾病的痛苦还少么？我们所耗费在医术上的费用，还不当得起几个肥硕的大猪儿么？所有这些，都是受了"不干不净，吃到肚里没病"的话的害。我们今后要不怕麻烦，对于食物，不洁不食，不熟不食。对于吃饭什物，"人穷水不穷"，我们应该多加洗涤。固然，我们剩下的食物，不能假意把它抛弃，要等到下一顿吃，但我们应该把它盖好，杜绝苍蝇的□□；院里屋里，街头巷尾，要收拾，要打扫；这一方面看起来轻快，一方面也绝灭了苍蝇细菌的托生地，于身体人人有益。我们人民，自来是朴实，但也更要清洁，衣服手脸，多洗涤，这才是一种崇尚清洁的美德。至于养猪积肥，有□生产，我们不只不反对，相反，是极端奖励的；但喂猪积肥，也并不是只有用这种方法才可。污水缸我们可以把它放置在较远的地方，严加封盖；臭茅坑，我们也可以将它封盖起来，免得日光蒸照，臭气熏天，而猪的饲养，也并不是非在茅坑不可，在离住宅较远的地区，设置猪圈，是最好的办法。总之，所有我们的这些困难，在清洁卫生运动中，都可解决，只要自己克服过去的积习，放弃自己的保守观念，认清清洁卫生运动的重要，不避小小的麻烦就可。

　　我们再说一句，清洁卫生运动，有关我们的健康，是我们生活幸福的一个必要的措施。全边区同胞，应该万分重视它，排除一切困难，努力以赴，使它进行得更加澈底更加完善。

（原载一九四一年四月三日《晋察冀日报》第一版社论）

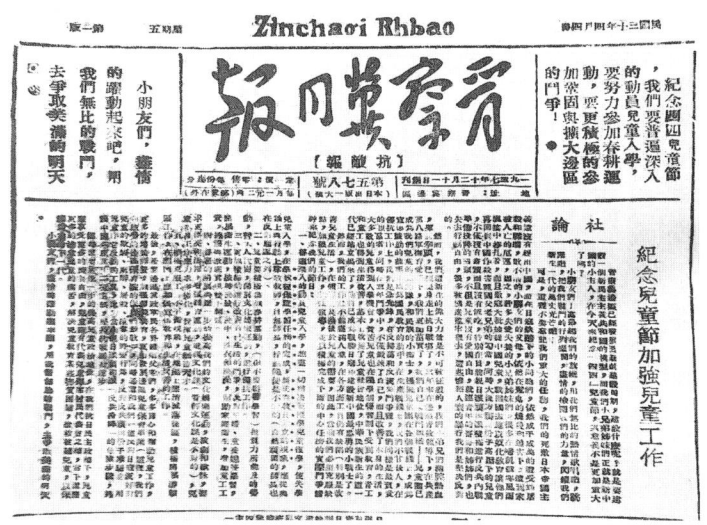

纪念儿童节加强儿童工作

晋察冀边区已经发展至新的建设时期，建设什么呢？就是要建设一个新民主主义共和国的模型，而我们小兄弟姊妹们正就是新中国的小主人，在今天来纪念"四四"儿童节，其意义不是更加重大了吗？

小朋友们！高举起我们的旗帜，用我们无比的热情歌唱吧，跳跃吧，把我们战斗的行列摆开，尽情的检阅我们的力量，闪耀我们新生一代的万丈光芒吧！

可是，这里不要忘记我们重大的任务，我们的死敌日本帝国主义还没有赶出中国，而在日寇铁蹄下的小同胞们，依然成千成万的遭受到屠杀和蹂躏，数不清的小朋友们的父母，依然在魔鬼的烧杀和迫害下，遭到家破人亡的厄运，固之，许多失爱失养的小兄弟姊妹们，很多在啼饥号寒寒风雨飘摇中挣扎着，而且敌寇大批捕捉中国儿童，载回国去施以奴化教育让他们再回到中国作杀害祖国父老兄弟的勾当，同时大后方顽固份子高压下的儿童，不仅没有书读而且没有饭吃，特别在目前亲日派顽固派积极进行反共内战准备投降的关头，不但是儿童没有爱国自由，就连青年的哥哥和姊姊们，也失去行动自由，很多被关进监牢里去，这些惨绝人寰的暴行我们是坚决反对的。

然而，我们这新生的伟大力量是不可被征服的，我们小弟兄们满腔热血，挥着拳头，已经挺身走上抗日战场了，三年来在边区青救领导下，在共产党八路军抚育爱护下，我们更加茁实了，我们自己□战斗组织——儿童团已成为我们儿童的□□队，和民族的小卫士，边区儿童团在各个战线上，成为宣传鼓动的能手，成为国民教育的助手，在生产战线上，我们不甘后人，在优抗工作上，我们是急先锋，在反"扫荡"和反汉奸的斗争里，我们同样是最负责的担当者，同时在三年斗争中，不仅锻炼了自己，而且改善了本身的生活，大多数的儿童得到入学机会，贫苦儿童也在□学制传习制下受到教育，青工和童工也得到生活改善，基本上改变了儿童社会地位，中华民族新生的这一代已经站立起来了，他们已成为战胜日寇和建设新中国最忠勇的小战士了。

然而，我们的工作还不能尽满人意，在各方面工作仍有缺陷（特别是改善儿童生活），在领□□是落后于儿童的需要，因此，当前我们必须克服缺点，加强儿童工作，加强领导，并以积极完成下面的中心任务的实际斗争精神来纪念我们的节日：

一、普遍深入的动员儿童入学，想尽一切办法使辍学儿童复学，使失学儿童入学，在学校里保证学习任务的完成，纠正与教员对立的现象，应从舆论上与行动上尊敬教师，目无师长，行动随便是不行的（自然顽固的师长也在反对驱逐之列）。

二、儿童要积极参加春耕运动，（但不要影响学习）担负力所能及的劳动，替大人代岗，开展文化娱乐运动，进行优抗工作。

三、更加积极的进行改善自己生活的斗争，反对早婚、童养媳等恶习，开展卫生运动，按时洗脸、洗手、洗衣和洗澡，帮助家庭卫生，增加童工工资，拥护与彻底实现双十纲领。

四、普遍的开展与进一步的提高我们的文化娱乐运动，演剧和歌咏，要求更漂亮和活跃，增强体育运动，重视文化课（看轻文化课是不对的），儿童的□身工作应力求多样化，发挥儿童创造天才。

五、积极克服工作不平衡现象，在地区上应消灭落后区，积极开展游击区工作，在部门上应加强宣传教育和生活改善的工作。

最后，希望边区党政军民各界诸姑父老们，多多关心和帮助儿童工作，更多的培养师资，加强师范教育，更加发展边区儿童保育事业（这里，我们向□劳的边区教育院的保□们致敬），同时希望和我们一道反对日寇汉奸对儿童的欺骗、麻醉、屠杀、掠夺的野蛮行为，反对反共顽固份子欺骗并用儿童作它反动的工具，反对当前亲日派顽固派"反共投降"的危险步骤，拥护中国共产党这二项主张，坚持抗战团结进步。

同时还要更进一步的提高儿童政治地位，在我们抗日民主政权下，儿童应享受更多的民主自由，儿童团有代表儿童列席村民代表会之权，当下还应更多的注意儿童的痛苦，解决儿童教育某些物质困难，抢救被难儿童，以保护下一代。

小朋友们，尽情的□动□来□，用我□无□的战斗，去争取美满的明天。

（原载一九四一年四月四日《晋察冀日报》第一版社论）

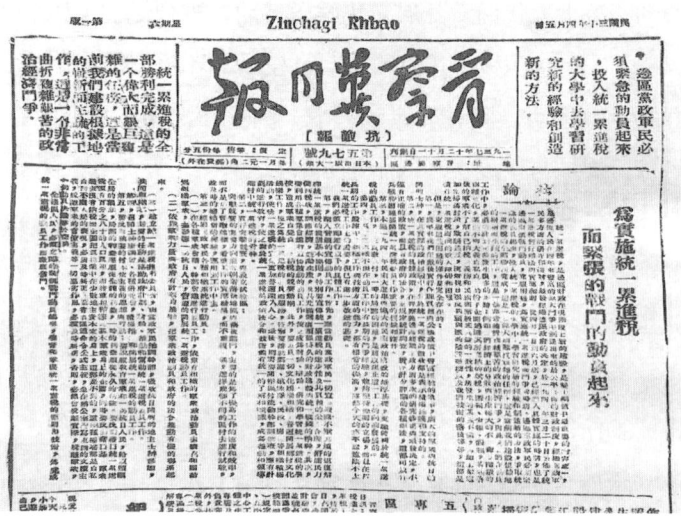

为实施统一累进税而紧张的战斗的动员起来

统一累进税,是边区财政在现阶段上新的建设,是双十纲领中最重要的内容之一,是边区人民在四年来丰富的伟大斗争中创造出来的最公平合理的财政制度,经过党政军民多方面的研究和探讨,最后经过边区政府的决定,于一九四一年三月二十日公布了统一累进税暂行办法与实施细则。从四月一日到六月底,已经进入具体实施的时期,也是边区紧张战斗动员,克服困难,为实施统一累进税而斗争的时期。边区党政军民必须紧急的动员起来,投入统一累进税的大学中,学习研究新的经验和创造新的方法,争取统一累进税的全部胜利完成,这是一个伟大而艰巨复杂的任务,这是当前我们建设根据地的崭新而生疏的工作,这是一个非常曲折复杂艰苦的政治经济斗争，因此，我们在动员工作中，必须估计到可能发生很多的困难：例如我们经济上的分散与生产极大的不平衡，阶级的复杂变化，某些不明大义自私自利的份子企图逃避其所应纳的赋税，匿报、少报、假报，某些落后的群众不了解自己纳税的义务和民族底阶级底利益的一致性，所发生的某些不满，加上敌寇加紧"扫荡"封锁，欺骗造谣，汉奸亲日派反共顽固派的阴谋破坏以及我们技术的落后等等，这都是横在统一累进税面前的重大障碍和困难。

但是，克服这些困难的条件是完全存在的：

第一，几年来我们在敌后实行合理负担与公粮政策中丰富经验的□□，广大的群众与抗日的开明士绅，在其实际的政治经验中，对于统一累进税的征收都是表示积极拥护和支持的。

第二，统一累进税的具体政策，在晋察冀边区经过党政方面多次的研究修正与最后决定，不仅有正确的政策，而且有政府的法令，并规定统计调查，折合计分评议的各种办法，这都可以作为战胜困难展开统一累进税动员工作重要的根据和条件。

第三，本区一九四一年民主大选举与伟大的民主政治建设的雄厚基础，更加便利于统一累进税的动员工作，□□贯彻□村，一时的局部的困难，是难以阻止这一工作的向前发展的。

第四，□□□□组织不但在动员工作中有长期的斗争经验，能够坚持原则的立场，而且在□长期的工作锻炼中，组织工作与技术方面的能力，都有相当的提高，虽然今天的水平还远跟不上统一累进税工作上的需要，但已有进一步改进的基础。

我们必须立即进行以下的具体工作：

第一，深入普遍的宣传动员工作。首先，应当动员党政军民一切宣传机关不厌其烦的反复解释统一累进税的几个基本原则，特别要宣传统一累进税的进步性及其负担的公平合理，舒适民力便利税收，调节经济，鼓励生产，及其充满健康顽强持久的财政建设与统一战线的精神。其次，要利用各种群众会进行宣传鼓动的动员工作，使之成为讨论、辩论、研究和学习统一累进税的学校，造成群众自觉自愿，纳税的竞赛热潮。此外，要动员一切文化娱乐组织，普遍开展乡村文化娱乐工作，使之为统一累进税的动员而服务，特别要推动剧团、歌咏队、民校、岗□等组织积极活动，使统一累进税的宣传更加普遍深入人心。最后，则需要开办区村流动干部训练班，应有计划的进行教育，使之对于统一累进税的政策法令和技术能有统一的了解和认识，成为推动和领导乡村中统一累进税的骨干。

第二，实行突击竞赛，与设立试验区：

突击竞赛的主要方向应当朝着落后地区与落后部门，主要的是为了提高工作的速度和效率，而不是为了争取锦标，看重工作的实际结果，而不重视意义，选择几个不同的区村去进行试验，并及时的总结新的经验，运用到工作中去。

第三，经过党政军民各种组织系统进行动员：

（一）在各种群众会议、干部会议进行动员工作，依靠有组织的群众政治动员去号召和团结无组织群众，去影响一切抗日人民，普遍的开展统一累进税动员工作。

（二）依靠群众力量与政府有计划的推动，把群众政治动员和政府的法令推动有机的联系起来。

（三）建立统一累进税推行委员会，由党政军民抽调干部，吸收抗日开明的地主士绅参加，共同组织之，主要的任务是协助政府计划、讨论、推动和帮助统一累进税动员工作。

第四，召开士绅座谈会、各种研究会，积极推动和开展统一累进税的动员工作。

第五，要反对狭隘的村本位主义的思想与行动；要说服教育群众和一切抗日人民，给以照顾全局的观念，局部的利益应服从全体的利益，一时的利益服从永久的利益。要反对借口统一累进税须有百分之八十的人口负担，而将重担转嫁给基本群众身上的企图，同时要反对借口基本群众过去没有纳税而企图把负担集中在少数地主资本家的身上，这都是不对的，这两种极端都是自私自利不顾大局的表现，必须及时纠正。图省事强迫命令公式主义，坐在办公室内写东西的文牍主义，脱离群众的官僚主义等一切恶劣作风，必须及时纠正，否则，必然会脱离实际，脱离群众，一切动员决议等于空谈。

全边区人民，必须立即的紧张战斗动员起来，学习和掌握统一累进税的原则和技术，为完成统一累进税的动员工作而澈底奋斗。

（原载一九四一年四月五日《晋察冀日报》第一版社论）

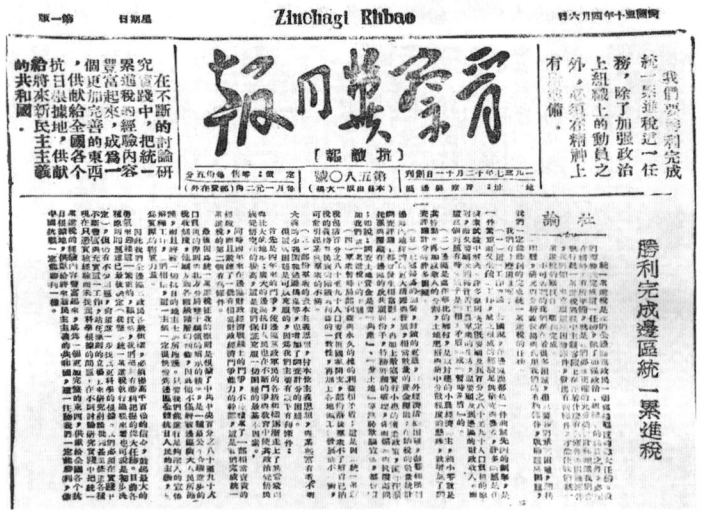

胜利完成边区统一累进税

统一累进税是我们全边区党政民一个□□艰巨的伟大任务。我们要胜利完成这一任务，除了加强政治上组织上的动员之外，必须在精神上有所准备，就是我们必须正确的充分的□计和认识我们在执行统一累进税过程中主观客观上存在着什么有利条件与困难条件，我们如何来克服这些困难条件，发扬有利条件，才能使我们统一累进税的艰巨任务顺利完成。

不可否认的我们存在着很多困难，但只要我们承认困难，迎接困难，研究与分析并发扬与利用我们的有利条件，战胜这些困难，我们一定能胜利的完成统一累进税的任务。

我们有什么困难呢？

（一）这一工作无论在全国说，在边区说都是一件前无先例的创举，是一件繁重而又生疏的工作，缺乏现成的经验足供研究与参考，许多问题是在摸索试验中解决。许多原则决定既要顾及到百分之八十至九十人口负担的原则，而又要顾及到极贫苦工农群众的生活，还要顾及到边区的财政收入。而这三个问题有时几乎是"相互矛盾"或"暂时矛盾"的。

（二）边区是处在华北的乡村，是以封建的小农经济为主，细小零散是其特点。再加以敌人的分割，土地肥瘠与集中分散程度的悬殊，就增加了调查评议计分的许多困难。

（三）敌寇"扫荡"的加紧，封锁的更严，对外经济活动困难，影响和限制边区内地经济的更大活跃与发展，相当数量的资金隐匿；在纳税的数量统计调查评议上都会发生相当影响，再加上敌寇实行小恩的怀柔政策，汉奸汪派托派与隐藏在边区的反共顽固份子，特务奸细的破坏，从而煽动与挑拨离间；如说：调查土地资金是要"共产"、"分土地"等无耻欺骗宣传，都会增加我们统一累进税中的困难。

（四）群众暂时局部利益与永久的总的利益相矛盾；这是因为统一累进税包括百分之八十至九十人口要负担国家开支，部份落后群众不了解自己纳税的义务与民族的阶级的利益的一致性，再加上各地区工作发展的不平衡，可能引起某些群众的不满。

（五）部份群众的资本主义思想，村本位主义思想，与某些富有者不明大义的少报匿报逃避捣鬼等，也增加了调查计分的困难。

但这些困难是可以克服的，因为我们主要有以下有利条件：

首先是四年来的斗争，使边区党政军民的各级组织逐渐走上了异常巩固与壮大的地步；广大的边区抗日人民也在不断斗争与教育中使其政治觉悟民族觉悟空前的提高，这是我们保证克服一切困难的最基本因素。

同时四年来在边区财政经济战线上的斗争，不仅积累了一部相当宝贵的经验，而且锻炼了一批有相当财政经济斗争能力的干部，这是我们完成统一累进税的第二个有利条件。

最后因为统一累进税征收的原则是根据了中共中央百分之八十至九十人口负担的原则与北方分局双十纲领的昭示的精神，是一种最公平合理进步的税收制度，他顾及到各阶级阶层的利益，因此他不仅将被边区广大人民所拥护，而且将被一切抗日的地主士绅所拥护。只要我们能进行足够深入的宣传解释工作，我们相信，这一主张一定很快变为边区全体抗日人民的主张，成为实际的物质力量。

因此我们全边区党政民各级组织，必须提高千百倍的信心，鼓起最大的勇气来迎接这一繁重的，艰巨的，我们绝对有胜利把握的伟大任务。目前各种原则问题虽已最后决定（从整个统一累进税执行过程来看也可说是初步决定），但仍有不少问题，尚须进一步找到更科学的根据。我们必须在实践中不断丰富与充实这一工作，站在原则的立场上来研究讨论批判甚至修正各种现在只凭实验经验而未找到科学根据的问题。在不断讨论研究实践中把统一累进税的经验内容丰富起来，成为一个更加完整的东西，供献给全国各个抗日根据地，供献给将来新民主主义的共和国，这一任务我们一定能胜利，像中国抗战一定能胜利一样。

（原载一九四一年四月六日《晋察冀日报》第一版社论）

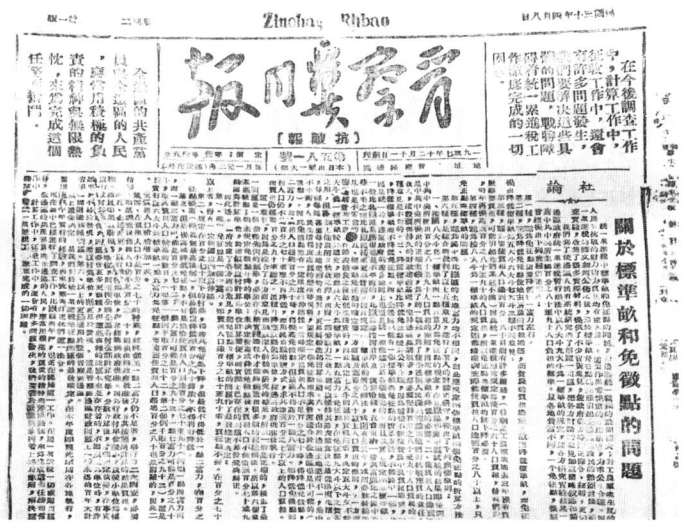

关于标准亩和免征点的问题

　　统一累进税中标准亩和免征点的问题，对边区统一战线的巩固扩大；对工农群众生活的改善，以及对全边区人民对抗战的财力物力负担均有重大关系。需要作异常慎重的考虑研究，力求公平合理。因此在边区政府关于统一累进税的条文细则公布之后，关于标准亩免征点的问题引起全边区党政民的热烈讨论，纷纷派考察团到各地考查实验，收集了很多实际材料，提供了不少宝贵意见，使政府能及时纠正条令、细则，更切合边区具体情况。

　　我们为了使边区人民有系统研究与了解这一问题，把各方讨论的意见加以简略叙述和论列不是没有意义的。边区政府统一累进税暂行办法中以八大斗九大斗为一标准亩的规定，经各方研究实验结果一致认为过高，不能达到中共中央所主张百分之八十至九十人口负担的标准。且各地贫富不同，一个免征点，很难适合各地不同情形。曾经提出下列几种修正办法：

第一种，认为免征点须要降低为一富力左右。

第二种，认为降低免征点使地主富农的负担过轻，而贫农的负担过重。故应降低标准亩，而免征点仍为一点五富力。提出降低标准亩为五大斗六大斗七大斗三种不同意见。

第三种，认为要使负担人口达到百分之八十目前有许多困难，（特别是工农群众过去三年没有负担国税的，现在大多数都要负担，可能引起他们某些不满）因此统一累进税应当规定为使百分之六十人口负担，待我们对群众说服教育深入后，明年再提高到百分之八十至九十的人口负担，所以免征点与标准亩均无下降必要。

第四种，认为按八大斗为一标准亩的规定如能精确调查即能使负担人口达到百分之八十以上，只是调查问题，而不是免征点与标准亩的问题。

第五种，认为冀中与北岳区的土地富力均不相同，因此应规定两个标准亩两个免征点的折算方法。

第六种，是综合与批判了以上五种意见，进行了深入的讨论与研究，提出了下列几个原则：

一、按照八大斗为一标准亩与一点五富力为免征点的规定，在北岳区和冀中区试验的结果即使调查精确亦均不能达到中共中央所提出百分之八十至九十人口负担的原则，因此标准亩有降低的必要。二、使负担人口达到百分之八十至九十，是中共中央所提出的正确主张，为了统一战线，为了使全边区人民深刻认识到他们对抗战应负的责任，为了充实边区财政收入，建设顽强持久的财政建设基础，坚持边区长期战争，都必须坚持百分之八十至九十人口负担的正确政策，因此第三种意见是不对的。三、降低标准亩比降低免征点较为公平合理，因为这样不致使贫农中农负担过重，因此同意第二种意见，降低标准亩而不降低免征点。四、全边区只能有一个标准亩与免征点的折算方法，不能冀中一个，北岳区一个，因为边区是统一的，边区政府的法令原则上也应是统一而能适合于各个地区的。而且事实上规定两种标准亩也不可能，因冀中虽一般比北岳区富庶但也是不平衡的，北岳区滹沱河沿岸及平汉路沿线，五台东冶一带其富庶比之冀中并无逊色。而冀中某些不毛之比北岳区甚至更加贫瘠。因此规定的标准亩的折合办法，或则有失公平，或则必致纠纷迭起。因此第五种意见也是不妥当的。五、标准亩免征点的确定要一方面顾及到百分之八十以上人口负担的原则，另一方面还要顾及到不致影响贫苦工农在节衣缩食之后最低生活资料，因此决定七大斗则难于实现前者，决定五大斗又不能顾及后者，故以六大斗为一标准亩较为适宜，虽然以六大斗为标准亩，一点五富力为免征点，在免征点九大斗以下之贫苦工农，仍不足一年之用，但再加上他农闲及秋收之际，出卖一部劳动力之收入还可以维持其节衣缩食后之最低限度生活。且规定三个标准亩，每县每区甚至每村土地肥瘠均有差异，更易纠纷迭起折算困难。六、但由于边区土地肥瘠不一，集中与分散程度□严重不平衡，人民生活程度高低的悬殊等现象，要规定一个免征点而求其普遍适合于全边区也是不可能的（但不能规定几个免征点）。因此免征点应有一定限度的伸缩性。当时确定当负担人口不足百分之七十时，得降低免征点，最低不得低于一点二富力，当负担人口超过百分之九十时，得提高免征点，但最高不得高于一点八富力。如降低免征点到一点二富力时而负担人口仍不足百分之七十者应不再降低，而用纯自愿乐捐方式，求其达到百分之七十以上的人口负担。提高到一点八富力而负担仍超过百分之九十者听之。这种升降应以县区为单位，经边区政府批准后执行。

这一意见，因为是综合了各方面意见而加以深入讨论与研究的结果，所以一般是正确的，接近了最后决定，但终因这一问题是一个前无先例的创举，必须在不断实践过程中才能够创造出很多新的经验办法。所以第六个意见在今天看来尚有某些缺点；如未规定免征点升降的单位；未决定提高或降低免征点后，负担人口不能恰到百分之七十或九十的解决办法；以县区为计算单位，表面似较以村计算为单位计算简便，而实际上把存在的问题不易发觉与纠正。

因此边区政府考虑了各方面的意见，把免征点及标准亩的问题作了最后修正决定：

第一，确定免征点是一个半富力，如负担人口达百分之七十到九十者，免征点不变。在百分之七十以下或百分之九十以上者，得在一定范围以内加以伸缩。

第二，规定在百分之七十以下的村庄，得将其免征点下降，但最低不得低于一点二富力，在百分之九十以上者，得将免征点提高（提高无最高限制），但最低以降低到百分之九十为度，不得再行降低。

第三，但是提高或降低免征点，不会是恰恰使负担人口到达百分之七十到九十（例如一点四富力可能是百分之六十八，而一点三富力可能是百分之七十二；一点六富力可能是百分之九十三，一点七富力可能是百分之八十六），在这样情形下，取其负担人口较高的数目，（如第一个例子取百分之七十二，第二个例子取百分之九十三），这是因为我们估计到即使实行以六大斗为标准亩一点五富力为免征点，要达到使负担人口超过百分之八十也是困难的，因此二者都取其较大之数□□使负担人口稍稍增加一些。

第四，在负担人口不是百分之七十的村庄，经降低至一点二富力仍不足者，举行第二次调查，必要时县区政权应派人指导，如果调查后负担人口仍不足百分之七十，则须由县政府批准后，准其按照所计算的结果负担。

第五，上述变更，以行政村为单位，但须经过县政府批准。因为行政村单位较小，比较小单位为标准来改变，比较合理。而且如果以县区为单位，则须全县全区各村全部计算完毕，分数合算后，才能决定改变，在事实上也有许多困难。以行政村为单位，则问题必会更多更复杂，但这些复杂的问题本来是存在着的，不过以区为单位时，有许多复杂问题被掩盖起来，不易于发现，而以村为单位，则更易于发现。这是晋察冀边区财政问题上一个永远的百年大计，我们不能因为"省事"而过于复杂问题。

第六，以上的更动适用于整个晋察冀边区。

以上这个决定，是我们对于统一累进税免征点问题的最后确定，在本年度即照此原则在各地执行，不再加以更改。主要应□□今年实行的经验，再来考察与订正我们这一法令。

现在冀中已经进行了调查工作，北岳区与平西，也正在开始这一工作。在这一累进税一切原则问题已经具体的确定以后，全边区的共产党与全边区的人民，应当用积极的宝贵的精神与无限热忱，来为完成这个任务而奋斗。在今后调查工作中，计算工作中，征收工作中，还会有许多问题发生，我们要善于□□□□□着上□为原则，解决这些具体的问题，战胜□□□统一累进税工作澈底完成的一切困难。

（原载一九四一年四月八日《晋察冀日报》第一版社论）

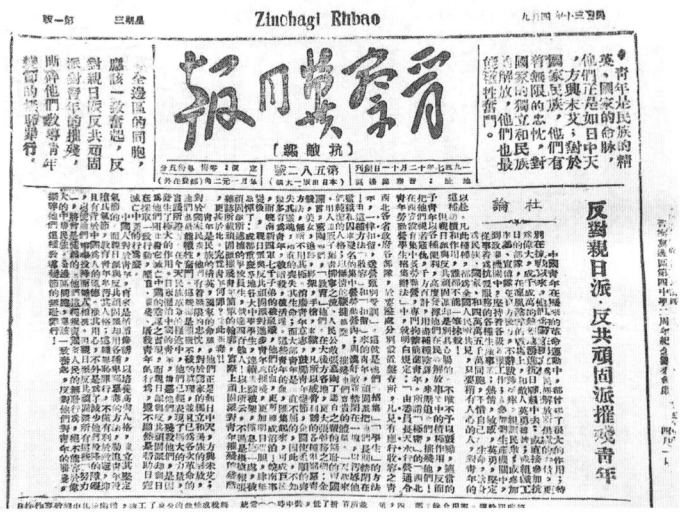

反对亲日派、反共顽固派摧残青年

中国青年在历来的革命运动中，都曾起了很大的作用；特别在抗战以来，他们为国家独立为民族解放所供献的力量，更为伟大，成千成万的热烈地涌进抗日战线中去；或直接参加抗日的部队，在凛风阴雪的战场上，和敌人英勇搏拼；或组织工作团、宣传队在□方后□，不辞跋涉尽瘁□组训民众；或参加到政权机关中，坚持着各级政权工作；或参加到生产机关中，从事着为抗战服务的各种生产事业；热情，敏感，英勇，坚定为民族、国家、和四万万五千万同胞，不惜自己的生命，舍身以赴。凡此种种，都为全国人民所共见，只要稍有人心的人，对青年的这种功绩和作用，谁都不能一笔抹杀！

但亲日派与反共顽固派却是别具心肠的。不唯不予以鼓励,适当的予青年以各种便利,高度发挥他们在民族解放事业中的积极作用,反而把他们视若寇仇,千方百计,用尽种种阴谋,来压迫他们,摧残他们!在西安设有集中营劳动营,专门拘禁前进青年。所谓"极密"的"西北青年劳动营学生招集办法"中,就明白规定:"由委员长天水行营通令西北各省政府各部队,于要隘处分别设置盘查所,凡见有应行收容之青年,一律扣留,送营甄别受训"。这就是他们"招集""学生"的方法!用这种方法"收容"和"扣留"来的青年,顽固派把他们长期禁闭在监狱和囚牢变名的集中营劳动营内;与汉奸敌寇禁闭在一块,以污辱他们纯洁的人格;以无情的鞭挞□□,摧残他们宝贵的体躯。一天起来,用人□贩子叶青柳宁之流、人民公敌张慕陶丁逢白之辈的无耻的卖国谰言,熏陶他们,"教育"他们。在大后方各地,更大张特务之□:金钱,美女,追迹,绑架,手枪,牢狱,凡所以威胁利诱的各种卑鄙恶毒方法,无所不用其极。消磨青年意志,鼓励青年变节,企图使柔顺的丧失其灵魂,刚直的丧失其生命;而大部青年是刚直不屈的,因此,不知几多有为青年,被暗杀,被活埋。这些青年的血,汇集起来,可成巨流,而皖南新四军七千子弟的被聚歼,他们的血,更可汇成沼泊!皖南事变后,亲日派与反共顽固派对进步青年的摧残,更加明目张胆,肆无忌惮了:成都重庆等地各大中学学生,连续失踪被架,仅息施一处,被顽固派所逮捕的学校员生,就达四百余人!以上所云,不过是根据报张杂志所载顽固派摧残青年简单的轮廓,实际上顽固派对青年摧残的残酷,更甚于此。究竟青年何罪?受此荼毒?!

青年是民族的精英,国家的命脉,他们正是如日中天,方兴未艾;对于国家民族,他们有着无限的忠忱,对于国家的独立和民族的解放,他们也最能牺牲奋斗。这些都是颠簸不破的真理,并且已为各次革命的实践所证实。在今天民族革命的程途中,他们已经表现了极大的力量,发生了极大的作用。日寇惧怕中国的青年,憎恶他们,残杀他们,是因为他们阻止着它灭亡中国的阴谋之实现，而亲日派与反共顽固派却与日寇采取一致行动，压迫、摧残、屠杀青年的行为，还不显然是帮助日寇灭亡中国的行为么。

中国人对于青年，自来是循循善诱，以培养高尚人格，确立其坚定气节的。而亲日派与反共顽固派却用各种卑鄙恶毒的方法，勒迫青年毁堕其气节，教育青年卑污其人格；这种无耻罪行，不仅有利于敌寇，抑且有背于中国为人的道德。推其用心，不外是为了减少他们投降的障碍，以便他们投降而无人相抗。但亲日派反共顽固派所有这些"努力"，将会是徒然的。他们这种叛卖国家人民的无耻行为，绝不能容于伟大的中华民族。全边区同胞，应该一致奋起，反对他们对青年的摧残，撕碎他们这种教导变节的无耻罪行！

（原载一九四一年四月九日《晋察冀日报》第一版社论）

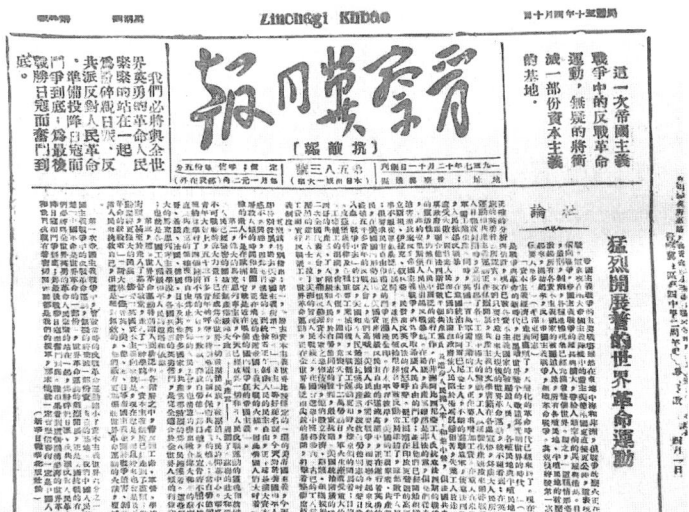

猛烈开展着的世界革命运动

  帝国主义战争的主要战场虽然在东地中海和非洲，但战争的烈火正在向全世界飞驶。这表现在两大帝国主义阵线中的盟主美德两国更直接更公开，这表现在美国日益飞向战争。

  帝国主义战争的延长与扩大，带给人类空前的灾难与浩劫。目前威吓、压迫、严刑、剥削，各种悲惨现象已经充满着整个世界。因之，"这种情形毫无疑义的将激起所有各资本主义国家的被压迫人民，所有各殖民地、半殖民地的被压迫民族觉悟起来，团结起来，反对帝国主义战争，组织革命战争，其规模将较第一次世界大战时候要大得多。"（毛泽东同志）

"资本主义经济已经走到尽头了，大变化的革命时代已经来到了。现在的时代，乃是战争与革命的新时代，把黑暗世界整个的改造为光明世界的时代。"（同上）这一正确的分析与估计，现在已被各资本主义国家的被压迫人民，各殖民地与半殖民地的被压迫民族的英勇行动所证实，我们只要注意日本大规模的世界革命运动，就不难看到：在英国人民反战运动和共产主义运动正在猛烈开展，共产主义的文学书籍在各处宣传，为广大人民所爱好。当工人日报被封闭时，立刻引起了各个工厂中极大的惊动，工人以延缓生产速度来回答战争制造者的军需工业生产。同时，英国一百万军需工业的工人，正在要求增加工资。在意大利米兰都林等地，人民掀起反战暴动，在意国统治下的阿尔巴尼亚士人，不断的袭击意军，使意法西斯前线军事遭受失败。因背弃人民而亡国的法兰西政府使人民陷于极端饥饿贫困，失业人数达两百余万；维琪政府虽联合德法西斯，把数千个共产党员及进步人民抛入牢狱和集中营，但法国共产党以卓越的灵活性，仍然在人民中广泛的进行工作。在非洲阿比西尼亚工人反抗意法西斯的战争正在进展，南非约安里斯堡人民也引起反战暴动。在希腊，共产党虽然是非法的党，但他们从未因恐怖和迫害，而放弃反对帝国主义战争，与为争取希腊人民自由的斗争；并且他们已经开始组织农民。巴立斯坦、伊拉克、叙利亚人民发出反英反法的愤怒呼声。罢工浪潮在印度更普遍的高涨着，非军事不服从运动广泛的展开着。虽然人民领袖尼赫鲁等被反动当局逮捕了，虽然数千人民在被审判；但要求民主自由和独立的斗争正弥漫全印。在太平洋彼岸，美国的工农群众、共产党及和平人民，在美国国内形势恶化，美国资产阶级反民主自由的逆流高涨中，正在进行着英勇的斗争；华盛顿五千多青年的反战大会上，他们高喊"美国人民并不需要战争，而要联合起来反对将我们投入血腥战争中去"的口号。美国和平人民热烈拥护共产党。援救白劳德同志的呼声日益响亮起来，皮兹堡底特律及各种重要工业城市里，反战罢工运动更如野火燎原似的开展着。目前有二十八个工厂罢工的浪潮，尚未平复，一周间，竟丧失了十二万劳动日，军火生产遭受重大的打击。墨西哥的共产党、工人阶级和人民对于白劳德同志的被判，严重抗议，美国统治阶级的职工协会第二次全国代表大会，更痛恨反动派资本家之恐怖伎俩，他们设立救济、辩护、组织援助全世界被压迫的进步人士。拉丁美洲的智利人民战线党，在国会选举中获得胜利。古巴的工人为要求增加工资，而实行反战罢工。世界革命运动，正在全世界广泛而尖锐的展开，打击着整个腐朽的资本主义制度。

更应该特别指出：第一，在过去资本主义世界比较稳定一环的美帝国主义，今天革命运动却特别发展，过去美帝国主义所谓"和平""民主"等好听名词，今天对于美国和平人民已完全感不到兴趣，因为他们清楚的看到统治者正在剥削人民的民主自由，正在延长扩大资本主义制度屠杀人类的时间和范围，正在飞速的走进帝国主义大战的火线。因此美国人们大呼着："我们最危险的敌人，不是在欧洲；它就是近在眼前的国内战争狂的帝国主义"。

第二，伟大的马克思列宁主义，今天已经成为一切和平人民反战运动的灵魂和旗帜。一切和平人民已经紧紧的团结在无产阶级伟大政党——共产党——周围了。苏联的壮大和巩固，成为不可战胜的伟大力量；已经成为全世界一切被压迫民族，被压迫人民的仰慕中心。华盛顿空前的青年大会上，五千三百多青年的呼声，特别强烈的号召保卫共产党的权利；当白劳德同志被捕时，纽约竟举行了四个拥挤不堪的大会，一致以"释放白劳德"为口号，并宣告将不屈不挠的斗争，直到共产党的领袖获得自由为止。英伦的人民大会，也清楚的提出联合伟大和平的苏联；在墨西哥、希腊、法国、德国、日本及其他许多国家，共产党都热烈的为人民拥护着。这些都证明着伟大的马克思列宁主义学说，各国共产党的英勇奋斗，是完全适合于全世界人类的利益和历史要求；也就是各国工人阶级和平人民的灯塔和依靠。

第三，这个世界革命运动，特别深入到广泛的各阶层之中，普及到工厂、军营、学校、商店、街头，甚至于走入了基督教堂，走入了"神学院"。资本主义制度已经走到了尽头，世界革命运动还将更强大的开展。尽管"英国资本主义向来就是，现在还是，而且将来也会是最凶残的人民革命的绞杀者"（斯大林），尽管英、美、德、意、日等帝国主义企图将战争迫害、剥削、奴役加诸人民来挽救自己，但这是绝对无效的。他们只有更加煽旺世界革命运动的火焰，覆灭他们自身。

第一次帝国主义战争中，曾被当时的反战革命运动缩小了资本主义世界六分之一。这一次帝国主义战争中的反战革命运动，无疑的将冲灭一部份资本主义的基地。我们中国人民，应该认识清楚"中国革命是世界革命的一部份"，世界革命运动的剧烈开展，正是我国抗战的有利条件，我们必将与全世界英勇的革命人民紧紧的站在一起，为粉碎亲日派、反共派反对人民革命、准备投降日寇而斗争到底；为最后战胜日寇而奋斗到底。谁如果看到这个汹涌澎湃的世界革命运动，正和我们抗战有着密切关系，而都是我们的援军，那末他就一定会坚信胜利一定是中国人民的！

（《新华日报》华北版社论）

（原载一九四一年四月十日《晋察冀日报》第一版社论）

克服村本位主义反对资本主义思想

统一累进税的免征点已经最后确定,各地正在进行,或即将开始进行财产、收入与户口的调查工作。这个工作,是统一累进税实施的第一步,同时也是统一累进税实施过程中最艰巨的工作。依据各地试验的结果,有许多地方调查工作还不很切实,而且有些地方与真实的情形相差甚远。因此深入调查工作,是我们目前应当迫切注意的问题。

在本报"深入统一累进税的调查工作"社论中,已经简略地提到调查工作不易深入的原因与深入调查工作的一些具体办法。在这些因素中,财产与收入的匿报与人口的多报是比较易于发觉的(存粮存款较难发觉),因为大家都是本村人,特别是村级干部,对于本村情况一般都很熟悉。

当广大群众开始认识到这种匿报对自己不利时，当村级干部认真的执行自己的工作任务时，这些不良现象，是难于长久隐瞒广大群众与村级干部的。但是某些村级干部本身的村本位主义与资本主义思想，却是使调查工作不易深入而同时又比较难于发觉的因素。

目前统一累进税的调查工作中，存在着村本位主义与资本主义思想发生的依据：

统一累进税的征收，是以全边区的分数的合计来决定每分负担的数目，因此分数愈少的村庄，其负担亦必愈少；分数愈多，则其负担亦必愈大。因此有一些村级干部，为了减少本村的负担（这里面包含着封建的乡土观念，减少自己工作的困难的观念，和只看□□村的人民生活，而不顾及全边区人民生活的不顾大局的观念等），可能发生匿报少报的现象，或在进行评议时，故意降低纸本村各户分数的不正确现象。

同时，由于村级干部大多数都是本村人，在负担人口到达百分之八十至九十的情形下，他们大多数都要负担。可能有某些干部，基于自私自利的观念，为了减轻自己的负担，发生一些故意隐瞒产量、收入、财产、人口的现象。这种自私自利的资本主义思想，在过去的合理负担、村款□派、劳务服役等工作中，也都曾经有不少地方出现过。

上述的某些干部的村本位主义观念与资本主义思想，可能以各种各样的形式来表现。但是主要的将表现在下述几个方面：

第一，大量的匿报土地。过去的合理负担，实际上有许多土地是被隐匿而未经发现的。根据某些村庄土地的实际勘察，发现同过去合理负担册上所统计的土地，在数量上相距甚远。虽然这只是个别村庄的情形，但亦可以想见这种匿报现象的严重。在目前统一累进税中，如果不坚决克服这种现象，可能使某些村庄的分数减少很大，因而大大的加重了每分的负担。

第二，匿报土地生产量。根据有些地方的调查，土地的实际生产量与村干部所报的生产量，有相当的距离。一般的现象，是把最近三年来土地的平均生产量当作土地的生产量来估计，而实际上这种估计是不合事实的。一九三九年边区的大水灾，使一九三九年度的土地的生产量降低到□常年成百分之二三十，因而三年来的平均数，也必定会降低相当的数目。而且有些土地，特别是地主和富农自种的转好的水地，近年来收获量的降低较大，但如果适当的提高他们的生产热忱，调查雇主雇工间的关系，收获量也是可以提高到战前水平的。这种现象，在估计土地收获量时，都必须给以考虑。

第三，可能有些村级干部，由于减少自己的负担，或使自己完全不负担，过去曾把负担堆积在比自己富裕的人身上，这也是过去负担比较集中的一个原因（当然不是最主要的原因）。在目前统一累进税中，可能发生这样的现象，就是为了使自己不负担而减少自己的分数，同时把其他与自己富力相等的户的分数也连带减少，以掩盖他的自私自利观念。这种事实，在各地的考察中，在有些地方也曾经发现过。

因此，我们必须随时注意某些村干部的这种自私自利思想与村本位主义观念的发生与发展，而随时的克服这些现象。在克服这些现象中，一般的应当注意下面几点：

第一，加强对村级干部的教育，加强他们的全局观念，把他们的目光，从他们的自身的狭小的利益与一村的利益，扩大到顾及全边区的利益。当然这是一个艰苦的教育与斗争的过程。这种思想的存在，是边区目前的社会经济情况在干部中间的反映，不是一朝一夕所能完全克服的。但只要我们注意来克服这一点，是可以收到很大的效果的。

第二，全边区的共产党员，特别是村级干部中间的共产党员，应当在统一累进税的执行过程中，真正的成为克己奉公的模范，应当成为把自己的狭小的局部的利益，服从全边区的全部的利益的模范，只有这样，才能够推动别人，克服别人的自私自利的思想与村本位主义观念。

第三，必须大大的发扬村代表会对村级干部的监督作用，提高全村人民对这一问题的认识与注意。

只有这样，才能够有效的克服村本位主义观念，反对资本主义思想，才能够进一步深入我们统一累进税的调查工作。

（原载一九四一年四月十一日《晋察冀日报》第一版社论）

发扬边区公安局暂行条列的基本精神

建立革命的社会秩序，维护社会治安，是边区治安工作的基本任务。去年以来，边区的治安工作，在这一方面，已经获得光辉伟大的成绩。但是我们还不能够就此认为满足，我们仍需进一步动员全边区的党政军民，继续完成这一艰巨的任务。目前边区公安局暂行条例的颁布，正指示出边区的治安工作，已经划时期的走上了一个新的阶段。

这一条例，首先是根据了国民政府所颁布的"修正危害民国紧急治罪法"和"惩治汉奸暂行办法"，根据了"双十纲领"的基本精神，根据了敌后抗战的环境和要求，明确的规定了边区公安局的基本任务、工作、权限和组织。他指示出：公安局建设的基本目的，在于保卫抗日根据地，保卫抗日政权，保卫抗日人民民主权利，保障各抗日党派的合法权利，充分的发挥了保障人权的民主政治的法治精神。他指示出：依据法定手续□镇压敌探汉奸的活动，是公安局的责任。全边区的党政军民，应该深刻的认识这一基本精神，积极的动员起来，加紧锄奸工作，在巩固边区、保卫社会安宁的任务下，广泛的开展锄奸运动。

这个条例的颁布和执行，在边区各界抗日民众之间将必获得热烈的拥护，并进一步的在全国范围内，获得巨大的影响。目前，在大后方正实行着黑暗统治，对于共产党员以及一切抗日进步人士，横加摧残，不给以任何人权的保障。这些都是全国人民所反对的。全国人民和一切进步人士，都可以清楚的看到：敌后的模范抗日根据地，乃是在坚决的保障着抗日人民的利益，坚决的保障着各抗日党派的合法权利。这一光辉伟大的事实，正可以粉碎任何敌探汉奸和反共破坏份子的种种造谣污蔑。

除了这基本条例外，我们希望政府继续颁布几种辅助法令，在它里面应该包括下列事项：

（一）各级公安局在执行职权时的手续，譬如在普遍情况下逮捕敌探汉奸罪犯时，应该经过一定政府机关的批准；当犯罪人属于村民或村级公务人员、民众团体负责人员时，应该经过县政府的批准；犯罪人属于区级政府及民众团体之负责人员时，应该经过专员公署的批准；犯罪人属于县级以上的政府及民众团体之负责人员时，应该经过边委会或其行署、办事处的批准；案件涉及犯人家属时，亦应依照上述手续办理。此外在特殊情况下（关于特殊的情况应有明确的指示解释），公安局不及履行这些手续时，可以采取紧急措置，事后呈报政府及上级公安局备案；并由政府及上级公安局加以审核，以昭慎重。

（二）逮捕敌探汉奸罪犯的权利，应该属于县级以上的政府；区村级政府及各级民众团体及一般人民不应有逮捕人犯的权利。但发现了敌探汉奸有向政府报告的责任，不应有坐视不理的态度。在敌占据点附近，遇敌军进攻或武装骚扰的情况下,发现敌探汉奸确有证据时,与敌作战之主力兵团或地方武装(如区游击队、游击小组及武装锄奸团等),可以实行拘捕;但在拘捕后,也应立即连同犯罪证据,送交政府处理。

(三)政府应加强对各级公安局的领导,各级公安局应该向政府作报告;明文规定社会治安制度与条例,以维持抗日民主的革命秩序。

(四)关于特种刑事犯案件的审判权,应该属于军法机关;判决及处决,应经过边委会或其行署,办事处的批准,至于案情特别重大的,还应该呈请上级机关,组织特别法庭审判处理,以昭慎重。

所有这些规定,都是为了保障人民的合法权利,使之不受任何非法侵害;同时也是为了镇压敌探汉奸的活动,预防和制止其阴谋罪行。

在实行这条例时,首先全体军民应提高政治警惕性,严防敌探汉奸对这条例的曲解与污蔑,严防某些破坏分子以保障人权为借口而进行其汉奸破坏活动。如此才能保障抗日人民的合法权利。

其次,全体军民更应继续发扬锄奸的热情,广泛开展群众锄奸工作,严格纠正某些地区对汉奸活动采取宽容态度的麻木现象。我们要知道,严格遵守政府□□,积极进行锄奸工作,乃是每个公民的天职,"不放松一个汉奸,不误害一个好人"才是锄奸工作的准绳。

边区各界人士应该热烈的讨论这一暂行条例,充分了解并发扬光大此条例中把保障人权与镇压汉奸统一起来的基本精神。更亲密的团结在边区人民自己的政府周围,为肃清敌探汉奸巩固抗日民主政权而斗争!

(原载一九四一年四月十三日《晋察冀日报》第一版社论)

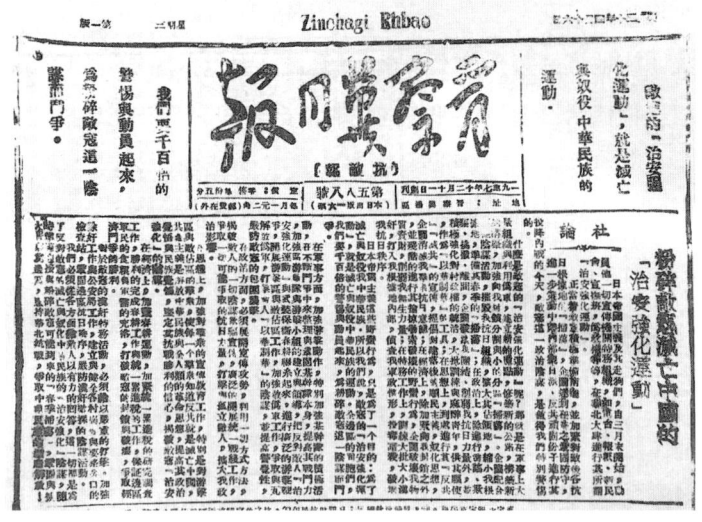

粉碎敌寇灭亡中国的"治安强化运动"

日本帝国主义及其走狗们，自三月末开始，动员他一切宣传机关特务组织，如电台、报纸、新民会、宣抚班、伪政权等等，在华北大肆进行其所谓"治安强化运动"。

正当着敌寇积极准备南进，并加紧对敌后各抗日根据地的"扫荡"，企图达到在华之巩固防守，进一步策动中国内部亲日派、反共顽固份子进行其投降内战的今天，敌寇这一政治阴谋，是值得我们特别警惕的。

什么是敌寇的"治安强化运动"呢？那就是在军事上大量组织与利用伪军，建立新的据点，修筑新的公路，构筑新的沟壕，加强向我封锁分割与小的分区"扫荡"。企图配合□□阴谋活动，摧毁我抗日组织，扩大其占领地，缩小我根据地，准备其春季的"扫荡"；在政治上，除进行造谣、欺骗、挑拨、离间，企图破坏我团结、削弱我抗日力量外，并积极强化对村政权的政治，大批训练与麻醉青年，供其驱使，作为"以华制华"的工具；在思想上，到处进行其"反共""灭共"的宣传，提倡封建落后的顺民主义，奴化思想，企图消灭我群众抗日意义；在经济上，除加紧向我封锁之外，并残酷的进行其抢掠勒索破坏的野蛮行为，企图破坏我物质资财，削弱我无生力量；在特务工作上，训练大批大小汉奸，打入我根据地内部，侦查我军政情形，投毒暗杀，破坏我抗日秩序。

日本帝国主义这些野蛮行为，只是为了一个目的：为了灭亡与奴役我中华民族。所以我们说，敌寇的"治安强化运动"，就是灭亡与奴役中华民族的运动。全边区的同胞们，我们要千百倍的警惕与动员起来，为粉碎敌寇这一阴谋而斗争。

在军事方面，加强游击动作，特别加强基干队的积极活动，在不断斗争中来整理与巩固基干队本身，提高其战斗力，加强区游击队与游击小组的建立与领导，把反对敌人"治安强化运动"与武装保卫春耕联系起来，进行广泛的游击战争，开展游击区与敌占区工作，加强敌伪军工作，争取与瓦解敌伪军，打击敌人"以华制华"的阴谋，并提高警觉性，严防敌寇的包围袭击。

在政治方面，必须展开宣传攻势，利用一切方式方法，揭破敌人的一切阴谋欺骗宣传，广泛的开展统一战线工作，争取一切可能争取的抗日力量，打击与孤立敌人，扩大我政治影响。

在思想上，加强对群众的宣传教育工作，特别是对游击区与敌占区的群众，使每一个群众知道反共就是灭亡中国，共产主义是解放中华民族与全人类的革命思想，提高其政治觉悟与民族觉悟，坚定其抗战胜利的信心，揭破敌寇"治安强化"的阴谋。

在经济上，加紧春耕运动，加紧统一累进税的研究调查工作，胜利的完成春耕工作与统一累进税的工作，保证边区军民的食粮与军需的充裕，打破敌寇的封锁与破坏，争取经济斗争的胜利。

对于敌寇的汉奸特务活动，必须给以严重的打击。加强除奸工作与公安局工作，建立与健全各村岗□与要路岔口的检查站，巩固边区抗日秩序，严防汉奸敌探的阴谋活动。

我们必须从各方面给敌人以有力的回答，这一切都是为了反对敌寇的灭亡与奴化中华民族的"治安强化"阴谋，随时准备迎接与粉碎敌寇可能到来的"春季'扫荡'"，巩固与扩大晋察冀边区，坚持华北抗战，争取中华民族的彻底解放！

（原载一九四一年四月十六日《晋察冀日报》第一版社论）

反对亲日派反共顽固分子摧残文化的罪恶行为

无论在抗战以前或抗战以后，亲日派及反共顽固分子对于进步文化的摧残，是从来不曾停止过的。他们对进步书籍的无理性的检查，删节，扣留和禁售禁邮；对出版进步书籍的书店的警告，威吓，罚款和封闭；对进步文化人及青年知识分子的压迫、摧残，逮捕和屠杀，诸如此类的卑鄙、残酷的罪行，真是罄纸难尽。所有这些，已经使进步文化的发展，遭受了无限的损失，使中华民族的国运，遭受了极大的摧残了，而近来亲日派反共顽固分子的此等罪行，更加明目张胆，狂妄暴戾起来，其手段也更加有了花样翻新的"创造"。就以对新华日报而言，他们规定了

"只准印，不准卖"的恶毒办法，对其读者，则予以恐吓，使其不敢订购；对其报贩，则横捕捉，使其不敢代售；其报馆人员，不得已而沿街零卖，则卖者既□□□干涉，买者又被特务追踪；更停止其邮寄，封闭其分馆，阴谋毒辣，无所不用其极！□对进步书店，如生活书店，读书生活出版社，新知书店等，则或加以封闭，或勒令停业。对各种进步刊物，即□经其图书审查委员会通过，认为合法者，亦多被停止发行。对进步文化人及青年知识分子，则或吓利诱，拘捕监禁，或致大后方各校大批员生，被架失踪之事，层出不穷。更在政治部下，专设焚烧点，大批焚烧进步书报杂志，使焚书坑儒的罪恶，盛行于今日！

显然，亲日派反共顽固分子此种摧残文化的反动行为，其原因是：

一、因为进步文化能够教导人民，认识真理，掌握真理，使人民的头脑更加清晰，眼睛更加明亮，对他们那种妥协投降分裂倒退的反动罪行，更容易看穿而予以揭破，使人民更加能够认清自己所应该走的道路而毅然前进。即人民愈觉悟和愈奋起，亲日派反共顽固分子就愈加走近他们的末日。因此，他们处心积虑，不惜用尽一切卑劣伎俩，来摧残进步的文化！

二、因为进步的文化，是与日寇法西斯的战略相冲突的，是它的死对头。进步的文化，教导和启示人民：必须坚决反对日寇的侵略，才能取得自己的解放，并且明确的给人民指出达到抗战胜利的道路，鼓励人民抗战热忱，坚定人民抗战意志，使人民坚持抗战到底，直到最后胜利。因此日寇对进步文化也最为深痛恶绝，在它所占领的区域，已用极大的力量，来摧毁这些进步的文化。而以往，所有日寇对中国一切进步力量的进攻，亲日派反共顽固分子是一贯地□应和配合的。现在亲日派反共顽固分子们，将日寇所认为最切要的"攻心"工作——摧残进步文化，"英勇地"、竭尽心力地担负起来，这自然是无怪其然的。

全边区的抗日人民们！进步文化是人类创造力多少年来创造的成果，是我们祖先们遗留下来的宝贵的产业，同时也是我们反对日寇侵略、争取民族解放的锋利武器。而亲日派反共顽固分子今天所做的，却正是摧毁这些产业、销毁这些武器的暴戾罪行！我们每一个边区的抗日人民，都应该积极奋起，反对亲日派反共顽固分子这种在文化上倒行逆施、极端罪恶的行为！为保护这些宝贵的文化产业，为保存这些战胜日寇的锋利武器而斗争！

（原载一九四一年四月十七日《晋察冀日报》第一版社论）

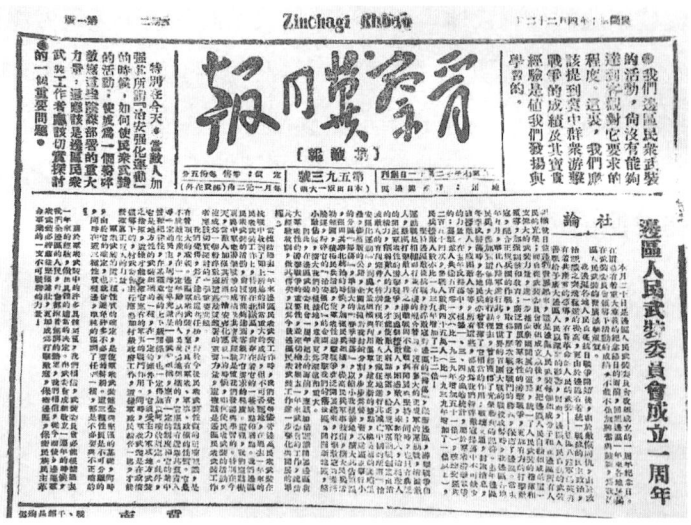

边区人民武装委员会成立一周年

本月二十日是边区人民武装委员会改组成立的一周年纪念日。在这个有着重大意义的纪念节日的面前，回想边区一年来各地□□在武装委员会领导下活动的成绩，不能不倍加兴奋与鼓励，为我边区人民武装的发展诚挚祝贺。

我边区各地人民自从抗日战争开始后，由于敌忾同仇，由于政治认识之突飞猛进的提高，更由于边区有着统一战线的民主政治，有着共产党的领导，有着革命的人民的武装——边区八路军的英勇善战给予广大边区人民以深刻的影响，因而，边区人民自动的武装组织就日益蓬勃发展起来，这是边区人民武装每个组成分子和我边区所有人民的光荣；而自从武装委员会改组成立以后，更把边区人民自动组成的这一支伟大的武装力量，进一步推向广阔开展的道路，统一了人民武装的指挥和领导，加强训练和教育；广泛开展着群众性的游击战争，更加有力的打击敌寇，配合正规兵团的作战，取得了历次战役战斗的胜利，保卫了边区。当去年九月，华北八路军进行其名震世界的百团大战的战役攻势时，我边区各地民兵，参加到这个伟大的行动里去，曾经获得了光荣胜利的记录。去年边区冬季反"扫荡"时，各地民兵亦曾发挥了它相当的作用；破坏交通，封锁消息，袭扰敌人，疲困敌人等等，所有这些，都成为我们粉碎敌寇"扫荡"中不可缺少的力量。在去年反"扫荡"中，根据一、三、四分区的统计，属于群众游击战争的；袭击敌人共达五百零一次（比一九三九年增加五十一倍），破坏交通共二百五十四次，参战人数共四十五万人（比一九三九年增加了一倍以上），民兵扰敌人数亦比一九三九年增加了二十二倍！

坚持边区敌后抗战，粉碎敌寇对边区的"扫荡"，保卫边区，游击战争和运动战是相辅而行并有机的配合着的。没有□大的正规军的运动战，消灭敌人，严厉打击敌人，我之游击战固不能顺利开展与坚持；同时，也只有广泛的开展群众性的游击战争，到处袭扰敌人，困惑敌人，牵制敌人，消灭敌人的精力，削弱敌人的力量，才能使敌人弱点毕露，给正规军运动战创造出消灭敌人的有利条件。特别在现在，敌人正疯狂地进行其灭亡中国的所谓"治安强化运动"，到处大量组织与利用伪军，建立新的据点，构筑新的沟壕堡垒，修筑新的公路，企图加强对我封锁分割，步步为营，渐次进逼并举行小的分区"扫荡"，准备大的"春季'扫荡'"，以缩小我根据地，扩大其占领区，强固其华北统治的时候，加强民兵组织，提高民兵军事技术，扩大民兵活动范围，积极民兵活动，使群众性游击战争广泛开展起来，打击敌寇的毒辣阴谋，粉碎它的"治安强化"的企图，突击我们的落后区，开展新地区，缩小敌占区，扩大我们的根据地，意义更为深远和重大。

因此，在边区武装委员会一周年纪念的面前，应该加倍认识开展边区广大群众性的游击战争的重要性，并深切检讨过去一年来武委会的工作，总结其经验教训，征其得失，以为今后边区民众武装工作进一步强化与开展的准绳。

当总结过去一年来边区民众武装工作时，我们觉得尽管边区民众武装在抗战中收到了如上所述的相当重大的成绩，但不可否认地，在过去一年来的民众武装工作上，特别在北岳区，尚存在着它的一些缺点和弱点。我们边区民众武装的活动，尚没有能够达到客观对它要求的程度。这里，我们应该提到冀中群众游击战争的成绩及其宝贵经验是值我们发扬与学习的。特别在今天，当敌人加强其所谓"治安强化运动"的时候，如何使民众武装的活动，使成为一个粉碎敌寇这些阴谋部署的重要力量，这应该是边区民众武装工作者应该切实探讨的一个重要问题。

我们觉得，为了达成这些任务，对于今后民众武装性质的正确认识，是有着顶大的意义。边区群众武装，应该具有群众、军事、政权的性质。它是不脱离生产，在一定年龄以内的人民义务地组织的，它应该有选举其负责人□一定的民主，同时它毕究还是一个武装组织，应有一定的制度和它的集中性和纪律性，在某种意义的上下级关系，也一定得加以明确的规定。此外，它是地方性的武装组织的一种，在一定的条件下，它须受主力军或地方武装之指挥，这样才能发挥它应有的军事的战斗作用。同时，群众武装是在政权领导下的，村武委会主任应参加村级政府工作，这样军政民结合一起，才能发挥真正巨大的力量。

群众武装的这三种性质的确定，是使群众武装健全与坚强的基础，同时，由于它的确定，也就会避免许多不必要的纠纷。这三种性质是不可分离的，同时在这三种性质里边，单纯的强调了任一种，都是不必要与不正确的！

关于群众武装中的许多具体问题，我们相信，武装委员会必能根据过去一年来的经验,做出具体的适当的决定。在武委会成组改立一周年的时候,我们全边区的人民,对它都抱着无穷的热望,我们相信,从今而后,边区群众武装必将愈益坚强健壮,更加成为打击敌寇,保卫边区,保卫民族民主革命事业的一支不可战胜的力量!

(原载一九四一年四月二十二日《晋察冀日报》第一版社论)

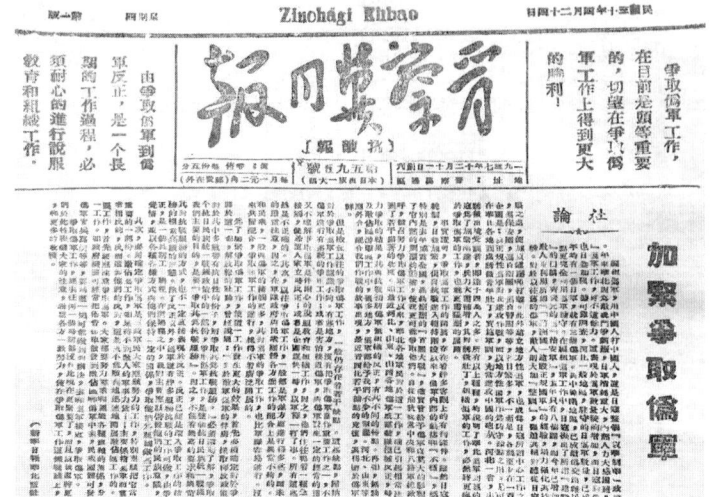

加紧争取伪军

　　编组伪军，用中国人打中国人，这是日寇整个"以华制华"政策的重要的一部份。年来华北因为敌我斗争剧烈，日军消耗重大，内部人力大感困难，因之其到"建设"伪军工作，更不遗余力。这表现于伪军数量较前增加，而日寇对于伪军内部之统治也日益加强。据可靠调查，河北一般地区，驻守的日伪军数量，已成一与三之比。即平均有一个日军，就有三个伪军。冀中□南地区，已成敌伪交错杂居之状态，若干据点更完全利用伪军据守。在编组伪军工作中，日寇提出了所谓"建设正规化的中支军"的口号，齐燮元的伪"治安军"，去年只有八个团，而今年已增加到二十二个团。敌人并利用所谓"'满洲国'建设正规国军"

的经验，竭力强化其特务统治和奴化训练。对于以往旧的伪军，敌人则大加"整训"，强迫其绝对听从日寇指挥，稍有不合眼之处，便加以镇压与打击。此外建立地方性伪军，也成为日寇所谓中心工作之一，如县警备队，伪保安团，伪自卫团，伪自警团等等，名目繁多，不一而足，各县至少在一百人以上。敌人的企图是：以正规性伪军对我进攻作战，而以地方性伪军作为防守据点之用。尤可注意的，是日寇在华北各地到处诱征青年壮丁，实施军训，充当进攻中国的炮灰。河北一省，去年一年之中，被诱征出境受训者，即达十四万人之多。所有以上种种，均说明了华北伪军问题的严重性。最近日寇为了加紧南进，兵力大需补增，其对诱征壮丁，组织伪军的工作，必然将更疯狂进行。我们对于争取伪军的工作，也就更需猛烈的展开。

事实证明，争取伪军工作的开展，存在着许多客观上的有利条件。虽然日寇对于伪军内部的统制，日益加紧，但自抗战进入相持阶段以来，伪军内部的动摇和"不稳"，只有一天天加甚。特别是去年威震全国，轰轰烈烈的"百团大战"，确实曾给予伪军以莫大的影响和刺激，更增强了它内部的剧烈的动摇，使我更可能争取他们。自从前秋我党中央和八路军总政治部一再大声疾呼，号召努力争取伪军工作以来，华北各地军民对于这一工作，确已引起相当注意，而且已经得到了若干显著的收获。如最近河北、山东、山西各地伪军成群结队携械反正，时有所闻，均系努力争取的结果，其与抗战初期伪军无组织的反正，有其不同的特点。再如，无论在行军作战，以及敌占区游击区工作中，很多地方，伪军都给予我们不少的帮助。河北、山东等处，常有伪军里应外合，配合我们作战的故事出现，最近晋西北若干据点的克复，其得□于伪军兄弟者，尤非浅鲜。

但是检查以往的争取伪军工作，一般仍存在着若干缺点。这些缺点，归纳起来，□终还是对于争取伪军工作认识不够。有些地方，没有把争取伪军当作重要工作之一，不愿接近伪军，向伪军进行有系统的争用工作；

或者是害怕接近伪军，与伪军发生一定的经常的关□。有些地方，又不了解争取伪军是件耐心的说服教育和组织工作，因之，他们往往犯着一种急性病，一与伪军接触，便希望人家立时反正；或者是企图逞快一时，以军队一打了事。所有这些观点和办法，自然是不正确的。其次，以往争取伪军工作，一般都是军队方面进行得多些，而未引起政府和民众的严重注意，因之，在军队政府与民众团体各方面工作的配合上是异常不够的。其实，地方政府和民众，一般与伪军的接触更多，其对伪军的争取工作，也比军队容易进行。没有政府和民众起来共同配合，争取伪军工作的进行，总得不着广泛开展的。

为了加紧争取伪军工作，使这一工作发生更大的效果，首先必须确定对于争取伪军的政策。关于这一点，解放报的社论，曾经说过："对于敌军伪军的俘虏，采取释放政策，不加以侮辱，对于其中多数带有抗日性的份子，则争取其为抗战服务。"必须深刻了解，争取伪军政策，是整个抗日民族统一战线政策中的一部份，争取伪军工作，是整个抗日民族统一战线工作中的一种。我们主要的目的，是要"争取其为抗战服务"。因之，不能有过高的要求和过苛的条件。而且，其对抗战服务的方式，也不一定直接表现于反正。反正已经是深入争取工作的结果，是为祖国服务的相当高级的形态。除了反正以外，伪军还有许多服务抗战的工作可做，由争取伪军□伪军反正，是一个长期工作过程。在这过程之中，我们主要应该启发他们的民族意识，提高他们的民族觉悟，并以各种各样方式与他们保持一定的关系，争取他们为祖国做些工作。

其次，必须确定争取伪军是党政军民大家应该努力的工作，特别应该把它当作敌占区工作的重要的一部份。敌占区工作，如果得不到敌人的军事力量——主要系指伪军而言——的帮助，或者相反的，反而遭到他们的反对，这是不能顺利地迅速地开展敌占区工作的。我们要开展敌占区工作，首先便应注意争取伪军。大家都要努力□求和□过各种复杂的关系，分头并进的进行这一工作。如政府机关可经常把布告传单散发到敌占区和伪军中去，民众团体可发动伪军家属向其伪军官兵写信等等，要竭尽一切可能做到的办法，去和伪军接近，争取伪军。

争取伪军工作，过去任何一个时期都没有比现在更紧要了，而且以后还将更加紧要起来。我们于此特提醒大家的注意，希望各方一致努力，使在争取伪军工作这条战线上，得到更大的胜利，和更多的收获。

（《新华日报》华北版社论）

（原载一九四一年四月二十四日《晋察冀日报》第一版社论）

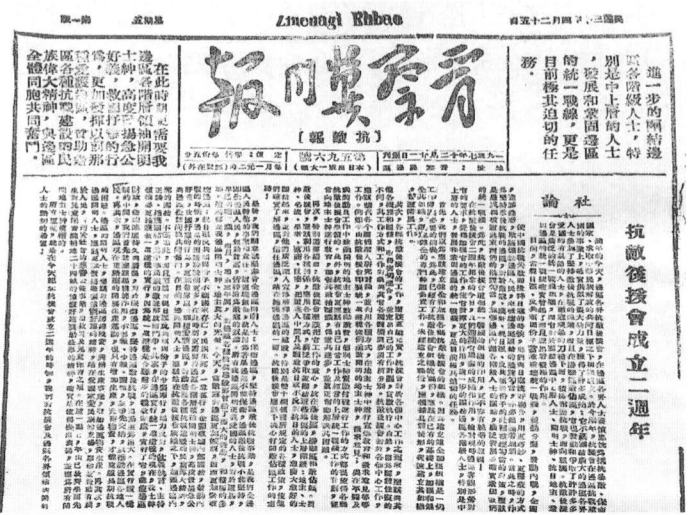

抗敌后援会成立二周年

前年的今天，边区各界抗敌后援会，在边区各界人士义愤忠忱为抵抗暴敌、保卫国家、求取中华民族解放的共同目标之下组织成立。于今两年，抗援会在边区抗战建国的事业上，确实供献了很大的力量，获得了许多成绩；它不只团结广大的边区各界人士参加了坚持敌后抗战的伟业，而且在游击区敌占区，它也发动和争取了许许多多爱国的有气节的人士，在敌寇残暴的刀枪下面，积极帮助抗战，面向祖国。抗敌后援会是广泛的统一战线组织，而它对于团结边区中上层人士、开明士绅、抗日地主、巩固边区的统一战线确实曾起了而且还起着积极的作用。

目前，当亲日派、反共顽固份子蓄意破坏统一战线，发动分裂，发动内战，企图使中国抗战失败而投降日寇的时候，他们与日寇汉奸联合，用更巧妙、更隐蔽的方式，造谣蛊惑，欺骗煽动边区人民，来破坏边区团结的阴谋勾当，亦必然随着加剧。当此之时，作为坚持敌后抗战的边区，对于敌寇、汉奸、亲日派、反共顽固分子的此种破坏勾当的对策，应该是严厉揭破这些东西们的阴谋勾当，加强边区内部各阶级人士的团结，广泛发展并确实巩固我们的统一战线。为此，抗敌后援会这个统一战线的组织的作用，更不容有丝毫的忽视！

在抗敌后援会二周年纪念的今日，我们回溯它过去的成绩和作用，检讨现时边区客观形势对它的要求，觉得加强它的工作，使它发挥更大的作用，进一步的团结边区各阶级人士，特别是中上层的人士，发展和巩固边区的统一战线，更是目前极其迫切的任务。

首先，我们以为应该建立健全和加强各县抗敌后援会的组织。因为建立健全加强组织是一切工作开展必要的前提。为此，已经有了抗敌后援会组织的县份，应该在已有的基础上，加强和健全其组织，选定健全的专门干部负责工作。未经建立之县份，应根据具体情形，从速建立其组织，普遍开展工作。

其次，各县抗敌后援会的工作，应该更加充实，抗援会对于各个中心工作之到来，应该与其他各机关和团体，取得密切配合，并定出自己的工作计划，贯澈执行。自然，因为团体性质的不同，其工作方式和工作对象与其它各团体机关亦须有所分别。抗敌后援会对于各个中心工作，应该号召各个团体深入研究探讨，并利用各种方式，在地主士绅中进行宣传教育和征求意见等等工作。例如平山抗敌后援会印制统一累进税条例函致开明的地主士绅，征求意见；与在平县及武装动员工作中致函开明的地主士绅鼓励激发，个别士绅帮助村里进行工作的方式都很值得各县抗敌后援会学习的。此外，抗援会更应该有自己日常工作及经常的上层统一战线工作的计划，经常向地主士绅进行教育，加强其政治认识，促进其进步，并真正帮助解决其困难。

再次，特别需要指出：抗敌后援会应该把它工作的重心，放在落后区，游击区和敌占区。抗敌后援会，应该利用各种关系，应用各种方式，广泛争取并团结这些地区的上层阶级：地主、士绅、名流、学者、富商、巨室，把这些人中间凡是愿意抗日或不反对抗日的人士，愈广大愈好的团结起来，并对他们广泛深入宣传解释边区的建设，特别是双十纲领里所规定的各种政策，使他们确实了解边区，信任边区，站在拥护边区的一面。抗敌后援会应该下决心打开敌占区工作的道路！

最后，我们愿意诚恳奉告全边区开明人士：保卫边区，坚持边区敌后抗战事业，是我们全边区人民神圣的事业和责任。这道理无他，就是因为若果边区不能保卫，边区敌后抗战不能坚持，即全边区人民，无论贫富，皆将沦为敌寇的奴隶。所有我边区开明正义爱国的人士，对于这些，早已明确认识，而且，过去三年间，对边区各种抗战建设都曾给了极大的赞助，和积极的参加。这些都是我边区开明士绅、地主莫大的光荣。今天，当敌寇对边区更加嫉视，因而更加紧破坏边区；亲日派反共顽固分子不顾国家存亡，民族生死，一意孤行，企图破坏内部团结，发动内战的时候，边区的困难将较前更多，在此时期更需要我边区各阶层领袖开明士绅，高度发扬急公好义，救国抒难的行为，更加发挥以前那种爱护边区，赞助边区各种抗战建设的民族伟大精神，与边区全体同胞共同奋斗。在目前，边区开明人士，应该站在抗敌后援会旗帜之下，加强边区内部的团结。不仅如此，而且应该对亲日派反共顽固份子的分裂罪行，竭力反对，仗义执言、主持正论、拥护团结，为中华民族的澈底解放而斗争。其次，在边区实行统一累进税的现在，我士绅领袖必更拥护统一累进税的实行，因为统一累进税是合理进步的税收制度，实行了它，能□边区财政，益趋健康持久与顽强，对于保卫边区，坚持边区敌后抗战，关系至为重大。在实行这一税制的中间，我们首先就应该起模范作用，不伪报、少报、匿报、并争先交纳，以推动边区各地人民。再其次，边区现在正热烈的开展生产运动，也只有增加生产，充裕物资，才能克服长期抗战的困难。边区的开明人士，应该对边区踊跃投资，兴办生产事业，增加边区物资生产。再其次，边区开明人士，应该更加发扬过去慷慨好施的精神，站在爱国家爱民族的立场，举办并赞助有利于人民，有利于社会的慈善公益事业，如救灾及儿童保育之类。在这一点上，平山已故齐学韶先生对儿童保育院捐地二十四亩的慷慨好施襄助盛举的精神，确实是值得提出表扬，并应为所有开明地主士绅模楷的。

所有这些，就是在今天纪念抗援会成立二周年的时候，我们对抗援会及边区各界领袖与开明人士的热切的希望！

（原载一九四一年四月二十五日《晋察冀日报》第一版社论）

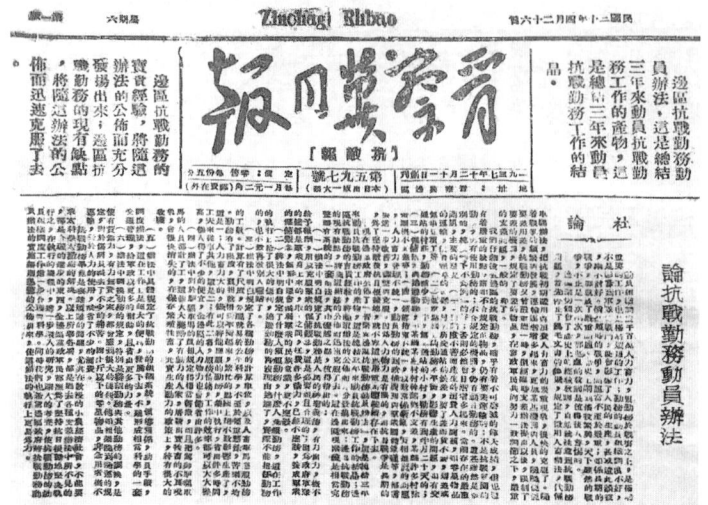

论抗战勤务动员办法

动员组织调查千百万人力畜力,服勤务于战场之上,是极度重要的工作,也是极度烦难的工作;勤务的动员组织调查不好,不是影响到军队的战斗,便会影响了人民的生产,甚或遗此误彼,两不讨好。倘是短时的战争,问题当不至于严重;如系长期的战争,那就成了严重问题。历史上闹到徭役繁兴,天下□然的战争,不止是一次两次,那些血的教训是值得后人警惕的。

边区深切体会了历史上的经验教训,自始就注意到抗战勤务问题,首先停止了鸡毛文书的□选,规定了征用人畜办法,代雇车骡办法,把抗战初期滥用与浪费人力畜力的严重现象,很快的克服了。随着战争的频繁与发展,运输逐渐增多起来，更加某些机关与人员，随便便要差用差，抗战勤务又曾严重过一时，但经临时支差办法提出以后，限制了要差的机关，规定了要差的物品，在党政军民共同努力一致调节之下，严重的支差问题，一般的□和了。

我们仔细检查边区的抗战勤务，确乎有着不可磨灭的伟大成绩，但也还有着严重的缺点，诸如不合规定的物品，仍有要差运输的；不是抗战范围的勤务，仍有使用勤务的；不合规定的机关，仍有动员勤务的。这些虽然是个别的，总□"下不为例"的好；否则必然会日渐增多起来。当前存在的严重问题，主要的还是：（一）□调度不善而产生的浪费人力问题，如零星物品的运输，□□报□的问题，村公所交通站的候差，要了差而货不□，短差或无事也顶工等；（二）□□点线□的勤务不平衡，影响生产的问题，如有交通站的村庄，勤务减少到一半，无交通站的小村，勤务有到半月二十天的；（三）□□□□与逃避勤务，如某县某些村村干部概不支差，某县许多村除□□□不支差等；（四）领导指挥不同意，以致关系紊乱，互相推诿的问题，人力畜力管理不统一，动员勤务的到政权机关与群众团体□碰等，都需要进一步改善，调整与克服。因为人力物力是有限的，而抗日战争是长期的，为了坚持敌后抗日根据地，就不容这些严重问题继续存在下去。

现在边区政府公布了"晋察冀边区抗战勤务动员办法"，这是总结三年来动员抗战勤务工作中的产物，这是总结三年来动员抗战勤务工作的结晶；边区抗战勤务的宝贵经验，将□这办法的公布和□分发扬出来；边区抗战勤务的现有缺点，将随这办法的公布而迅速克服了去。这在边区现阶段是相当完整而有系统的一套办法，其中优越之点，值得指出的：

（一）办法中明白规定了抗战勤务是人民的神圣义务，有力出力，概不给予报酬，用以克服群众的雇佣观念，这是必要而且合理的；因为政府军队的钱都是群众身上来的，取用之间，枉费许多精力，已经不应该，养成群众的雇佣观念，无形中还会减弱群众的民族意识，更不应该。

（二）办法中明白规定了什么人须服勤务，什么人免服勤务，这在工作的执行上给了很大的便利，逃避勤务的再没理由逃避了，实际不能担任勤务的，也不致再被别人啰□了。

（三）办法中明白规定了各种勤务的计算单位，以及人畜车马应服勤务的工数。计算有了尺度，分配就易于公平科学，不至轻重悬殊，苦乐不均。勤务有了限度，负担就相对平衡起来，繁忙的点线上绝不致影响生产了，这是一；人力畜力大的，尽可以将他应服的勤务，集中执行，省出许多时间工夫来从事其他，这是二；有此二者，服务情绪，工作的效率都可以大大提高，个人得了不少的便宜，全边区的人力物力也会节省出许多。

（四）办法中对于驴骡车马的负担规定得相当轻微，而且把驾御驴骡车马的人员都计了工，这个大大奖励了有动力的人家，屠杀出卖牲畜的不良现象，会很快消失的，在保存繁殖牲畜，充实生产动力的政策上，将有很大的收获。

（五）办法中具体规定了抗战勤务的组织系统，领导关系，动员手续，调度办法，这在工作上是绝大的便利，发展下去，不难形成相当科学的一套交通管理，给军政以更多的帮助，且省出更多的力量。

（六）办法中调换勤务的规定，特别是缝纫勤务与其他勤务的调换，是使有资无力，有力无资之家，都会感到很大的便利。他如担架随到随运的规定，对于伤病员减去了不少的痛苦。四十斤以下的零星物品，非急用者概不运输，对于人力的使用，减省了不少的浪费。

抗战勤务毕竟是复杂烦难的问题，尤其在散漫的小农经济社会，不能要求太科学太澈底的解决。以上所举各点，都是过去各种支差办法中所不见的，都是合理的进步的东西，全边区党政军民都应为了坚持抗日根据地坚决执行之，在执行的过程中，进一步深入的研究，深入的考查，使抗战勤务的动员组织调度工作进一步合理与科学。同时我们也希望边区政府将抗战勤务勤员办法的实施细则迅速的公布出来,使这办法的执行上更易为力。

(原载一九四一年四月二十六日《晋察冀日报》第一版社论)

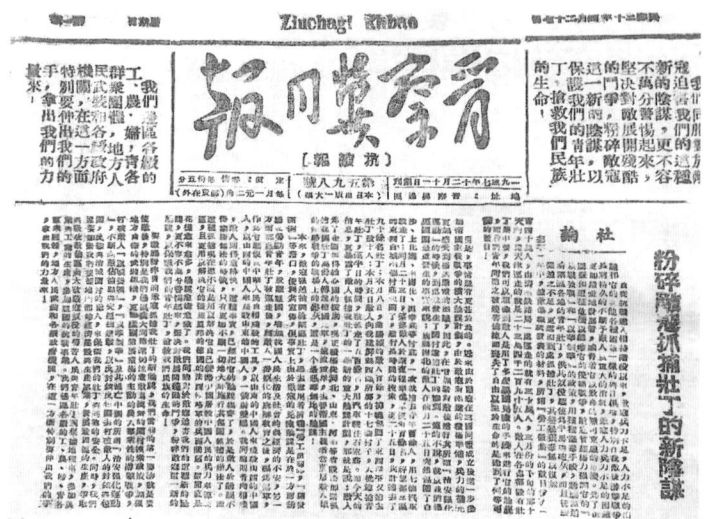

粉碎敌寇抓捕壮丁的新阴谋

自从抗战进入相持阶段以来，敌寇兵力不足，人力不足的困难和它的其他各种困难一样的与日俱增，特别在我敌后游击战争长期持久的不断予敌人以重大的消耗，敌寇人力兵力不足的困难更加严重地发展着，威胁着它以致命的无可克服的危机。为了企图缓和这种危机以继续它的侵略战争，敌寇曾经极力强调它的"以战养战"和"以华制华"的政策，用种种恶毒手段，诱骗强迫沦陷区各地的青年壮丁，供其奴役驱使为牛马与炮灰，而且诱骗强迫之不足，更进而到处抓捕壮丁，其残暴狠毒无以复加。

□□一年中，据敌伪报纸发表的材料，所谓"劳工征集"的数目□□一百四十万人，由济南铁路局一处运走的就有三十万人，三月份的下旬的那十天内，从天津运走的就是二十三万四千二百九十五人。敌人在各处都设有壮丁集中营，我们可以想象到敌人是用了多么暴烈凶险的手段来进行它的阴谋，而我们青年同胞之被残害掳掠而丧失了自由以至于生命的是达到了何等可□的数目！

但是，事情还有更甚于此的。近来由于敌寇在三国同盟成立后进一步参加帝国主义战争的扩大阴谋计划，由于敌寇对南进的积极准备，兵力的补充更加感受到极其严重的困难，因此，在它加紧对敌后进行其所谓"治安强化运动"的时候，到处就发生了围村逮捕壮丁的惨剧。远的不说，就以我们边区周围最近发生的事实来说：唐县岗北的敌人在前月二十五日突然包围了白沙、上北寨、南岗北、田幸庄等村庄，一次就捕去青年百余人，用七辆汽车载走了；同月二十三日，望都敌人于深夜里率伪军汉奸百余名，将望都三区的东西白城两个村庄包围了，进行长时间的搜索，至二十五日，共计捕去了九十余名壮丁；本月八日，曲阳城的敌人百余，指晓包围了东西泽平又捕去壮丁数十人；本月五日敌人向我建屏县四区所属的十七个村子，大批逮捕青年壮丁，仅半日的时间，被抓走了五百余名，用汽车载往石家庄，而今天的消息，更暴露了敌人抓捕我壮丁的一个新的重大阴谋计划，那就是说：敌人为了企图获得轴心国的援助，现正积极从河北、山东、河南等省设法加紧抓捕我国壮丁万余人转送德国充军，远渡重洋，去替帝国主义者当□屠杀人类的侵略战争的战场上的炮灰，这是一个最恶毒无比的阴谋！

本来，敌寇强迫抽调沦陷区壮丁，过去还用着所谓"劳工出关"，"开发满洲"等借口，便利其宣传，但事实上由于敌寇的凶险阴谋是在于一方面诱骗□劳动青年，脱离祖国，增加我国人民生活及社会的与经济的不安，另一方面那些青年壮丁被运走后，经敌人一番奴化的麻醉教育之后，编为伪军，作为它驱使我中华人民自相残杀的工具，以山东的中国人来残杀山西的中国人，以山西的中国人来屠杀山东的中国人，一箭射双雕。我同胞则骨肉相残，敌人则得意称快。这种事实，已经把它的阴谋揭穿了，于是敌人于诱骗不得穷极无法的时候，只有更加不顾一切地大肆施行其包围抓捕的办法了。而这种抓捕现在还不仅是用以解决它自己侵略中国屠杀中国人民的兵力来源问题，且更用以解决它的强盗盟邦的德国的法西侵略军的兵源问题。这简直是花样愈来愈多，阴谋愈□愈□了。我们同胞对于敌寇迫害我们的这种新的阴谋，更不容不万分警惕起来，坚决对敌展开残酷的斗争，粉碎敌寇这一新的阴谋，以保护我们的青年壮丁，抢救我们民族的生命！

要澈底粉碎目前敌寇抓捕我壮丁的新阴谋，我们当前的第一要务就是要使敌后，特别是我们边区广大同胞深切注意敌伪汉奸的围村搜索政策，加强地方自卫的武装组织，更加猛烈开展积极的主动的广大群众性的游击战争，打破敌人"以战养战"，"以华制华"及其灭亡中国的所谓"治安强化运动"，不断向敌占据点与交通线进击，以反封锁反包围去打破敌人的封锁与包围，反击与消灭围村的敌人，来保卫我们的壮丁与同胞的安全。同时，我们还要加紧我们根据地内部的经济建设与生产事业，发扬巩固区的生产，争取与吸收敌占区广大被敌寇奴役的劳苦人民与青年壮丁到根据地里来，参加农业与工业的生产，参加祖国的抗战事业。我们边区各级的工、农、妇、青各群众团体，地方人民武装和各级政府机关，在这一方面特别要伸出我们的手，拿出我们的力量来！

（原载一九四一年四月二十七日《晋察冀日报》第一版社论）

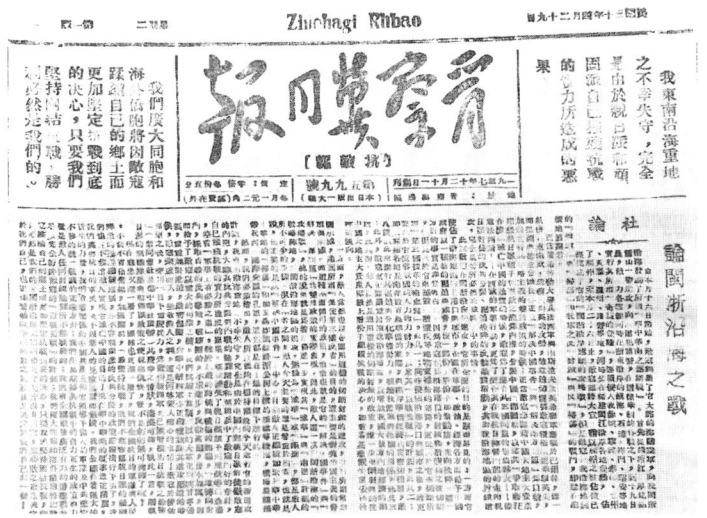

论闽浙沿海之战

自本月十六日开始，敌寇调集了它大部的海陆空军，向我闽浙港海发动了所谓"华中华南之□□战"。首先从钱塘江□岸地区□山一带进攻，向□进犯诸暨，在这样牵制的作战之下，到十九日晨，敌□□各部即同时在浙东沿岸的镇海、石浦、海门、瑞安等地实行其所谓"奇□的登陆"，连续侵入我余姚、宁波、奉化、宣州、黄岩、温州、诸暨等地，同时又在福建闽江沿岸各地登陆，侵占了福州，至本月二十六日止，敌寇虽夸大宣□谓以福州之被占领已经完成了它的"闽浙沿岸□断的攻略战"，但是敌寇对我沿海地区的"封锁"与"扫荡"和我军之反"封建"与反"扫荡"的战斗，却还在继续地展开着。

正当着希特勒大举其法西军与南斯拉夫及英希联军盛战于巴尔干，□一气并□东南□，继续针对英的攻势，德意迫切需要敌寇积极□进牵制英美，而松冈与德意会谈后亦正以"解决中国事件"与"解决南方问题"为口号，加紧实行其侵略主义的双面政策的时候；正当敌寇急图借中国大地主大资产阶级亲日派头子何应钦之流为内应，分裂中国内部团结，以途其"争取蒋汪合流"灭亡中国的阴谋的时候，敌寇为了配合其三国同盟的强盗伙友——德意法西斯——在西欧的军事行动，更为了配合其在我抗日阵营内部的走狗亲日派奸徒的反共分裂、压迫投降的反动阴谋活动，其对我沿海地区的封锁进攻，完全是□所必然的意料之中的事情。

此次敌寇在闽浙沿海的进攻，它所企图的目的是显而易见的：一方面它侵占了沿海地区的各港口与城市，企图在军事、政治、经济各方面给予中国政府以一种新的压迫与威胁，使一部份上层份子加紧动摇，走向投降。这一方面的事实是非常明白的。因为敌寇认为沿海港口的封锁和浙疆线之被切断，不但□□于它来摧毁□浙疆皖等地物质补给的道路，更使□于它来切断所谓"第三国援华的输血路"，此具一；同时侵占沿海港口与城市之后，将更□□于它掠夺我国的人力物力财力，以□其"以战养战"的计划，此具二；而且福建各地是南洋数百万华侨的家乡，与南洋华侨经济利害密切相关，敌人谋划此来进行其逼迫与分化华侨势力，破坏我侨胞与祖国的关系，此具三；此外，敌寇更企图严重封锁我沿海地区，以增加我国大后方内地经济的困难，此具四。敌人虽然是想用这样的切断封锁的政策，进一步来□击与动摇中国大地主大资产阶级上层份子继续抗战的决心，加重某□悲观失望妥协投降的倾向。

另一方面，敌人当然也还企图用这样的切断封锁的进攻，来向所谓第三国示威，达到所谓"促使第三国反省"的目的，这主要是对美帝国主义的胁迫与示威。而这种两面开弓的政策，恰恰也就是它的"解决中国事件"与"解决南洋问题"的双面政策的实际表现。因此，敌人这一次对闽浙沿海的"攻略战",总的说来就是为着□□进一步实现其"灭华"与"南进"计划的战略阵地,对闽浙沿海地区的进攻,无论为"灭华"或"南进",都是敌人所不可少的步骤。但在两者之间,敌人今天主要的还是着重于前者,也就是说,他主要的是以"解决中国事件"为中心。目前敌人正继续加紧对华中华□等地的"扫荡"和加紧轰炸滇缅路湄公河上流的桥梁等设施,积极□谋摧毁我西□国际交通的孔道,这些都是在上述的目标下进行的。

然而,我们必须指出,敌人所以能够在相持阶段的今天进行它的新进攻计划,我东海沿海重地之不幸失守,完全是由于中国内部亲日派奸徒做敌寇的内应,大肆其反共分裂与内战的阴谋活动和顽固派中了敌寇内奸的毒计,自己摧残抗战的实力所造成的恶果。顽固派受了抗日派头子何应钦等的蛊惑,空言"军事上有必胜之道",疏于对敌的防范与积极的部署,一□转向对内,采取自杀的反共毒策,破坏团结,不求进步,反动高压,更本加厉,因而给予了敌寇以重大的可乘之机。我们试想:当顽固派的大军正对陕甘宁边区,重重加紧进迫,严密包围,对华中新四军亦正继续加紧其进攻压迫的时候,敌寇乘虚而入,坐收渔人之利,这是何等使人痛心的事情!敌寇于侵占福州之后,声称"目下重庆兵力,为监视新四军,已无增援对日抗战之余卫"(敌同盟社及伪中华社广播)其庆幸之情状,溢溢可掬,执此一言,即亲日派的祖国罪恶与顽固派政策之使亲痛仇快,岂不是彰彰无可掩饰了吗?

现在寇患又深一层了,国难也更深一层了,我们全国抗日的军队与人民,不能不百倍奋起,加强团结,一致坚持抗战,我们不能容忍亲日派的祸国降敌的阴谋继续施展,亦不容顽固派的反共分裂的政策继续横行下去了,我们也更不能让敌人实现它灭亡中国的目的!现在华中华南的战事还正开展,我们英勇抗日的军民,决不因敌人的凶险阴谋而气馁。我们全国有着强大的新生的力量,我们有着坚强的中国共产党和它领导下强大的军队及中共坚定不移的统一战线的正确方针;我们在长期持久抗战中的自力更生的政策与力量是敌人任何封锁阴谋所不能战胜的；我们有全国敌后广泛有力的游击战争足以完全粉碎敌寇的"以战养战"的计划；我们广大同胞和海外侨胞将因敌寇□□自己的乡土而更加坚定抗战到底的决心，只要我们坚持团结抗战，胜利必然是我们的。闽浙沿海之战的胜败今天并没有判定，这胜败之数应决定于我们自己，也正像整个战争的胜败之数最后是决定于我们自己的一样！

（原载一九四一年四月二十九日《晋察冀日报》第一版社论）

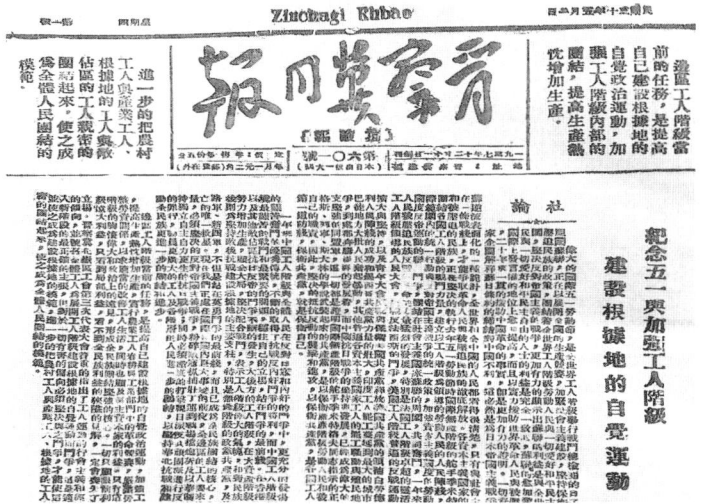

纪念五一与加强工人阶级建设根据地的自觉运动

伟大的国际五一劳动节，是全世界工人阶级举行战斗总检阅的日子；世界工人阶级的祖国苏联，正在以展开全国的生产竞赛，加紧社会主义建设，坚持保卫世界和平与援助被压迫民族的政策，团结着全世界工人阶级劳动人民与一切爱好和平民主的人士在自己的周围，坚决反对帝国主义的战争，更加有力的显示出苏联的利益是与全世界工人阶级劳动人民与一切爱好和平民主自由的人士的利益是完全一致的，苏联的愈加巩固和发展，不仅在国际上发言权的地位上愈加提高，而且以实力援助世界革命人民与被压迫民族则愈加有力，二十年来一贯的援助中国革命的事实，即是更加有力的证明。一切资产阶级恶意的宣传家企图解释苏日条约的缔结对中国不利，这必然是为日本帝国主义战争魔手的辩护者与反苏逆流表面化的一种诡计，全世界和全中国的人民都看得很清楚，只有与社会主义的苏联紧密的站在一条战线上，才能争取革命人民与被压迫民族的澈底解放。各资本主义国家的无产阶级劳动人民和被压迫的民族，正在坚决的执行去年五一劳动节时国际无产阶级的舵手季米特洛夫同志的指示，团结各国工人阶级的战斗力量，建立以工人阶级为领导的劳动人民的人民阵线，实行无产阶级在国际范围内的统一行动与反对帝国主义战争的统一政策，加强资本主义国度的劳动人民与殖民地附属国度反帝运动的联合斗争，团结在社会主义国家苏联的周围，共同奋斗，一年来国际工人阶级劳动人民被压迫民族反战□□命的力量猛烈的发展，特别是法国工人阶级卓超的灵活的艰苦奋斗，英国工人阶级领导的人民大会，反战反法西斯的斗争，美国工人阶级普遍的反战运动的高涨，罢工继续扩大与坚持，以及青年大会反战与保卫美国共产党释放美国共产党的领袖白劳德的号召和要求，智利人民阵线的成功和墨西哥共产党力量的壮大，印度工人罢工蔓延到最大的城市孟买，以及阿麦达巴徒地方大批人民奋起暴动，其他普遍各资本主义国家工人的罢工骚动与殖民地半殖民地的解放斗争，到处都奔腾彭湃的发展着，而中国抗日战争的坚持与发展，已经成为伟大的国际无产阶级的一支坚强的同盟军，这一切都是证明国际无产阶级的舵手季米特洛夫同志指示的正确，以马克思、恩格斯、列宁、斯大林的学说武装起来的共产党，是以保卫无产阶级劳动人民和被压迫民族的利益为自己的职责，因此，坚决的抵抗反动的袭击和进攻，以保卫共产党，是各国工人阶级和全体人民的第一道防线，保卫共产党，就是保卫自己。

一年来中国工人阶级与全体人民在反对日寇和内奸的斗争中，更充分的发扬了伟大的中华民族的艰苦奋斗的优秀传统，不断的取得了抗战反内奸斗争的胜利，而中国工人阶级则是在最困难的环境最艰苦的战斗和最紧要的关头，稳住自己的立场，站在斗争的最前线。在香港，在上海，在天津以及其他敌占区抗日反帝的斗争不断的发生，大后方的工人阶级，在大资产阶级反动的压力下，犹努力增加生产，顾全大局，坚决配合战斗，表示工人阶级伟大的气魄，和对民族无限的忠诚，在敌后则为坚持敌后抗战建设根据地的主要支柱，特别是无产阶级的政党共产党，及其领导下的军队八路军、新四军，不但是站在英勇斗争的最前线，而且已成为全民族团结的核心，和挽救中华民族危亡的唯一救星。现在我们正处在国际与国内巨大事变的前夜，全边区的工人要来检阅自己的战斗力量，必须坚决的反对帝国主义战争，粉碎敌寇抓捕壮丁运到战场挡炮灰及以华制华的阴谋诡计，坚持独立自主自力更生的抗日战争；同时必须澈底的打击亲日派反共顽固派进行反共内战和阴暗反动的罪行，动员更广大的工人及各阶层的人民进一步的团结，以坚持华北抗战和建设根据地的模范推动全民族更进一步的团结和进步。

边区工人阶级当前的任务，是提高自己建设根据地的自觉政治运动，加强工人阶级内部的团结，提高生产热忱增加生产，实行农业工人春耕与工业部门中的革命竞赛，严整劳动纪律，主动的调整劳资关系，以求适当的改善工人生活，同时也顾及雇主资本家的利益。只有这样，才能显示工人阶级的胸怀伟大和政治上的远见，形成全民族团结坚强的核心。一切只顾眼前利益，看不见工人阶级远大利益，只看到局部利益，看不到全民族利益的狭隘的见解，一定会丧失了工人阶级的本色和立场。晋察冀北岳区工会第三次代表大会着重的指出了工人运动的行会主义和经济主义是非常有害的倾向，并号召全体工人为展开工人阶级建设根据地的自觉运动而斗争，这是适合当前工人运动进入新阶段的最正确的主张，但对于一切有害的偏向必须坚决与之斗争，才能使这样主张澈底实现，并使之成为建设根据地的模范，进一步的把农村工人与产业工人、根据地的工人与敌占区的工人亲密的团结起来，使之成为全体人民团结的模范。

（原载一九四一年五月一日《晋察冀日报》第一版社论）

神圣的壮举

　　据抗敌社安徽电,被迫在华中剿共战场进行剿共战事之九十二军第十二路第六纵队全体将士,久鉴于寇深祸急,国将不国,而又同室操戈,自相残杀,势必招致危亡,成为千古罪人,乃在指挥官陈锐霆,政指员尹茂椿等领导下,自动宣布拒绝剿共内战,开赴抗日前线,与一切友军比肩杀敌,并即发出宣言,坚决宣誓,誓必为精诚团结,坚持抗战,争取最后胜利而奋斗。情辞诚挚,气若长虹,令人感奋,令人钦佩!

　　陈锐霆、尹茂椿两氏暨第六纵队全体官佐士兵的这一神圣壮举,充分发扬了中华民族亘古相传的浩然忠义之气,显示了中华民国现代军人的伟大的坚毅气概。从他们的宣言中，我们可以看到他们这一次的振臂而起，并没有其他什么复杂的原因，也没有任何一己的私人成见存在其间，而全然是激于正义，动乎忠愤。他们的出发点，没有别的，就是为的"坚决反对抗日军打抗日军"、"不忍再闻剿共内战之不祥名词"、"不忍陷身剿共之罪恶旋涡"；"坚决反对中国人打中国人"；为的不愿"造成全国土崩瓦解，招致亡国灭种的惨祸"。而他们的目的，也没有别的，就是为的要求抗日，要求团结，要求与一切抗日友军比肩对日作战，要求实行三民主义，恪遵总理遗嘱与革命的三大政策。然而他们这一切光明正大的正当主张和要求，在他们所处的逆境下，竟无法实现，而且事与愿违，他们还被亲日派命令着进攻新四军，做对不起自己良心的事。于是为了实现自己的伟大的志愿和抱负，他们便毅然决然冲破逆境，高揭起抗战的大旗。这种不顾一己利害，不惜牺牲一切，一心一意惟以"国家至上，民族至上"□□的英勇果敢的壮举，诚足以感天地而泣鬼神，其必将垂诸史册为千秋万世所同声景仰。

陈锐霆、尹茂椿两氏暨第六纵队全体官佐士兵的主张，是今天全中国人民，特别是全中国现代军人的主张；他们的思想是全中国现代军人的思想；他们的志愿是全中国现代军人的志愿；他们的抱负是全中国现代军人的抱负；而他们的英勇果敢的行动，则尤为今天被压迫剿共的一切中国现代军人所效法。他们真正代表了现代中国军人，是现代中国军人的典型。他们吼出了全中国爱国将士所想吼而尚未吼的怒吼，举起了全中国爱国将士所想举而尚未举出的大旗。他们这一伟大壮举，证明了中华民族毕竟是一个最伟大的民族；反革命的剿共战争决无法长期继续下去；抗战一定要得到最后胜利；中华民族绝对不会亡，而且一定会复兴，会像一个巨人那样的矗立起来。

自然，陈锐霆、尹茂椿两氏暨第六纵队全体官佐士兵的伟大壮举，必然会引起亲日派的震恐与愤怒，会引起亲日派的咀咒与痛恨，因为他们的行动打击了亲日派剿共内战的计划，阻碍了亲日派出卖祖国的"事业"。

因此，何应钦辈，或许又会拿出一个"图谋不轨"的朱签，搬出一套"国法""军纪"的法宝，甚或更发表一个反革命命令，来侮蔑责骂以至处罚这些赤胆忠心的抗日将士；然而我们可以不客气的预先指出，亲日派的作为反革命内战和达到投降日寇之工具的"国法""军纪"，早已奇臭不堪了。经过将近四年抗战锻炼的中国现代军人民族意识大大提高了，不是容易受欺骗受愚弄的了。反革命的"国法""军纪"的鬼符，用的次数愈多便愈会变成一文不值的废纸了。只要剿共内战继续下去，在剿共战场上，从现代军人队伍中，就一定涌现出更多的陈锐霆，更多的尹茂椿，就一定会出现更多类似第六纵队的壮举，这是我们早就算定了的。

是的，陈锐霆、尹茂椿两氏暨第六纵队全体官佐士兵的伟大壮举，必然能获得全国同胞的热烈赞同，获得各部友军的切实谅解与支援。首先，我们在这里明白宣布：我们首先便最赞同这一伟大的义举（至于八路军、新四军，则向来都愿意与一切抗日友军热情地互相携手共同抗战到底）。而且我们相信全华北一切抗日军队、抗日人民，必然也会来拥护这一庄严的义举，神圣的义举。

我们遥祝九十二军第十二路第六纵队全体爱国将士在江淮河汉之间的抗日前线上获得伟大胜利！我们更遥祝九十二军第十二路第六纵队全体爱国将士的健康！我们谨代表全华北人民遥向九十二军第十二路第六纵队全体爱国将士，敬致热烈的崇高的抗日的最敬礼！

（原载一九四一年五月三日《晋察冀日报》第一版社论）

掌握马克思主义的理论武器

　　五月五日是世界无产阶级及一切被压迫人民，尤其是中国人民最可纪念的一日。

　　一八一八年五月五日，是世界伟人马克思□□生日。一九二一年五月五日，孙中山先生在广州就任非常大总统。这两件事情，对于艰苦奋战已近四年的中国人民，具有无比重大的意义。

　　马克思是科学社会主义的创始者，是世界无产阶级以及被压迫民族革命的导师。他的诞生，就是光明的诞生，就是人类历史新纪元的诞生。马克思所指示的方向，成为一个半世纪以来，全人类所奔赴的方向。在苏联，二万万人民奔赴这一方向，使光明突破世界黑暗的一角，目前全世界无产阶级及被压迫民族的革命运动，也正以其"排山倒海之势，雷霆万钧之力"，向这一方向磅礴汹涌。中国四年来的抗日战争，就是这一巨渊的组成部份。

马克思的毕生精力，都供献于世界无产阶级革命及被压迫民族解放事业。他以天才的□□，综合了人类社会历史智识的成果，指出了人类历史发展的规律，解剖了资本主义社会，唤醒了无产阶级这一历史的新动力，创立了共产主义的科学理想，赋予无产阶级革命斗争以丰富的理论宝库。他亲身参加并领导了十九世纪欧洲的革命运动，□助了被压迫民族爱尔兰的解放运动，波兰的独立运动、和中国的革命运动。

从中国第一次沦为半殖民地的一天——鸦片战争起，马克思就非常关切地注意到了中国的革命运动。他曾指斥了英国鸦片贸易的罪恶，他□鸦片战争、英法联军，表示了痛切的愤慨。他曾对太平天国及中国人民的革命运动，表示热切的同情。他对中国对外贸易及中国的社会经济结构，作过科学的分析和研究,并预言了中国的光明前途："中华民国——自由、平等、博爱"。

孙中山先生是中国近代伟大的思想家革命家，他四十年奋斗的目标，就是建立一个"自由、平等、博爱"的新中国。辛亥革命，遭受失败，他百折不回，于一九二一年在广州就任非常大总统，重新树立中国民主革命的□方革命政权的基础。

当帝国主义大战已延及三大洲的范围，世界革命运动日益高涨，当中国抗战正遭遇亲日派奸徒的破坏和反共顽固派的错误政策与反动设施严重损害着，国内少数上层份子正企图背叛中国人民及孙中山先生，进行妥协投降葬埋抗战事业的严重危机的时候，中国人民来纪念"五五"的最实际的步骤，就是加紧对马克思主义，对中国革命的历史以及革命的三民主义的学习与掌握，以指导中国民族民主革命走向澈底的胜利。

中共中央为纪念马克思，规定"五五"为学习节，他的伟大意义，就在于中国人民一旦学习掌握了马克思主义这一理论武器的时候，就是掌握了革命的胜利。党的领袖毛泽东同志说道："如果中国有一百个至二百个系统地而不是零碎地，实际地而不是空洞地学会了马克思主义的同志，那将是等于打倒一个日本帝国主义"。正是由于马克思主义在今天的中国，是澈底战胜日本帝国主义的强大的武器，所以今天来纪念马克思的时候，我们不但号召全党全军的共产党员和战士加深学习马克思主义，而且号召一切抗日人民都来学习马克思主义。

马克思有一句名言："理论一旦为群众所掌握时，就成了物质的力量"。目前中国人民所进行的抗日战争，是国际无产阶级所领导的世界革命的一部份，因此，它的胜利前途，就不能离开马克思主义理论方针的指导，要把四万万五千万中国人民变成为不可战胜的力量，是和马克思主义的学习与掌握密切联系着的。

马克思主义是这样的一种革命理论：谁充分掌握了它，谁就获得胜利。苏联共产党，在它天才的领袖列宁、斯大林的领导下，掌握了的马克思主义，率领二万万人民推翻野蛮黑暗的沙皇统治，粉碎英、美、法、日等帝国主义所发动的十四个国家的武装干涉，消灭帝国主义的走狗但尼金等的□□，完成了社会主义革命，胜利地进行了三个五年计划，目前正走向共产主义的光明美满的社会制度，把马克思的科学理想变成实际。

中国共产党，在它的英明领袖毛泽东同志的领导下，掌握了而且在努力学习掌握着马克思主义，领导中国革命运动向前发展，胜利地进行了四年的抗日战争，全国人民对统一战线的拥护，华北及华南敌寇游击战争的发动与开展，敌后抗日根据地的建立与巩固，晋察冀边区新民主主义政治、经济、文化的建设与进步，双十纲领的颁布，统一累进税的推行……这一切，离开马克思主义的具体运用，都是不能设想的。

孙中山先生所遗留给我们的革命的三民主义，是通过了马克思主义而为中国人民所接受，作为现阶段中国革命的方针。在全世界范围说，离开马克思主义这一切事物的基本出发点的任何运动，都将必然趋于死亡。三民主义的革命性，不能离开马克思主义这一基本出发点；否则，它将是反动的。汉奸汪精卫的伪造三民主义就作了这一证明，目前反共顽固派的歪曲三民主义也在证明这一点。孙中山先生之所以是伟大的革命家，就是因为他是在马克思主义这一基本出发点上，创立了"联俄、联共、工农"三大政策和革命的三民主义；一切托派汉奸，反共顽固派之所以为大家所唾弃，就是因为他们是违反人类历史发展的法则，违反中国革命的规律，违反具体实现于中国的马克思主义，他们企图"反共"，企图倒退，企图破坏抗战团结，企图使中国走上妥协投降的灭亡深渊。

中国正处在一个严重的历史转换点上，如何使革命胜利地前进，如何使抗战事业坚持下去，马克思主义这一理论武器的充分掌握，就将给予我们以这样的指导方针。

（原载一九四一年五月六日《晋察冀日报》第一版社论）

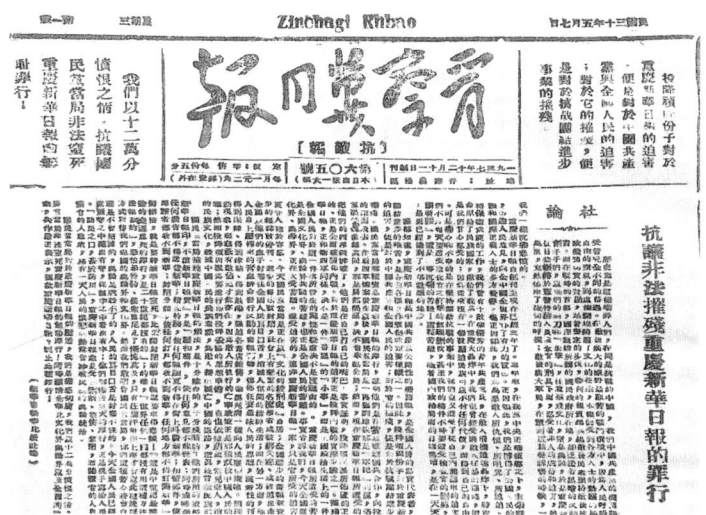

抗议非法摧残重庆新华日报的罪行

　　历史竟是这样嘲弄人们，在同是抗战的中国，我们中国共产党的机关报，竟遭受着完全不同的待遇。在敌后广大的原野最艰苦的战斗环境中，因为人民呼吸着民主自由的空气，到处灿烂地开遍了文化的花朵，本报便受到各方人士的热情的拥护，军政机关切实的赞助，踏着坚定的步伐，胜利的担负起唤起敌后民众坚持敌后抗战的职责。而在战时的首都，国际观瞻所□的国民政府所在地，却泛滥着黑暗的反动逆流。刽子手们，以他们的刺刀和"朱笔"，恣意摧残文化，窒息舆论，于是重庆新华日报，便日益辗转于宪警特务人员检察官的刑具下面，忍受着非人的虐待和迫害。然而开山万里，竟然传来了凄切的呼援；敌后广大军民，在读到这一篇声诉的时候，一定是和我们一样沉痛悲愤的。

重庆新华日报自创刊至现在已经三年了。三年来在我党中央正确领导之下，主张团结抗战，传达人民意见，向全中国全世界作了有力的宣传。正因如此，我们才博得全国人民的一致拥护和国际正义人士的多方赞誉，也正因如此，我们为万恶敌人所仇恨，所咀咒，所追迫。为了坚持保卫武汉的工作，我们曾有十数个优秀的青年共产党员，在敌人飞机追逐轰炸下，将宝贵的生命献给了民族国家，献给了我党。在重庆大轰炸中，我们也曾经受过敌人狂暴的摧残，这一切都是我们甘心忍受的；因为从来没有一个被压迫民族，可以不付任何代价，而得到自己的自由与解放。可是痛心和不幸的是在坚持团结抗战的事业中，我们竟又遭受了从自己内部袭来的迫害。"我们不仅每天要遭受检查官之红笔的无理删改，甚至我们的稿件不时要遭受检查官的删剪，加以砍头斩腰，"这是何等沉痛的苦难！这种苦难，随着国内政治局面的日趋黑暗，是在一天天的加甚，最近已经达到了不堪设想的地步。

谁都知道，重庆新华日报是中国共产党公开性的机关报，是全国人民的忠实代表者，是抗战团结进步的喉舌，是各党各派合作□□的重要标志之一。因此，投降顽固份子对于重庆新华日报的迫害，便是对于中国共产党和全国人民的迫害；对于它的摧残，便是对于抗战团结进步事业的摧残。国民党当局那种窒息重庆新华日报的罪行，证明他们是在蓄意破坏国共合作，向投降倒退的深渊飞去。在新四军惨案发生以后，国民党当局是一再强调地说那是"军纪"问题，毫无政治党派性质参杂其间，那是局部问题，决不会牵动全局；然而现在重庆新华日报所遭受的压迫，把他们的西洋镜拆破了，他们是在自己打自己的嘴巴！事实证明，投降顽固派所布置的正是全体的、正是全面的破裂和内战，对于重庆新华日报的迫害正是投降内战的实际步骤之一。摧残重庆新华日报，正和新四军同样，决不是一件"普通"的"小事"，而是全国政治生活上的一件大事。全国人民对于这一事件所发生的惊惶和疑虑决不是没理由的。重庆新华日报所遭受的苦难，正是全国文化界、舆论界共同的苦难，也正是全国人民的苦难。事实告诉我们，今天全国进步的文化界、舆论界，正在大受苦难，遭受迫害的，远非重庆新华日报一家，只是它所受的迫害和苦难，更令人难于容忍。今天国民党当局是正在以"文化的绞刑吏"自居，全国进步的书报被查禁，进步的杂志被停刊，进步的书店被封闭，社会上有声望有地位的名流学者或被绑失踪，或被迫出走，他们企图以他们的血手封塞住全国人民耳目口舌，消灭人世间的精神生活；而在另一方面，他们却用人民身上压榨来的膏血拼命发行反动的书报刊物，传布狂妄愚昧人民的思想，汉奸性的刊物言论得到保障、得到津贴、得到鼓励，强迫各书店销售，像黑死病一样向人民廉价灌输。照理这种反动现象，应该只有在敌占区才能存在，因为敌人所执行的亡华政策正是那种奴役中国人民的亡国思想；然而投降顽固派为要进行他们投降妥协的思想准备，竟也依样葫芦，帮凶敌人，消灭我国的民族文化，杀灭中国人民的民族意识，为敌人扫清灭亡中国的道路，这真是背叛民族的罪行。

　　国民党当局摧残重庆新华日报的办法，是十分险毒的，十分残酷的；他们所用的策略是："让新华日报印，不让新华日报卖。"是"压扣稿件，使任何意见都不能发表；同时威吓商店，使任何广告更不得送登新华；指使特务，使任何报贩更不得在街上叫卖新华；扣留邮件，使任何外埠读者都收不到新华；封闭分馆，使任何订户都收不到新华；任何地方都不得订阅新华"。这一切办法，就是要将新华日报窒死，比公开封闭新华日报还要来得毒辣！"这是中世纪最丑恶最野蛮的凌迟处死的罪刑，是二十世纪都没有的"；的确，"世界上任何一国都没有用这种方法对付合法报纸的"，恐怕希特勒、墨索里尼见了惭愧莫及，只有汪逆汉奸在上海才会以此种流氓的特务方式对待我们祖国的舆论界和文化界。然而我们敢明告国民党当局，你们这种苦心将会白费，真理是不会绝灭的，舆论是虐杀不了的，人民的耳目口舌是封塞不住的。今天全国人民已经学会了从无声之中听出有声，从无字之中看出有字；你们那无法无天的罪行，正是亲手写给人民的笔迹。"防民之口，甚于防川。"重庆新华日报愈是受到删削、禁售、禁阅，而阅读它的人愈多，拥护它的人愈众，终有一天人民的愤怒的狂潮会冲破反动的舆论统治。

国民党当局对于重庆新华日报的压迫，我们是痛感切肤。我们以十二万分愤恨之情，抗议国民党当局非法窒死重庆新华日报的无耻罪行，同时吁请全华北文化界舆论界及全体同胞一致□□，共作严正表示，援救重庆新华日报，制止此种罪行！

（原载一九四一年五月七日《晋察冀日报》第一版社论）

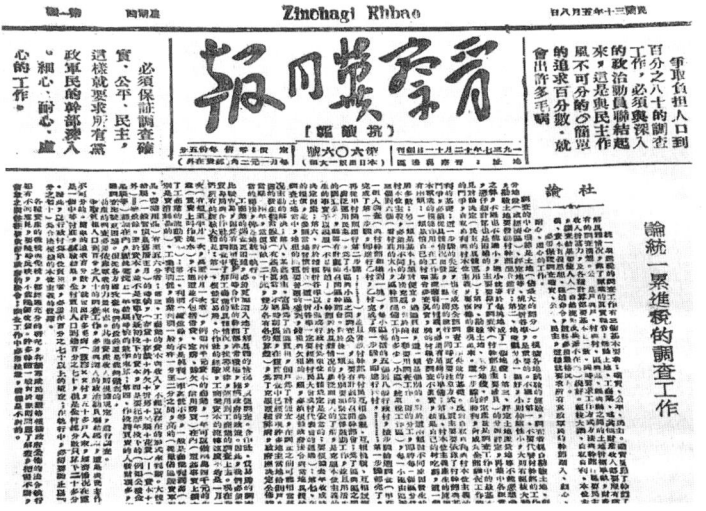

论统一累进税的调查工作

统一累进税的调查工作有三个基本要求：确实、公平、民主。确实要□了干部了解具体情况，靠了群众的真实报告：无论土地、工商业、或其他财产收入都要应有尽有的调查清楚。公平是户与户、村与村、区与区、县与县之间的土地折标准亩，财产收入折富力，及各种计算都要基本上一致。同时要求工作方式方法与干部□□要民主，调查结果要使人人（自然汉奸反共派不在内）说好。粗枝大叶、自私自利、本位主义、资本主义思想、强迫命令，这些必须严格反对。

必须保证调查确实、公平、民主，这样就要求所有党政军民的干部深入、细心、耐心、虚心的工作。

调查的中心环节是土地（占最大的部分）。根据各地试验的经验，调查者亲自勘验土地、划分地段（或经济区）、评定地等、规定折谷率，是重要的。不过：第一，不要代替村干部的工作，勘验土地要发动村干部配合进行；第二，地段划分小一点好，小则伸缩性小，大则有粗枝大叶之弊，不过也不能过小，过小就等于每块地成了一个地□；第三，评定土地产量地等不能凭想象，凭仔细计算也是困难的，主要要靠了调查者（村干部是主要成员）的分组评定，再集中各组意见讨论决定（民主的具体运用）；第四，勘验土地、划分地段、评定产量是调查工作中的最基本的斗争，自私自利与村本位主义，要复杂的表现出来。这一步骤的胜利，会成为全部调查工作胜利的基础；这一步骤的失败，也会成为全部调查工作失败的基础。反对自私自利与村本位主义的斗争，必须从具体情况出发，一点一滴的进行。同时更要注意方式。这主要要依靠了村干部与基本群众的模范作用。在工作基础薄弱的村庄，必须有足够的准备；第五，村本位主义产生的原因有两类：一类是怕自己的村报告调查真实，别的村报告调查不真实，结果自己的村吃亏，这一类居多数；另一类是基本上想讨便宜，逃避负担，这一类是个别的。对于这两类因不同原因发生的村本位主义，必须用不同的方法克服。对于前一类要用调查工作□面的分工，即将每一个区分为三个到六个（看村庄的大小，区干部配备工作的多少）小区（统累税工作区），每一小区由区派一组人调查（与村干部组织到一块），每小区包括的五个到八个行政村，按步骤轮回调查（甲村完成了第一步骤，即进行乙村，乙村完成了第一步骤，即进行丙村，……；第一步骤都完了，再从甲村开头进行第二步骤……），并且发动村干部与村民互相参观、互相挑战、互相竞赛（广泛运用民主）。为了小区与小区之间调查公平，还要有计划的召开干部会；为了区与区之间的调查公平，还要有计划的召开区干部会。对于后一类，特别要加紧宣传鼓励工作，并且用活生生的事实予以说服（不是强迫！）；干部对于具体情况的广泛而深入的了解，是克服本位主义的决定因素；第六，对于杂粮折谷率以小区或行政村为单位具体规定是妥当的；要根据去年收成时的粮价，并参照当地习惯折合（这一折谷率一定要经过村民大会或村代表会的通过）；第七，在调查土地当中，地租的问题要普遍的碰到，□租与欠租的问题，必须根据政府法令与当地具体情况主动的解决；第八，某些地主，富农为了逃避负担，佃户为了讨便宜，在调查之前可能相当普遍的发生假当假卖（有些是真当，不过时期很短，在灵寿调查中已经发现许多地主当地给佃户，当期为两年，当价每亩一二十元，双方各有各的算盘），为了克服这种弊病，政府应决定公布适当的办法，俾各地统一执行。

工商业的调查更困难，必须更加深入地了解具体的情况，以便调查。合作社、贸易局的调查比较容易，因为有账可查，同时合作社的干部都非常积极，拥护政府的政策。因此，我们必须从贸易局与合作社的调查中了解工商业的具体情况，找寻规律，运用到工商业的调查上去。现在我们所有的经验大体是：第一，根据贸易局、合作社的经验，工商业资本的流转速度平均是一月一次（有短至半月一次，长至两月一次者），例如两千元资本的商业，一年可以做两万四千元的生意（买卖上叫作流水），不过这并不包括借贷、定购、赊欠（信用购买）在内（这些事实上扩大了工商业的流动资产）；第二，利润（总盈余，不是纯利）率高低不等，一般是商业利润高（□品、医药用品）有至五六分者；第三，工商业的资本与收入，不能以存在的形式来判断。大体是结账（一般习惯是旧历正月）的时候，（存货＋存款＋外欠＋折□＋□账＋花费）——（资本＋欠外）＝总盈余。至于资本，并不是单单□最初投下的资本，而是要把历年投下的（例如公积金、□账等）都加在内，就要找上一年结账时候的数字来算；第四，作投资买卖的人发财顶多，不□调查比较更困难。但从各方面考查他们的盈余还是能够做到的。

争取负担人口到百分之八十的调查工作，必须与深入的政治动员联结起来，这是与民主作风不可分的。简单的追求百分数，就会出许多毛病（灵寿××村，五十多户人家，经济情况在灵寿是一个中等村庄，试验结果，全村负担人口到达百分之七十，但是全村总分数只算下二十多分）。因此，以行政村为单位负担者，必须在百分之七十以上的规定；在执行中，必须要防止以"百分之七十"为合法根据的本位主义的发挥。

各种资产的征税与免税，都经过充分的研究，各级党政民要严格根据政府公布的法令执行；如有不同意见，要随时反映，不能随便改变。许多干部一般对于原则问题了解□，把□不紧，□□□之间往往要□□了政府的法令；调查工作中必须注意，□□是不对的。

（原载一九四一年五月八日《晋察冀日报》第一版社论）

纪念"五九"反对祸国殃民的罪行

　　一九一五年一月十八日，日本帝国主义向我提出灭亡中国的二十一条件，同年五月七日提出最后通牒，限二十四小时内答复，当时中国正是袁世凯为首的一群汉奸国贼当权，倒行逆施，专□鱼肉人民，并与日寇暗中勾结，阴图恢复帝制，远不顾民情愤激，竟于五月九日接受日寇之要求，秘密地签订了这一卖国的条约，给中华民族蒙上一层重大的耻辱！

　　数十年来，日寇无日不在处心积虑的企图灭亡我中国，而其进行灭亡中国之阴谋毒计，则软硬兼施，巧诈百出，一面以武力强占我土地，掠夺我物资，屠杀我同胞；一面则与□国内部反动势力勾结，扶植一切反动势力，进行挑拨离间，使中国陷于分崩离析，以便整个灭亡中国。同时，我国内部封建余孽及一切反动势力，亦竟为其一己之私欲，不顾国家民族之存亡，与帝国主义里应外合，进行其残害人民、出卖民族的卑劣勾当。袁世凯之与日寇签订二十一条件，则是中国反动势力与日寇勾结，出卖整个中华民族之一幕丑剧。二十一条件虽然在封建军阀的手下秘密地签订了，但在全中国人民一致反对下它仍然不过成为一张废纸，并无若何实际条约的价值和作用。二十一条之签订，就使日本帝国主义灭亡中国之毒辣阴谋和封建军阀出卖民族利益的无耻罪行暴露无遗。而袁世凯辈也因之最后身败名裂，遗臭千秋，为万世所唾骂了！

然而时至今日，当我中华民族伟大的抗日民族解放战争，在全国人民英勇艰苦的斗争下面持久坚持，已经争得敌我战略相持阶段，敌寇窘状毕露，我则愈战愈强、愈益接近最后胜利的时候，日寇乃复施其一贯所采用的阴谋伎俩，既利用汉奸汪精卫卖国投降于前，今更策动中国内部丧心病狂之亲日份子何应钦之流为其内应，企图破坏国共合作、破坏全民族的抗日民族统一战线，使中国复蹈十年反共内战的覆辙，以实现其灭亡中国的毒计；而我国内反共顽固派，中敌奸之计，不以袁世凯辈之卖国误民、身败名裂为其殷鉴，反竟慑于抗日势力之日愈增涨，惑于日寇之威胁利诱，积极进行其违反全民族抗战利益的分裂与高压政策，对于在抗战中有着丰功伟绩并且是坚持抗战的中坚力量的共产党及其军队，加以百端的污篾，继之以政治、军事的进攻，终至演成围歼皖南新四军的阴谋惨剧，对于一切抗日的革命人民，则大肆屠杀与逮捕，倒行逆施，无所不用其极！而这种反动政策推行的结果，必将造成国内四分五裂之局面而终致对敌投降，使我三年多来抗战的伟绩，功亏一篑！这种祸国殃民的行为与袁世凯的卖国罪行并无什么大的差异，它必然要、而且已经遭受全国人民深痛恶绝和誓死反对！

所以，今天我们来纪念"五九"，反对一切祸国殃民的罪行，必须实现中共中央的十二项主张,和坚持抗战、团结、进步的革命的三大方针。无论时局存在着何种困难,现境是如何的艰苦,必须坚持抗战到底,反对任何对抗战无信心、动摇及企图妥协投降的无耻罪行!反对亲日派反共顽固派所挑动的反共内战及各种倒退的反动政策,全国各党各派各军各界及广大人民要更亲密的团结起来,争取抗战的最后胜利。而国民党当局在今天也应实行深切的反省,立即停止对中国共产党及其军队的政治的军事的进攻,立即停止仇视"异己"及解决新四军一类的分裂罪行,肃清存在于抗战营垒里的甘作日寇走狗为敌内应如何应钦之类的亲日份子,真正的实行民主,取消摧残青年、摧毁抗战文化涂炭民生及其他反革命政策。只有这样,抗战才可期胜利,中华民族才能得到澈底的解放,如果背道而驰,则势必遭受众叛亲离,身败名裂亡党亡国的恶果。这是历史的必然,国民党当局翻然猛醒是时候了!

(原载一九四一年五月九日《晋察冀日报》第一版社论)

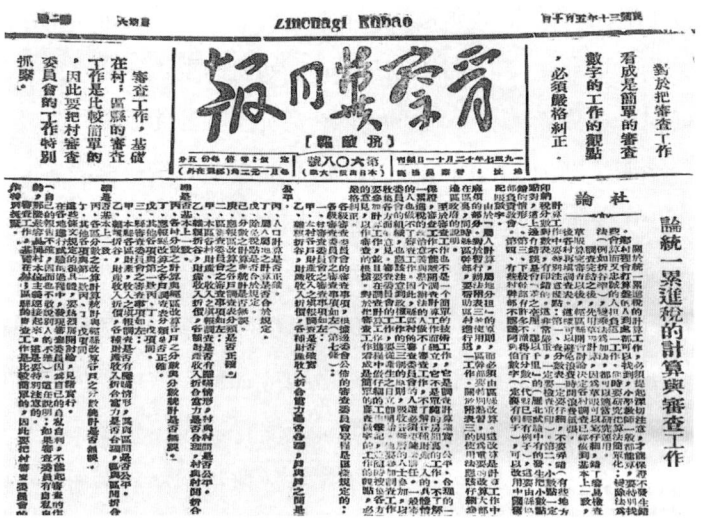

论统一累进税的计算与审查工作

关于统一累进税的计算工作，必须提起深切注意，才能保证不发生错误。乡村里会打算盘的人到处都可以找到，小学教师一般都能算，要特别找一些会算而又忠诚的人担负这一工作。同时要研究把算法简单化：变除法为乘法（例如折谷率），变乘法为加法，都可以适当研究运用。

调查完结之后，先用草账计算，因为草账可以写仔细，错了容易检查。草账算完审查以后，经区县开会讨论决定各村调查已经做到基本上一致，然后各村再填调查表。这样可以避免浪费时间浪费纸张。

计算工作中要特别注意几点：第一，查分数表一定要仔细，不要弄错（有些地方翻印纳税分数对数表，有印错的，这非常严重，一定要检查重印）。第二，小数点一定要点对，这上边有错误是会"差之毫厘，谬以千里"的（雁北试验中有的发生把小数点弄错的情形）。第三，下级干部有许多不懂得百分数（代县已经有例子），这要由县区干部负责教会。第四，有些村干部不认识阿拉伯数字（定襄有例子），可以改用中国旧式记账数字。

由于"属人计算，属地分担"的原则，而必须由区县改算。这改算是计算工作中最麻烦的部分。对于暂行办法附表三的使用，区干部要特别熟习，因为重要的改算大部分在区里，同时县区干部，要帮助区村进行这一工作。关于附表三的使用法应该仔细参看边区政府的说明。

至于审查工作也不是一个简单的技术工作，它是调查计算确实、公平、合理的一重保证，审查工作不能离开调查计算工作而独立，它不是单纯的房间里的工作。不了解统一累进税的政治意义与整个办法的人做不了审查工作，不了解各种财产收入的具体情况的人也做不了审查工作。因此，县区村的审查委员会的人还必须要健全胜任。一般审查委员会的组织，也应该注意到政权工作的三三制的原则，吸收各阶层的人士参加，以期收集各方面的意见。审查委员会的工作，要从产生之日立即开始。他要参加调查工作，要参加计算工作，并且要在调查计算工作进程中做仔细的工作笔记，并随时搜集各方面的意见，以作审查的根据。对于把审查工作看成是简单的审查数字的工作的观点，必须严格纠正。

各级审查委员会的审查事项，根据边委会公布的审查委员会章程是这样规定的：

各级审查委员会之审查事项如左（第七条）：

一、村审查委员会之审查事项如左：

甲、本村各户财产收入之填报调查是否确实。

乙、杂粮折谷，财产收入折价，各种财产收入折合富力是否合理，户与户之间是否公平。

丙、人口计算是否正确。

丁、属人属地之计算是否合于规定。

戊、除免税点是否合于规定。

己、分数之计算与统计是否无误。

庚、应报区改算之各户调查表分类是否正确。

二、区审查委员会之审查事项如左：

甲、本区各村财产、收入之填报调查是否有隐瞒情形，村与村间是否公平。

乙、杂粮折谷，财产收入折价，各种财产收入折合富力是否合理，村与村间折合比率是否基本上一致。

丙、各村分数之计算与经区改算各户之分数与分数统计是否无误。

丁、应报县改算之各户调查表分类是否正确。

戊、其他各项与第一款丙、丁、戊项同。

三、县审查委员会之审查事项如左：

甲、本县各区财产，收入之填报调查是否有隐瞒情形，区与区间是否公平。

乙、杂粮折谷，财产收入折价，各种财产收入折合富力是否合理，区与区间折合比率是否基本上一致。

丙、各区分数之改算计算统计与经县改算各户之分数统计是否无误。

丁、其他各项与第一款丙、丁、戊项同。

这些条文规定的很具体，要热烈展开讨论，见诸实行。

在各地进行试验的过程中，发现审查委员因为自己的自私自利，不能起审查的作用（自己的报告不确，因而也不敢说别人的不确）。这在说明：如果审查委员有自私自利的，那么最容易同村本位主义连接起来，这是要特别注意的。

审查工作，基础在村；区县的审查工作是比较简单的，因此要把村审查委员会的工作特别抓紧。

（原载一九四一年五月十日《晋察冀日报》第一版社论）

论统一累进税的评议工作

评议工作是调查计算审查工作的确实、公平、合理的又一重保证。它是那些工作的鉴别与批判。

把评议工作交给各级民意机关来担负,这一规定是完全正确的。边区财政新建设是与新民主主义政治建设密切关联着,从这里也可以表现出来。统累税是广大群众所拥护的,我们不只要求广大群众了解它,并且要求它成为广大群众自己的东西,这样,我们就要做到各级民意机关公正的评议。过去村合理负担过程中有些地方发生过的"关住门子评议"和其他可能发生的不够民主的方式必须反对;同时,有些汉奸、反共派的无理取闹的阴谋破坏,也必须予以应有的打击。这次评议工作是各级民意机关的试金石;

要在这一工作中建立各级民意机关的威信，有不称职的人民代表，在这次评议工作中如果表现不好，选举他的群众应该起来罢免他。这次的评议工作必须是民主的、公开的、要发动各阶级阶层的人民旁听；评议某人的分数时，要允许他充分发言。

评议的根据是具体材料；没有具体材料的评议，只是凭空揣想。各级民意机关，必须紧张地动员起来，使每一代表都成为调查人员，发挥调查的作用；对于一案一案的评议，必须尽可能的掌握了全部的材料后再进行。这样评议工作就不是一件简单的开会工作，而在开会以前，必须有充分的准备：有很好的组织工作，把人民代表很好的组织起来，动员起来，使人民代表同人民取得密切的联系。各级人民代表要组织这一工作，要领导这一工作。

"评议规程"第八条规定"各级人民代表机关进行评议，应于每届调查厘定统一累进税纳税分数时，将所有声请评议事项，逐一调查清楚□齐后，总合召集会议一次进行之；但村代表会进行评议得多至三次。"这次各级民意机关进行评议，除村一级外，都要一次评议完毕，这样就要求事先普遍公告请求人民提意见，人民也应该积极提出请求评议书；并且根据各案充分搜集材料，这样对人力、财力、时间都会节省。

各级民意机关，对于评议手续与评议后的"通知书"（通知声请评议人及同级政府），一定要弄得清清楚楚、有条有理。借这一机会，各级民意机关要把自己的日常工作建立起来。

（原载一九四一年五月十一日《晋察冀日报》第一版社论）

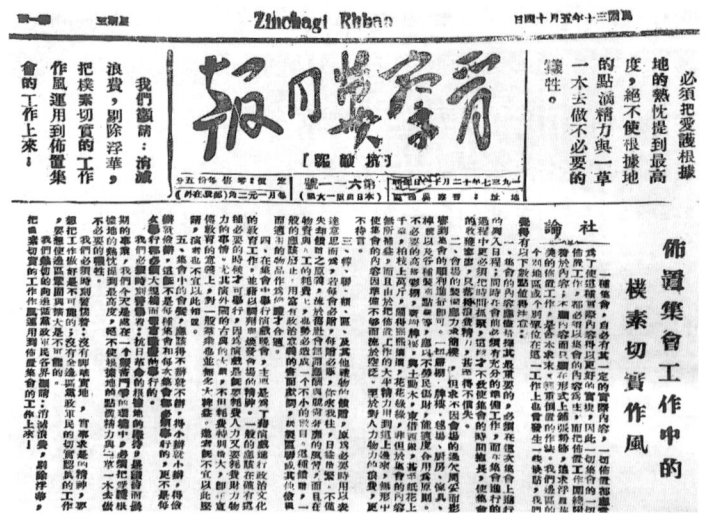

布置集会工作中的朴素切实作风

　　一种集会，自必有其一定的实际内容，一切布置都应当为了使这种实际内容得以更好的实现，因此，一切集会的一切布置工作，都必须以集会的内容为主，而把布置工作围绕附着于内容；不顾内容而只顾在形式上铺张粉饰，追求浮夸华美的布置工作，是舍本求末、轻重倒置的作法。我们边区的个别地区或个别单位在这一工作上也曾发生一些缺点，我们觉得有以下数点值得注意：

　　一、集会的内容应尽量择其最重要的，必须在这次集会上进行的列入日程；同时在会前必须有充分的准备工作，而在集会进行的过程中更必须把时间抓紧，这样才不致使集会的时间拖长，使集会的收获寥寥，只落得浪费精力，甚至得不偿失。

二、会场的装备应力求简朴，但求不因会场的过欠周妥而影响到集会的顺利进行即可。一切□棚、牌楼、球场、厨房、家具、□□以及各种装饰点缀等，应以不劳民伤财，能适度合用为原则。不必要的高搭彩棚，广树牌楼，兴土动木，东借西搬，甚至纸花上千朵，柏枝上万斤，闹得熙熙攘攘，花花绿绿，非但于集会的内容无所补益，而且由于把布置工作的大半精力用到这上边来，无形中使集会的内容因准备不够而流于空泛。至于对人力物力的浪费，更不待言。

三、幛、联、额、匾及其他礼物的馈赠，原为必要时用以表达意思而为，若每会必赠，每赠必厚，你来我往，日益浩繁，不仅失却馈赠之原义，流于旧社会无谓应酬与竞尚奢靡的风习，而且在物资与人工的耗费上，也势必造成一个不小的数目。这种馈赠，一般的应该废止。用富有政治意义的书面献词，纸质匾联或其他俭朴而适用的物品作为馈礼才合适。

四、在集会中举行演戏晚会，主要是为了借演戏进行政治文化的教育工作，并借以调剂与焕发会场的精神。一般的应该在确有这种必要的时候才可举行，因为演戏是既要耗费人力又要耗费财力物力的事情。尤其演外国的古典的大戏，不但耗费特别浩大，即在宣传教育的意义上，对一般群众也并无多大裨益。邀者既不宜以此坚□，演者也不宜以此相竞。

五、集会中的会餐，应该得不办就不办，得小办就小办，得俭办就俭办，这既不是每种集会和每次集会都必须举行的，更不是每次举行都必须大规模而丰富隆重的举行的。

我们必须时刻警惕着：抗日革命的根据地的坚持，是艰苦而长期的事业，我们今天是处在一个艰苦斗争的环境中，必须把爱护根据地的热忱提到最高度，绝不使根据地的点滴精力与一草一木去做不必要的牺牲。

我们必须时刻警惕着：没有脚踏实地，实事求是的精神，要想把工作做好是不可能的；没有全边区党政军民的切实认真的工作，要想使边区巩固与扩大是不可能的。

我们热切的向边区党政军民各界□请：消灭浪费，剔除浮华，把朴素切实的工作作风运用到布置集会的工作上来！

（原载一九四一年五月十四日《晋察冀日报》第一版社论）

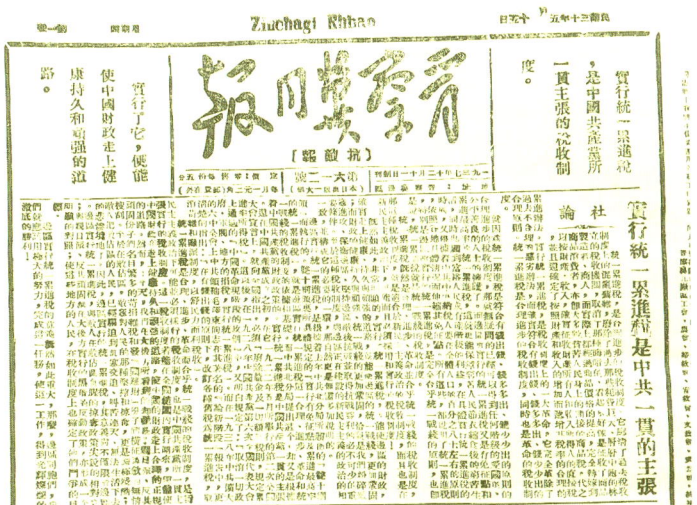

实行统一累进税是中共一贯的主张

　　统一累进税，是合理进步的税收制度。它廓清了过去税收制度上的混乱芜杂，废除了过去那些耗费巨大、层层中饱的林立的税收机关，取消了那种晦暗的、看起来好像是征收了商品制造者、商人，而实际上都经过商品价格的提高，完全转嫁到商品消费者，亦即大多数贫苦人民身上的间接的商品税，代之以按财产、收入，确实征收财产所有人和收入所得人的直接税，并且还确定了按照财产和收入的增加而迟赠其税率的合理的累进办法。实行统一累进税，是税收制度上的一大革命，它完全革除了过去不合理的恶劣办法，而确实符合有钱出钱、钱多多出、钱少少出的合理原则。统一累进税是合理进步的税收制度，同时也是革命的税收制度。

就因为统一累进税是符合有钱出钱、钱多多出、钱少少出的原则的合理进步的税收制度，那就无疑问的已经可以得到任何阶级的爱国的、公平善良的人士的拥护了。而边区所实行的统一累进税又是有免征点和累进最高率的统一累进税，这就更能保障穷苦人民节衣缩食后的穷苦生活，同时也顾到富裕人民或有产阶级的利益，在具体实行统一累进税的时候，又根据着中共中央纳税人要在全体人口的百分之八十左右的原则，依照各地具体情况而伸缩其免征点。所有这些，都说明了统一累进税，特别是边区所实行的统一累进税，是完全合乎统一战线的原则，也即是说，统一累进税就是统一战线的税收制度。

统一累进税既然是合理、进步、革命并合乎统一战线的税收制度，那这种税收制度，就是适合于新民主主义政治的税收制度，而且也是在新民主主义政治下，可能而且必须采用和实行的税收制度！

既然如此，非常明显的，实行统一累进税，能使边区的财政，确实走上健康、持久与顽强的道路，就能使边区的统一战线，更加巩固；而财政的健康持久与顽强、统一战线的更加巩固，恰就是我们粉碎敌寇进攻、保卫边区、坚持边区敌后战并取得抗战胜利的必不可少的重要条件。至于这种税收制度，与边区正在建设的新民主主义的政治的相一致，并构成它的必要的一环，那自然更是无需多加说明的。

边区实行统一累进税，是根据着去年中共北分局所颁布的"双十纲领"而执行的。双十纲领里所具体规定的"实行有免征点及累进最高率的统一累进税"，就是边区实行统一累进税这一合理、进步、革命和统一战线的税收制度的依据和基础。而中共北分局提出这个，却又是根据着中国共产党的财政政策的。实行统一累进税是中国共产党一贯的主张。还在中国共产党成立之初，在它一九二二年五月所举行的第二次全国大会宣言上，就向全国指出，必须"废除厘金及一切额外税则，规定累进率所得税"。这以后，在一九二八年中国共产党第六次全国代表大会上通过的"中国革命现阶段的政纲"中，又明白规定了："取消一切政府、军阀、地方的捐税、实行统一累进税"。而在一九三八年中共扩大的六中全会上中共领袖毛泽东同志在其著名的"论新阶段"报告中，更清楚的指出："在有钱出钱的原则下，改订各种旧税为统一累进税，取消苛杂和摊派制度，以舒民力而利税收"。

统一累进税是合理、进步、革命而合乎统一战线的税收制度，是新民主主义政治下可能并必须采行的税收制度，也是中国共产党所一贯主张实行的税收制度。这一税收制度若摆在全国范围内实行开来，便能使中国财政亦走上健康持久和顽强的道路，使中国的财政走上合理的正规的道路。然而，在今天，我们在大后方所看到的却只是：亲日派、反共顽固份子们名目繁多的苛捐杂税和发"国难财"份子们横征暴敛的无情搜刮。至于在敌占区，敌寇对人民的那种压榨和掠夺，更是□极残酷；敌人把敌占区的人民，已经压迫到饥寒交迫、叫苦连天、无法生活下去的悲惨境地了。因此，边区实行的统一累进税，其意义尚不仅限于边区。边区实行统一累进税，与敌人在敌占区血腥的掠夺政策尖锐的相对立；与亲日派、反共顽固派在大后方实行的黑暗的反动政策，亦形成一个明显的对照；使这些地方的人民，在税收制度上也确定了他们斗争的目标。

边区实行统一累进税的意义既然如此重大，那么，边区同胞们，我们就应该用极大的努力，完成这一任务，使这一工作，得到光辉灿烂的澈底的胜利！

（原载一九四一年五月十五日《晋察冀日报》第一版社论）

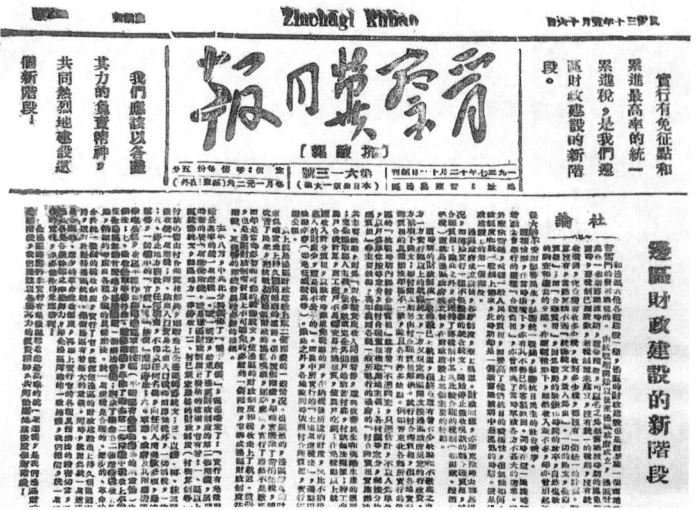

边区财政建设的新阶段

　　和边区其他各种建设一样,边区的财政建设也是经过这一个复杂曲折艰苦奋斗的发展过程的。由抗战刚开始以后至边区政府成立,边区财政曾经处在一个新旧过渡时期,这个阶段,可以名之为新旧过渡时期的混乱阶段。这时,旧税制已经废除,新税制还未建立,没有统一的税则,没有统一的税收机关,究竟需要收多少税,收到多少税,都没有一个统一的计划。预算决算没有,当然更谈不到"统办统支,量入为出"。一切的开支,全靠"合理负担";而"合理负担",因为战局的紧张的时间的仓卒,自然也缺乏精密的调查和适当的分配。在这种情形下,虽然收入并不多,却亦会引起了社会很大的不安而影响民生,影响统一战线，影响抗日民主的社会秩序。

　　这种情形，在当时环境下，亦有其不得已的客观原因。同时在这一过渡时期，凭着动委会举行的这种"合理负担"，亦曾解决了当时军政各方不甚大的需求。虽然由于废除苛杂，减轻一般人民的负担，而提高了他们抗日的积极性，但无论如何，在财政制度和统一战线上讲来，此时期却是一个新旧过渡期中最混乱的时期。这是边区财政建设上的第一个阶段。

　　边区政府成立以后，各种制度、渐上轨道。财政问题，亦渐克除□去那些混乱情况，而开始实行一种不很□□的统收统支，开始停止征收现款的县合理负担，试行村合理负担；除此之外，还保持了旧税制中某些比较合理的税制（如田赋、烟酒、印花等税）这就是边区政府成立后，在财政建设上三个主要的特点。

　　这时期的财政制度一般的说已上轨道，但终竟还有着不少缺点和不澈底之处。□方一方实行县以上的统□统支，一方又规定县区开支按边区政府规定的行政费，由地方□项下开支；而村开支则另由村合理负担解决。试行村合理负担，但各地实行的合理负担的具体办法却极不一致，并且各有许多缺点。例如晋东北各县所实行的第二战区的"抗战时期内县村合理负担"就有着"不凭调查，只凭估计，不以人为单位计分，以月为单位按等定分，县村合理负担概取属地主义；各村□等定分，县按分比例分□负担"等主要缺点。再如□□各县一般所执行的边府的"村合理负担实施办法"，其主要缺点，则为"对各种资产收入同样看待，这与改善民生和鼓励生产的原则不符；完全采取属人主义，使多数或完全为佃户的穷苦村庄，村款无法摊派；将工商户和属户合并计算，因工商户不易调查易于逃担责、使农户吃亏；在免税点以上就全□资产收入计分负担，以致有时靠近免税点的户，在纳税后所遗的财产，反比不纳税的一些人的财产少，这是很不公平的"。而□中所实行的"土地累进税法"，优点固有，缺点亦存（如免征点较高等）。□此之外，各地并同时依照村合理负担，实行征收□□

公粮。

以上就是边区财政建设上第二个问题的一般情况。很显然的，边区还□的财政题未能确实走上持久顽强健康的道路。但在这个阶段，却确实废除了苛捐杂税，适当的改善了民生，把抗战初期边区财政的混乱现象，逐步廓情，实行了虽然不是澈底的然而却是当时必要和可能的统筹统支，使边区的财政制度和税收走上了轨道。这个阶段，也是边区财政制度发展上不可避免的必经的一个阶段，它构成边区财政制度往更高阶段、更完善的阶段发展的必经的桥梁。

去年八月，中共北分局颁布了"双十纲领"，里边确定了："实行有免征点和累进最高率的统一累进税"。这一规定，结束了边区财政制度的第二个阶段，展开了它的新的统一累进税阶段。这是边区财政制度上崭新的建树，它有着：一、区以上由边区统筹统支，边区地方一律停收；二、村已规定严格的财政制度（村概算制等），但村款仍旧由村合理负担解决，逐渐走上全边区统筹统支；三、以钱、粮、秣三种形式征收统一累进税；四、除出入口贸易之出入口税和田房契税外，一切捐税，一律停止；五、停止地方罚款，任何□□，不得以任何名义，向任何人□摊款派粮，虽□强□□劳，一切□中的"官□"、"□价"应即停止；六、军队、政府及其附属机关，一律屯公粮，并为平□作为□□□□军□民□（平□□有公□□□品的两重□）的有□办法；七、□□公平等□特□。□□□□，革断了□去第二个阶段中□收上不统一，使□□□无论什么地方都□□□一个办法□□；□□了□□第二个阶段税收上各种□□，□细的考虑出各种合理的具体办法。统一累进税是合理的、进步的、革命的并符合于统一战线的税收制度，实行了它，就能使边区的财政建设走上持久顽强健康的道路，这对于坚持边区抗战、保卫边区有着极大的意义。同时，就因为统一累进税本身是合理的、进步的革命税收制度，再加上实行它的各种具体办法的精密切当，再加上边区各界各级干部之辛勤努力，即全边区同胞的一致拥护，我们相信，统一累进税工作的宣行，亦□能取得光辉胜利！

全边区同胞们□实行有免征点税累进最高率的统一累进税，是我们边区财政建设□□阶段，我们应该以各尽其力的□□精神，共同热烈地建设这个新阶段！

（原载一九四一年五月十六日《晋察冀日报》第一版社论）

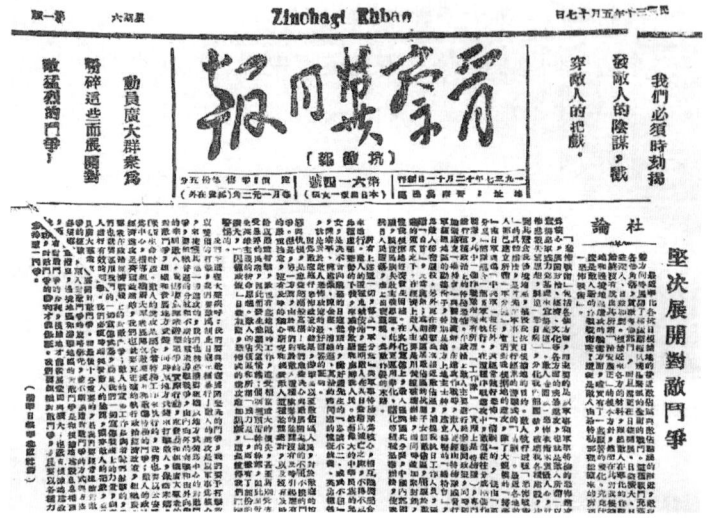

坚决展开对敌斗争

最近华北各抗日根据地的接近敌占区与敌占点线的附近，敌我双方同时展开了极猛烈极凶残极紧张的全面性的战斗。这种战斗充满各个角落，贯澈每个部门，而且还正在日益开展，日益扩大，日益深入，日益加剧。根据近来各方的材料，虽然敌人在华北的作战始终没有脱出其所谓"治安肃正"的根本方针，然而在其对我根据地和边境地区进攻的战术方面，确实有了一些显著的变化。究竟什么是敌人新的作战战术呢？这便是敌人由希特勒那里剽窃来的所谓"恐怖战术"。"恐怖战术"包括各个方面，而主要的是以军事和军事特务的恐怖进攻为核心，展开政治、经济、文化等各方面的残暴进攻。也就是敌人所谓"以宣扬皇军威力为基础来宣扬皇道"。敌人企图以一"恐怖战术"来震慑人心，散布悲观失望思想，制造"恐日病"，分化我内部团结，破坏我各种建设，达到其"蚕食"我边境地区，摧毁我抗日根据地的目的。敌人执行这种"恐怖战术"的具体办法，是首先在军事上实行经常的游击式的"清剿"。最近各地敌人都已建立所谓"军分区"。它们对我根据地的进攻，除了大规模的"扫荡"由日军与伪"中央军"担任外，其经常执行恐怖"清剿"的，便由"军分区"部队配合一部伪军来执行。在这种进攻作战中，敌伪往往分成两个作战队，其中一个作战队附随有所谓"工作队"（实际上是特务队），专门进行种种政治上的特务恐怖。在政治上敌人主要是进行挑拨离间政策，同时则加紧建立"维持会"与制造汉奸。在进攻作战时，敌人便经由特务队威胁行军经过地区的动摇份子，特别是地方上地主士绅，建立秘密的"维持会"，为敌人秘密服役。另外更在游击区或接近敌区，捕捉我抗日工作人员，强迫"自首"，充当汉奸；或则威逼居住敌占区的抗属子女回敌占区，屈服于敌寇的魔爪之下。在经济上，敌人主要是用焚掠破坏办法，而同时并加紧封锁，使我根据地经济发生困难。在文化宣传上，敌人强调国共分裂，中国内部困难，制造民族失败主义思想。此外更运用毒化、赌化等种种恶毒办法，使我抗日人民堕落，走上出卖灵魂、为敌作伥的末路。

所有上述这一切，都以"军分区"与军事特务队为核心，相互随机配合来进行。敌人的这种鬼蜮伎俩，证明敌人在其日益趋向灭亡之际，不得不以此种虚张声势的下技，来威胁欺骗和麻醉我人民。然而伟大的中华民族的儿女，是决不会向丑恶的日寇低头的，谢好礼先生的"忠诚不二，威武不屈"，陈宗平、陈建豪、陈□坚、浦维逊、莫治钧诸同志的慷慨就义，英勇牺牲，就是对于敌人恐怖政策的最好回答的证明。

因为敌寇施行恐怖政策的结果，游击区以至敌占区人民，对于敌寇的愤怒与仇恨，是愈益怒潮般高涨！我们愈益决心与敌展开尖锐的不屈不挠的斗争。但是，另一方面，由于我们对于敌人这种险毒的阴谋没有及时引起应有的严重注意，没有及时的细心研究和揭发敌人这种阴谋诡计，以及没有及时给以严重打击，致使有些地区的工作遭受相当重大的损失，甚至个别受害受愚弄的民众，因此而发生悲观失望情绪；个别埋头苦干的干部，因此而发生英雄主义的拼命思想。敌人的占领区和所谓"威力区"，面积有了部份的扩大，"囚笼政策"日益加紧，恐怖式的进攻愈加猖獗，这是值得我们深深警惕的！

我们在这里大声疾呼：我们要与敌展开坚决的斗争！我们要予打击者以双倍的打击！我们要严厉制止日寇此种暴行！敌人的进攻是以军事为核心，来掩护其他一切进攻的，我们也就必需要组织以地方武装为中心的对敌斗争，要组织普遍的分散的和不断的群众游击战争，由内向外的突击和由外向内的牵制敌人。我们要以群众游击战争的实际行动，来发动和组织广大群众的对敌斗争，组织和发展地方武装，同时以地方武装来打击敌人，保卫家乡，保卫生命财产！敌人的进攻是配合着特务工作来执行的，我们也就要以公安局为中心，指导组织广大群众展开反敌探汉奸和敌伪特务的斗争；敌人的政治经济进攻是齐头并进的，我们也就要更正确的执行政治经济政策，组织广大群众在政治经济战线上的对敌斗争；敌人的宣传工作是向着我们射击的，我们也就要运用我们的一切宣传武器，动员我们一切宣传战线上的力量向敌人进行有效的回击。我们必须时刻揭发敌人的阴谋，戳穿敌人的把戏，并动员广大群众来展开对敌斗争。而最后十分重要的，是我们要经常总结对敌斗争的经验，深入对敌斗争的策略研究，并不断创造对敌斗争的方式与方法。必须郑重指出，边境地区和游击区的对敌斗争是和根据地建设息息相关的，只有对敌斗争的胜利，根据地才能发展巩固与扩大，也只有根据地建设的成功，对敌斗争的胜利才能保证。我们要组织对敌斗争，并且要以各种力量支持这一斗争！

（《新华日报》华北版社论）

（原载一九四一年五月十七日《晋察冀日报》第一版社论）

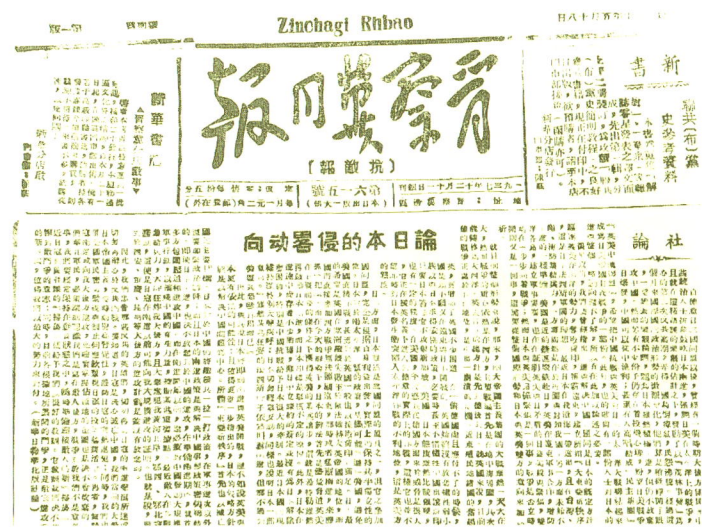

论日本的侵略动向

自德意日三国同盟以后，曾经有一个时期大后方国民党中某些统治人士拼命鼓吹日本南进，强调日美在太平洋上的战争，而且就在这种错误的乐观的估计之下，发动了以"茂林事变"为中心的第二次反共高潮，弄得全国乌烟瘴气，民怨沸腾。经过这几个月来国际国内政治形势的激烈变化，他们算是稍微睁开了眼睛，一变过去的乐观论调，认为日本虽然积极南进，但仍不放弃进攻中国。然而另有不少份子仍存在着投机心理，盼望日美战争早日爆发，中国可以从中渔利；甚至有人高唱结成"民主集团"和"英美中澳联盟"，希望把中国抗战与英美对日本的太平洋大战联结起来，成为日美帝国主义战争的一部份。此外，也的确尚有一部份人士对日本的南进与整个侵略动向还不了解，所以有在此加以论述之必要。

很早以前，我们便曾经指出：南进与解决中国问题，同是日本的既定方针。驱逐英美在南洋的势力，夺取荷印，称霸远东，建立所谓"大东亚新秩序"，这是日本法西军阀的理想。最近日本在我沿海一带进出，且在台湾、海南、海防集结兵力，一方面固然是在于包围与封锁我国，另一方面未始不是南进的一种准备。美国最近的禁运废铁赴日，英美在远东军事合作，增防南洋各岛，建立军事要塞，也在证明英美与日矛盾的日益尖锐与紧张，双方均在一步步向着战争；然而日本与英美关系紧张是一回事，战争是否立时展开则又是一回事，这需要从整个国际形势和日本与英美双方的意向来加以分析。

就目前整个形势来说，那末，两大帝国主义集团的大战虽然一天天在扩大，然而战争的重心依然是在西方，主要战区首先是在地中海周围，其次可能转移到大西洋。英美目前的总方针是先对德后对日。就英国来说，目前对德的战争正处于不利地位，呈现出一崩溃的危机，近东殖民地诸国的奋起抗英，更增加了英国不少困难。在一个德国尚且应付不了的时候，英国是颇不愿又在远东与日本开战的。英国始终没有放弃牺牲弱小民族以与日本求得妥协的政策。必要时甚至不惜牺牲中国出让荷印，只要日本答应它不攻击新加坡。美国对日的态度虽然比较强硬，但也有一定的程度。在美国，今天感到从德国方面来的威胁是很大的，日正在援英名义下进入对德意的实际上的作战，这样它也并不希望即时对日本发生冲突陷入太平洋作战的不利地位，这是英美方面的态度。

在日本方面，日本虽然是三国同盟的盟员之一，但它之参加三国同盟，完全是根据自身利益出发，实际上仍保持其半独立性的地位。日本对于南太平洋问题的政策，是尽可能"避"美国，避免与美国直接作战。甚至对于英国一般也以掠取荷印为满足。日本最大的希望是英国在欧洲继续失败至于无法维持大英帝国的地位，而美国则直接参加西方战争无法照顾远东，那时或者猛烈南进、乘机"抓一把"。而在今天的形势下，日本的办法首先是尽量胁迫英美，在不战而胜的条件之下获得英美的某些让步。这就是希特勒虽然一再鼓励日本南进，而日本却总是举棋不定的原因。此外，日本在南进途中，尚存在着不少困难，苏日中立条约的签订并没有为日本解除什么困难，特别是中国抗战给予日本很大的牵制。最近日本国内现状维持派特别大声疾呼：日本切勿轻举妄动，同样也说明日本一部份意向。（虽然某些狂妄的法西斯份子依然叫嚣南进，但那不过对英美尽其恐吓作用而已）。

因此，与其说日本将即刻南进与英美开战，还不如说英美与日本更有妥协的可能性；且值得更进一步指出的，日本的侵略方针始终是以解决中国问题为中心，所谓"东亚新秩序"，首先也以灭亡中国为主要目标。日本对于中国仍将继续其一拉一打政策，在军事进攻以外，还要加紧政治诱降；而且日本的南进政策是与解决中国事变政策密切联结着的，即使日本南进，也决不放松对于中国的进攻。在准备南进期内，就首先多方包围、压迫和进攻中国。而在南进开始以前，还必定对中国发动大规模的军事行动，以摧残中国的有生力量，控制某些重要据点。最近敌人在各战线集结兵力，大肆狂炸我大后方，且大举进犯我黄河北岸、鄂西、鄂北寇亦蠢动，这便是日寇在南进以前可能向我大规模进攻的证明。也就是说，敌人对于西安、重庆、昆明等大后方的进攻计划是并没有放弃的。

因此，我们忠告那些反共的英雄们，切勿再为日寇的南进声浪所迷惑，切勿再醉心于反共内战。要知道，日寇是决心灭亡中国，我们当前的大敌是日本帝国主义，要时刻提高警觉性，严防日寇的突然进犯；同时，我们也希望全国军民密切监视与制止何应钦辈亲日派的投降阴谋活动。再者，无论日寇南进或向我大后方进攻，他确实掌握占领地的企图也是决不会放弃的。我们华北军民，必须深刻认识我们是处在敌人后方，战争对于我们不是意外的事。我们要经常保持在动员状态之中，随时准备迎接敌人的新"扫荡"。最近日寇对冀鲁豫的"扫荡"便给予我们以很好的教训。它教训我们决不能松懈对敌斗争的意志。同时目前各根据地所展开的斗争，正是敌寇进攻我们的新方式，值得我们以最大的努力来对付。

（《新华日报》华北版社论）

（原载一九四一年五月十八日《晋察冀日报》第一版社论）

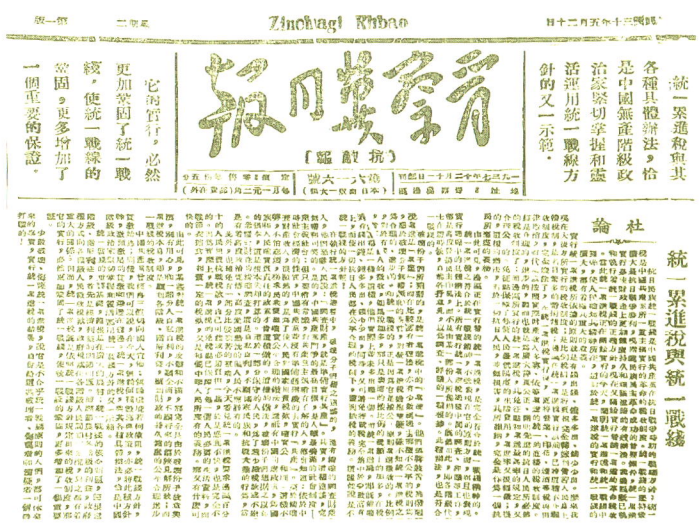

统一累进税与统一战线

抗日民族统一战线是中国共产党在抗日战争时期的战斗方针；统一累进税是中国共产党所一贯主张实行的革命的税收制度。统一战线的坚持巩固和扩大是抗日战争胜利，现阶段民族民主革命成功的首要条件，统一累进税的实行是使财政走上更加健康持久和顽强道路的有效办法。我边区既已执行了和执行着统一战线的正确方针，现在又关于实行着统一累进的革命税收制度。当此统一累进税正在开始实行的今天，□明统一累进税和统一战线中间的关系，使人民确知其精神所在，这对于统一累进税的实行和统一战线的巩固扩大，都有着极其重大的意义。

实行统一累进税所依据的原则就是有钱出钱、钱多多出、钱少少出。历来我国及现在大后方所实行的税收制度；是比例税制，是将负担完全转嫁到贫苦人民身上的间接税制，是名目繁多的苛捐杂税；边区在统一累进税实行以前，已将这种不合理的税收制度，完全废除了，在统一累进税实行后，更将营业、印花、烟酒等税与田赋一律取消，而代之以按照实际财产收入多寡、依等累进的统一的直接的税收制度。这已经是合理的，进步的，因而也就是为广大善良公正、开明先进的抗日人民所必然拥护的税收制度了；而边区所实行的统一累进税，其免征点和累进最高率的规定，又是最合理公平的。免征点保障了每个人民最低限度的生活费用，累进率又很轻微；很显然的，这样的办法，对于一切抗日人民，并无损害，其所缴纳，完全是作为一个抗日人民所应尽的义务。

由此可见，边区正在实行着的统一累进税，是完全符合于统一战线精神的。

统一累进税之符合于统一战线精神，不只表现在它的原则方面，而且也表现在它实行过程中的具体办法上。所有实行统一累进税过程中间的调查、评议等工作，规定都是高度发扬民主作风，而不是由某一部份人所包办的。既然如此，即各阶级代表人士在这时候，自能各抒意见，以为调查、评议的一种根据。此种办法，也是符合于统一战线的。

破坏份子们所□□的，是统一累进税中的"累进"。他们张唇鼓舌，挑拨离间，说累进是"累尽"；而在比较富有者里边，亦有少数视过去那种不公平的税则为当然，惑于破坏分子无稽无耻的□言，对统一累进税抱怀疑，殊不知统一累进税之所以为合理的、进步的、和统一战线的，正是因为它是按公平原则累进征收的。比例税则，对于有钱人的征收，如果说加多，那只是表面的按比例的税额上的加多，在税率上，都是一样，这样，他们实际上并未多出过一个。而统一累进税，即既能确实做到有钱出钱、钱多多出、钱少少出，同时，又可避免将税完全集中于多数富有者身上，而使一切抗日人民都在公平合理的税则下，尽到纳税的义务。这谁能说是不合乎统一战线的方针呢？

在执行统一累进税过程中，破坏分子们借之造谣的，还有精确的调查财产和收入，他们恐吓人民说："调查财产，就是准备实行共产"。其实，这种造谣，完全是无稽和可笑的。是的，中国共产党斗争的最高目标，是人类最美满的社会制度——共产主义社会；但只要稍有常识，对共产党主张稍有了解的人，都会知道：依于中国现时社会经济的性质，中国共产党并没有准备超阶段的去实行"共产"。关于精确的调查财产收入，很显然的，是为了使人民对国家担负税款，确实公平合理。这样不怕辛劳、不怕麻烦，务求民众负担确实公平合理的做法，还只有中国前进政党，为国家民族和人民确实负责任的政党才肯这样做的。这样的做法，破坏分子们想据之以为破坏的张本，这是根本失却打算的。至于一部分保守的人民，为了想少缴税款或不缴税款。恐惧对财产的精确调查，这是自私自利，不愿国家民族和抗战大业的行为，当然也是有着高度政治觉悟、高度爱国热忱的区人民不应该有的。

此外，也难免有一部分比较穷苦的群众，今天看见统一累进税要求边区百分之八十的人民担负抗战税款，自己可能或必须负担一些，于是感到不快，也是完全不应该的。因为实际上，统一累进税的免税点已保障了每一个人民必要的生活资料，而为抗战节衣缩食，担负一定的税款，又是每个中华人民所应有的义务。那又有什么可以不快的。

由此可见，某些对统一累进税的攻击和不满，那完全是由于破坏份子故意兴风作浪，别有用心，和一部份人自私自利，不顾全面，不顾将来的□狭见解所致；而统一累进税本身，却是顾到各阶级、阶层利益，顾到财政的持久健康的公平合理进步的统一战线的税收制度。

中国共产党曾经再三□切向国人宣布：无论环境若何险阻，统一战线方针，势必贯澈始终；同样，我们可以说，在今天，无论何种设施与政策，亦必将此种方针与精神，澈头澈尾的贯澈和渗透在里边。统一累进税，与其各种具体办法，恰是中国无产阶级政治家紧切掌握和灵活运用统一战线方针的又一示范。

统一战线的重要基础，归根是在广大的农村；统一战线的核心问题，归根还是各阶级、阶层利益，首先是经济利益的调节问题。而调节农村各阶级的利益，政府用何种方式向各阶级人民征收税款，政府税款在各阶级人民间如何分配，对之都有着相当重大的关系。因而，统一累进税既是依照统一战线方针规定出来的税收制度，那么，它的实行，必然更加巩固了统一战线，使统一战线的巩固，更多增加了一个重要的保证。

少数破坏、侮蔑统一累进税，说它是不合乎统一战线原则的人们，都可以休矣，将来的事实，实行统一累进税的结果，自会给这些破坏者、侮蔑者和怀疑者一个严重的打击的！

（原载一九四一年五月二十日《晋察冀日报》第一版社论）

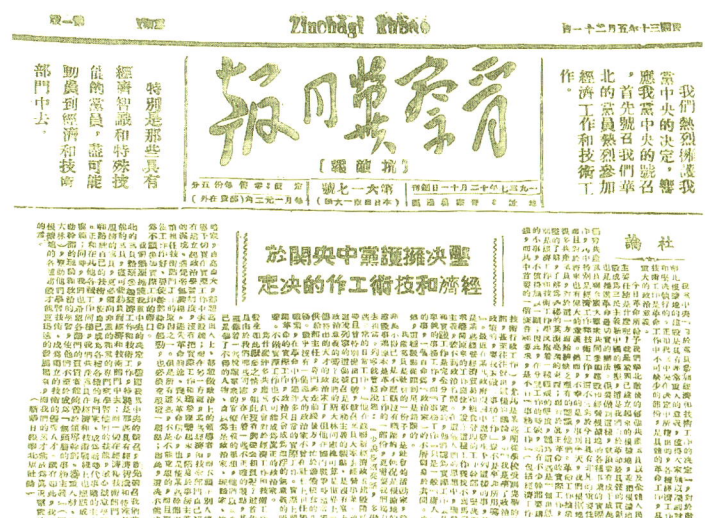

坚决拥护党中央关于经济和技术工作的决定

　　我党中央"关于党员参加经济和技术工作的决定",对于敌后华北根据地的建设是具有非常重大的意义,值得大家加以深刻讨论和坚决执行的。正如我党中央在决定中所指出的,各种经济工作和技术工作是革命工作中不可缺少的部份,是具体的革命工作,具有重大的政治意义。

　　今日革命所给予我们华北敌后的每个共产党员以及全体人民的主要任务是什么呢?就是巩固已建立起来的根据地,并把根据地建设成为三民主义新中国的模型,这是我们对于革命最具体的贡献,也是推进革命最切实的办法。但要做到这样,就须要有成千成万的优秀共产党员联合广大群众共同参加建设和经营根据地的各种事业的实际工作,其中特别是经济工作和技术工作,这不仅对于今日具有非凡的重要性,而且对于将来也有伟大的意义。然而,不幸的是,事到今天,我们根据地的很多共产党员,对于这一方面始终缺乏应有的认识,他们对革命工作抽象狭隘的了解,了解为神秘的莫测高深的东西;而对于真正革命的实际工作,特别是经济工作和技术工作却反抱着一种轻视的态度,认为这些是"无出息"的小事,不值得加以一顾;因此,在分配工作的时候,颇有不少干部要讲价钱,而其中首要的一个条件和要求,是不作"事务工作"(包括经济工作和技术行政工作),尤其是某些刚从学校受训完毕的干部,甚至往往发出这样的议论,□"我是学了政治和政策的,要我去做□事务工作,岂不是学非所用吗?"最近在某些政府机关中还发生下列这样的事,就是某些经营经济贸易和粮食管理的工作干部,坚决要求离开原来的工作岗位,说在这种工作里找不到马列主义,听不到政治名词。在这些人们的思想中,理论和实践工作是完全分了家的,他们认为实际工作□是单纯的事务工作,而"事务工作"只是一般"庸人"的事,一个自命为"政治家"的不屑侧身于其间。自然,这种观点从头到尾是错误的。

共产党员是社会的一份子,是社会的活动家,除非万不得已,是不应该没有职业的,何况是根据地的建设事业原本是革命工作的一部份,更需要我们竭力去担当。列宁就曾经说过:"少说些漂亮话,多做些平常的日常工作。"他在苏联新经济政策建设开始时且会特别提出口号,号召党员大家去经营事业。难道说列宁的这个号召是事务主义的观点、是没有伟大政治意义的吗?我们的斯大林同志总可算是世界上一个特出的天才的政治家了,但他在国内战争时还当过供给部主任,专门奔走前线后方,忙于□备粮食的事务。几乎没有一个伟大的政治家不曾在社会上担任过职业,在革命中作过许多日常的实际工作。实际上离开革命的实际工作,政治只会成为漂浮的无意义的噪声。不做实际工作也不可能成为真正的政治家。

为什么许多共产党员会对于经济工作和技术工作发生如此厌恶之情,

如此没有兴趣去担负呢？这首先是由于我们那些同志，存在着一些不正确的观点，甚至杂着一些脱离群众的官僚主义的思想，他们以为自己是个了不得的人物、自以为是政治家、理论家、策略家，自高自大，都想高出人上、都想做政治上的领导者，而不愿在别人镇压下切实在实际工作中去锻炼；而在另一方面，某些经济和技术部门自己没有建立起政治学习制度，没有把实际工作和理论联系起来，陷身于事务主义的泥坑、感觉毫无兴趣、迷失革命前途、丧失革命信心，也是使某些干部害怕担任技术部门工作的原因之一。但是所有这些，不是不能克服的，而且要使工作作好、要使干部干得起劲，也必须克服这一观点；因此，这绝不能成为不愿参加实际工作的借口。

我们热烈拥护我党中央的决定，响应我党中央的号召，首先号召我们华北的党员热烈参加经济工作和技术工作，特别是那些具有经济智识和特殊技能的党员，尽可能动员到经济和技术部门中去；而一切在经济和技术部门中服务的党员，更必须向非党的和党的专门家学习他们的技能，诚心诚意学习和熟练自己的技术，使自己成为各种各样的专门家、成为新时代事业的主人。正和在其他各种工作同样，我们共产党员在经济和技术战线上也应该成为模范；同时，我们也希望各部门的负责者能够善于领导干部、器重人材、帮助干部的理论和政治的学习，使他们不至于成为"无头脑的事务主义"（斯大林），帮助他们学习技术、成为独立的技术的优秀人才。只有如此，我们根据地的各种建设才能更迅速的发展起来，而我们的党才能成为真正群众性的党。

(《新华日报》华北版社论)

(原载一九四一年五月二十一日《晋察冀日报》第一版社论)

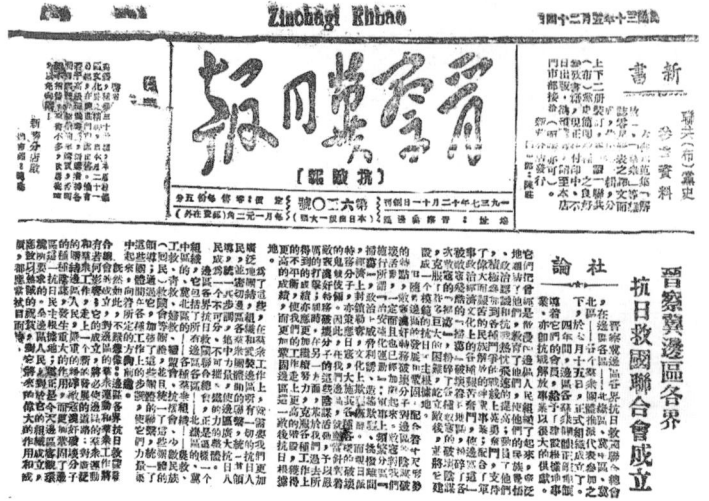

晋察冀边区各界抗日救国联合会成立

晋察冀边区各界抗日救国联合总会,在边区各区——北岳区、冀中区、冀北区——各个群众团体推派代表参加之下,于本月十五日,正式组织成立了。

四年间,边区各群众团体正确地领导着它们的会员,给予了建设根据地事业、亦即抗战解放事业以很大的供献。它们把曾经是散漫的边区人民组织了起来,广泛地团结了他们,教育了他们,使他们的民族觉悟、政治认识和抗战热忱飞速的提高;动员了他们,积极参加到各种斗争的战线上英勇奋斗,支持了伟大而艰苦的民族解放的神圣事业;配合了军事政治经济文化上的各种艰苦奋斗,使边区这一被敌寇残酷的"扫荡"破坏着□地区,粉碎了各次敌寇的"扫荡"，粉碎了各种敌寇的破坏阴谋，克服了许多巨大的困难，屹立敌后，并将它建设成一个模范的抗日民主根据地。

但随着边区的发展和巩固，配合着今天形势的特点，敌寇汉奸特务破坏份子对边区的阴谋破坏活动，一定而且也已经加剧起来。敌寇对我们施行所谓"治安强化运动"：军事上频繁分区"扫荡"、政治上威胁利诱、造谣欺骗、挑拨离间，经济上封锁勒夺，文化上欺骗□醉。而亲日派特务分子，亦策应日寇，大施其各种各样的破坏的鬼蜮伎俩。因此，在我们边区，就应当针对着敌寇汉奸特务破坏分子的这些阴谋活动，予以严厉的打击；同时，在另一方面，基于我们过去所得到的成绩亦应更加继续努力，克服各种工作上的不平衡，使我们的工作走上更高的阶段，获得更高的成绩，而更加巩固边区这一敌后抗日根据地。

为了这些，在群众工作上，就需要我们更加广泛地团结、组织和武装边区所有一切的抗日人民，并密切边区各群众团体间的联系，统一其领导，统一其步调，集中力量，使边区广大抗日人民成为一个不可分、不可摧□铁的力的整体。

边区各界抗日救国联合总会，正是这样一个组织，它包括了所有边区各区——北岳区的、冀中区的、冀北区的——各种群众组织——农救、工救、青救、妇救、牺盟会、抗援会、少数民族（回民）救国会等团体，并且统一了这些团体的领导；通过它，加强了这些团体的联系，统一了这些团体间在各种工作上的步调，使它们力量集中起来，向着所定的方向前进。

既然如此，不难想象：边区各界抗日救国联合总会的成立，对边区的群众运动和群众工作将有若何影响；它的成立，将必使边区的群众运动和群众工作，走上一个新的发展的道路：对广泛的团结边区人民，严重的粉碎敌寇汉奸破坏分子的种种阴谋，发生重大的作用，而更加巩固了边区这一抗日民主根据地；这正是今天边区客观环境所要求的。全边区人民，对于它的组织成立,应致以热诚的祝贺,对它将来的伟大的作用和成□,都应当拭目而待。

(原载一九四一年五月二十四日《晋察冀日报》第一版社论)

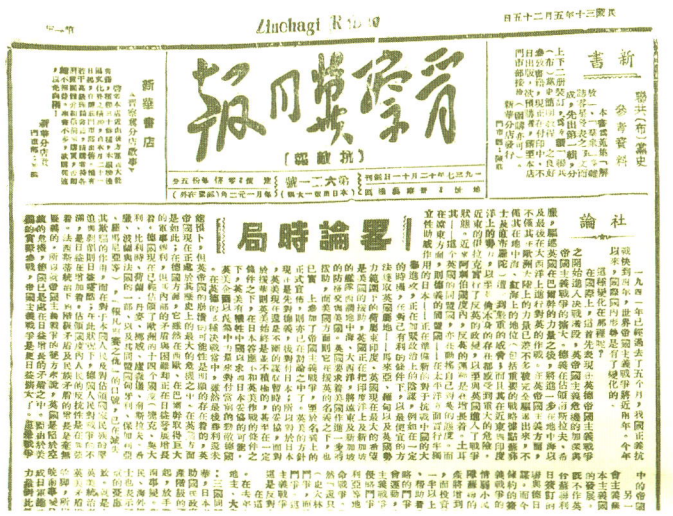

略论时局

一九四一年已经过去了五个月,我国正义抗战快到四年,世界帝国主义战争将近两年。今年以来,国际国内形势是有了变化的。

这种变化在那里呢?

在国际上,这首先表现在英德帝国主义战争之开始进入决战阶段,英帝国主义危机的加深与帝国主义战争的扩大。德义在占领南斯拉夫、希腊,驱逐英国在巴尔干的力量之后,将进一步在地中海以及最后在大西洋上进行对英的作战。在英帝国主义方面,不仅其在欧洲大陆上的力量已差不多被完全驱逐出来,不仅其在地中海、红海上的地位(包括重要的战略据点苏彝士及直布罗陀)遭受到严重的威胁；而且其在近东与印度洋上的势力，以至英伦本身的存在都感受到重大的危险。近东的伊拉克实行了反英的政变，以至于英国进入了战争状态。近来阿拉伯国度内，反英的运动是在增长着。土耳其——这个英国的同盟国，亦在动摇自己对英的态度。而在远东方面，则德义的同盟国——在太平洋方面实行半独立性助威作用的日本——正在准备新的对于抗战中国的大举进攻，正在加紧政治上的阴谋，例如在一定的时机，在对己有利的条件下，以最便宜的方法获取英国属地——马来亚、缅甸以及英国势力范围下的荷属东印度。英国现在最大的希望是美国的援助，英国正在把印度洋上及新加坡的舰队西调地中海、大西洋，将远东及新加坡的防务交于美国。英国要求着美国作进一步的援助，而美国方面则它在援英的名义之下，也已实际上参加了帝国主义战争，至于名义上的正式宣布，则亦已在讨论之中了。英美的方针现在是先对德义，后对付日本；所以对于日本，英美现在还是不断的谋取暂时的妥协，而对于援华则英美始终是并不积极的，甚至在一定条件之下，在日本答应不和英美作战的条件之下，英美有牺牲中国以求与日本妥协的可能。英美企图以此集中力量来对付当前的劲敌德国。在英德的这种决战当中，虽然最后胜利还未能预卜，但英帝国的崩溃的可能性是明显的存在着的，英帝国现在正处于其历史上的最大的危机之中。在英国方面是如此；在德国方面，它虽然在西欧、在巴尔干取得巨大的军事胜利，但其内部的矛盾与困难却正在日益发展增长着。德国现在已经占领了欧洲的十四个国度（捷克、奥大利、比利时、荷兰、丹麦、挪威、卢森堡、南斯拉夫、希腊、波兰与法国的一部、以及其同盟国匈牙利、保加利亚、罗马尼亚等），"报凡尔赛之仇"的口号，已在灭失其欺骗的作用，而在对于本国人民及对占领国家民族的压迫与剥削则日益残酷；在此状况下，德国人民对战争的不满，是日益在增加着，占领国度内人民的反抗性是在加强着。法西斯蒂统治下的阶级矛盾及民族矛盾的增长是毫无疑义的。所以就帝国主义战争的双方来说，英国是陷于空前的危机，德国已是处在日益增长的矛盾之中。而由于美国的实际参战，帝国主义战争是更日益扩大了。这是战争中的帝国主义一方面的情形。

另一方面，则又表现在崛立于帝国主义战争之外的社会主义苏联的力量的增长以及其国际地位的增强，以及资本主义国度内人民的反战运动与被占领国内人民解放运动的发展。苏联一贯执行着列宁、斯大林的和平政策；苏联既不作英美的工具，亦不作德义日的工具，而是进行着适合苏联利益与全世界人民利益的和平政策。由于四月十三日签订的苏日中立条约，苏联更一次地打击了英美挑拨苏联与德日关系，企图使苏联加入战争，为英美作苦力的阴谋。而今年四月四日苏南（南斯拉夫）友好与互不侵犯条约的签订，以及苏联人民对于南斯拉夫及希腊人民的正义战争的同情，表现出苏联的明白的反帝国主义侵略，同情弱小民族独立解放的战争。苏联和平政策的胜利，更保障苏联的社会主义建设的进一步的发展。今年苏联工业生产将增到百分之十七——十八，农业生产将增加百分之八，而投资总数则达四百八十万万卢布，较一九四零年增加一半以上，苏联和平政策与社会主义的建设成功，鼓舞着、帮助着全世界人民反对帝国主义战争、反对帝国主义侵略的斗争。资本主义各国的人民和平运动，英国的人民大会运动，美国的广大罢工运动，德义日国内人民对于帝国主义战争的增长着的不满，希腊、南斯拉夫等国人民的反侵略斗争，南美各国人民的发展着的反帝运动，印度、叙利亚等地的民族革命运动，特别是中国人民的伟大抗日革命战争。国际工人阶级的革命运动已经开始了，它现在虽然"还只是处于第一阶段，但已经具有十分实在的形式"（斯大林）。交战国的人民正在努力为争取人民的和平而斗争，而被压迫民族则正在努力为自己民族的独立解放而斗争。这种斗争必将随着帝国主义战争困难的加深、帝国主义战争的扩大与广大群众义愤的增长，而更发展起来。这是反对帝国主义战争的和平力量方面的情形。

在这样的国际状况之下，我国国内形势、亦有了变化。在去年九月二十七日德意日三国同盟订立之后，我国大地主、大资产阶级的顽固派先生们，曾经有了这样的估计：三国同盟订立后，日美斗争必趋激烈，美国必然积极援华，日本必然不敢作进一步的进攻，而苏联亦必然继续帮助国民政府当局。在这样的错误估计之下，大地主、大资产阶级的顽固派认为形势对于他们有利，所以自去年十月起，放手发动第二次反共高潮，这样造成残杀新四军的皖南事变。对于皖南事变的反共高潮，非但共产党、全国人民、海外侨胞表示了坚决的反对，就是世界人民与正义人士也表示了巨大的义愤。非但我国民族资产阶级表示了严重的忧虑，而且就是大地主、大资产阶级的内部亦并不一致。就是大资产阶级的后台英美统治者亦并不完全赞助。英美统治者虽然支持着他们的反共政策，但在现在日本与英美矛盾增长的情况之下，英美统治者需要中国拖住日本的脚，所以亦并不赞成以大施反共内战来代替对日抗战。皖南事变只博得日本帝国主义、汉奸汪派的拍掌称快，完成日军进攻的便利条件罢了。事实证明了我们国内的阶级力量对比是已有了重大的变化。

鉴于国内国际的反对反共，军事上之无有效办法，以及日本与中国统治阶层的矛盾的依然尖锐，于是亲日派怂恿顽固派所发动的以皖南事变与一月十七日反动命令为顶点的反共高潮，现在不能不暂时稍稍缓和。现在大地主、大资产阶级顽固派的一些代表又作另一种估计。苏日中立条约签订后，日本可以放手南进；同时就加强对我的封锁，加紧对我的控制，完成对我的包围。因此，对抗战感到没有办法。在这种悲观的情绪之下，当日本实行军事经济破坏与政治诱降、亲日派努力投降活动之时，新的投降危机又会重新发生，这点我们全中国人民是必须警惕地加以注意与防止的。

我们应当正告大地主、大资产阶级顽固派先生：你们过去的估计是错误了，你们现在反对苏日中立条约的论调以及悲观的结论亦是完全错误了的。苏日条约的巩固□□□人苏联的边境安全，提高苏联的国际地位，便利苏联运用更大力量来援助全世界人民与被压迫民族的解放斗争，这不仅对于苏联有利,而且对于全世界人民与被压迫民族有利。社会主义苏联的利益是和全世界人民的利益完全符合的。只有帝国主义阴谋家及其走卒才会反对这一条约。至于我国的抗战,则像我们所已光明辉煌地指出了的,更应当自力更生,坚持团结进步的方针,去取得最后胜利的。日本帝国主义是决心要实行其灭亡中国独霸东亚的计划的,它正在准备着对华新的大举进攻,它要实行南进;但在南进中它定要加紧对我的经济封锁、军事压迫与政治诱降(最近以来之进攻福州、宁波,加紧南海××军队调动,以及进攻西安等地的准备等已见其端),这是确定了的。英美虽然可以给我国以某些极小的帮助,但它们是不会积极援华的。投降日本是死路,把我国民族独立拿到纽约、伦敦的交易所里去拍卖,也是一条死路。我们民族的生路只有一条:独立、自主、团结、进步、抗战到底。

我们更应正告大地主、大资产阶级顽固派先生:你们一面抗日、一面反共的两面政策是走不通的。要真正抗日,就不能反共;要加紧反共,就有被亲日派拉到投降路上的重大危险。你们二年半来的反共倒退的行动已经给与民族抗战以重大的损失,并且造成了日寇新的大举进攻的一个有利条件。你们发动皖南事变,颁布一月十七日反动命令,是大错而特错了的。在皖南事变以后,你们直到现在还在一些地方(鄂东、皖东、淮北等)进行反共军事行动,还想把新四军、八路军驱出华中,还在扩大反共宣传,污蔑坚决抗战的共产党为"奸党",加紧特务政策,镇压爱国人士,这更是错上加错,是没有出路的。钻泥坑当然你们有钻泥坑的自由,但是这样钻下去时,不仅会使你们自己陷于毁灭,而且要给民族抗战造成巨灾大祸。悬崖勒马,回头是岸,这是全国抗日人民对于你们的诚恳的忠告。

(新华社延安五月十五日广播"解放"社论)

(原载一九四一年五月二十五日《晋察冀日报》第一版社论)

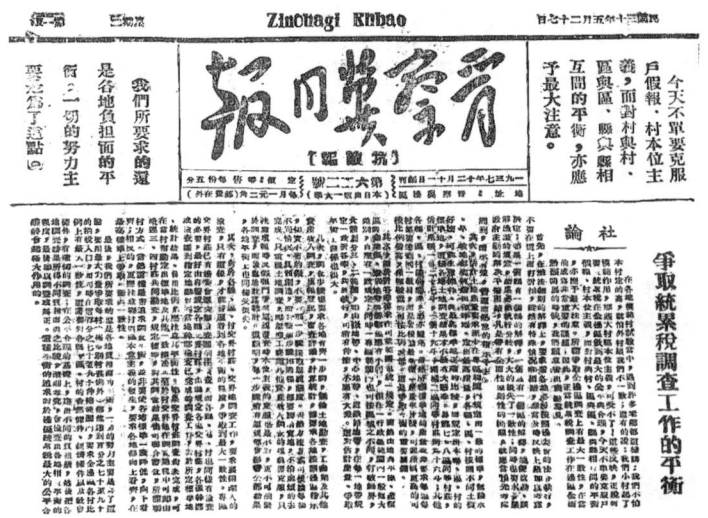

争取统累税调查工作的平衡

在各地模范村试验当中，遇到许多老乡都这样讲：我们不怕本村定的高，就怕外村跟我们不一致；还有的说：我们小村起了模范作用，那些大村犯本位主义，可受不了！这些反映，正说明要使统累税在全边区做到最大的公平与合理，今天不单要克服户假报、村本位主义，而对村与村、区与区、县与县相互间的平衡，亦应予最大注意。所谓争取全边区调查上有最大一致性，在当前成为非常重要的课题，因此，正当统累税调查工作在边区全面热烈开展的时候，我们愿意提出几点意见。

首先，在办法细则的解释上，要求着各地必须按照边委会的法令执行，不要在这上面打折扣，纵然有特殊情况和困难，应当及时反映上级加以考虑决定；如果一个县有一个县的解释，一个区有一个区的解释，□便改动、误解边区的规定，结果必然执行分歧，大大的损失了一致性；同时也要求各级政府主动的解决□□困难，凡是带有全面性原则性的问题，就应当预先考虑周到，□□清楚，普遍而迅速的□示□去。

其次，□估计土地严重要求至少在专区范围内规定出一致的标准，无论水、□、坡地都要挑选出标准地、定出最高度量，各县、区、村按照不同土质好坏、可能生产条件、与最高标准地正确的比较，□规定出本县、区、村的标准地，这样各□土地调查结果才不□有大□□。易县七、八区同等村庄，估计产粮一个二十七斗，一个十九斗，满□二区同等村庄则为十六斗；其他各县、区、村□□□□，恐亦难□。虽然所谓标准地的产量并非要求每区每村都要达到同一数目，而是要根据最高标准产量来比较，可能产粮更高的可按比例提高，产粮较低的可按比例减低。这是争取平衡的重要关键。

其次，关于折谷率要求在可能范围出统一规定。□无山地与平原、产粮区与□□区、产粮地带与游击区应有不同，但在一行政区范围内一般无大差别，自应有一致规定；同时一专区范围内也可按区域之不同，打破□界，大体划分三、二范围，如山□地带、中心地带、近铁路地带，在每一地带规定一致折谷率，共同执行，可稍有伸缩，不应有大差。这对估计产粮、争取平衡上关系也很大。

其次，调查步骤也要求各地有齐一步调，无论土地勘查，工商业及其他资产收入调查，填报登记，审查评议，计算统计，都要求各地按照边区指示，切实不苟的做，不要对那一步骤采取忽视态度。□□方法方式可根据每个不同情况，具体创造，而对整个步骤和过程，都要脚踏实地，不怕麻烦的去完成。只重视土地调查，而忽略工商业其他资产收入调查的现象要克服，只注意填报时反假报斗争而忽视审查时本位主义的克服也是不对，更不可前紧于调查，而后归于计算统计。很显明，每一步骤稍有忽视都会影响全部结果，各地平衡上也同样受损失。

其次，对于各县、区、村交界村庄、交界地调查工作，要求展开深入的检查，只有这样，才能普遍看到各地平衡的程度，争取到最大一致性。专区交界村庄已有边委会派突击检查团前往检查，而各县、区、村也同样有检查的必要，最好由专□规定各县交界村庄，由县规定各区交界村庄，各派干部或检查团到指定地点会同当地干部检查已完成的调查工作，对于所定标准地、统计结果、负担比例尤应注意其平衡性。如果交界村庄调查尚未完成，可在当村帮助定出标准地及其他一致办法。至于村交界地在调查过程中可即由毗连三、四村庄共同勘查，规定标准，对其调查结果□可联合□□，所谓联村方式。当然这样严密追求调查平衡，并非要使各地标准一致降低，向下看齐；相反的，更应注意联村与区本位主义的发生，要求各地都向上看齐，在最高标准上争取平衡与一致性。

最后，我们所要求的还是各地负担面的平衡，一切的努力主要是为了这点，要用最大力量争取每村（极个别村庄例外）都能达到百分之七十至九十的纳税人口，可同时在这百分之七十至九十伸缩范围内，要求全边区各村比例上有最大一致性，这需要对各县、区、村的自然条件、经济条件以及社会条件，有确切的调查；在公平合理的基础上，定出不同的负担级，然后把各地调查结果所得不同负担面与之比较，深刻考究，会检查出各地相互平衡的程度，最后加以调整或纠正。这种平衡的追求对于边区统累税最大的公平合理将会起极大作用的。

（原载一九四一年五月二十七日《晋察冀日报》第一版社论）

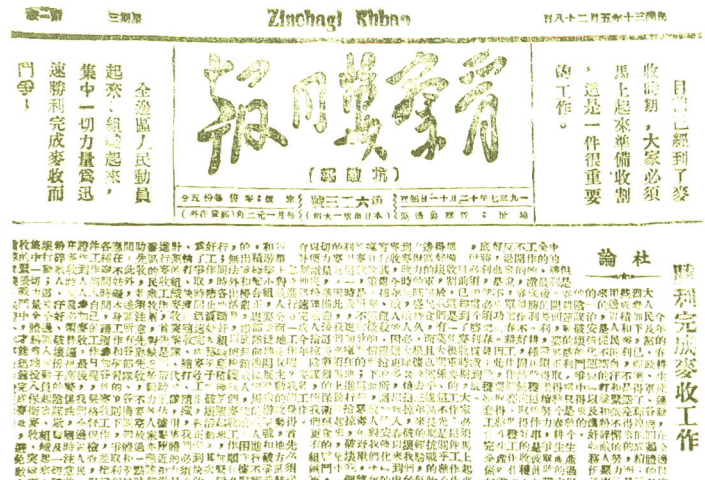

胜利完成麦收工作

今年的春耕生产运动,在全边区广大人民及党、政、军、各机关团体的热烈参加下,已经获得了辉煌的成绩;这些成绩和胜利,不是凭空得来的,而是用边区人民的血汗和紧张不懈的努力换来的,是从不断的打击和粉碎敌人恶毒的"治安强化运动"以及汉奸特务份子的阴谋破坏的斗争中得来的。

但是春耕运动的胜利,这只是整个生产过程中的胜利的开头,要真正取得整个春耕生产的完全的、最后的胜利,还须得继续努力,争取收获工作的澈底胜利。耕种和收获这两件事是彼此分不开的,春耕作不好,固然无从取得好的收获;反过来说,单把春耕工作作漂亮,收获工作作不好,也是不成功的。因此，要取得整个生产的澈底胜利，就必须把春耕和收获整套工作完全做好，就必须把这个胜利贯澈到底。

目前已经到了麦收时期，大家必须马上起来准备收割，这是一件很重要的工作：这件工作作得好坏，于我们有莫大关系，这不光是关乎整个边区的军粮民食，而且也关乎边区长期抗战的物力财力的旺盛持久。根据过去三年来的经验，每到麦收时期，敌人必大肆焚烧抢掠，破坏我们的麦收，今年敌人的困难更多，以致入春以来到处实行其乱捕、乱杀、乱抢的所谓"治安强化"的疯狂政策，在这样的情形下面，敌人对我们今年的麦收，是绝不会放松的；这些恶毒的野兽，将利用这一时机，更加疯狂地进行抢掠，破坏我们的麦收。因此，我们必须马上动员起来，集中一切力量，准备迎接这场剧烈的保卫粮食的战斗，以便澈底粉碎敌人抢掠阴谋，使我们更有组织更有计划地迅速完成今年的麦收工作。

怎样进行这一工作呢？我们觉得首先必须从军事上对敌人全面地采取主动的攻势，地方武装和游击小组，要广泛地开展群众游击战和破击战，积极配合正规部队向边区四周的敌人进行不断的出击和扰乱，澈底封锁敌人，使敌人困守据点，无法外出活动，以便掩护我们麦收工作顺利进行；同时各地锄奸组织应积极活跃起来，加紧锄奸工作，防止汉奸特务份子的破坏活动。其次，为了争取时间迅速完成麦收工作，真正尽到快收、快打、快藏和随收、随打、随藏，我们必须有计划的组织麦收突击队、代耕队，用集体的力量进行麦收工作，首先是要帮助敌占据点附近和游击区的民众收割，对缺乏劳动力的人家亦应该帮助先收，并须注意先熟先收，不要空放过一点时间。此外，边区所有各部队、各机关团体和学校应在不妨碍本身工作和学习的原则下，争取利用各种空间时间，踊跃参加各地麦收工作，并把这件工作列入自己的工作日程，严格督促检查，保证作到人人参加麦收。最后，我们全边区人民，在麦收时期还必须普遍提高警惕性，随时注意并粉碎敌人、汉奸、破坏份子的阴谋欺骗及一切破坏行动；这样全边区人民动员起来、组织起来，集中一切力量全体热烈地投入保卫麦收、突击麦收的紧张战斗中，才能迅速完成麦收，避免敌人抢掠焚烧，保证今年麦收的澈底胜利！

(原载一九四一年五月二十八日《晋察冀日报》第一版社论)

开展反对敌寇征调青年的人员战争

人员战争，是整个抗日战争中的一个重要组成部份。四年来，反对日寇征调我人力，特别是征调我青年充当其炮灰的斗争，随着战争形势的发展，也日益尖锐。我们知道，兵力不足，人力不足，是日寇基本弱点之一；战争的长期消耗与战线的延长，更加深了敌寇这一弱点，弥补之计，即是实施其"以华制华"的惯技，高唱所谓军事政治人员各方面的"总力战"，到处大批抓捕我国青壮年，尤其青年，编练伪军，补充其前线与后方。特别在今天新的国际形势之下，敌寇正在企图发动新的战略进攻之时，它更要依靠这一政策，巩固其后方，抽调兵力前进，以遂行其最后的冒险。

敌寇征调我国青年充当伪军，与所谓奴化的"青调政策"息息相连。它要把中华民族的新生一代用在侵略中国战场上，首先就依托据点向外伸张其奴化的毒网，利用"防共青年团"、"少年团"、"自卫团"、汪派"新国民党"，甚至利用"青救会"等等组织形式，欺骗青年，进行"熏化教育"。"恩威并施"，企图使之达到"服从皇军威令"，"强化亲日灭共思想"和"防务设施"，消灭我青年一代的民族意识听其奴役。敌寇要经过这种奴化训练步骤，来进行兵伪军政策（最近敌寇扬言在华北征兵五十万、参加欧战、在曲阳一地就要抓一个团）。

敌寇除了在奴化训练的基础上编组伪军以外，还依靠其整套的汉奸组织、抓捕青年（如最近定县×村伪村长给敌送了三十个青年），并实行出人不意的包围村庄和集市，伪装我方工作人员和八路军、老百姓走亲吊孝以拘捕青年等等方式。根据我们统计，四专区被敌征调青年已达二三千人；敌华北治安军二十个团，完全是抓捕我国青年组成的。这些事实，不能不引起我全边区党政军民的高度注意。

我们曾进行了并还在进行着反征调的斗争，并收到不少的成绩；继而必须指出我们的努力还很不够。我们在这一战线上，还表现着严重的弱点。首先，某些人还没有从战略的观点认识人员战争的严重意义，甚至部份的表现严重的政治上的麻痹，以为今天抓几个、明天抓几个，并没什么。其次，这一斗争没有成为全面的斗争，某些青年组织进行了一些，但并未取得军、政、工、农、妇、文各方面的密切配合，形成孤立的局部的挣扎。再其次，这一斗争还停留在防□的应战的阶段，没有展开积极主动的人员战争的攻势，给敌寇征调政策以严重打击。这些缺点如不立刻纠正，则根据地的巩固与建设，必然会遭致重大损失。所以首先应从政治上认识人员战争的重要性，认识敌人掠夺一个青年，不仅削弱我们的一分力量，更是加强敌人一分力量。我们必须尖锐的与敌寇争夺青年，使青年不为敌人利用，而为祖国、为民族的独立解放效力。党政军民要一致动员起来，展开主动的人员战的攻势，粉碎敌寇大量征调青年，大量编练伪军的阴谋。因此，必须：

一、加强深入的政治的组织的动员：教育和组织广大青年群众，普遍的加强点线附近的青年工作，扩大青年统一战线，健全青年组织，团结全体青年到抗日的旗帜下，深入双十纲领的宣言，加强民族气节的教育，展开宣传战、思想战的攻势，提高青年民族气节和民族自尊心、自信心，及时揭发敌寇阴谋欺骗，使每个青年壮年都深刻了解伪军政策是敌寇灭亡中国的毒计之一，中国青年宁死不当伪军。

二、开展游击战争，防止敌人捕捉：必须坚决停止对敌一切物资人力的供给，任何代敌征调雇佣青年支应敌寇者，应严予惩治。各村应一致拖延与拒绝当伪军、受敌训。加紧岗哨或地下沟道，防止敌突然包围，积极展开群众游击战，发扬抗先的麻雀战术，打击小股敌人与特务车子队，镇压内奸。

三、加强敌伪军工作，粉碎敌寇征调政策：组织伪军大批的不断的反正，组织被捕青年对敌进行"合法"斗争（如唐县×村青年数十被捉后，一致绝食，为敌放出，及其他各地装病装痴，为敌淘汰），并尽一切可能乘机逃亡（如完县儿童黑夜越城逃跑），对被捕者家属、伪军家属善意安慰，并动员他们向敌□子请愿，瓦解伪军。动员游击区敌占区的青年儿童及所有人民，进行瓦解敌伪军工作。

四、政府和青救共同成立敌占区青年招待所，收容敌占区逃亡青年，予以教育并介绍工作。对曾受敌训的青年应深入解释，揭发敌人欺骗麻醉。对敌占区知识分子，动员他们来边区上学，誓死不当"亡国大夫"，动员被敌寇捕捉征调无法安生的青年壮丁，在自愿原则下，参加边区子弟兵。

我们从敌寇的魔手下，挽救千百万的青年，以主动的积极的斗争，粉碎敌寇掠夺青年，扩大伪军的政策，扩大敌寇兵力人力不足的弱点，这是一个紧急的任务，这也是全边区党、政、军、民全体的神圣职责。我们希望边区各界一致动员，在一定时期内□现出显著成绩来！

（原载一九四一年五月二十九日《晋察冀日报》第一版社论）

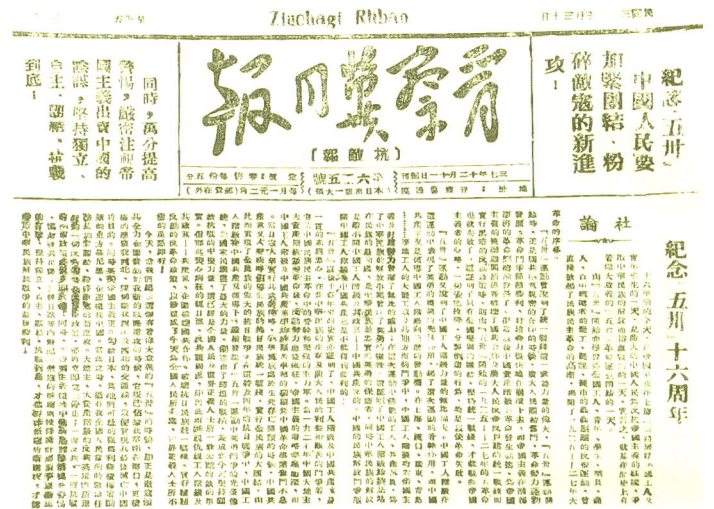

纪念"五卅"十六周年

十六年前的今天,是帝国主义在上海南京路屠杀中国工人及青年学生的一天,是广大的中国人民为反抗帝国主义的蹂躏,争取中华民族的解放而浴血战斗的一天,质言之,就是在历史上有着伟大意义的"五卅"革命运动开始的一天。

由"五卅"开始而爆发为全国工人、青年、学生、职员、商人、自由职业者的罢工、罢课、罢市的轰轰烈烈的反帝运动,曾直接掀起了民族民主革命的高潮,揭开了一九二五——二七年大革命的序幕。

"五卅"运动曾说明了统一战线这一武器力量的伟大,"五卅"运动开始时,正是国共两党亲密的合作的时候,广大人民团结奋斗,革命势力蓬勃发展,革命斗争节节胜利,封建势力很快地在崩溃下去,而帝国主义在汹涌彭湃的革命怒涛前发抖了。但当以后中国资产阶级对革命发生动摇、为帝国主义的挑拨离间所愚弄破坏了国共合作及广大人民反帝反封建的统一战线而实行黑暗的反动政策时,则由"五卅"开始的一九二五——二七年的大革命也就失败了。这证明了只有全国坚固的团结、坚持统一战线,才能战胜帝国主义者的侵略,一切妥协投降、分裂倒退的行为,均足以使革命失败。

"五卅"运动又说明了中国工人阶级力量的无比伟大。中国工人阶级在这运动中表现了英勇的模范的先锋作用,起了这次运动的骨干作用,而中国共产党又是领导中国工人阶级向前进的发动机。在上海、汉口、广东、青岛……等地工人的大罢工以及其他方面的斗争中,中国工人阶级均对帝国主义及封锁势力发挥了无比的威力;在这次运动中无数的工人、共产党员,为了中华民族的解放事业曾作了英勇的牺牲。这证明了中国工人阶级始终是站在民族的最前线,是中华民族最忠实的英勇的保卫者,同时中华民族的解放是离不开中国工人阶级及其政党——中国共产党的。中国的民族解放斗争离开中国工人阶级及中国共产党是不能得到胜利的!

"五卅"以后十余年来的史实亦证明了,中国工人阶级及中国共产党是一贯的赤胆忠心,在为中华民族的生存及广大人民的利益而艰苦的斗争着,它是中国民族民主革命中的骨干和坚强的主力军。当一九二七年中国大地主大资产阶级叛变革命后,反动势力愈益疯狂,帝国主义的侵略亦愈加深,而中国工人阶级及中国共产党却始终艰苦卓绝的战绩为中国革命事业奋斗不息。当日寇大举实行其武装侵略、中华民族处于生死存亡关头的时候,中国共产党又大声疾呼倡导全民族的抗日民族统一战线,实行全民族的大团结,由此而实现了全民族的伟大的抗日战争。在这将及四年的抗日战争中,中国工人阶级在中国共产党领导下,继续发扬了"五卅"运动中英勇斗争的光荣传统,对国家民族尽了最大的力量,创造出了辉煌的战绩，并成为今天坚持团结抗战的中坚力量，这已经是全国人民及世界正义人士所一致公认的铁的事实。但那些丧心病狂的亲日派、反共顽固派，却因此而嫉视仇视工人阶级及其政党——共产党，企图破坏国共合作、破坏抗日民族统一战线，实行种种反动的反革命政策，以致造成了今天为全国人民所共弃、世界正义人士所不齿的万恶罪行！

今天，当我们纪念这个有着伟大意义的"五卅"的时候、却正是敌寇倾其全力企图发动对我新的战略进攻的时候，它现已占据我华南各海口，更积极的进窥我西北，谋切断我西南及西北的交通线，以便实现其最后灭亡中国的目的。同时英美帝国主义正在勾结日本，为他们可耻的强盗利益积极策动新的东方慕尼黑、企图牺牲中国。当此之时，摆在我全国人民当前的紧急行务是加紧团结、粉碎敌寇的新进攻。大地主、大资产阶级的反共英雄们所进行的一切反共□□及反革命政策，必须立即完全停止；一面反共、一面抗战两面政策□须立即□□；同时，对帝国主义牺牲中国□阴谋□□万分警惕，慎勿被其出卖；对亲日派等内奸配合敌寇的破坏与投降诡计必须□□澈底的打击，坚持独立、自主、团结、抗战到底，才能粉碎敌寇的□进攻，才能争取中华民族解放战争的最后胜利！

（原载一九四一年五月三十日《晋察冀日报》第一版社论）

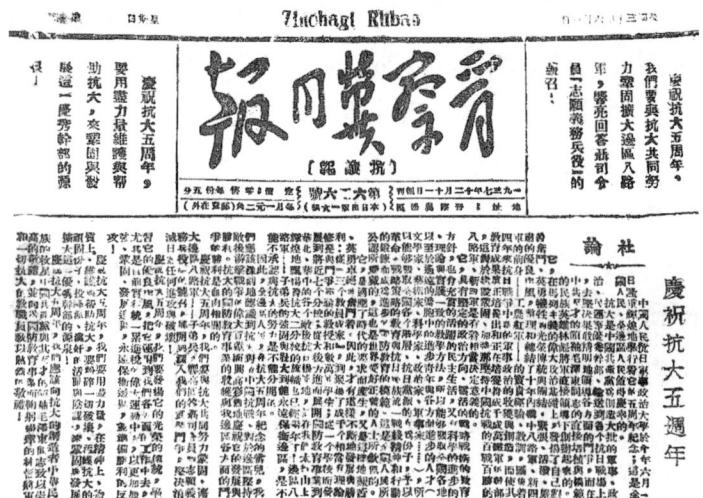

庆祝抗大五周年

中国人民抗日军事政治大学于今年六月一日隆重辉煌地举行着它的五周年纪念；这是全国人民、全边区人民值得庆幸的。

抗大是中国共产党为创造大批的军事、政治、民□等优秀干部、输送到各个抗日战场上，去坚决果敢精明地领导各方面的斗争，而在中共天才的领袖毛泽东同志的直接培植与模范的民族英雄林彪将军直接领导下创办起来的。它，在马列主义的伟大政治基础上，发扬了自己艰苦奋斗、英勇牺牲的光荣传统与团结、紧张、活泼、严肃的优良作风，整理和总结了十年内战中八路军、新四军的前身——工农红军——的宝贵经验、教训，汇集着四年来的抗日战争中新的军事政治的收获与创造，而使其教育成果真正培养出和正在培养着成千成万铁军的干部，这对于建设巩固、加强那坚持中国抗战的百战百胜的八路军、新四军是有着相当决定意义的。

它，具有坚定的政治方向。灵活的战略战术的教育方针，也有充实的活跃的民主生活，又有科学的进步的、理论与实践一致的教学方法，所以能够吸取全国各地以至于遥远的侨胞中的进步青年与各方面进步的人才（文学家、艺术家、科学家、政治家、军事家……），所以能够吸取全国各个阶层、抗日党派的敌伪份子，予以革命、战略策略的教育与抗日民族统一战线精神和行动的锻炼而成为进步的国防教育的模范。这是全国人民所公认所爱戴的，这也是世界爱好正义的人士所钦佩的。

它，是适应了时代的要求而产生，又是这样地艰苦、英勇卓绝地奋斗着。因此，才有这样不断地发展与胜利：从"三个教员成家"，到聚集了成千个相当有理论修养与斗争经验的教授和数万的学生；从一个学校而发展到将近七个分校；从大后方进而展开国防教育事业到华北、华中的各个敌后抗日根据地，在我们太行山上辉煌地飘扬着抗大二分校的旗帜也已经两年了！边区八路军——子弟兵的强固与壮大到能永远保卫边区，是不能不承认与抗大的努力是不能分开的。

因此，全边区人民，在抗大五周年纪念的当儿，我们应该深刻地认识到抗大对于中国抗战、对于边区坚持敌后游击战争的伟大贡献而兴高采烈地庆祝它的发展与胜利。抗大的国防教育事业的收获与我边区各方面的斗争的胜利是血肉相关的。

庆祝抗大五周年，我们要与抗大共同努力巩固、扩大边区八路军——子弟兵，响亮回答聂司令员"志愿义务兵役"的号召，展开与深入我们的武装斗争，坚决消灭日寇任何进攻与破坏！

庆祝抗大五周年，我们要发扬它的光荣的传统，学习它的优良作风，把它运用到我们各方面的工作中去，尤其是目前实行统一累进税的伟大运动中去，以更加加强、巩固、发展边区，永远保卫边区，并准备胜利的反攻！

庆祝抗大五周年，我们要用尽力量，在精神上、物质上、拥护与帮助抗大，要粉碎一切破坏、污蔑抗大的顽固份子，投降派、汉奸的活动与阴谋，来巩固与发展扩大这一优秀干部的源泉！

庆祝抗大五周年，我们应该向抗大的创造者中华民族的救星中国共产党与其天才的领袖毛泽东同志致以崇高的敬礼，并向为国防教育事业而鞠躬尽瘁的林彪将军和一切抗大的教职员致以热烈的敬礼！

（原载一九四一年六月一日《晋察冀日报》第一版社论）

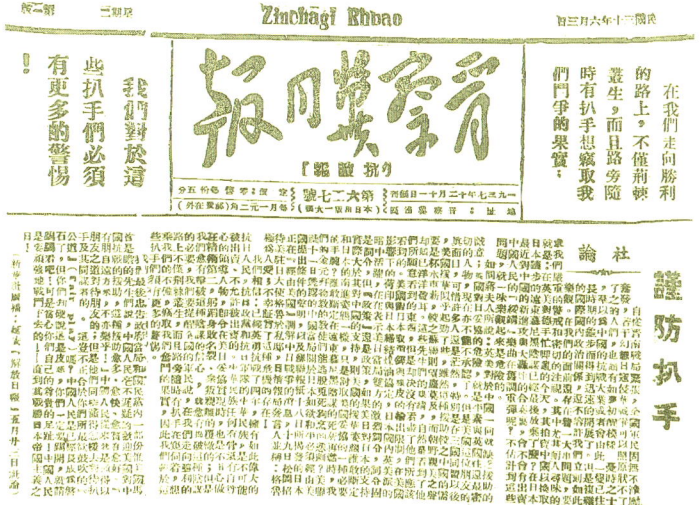

谨防扒手

自从晋南战局紧张，全国军民固无不淬励奋发，若干幻想日寇侵华战争可以照原状不了了之的人们，也颇有如梦初醒模样，忧时之士，群以为中国的抗战大业或者会由此一变已往长时期的龟步而得到迅速的开展了，但是复杂的国际国内政治关系，还不容许我们立刻如此乐观。在我们的面前还存在着一大串问题，要求我们严重的警戒和密切的注视，其中尤其耐人寻味的，就是：在英美对德手忙脚乱的今天，其拍卖中国以换取日本让步的远东慕尼黑阴谋已经最后放弃了么？在日本最近对中国的新进攻与大轰炸的合奏里，会不会有出卖中国人民的"绥靖"乐曲在旧调重弹呢？不估计到这些问题，就一味乐观起来是危险的。

如同蒋夫人所说：英美对于中国一向就缺乏援助的诚意；英国对日妥协的危险，就是平素与英国往还最密切的人物，现在亦不能不承认了。但是美国这位朋友的真面目，可惜许多人还是茫然，特别是在三国同盟以后，美国援华似乎起劲了些。虽然这种援助较之中国的需要是杯水车薪，较之苏联则更望尘莫及，而朝野亲美媚美之声却颇已洋洋溢耳。这些先生们的眼睛，自然是看到了他们所愿意看到的东西，但是却决没有看尽了他们所应该看到的。美国对日本取消□与橡皮的输出限制，在美国影响下的荷印与日本缔结煤油协定，日本国内英美派的暗中活跃，在表示美日当局，双方的激烈词令，词令固是词令，但"政策"还是政策，如果美日对日本的支持实际大于其对中国的支持，则美国的援华姿态谁敢断定和日本的南进姿态一样，只是讨取美国妥协的一种必要的手腕？谁敢断定在远东慕尼黑阴谋的死灰再燃时，我们的金无拜物教的教徒们能逃脱兔死狗烹的悲剧？美联社十一日透露的中国当局关于日本如欲和平必须经由美国提出条件的声明，以及苏联报纸十八日所揭发的日本正在"经由美国""调解"中日战争的消息，十九日松冈招待美驻日大使格鲁于私邸，日情报局发言人并称：格鲁极为人爱；不幸证实了这种危机的存在。

我们相信：已经英勇抗战了四年，拥有如此强大的抗日人民、抗日政党和抗日军队的中华民族，是不可能被出卖、不允许被出卖的，中华民族任何有骨气有自尊心的领导人物，即令在美日妥协实现时，也是不甘心做汪精卫第二，躬蹈身败名裂、众叛亲离的覆辙的；但是我们愈有击破这种阴谋的信心，就愈有揭破这种阴谋的必要。我们要提醒全国的军民说，在我们走向胜利的路上不仅荆棘丛生，而且路旁随时有扒手在窥伺着，想乘我们的不备，窃取我们奋斗的果实，因此，我们对于这些扒手们须有更多的警惕。

我们最后忠告政府当局和国民党内一部份惟美国马首是瞻的先生们说，中国人民毫不迟疑的欢迎美国对中国抗战的援助，这种援助愈多、愈快、愈实在愈好。"有朋自远方来，不亦乐乎！"中国人民从来就是懂得以朋友之道对待朋友的；但是他们同样懂得怎样去对待扒手及其同谋者的，这岂不正合于你们所最欲鼓吹的"公道"吗？中国人民是已经长成为磐石了，但你们却硬说这是皮球，你们一定要踢开就请踢踢看吧，可是当心你们自己的尊贵的足趾！中国人民是要顽强地战斗下去的——直到其战胜日本帝国主义之日！

（新华社广播：延安《解放日报》五月二十三日社论）

（原载一九四一年六月三日《晋察冀日报》第一版社论）

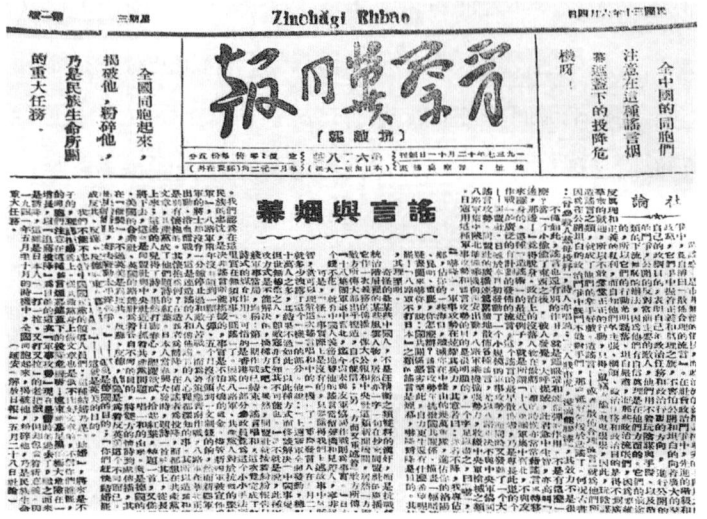

谣言与烟幕

　　造谣惑众是市井无赖的惯技，而政治流氓，就把这种卑劣的手段用之于政治斗争中。竟自称曰："散布合理的流言。"

　　在社会政治斗争中，先进的阶级和先进的政党，它们手中握着正义和真理之旗，不害怕公开和坦白的向着广大的群众宣布自己的政纲目的，表明自己的政治任务和政治行动的方向，进行公开的和严肃的斗争，公开的反对当前主要的敌人。他们用不着玩阴谋与手段、以及造谣言之类的下流无耻的办法，因为他们有自信真理是在他们方面的。它们的前途是光明的，所以它们的行动光明磊落、坦白严肃，而那些政治流氓们，因为要维护其违反真理和正义的私利，而自知他们的主张、纲领、政治任务和政治目的是得不到广大人民群众的欢迎，所以不敢堂堂正正的行动，只能"鼠窃狗偷"鬼鬼祟祟。因此，玩阴谋手段、造谣言之类，就成了他们的拿手好戏。造谣言——或者"散布合理流言"就为他们所癖爱，因为在公开坦白的政治斗争中既斗不过对手们，那就只好乞援于造谣了。何况古书上说过"曾参杀人慈母投杼"，诗人亦唱过"三人成市虎，浸卤能胶漆"，其效力不是很大么？

不仅如此，谣言也还有别的作用，就是遮眼罩和烟幕弹的作用。不是有这么一个故事么？当一个小偷偷了东西之后，被人发觉，大呼捉贼，此君急中生智，亦高叫"贼在那边那边！"，竟得脱身。政治上的没落人物在做亏心事的时候亦常常借谣言来转移视线、来隐身的。这种"造谣术"的最近例子，就是所谓"十八集团军集中晋北，不与友军协同作战"的广泛的有计划的发布的流言。这个谣言的最初散布者，乃是专长此道的个中老手——同盟社。日寇于本月初发动了一个小规模的军事攻势，而同时又发动了一个大规模的谣言攻势，同盟社的广播连篇累牍地散布各种谣言，尤以八路军决不与中央军协同作战，八路军集中陕北准备乘机向西安出动，八路军乘机扩张势力，收缴中央军枪械之类为特多。日寇用这种军事攻势和谣言攻势的目的是很明显的，一个字足以尽之，曰"吓！"或者说"吓降。"军事攻势在炫耀其全力，其意若曰：你若不降，我专占你的故乡，占你的一些海口，歼灭你在中条山的几万军队，进占你的洛阳、西安、昆明、重庆，你怎么办？谣言攻势在挑拨国共关系，描画一幅暗淡的可疑书图来"吓"你，说：国共关系恶劣至此，自力更生还有什么希望呢？快降吧！"八路军不打日本"之类的谣言是烟幕，吓降诱降是目的。其技至浅，其理至明。

奇怪的是某些中国人，不是汪精卫之类双料的汉奸，而是抗战营垒中统治阶层里的某些风云人物，居然亦一字一句在抄写同盟社的广播，来替它作一次义务的传播。像大公报和中央社这类新闻机关，居然一方面说：

"敌方所传大部出乎捏造，自不能信"；另一方面又重述着"敌方所传，"称"十八集团军集中晋北，迄今尚未与友军协同作战则为事实"。日本人一个钱不花，就有中国人义务地替他的谣言当留声机和见证人，宁非怪事！

可是"怪"事实际上是没有的，只要懂得我们上述故事中□贼的急智，就可以理解这次谣言唱和中的"机"了。重庆发言人在□月二十三日就多少泄露了这个"机"的部份，他说："上周寇军全面发动，总计达三十万人之多，其结果不过如此，以此种方式而侈谈解决'中国事变'，不但世无相信之人，即敌寇亦自知其不可能也。"这不就是说，此种军事进攻方式是不能解决的，换种方式吧。果然，同盟社就接着纷纷报告日各战线军事当局，均称：第一期作战已结束。谣言唱和，这次竟完成了红叶题诗式的媒介作用。可惜的是香港的一部份参政员竟为这个小小手法所迷惑。我们认为在这里实在无须再事"辟谣"了。因为八路军、共产党人对于抗战的坚持，对民族的忠忱，是决非谣言所能摇撼的，事实是不怕火烧的真金。尽管新四军被宣布为"叛军"，八路军两年没有领到一颗子弹，五个月没有领到一文制钱的饷，然而新四军、八路军的将士们却没有一分钟停止过和敌人苦战。而为着策应晋南作战，八路军在华北正在各线出动，浴血酣战，这是连造谣的人和传布谣言的人心里都深知的事，其所以造谣和传谣都是别有怀抱的。其怀抱为何？在造谣者为诱降，在传谣言者为投降，而都想在共产党身上做文章，共产党成了他们题诗的红叶。日本人当春兴大发时，题诗一首于其上，从长江飘将上来；这边的人儿得了诗，果然打动春心，跃跃欲试，拾起红叶，转题一首，又从长江飘将下去，这就是同盟社与中央社近日抓着共产党问题一唱一和的由来。还是德国的海通社，美国的合众社，英国的路透社为着各自不同的目的，将双方的情诗到处传播，其目的均在"催装"。不过英美是为反共、反苏、反德，德国是为着反英美这个不同而已。"你们赶快结婚罢，好去发动太平洋战争"——这就是德国的目的；"你们赶快结婚罢，好造成反共、反苏、反德的东方慕尼黑"——这就是英美的目的。

我们不能不忠告中国国民党的领导人员们，这种结婚乃是"劫婚"，将来是不好过日子的，理应拒婚为上。从共产党身上做文章也是做不出好文章的。不信你们瞧罢，全中国的同胞们注意在这种谣言烟幕遮盖下的投降危机呀！远东新慕尼黑的极大危险在一天天的增长，以"迫蒋投降"为目的的这次"军事攻势"，现在是暂时的过去了，继之而来的必然是诱降，这虽是日本人"一打一拉、又打又拉"的老把戏，但却包含着新意义，因为正在一九四一年五月至十月的时机中。全国同胞起来、揭破他、粉碎他，乃是民族生命攸关的巨大任务！

（延安《解放日报》五月二十八日社论）

（原载一九四一年六月四日《晋察冀日报》第一版社论）

为远东慕尼黑质问国民党

一个恶魔的暗影徘徊在太平洋上，这就是远东新慕尼黑的暗影，这不是"老洋伞"张伯伦先生底"绥靖"政策简单的再版，而是在欧洲与远东新局势下面产生的新的帝国主义阴谋。这个新局势的"新"，首先是在德国在欧洲的胜利，纳粹的铁蹄已经席卷了十四个国家，欧洲的大半已经是希特勒的天下，战火燃向着东地中海和近东，大英帝国岌岌可危，北美金元帝国的大部份投资，战债与市场，将化为乌有。这种情况使得美帝国主义者再不能继续限于在后台提线迫得他不得不出台露面。美国统治阶级在最近特别忙于呼喊正式作战，组织特种海军部队，要求公开废止中立法，宣布非常状态等等，其原因正就在这里。西方形式□紧急，参战之必不可免和日益迫近，使得美国的统治阶级不能不考虑怎样避免两洋作战的险恶局面，就是说，不得不复活"绥靖"远东的"妙计"，这就说明了为什么日本盛传的日美妥协之主动者，不是别人，正是那个为中国金元拜物教徒们所崇敬的美国的缘故。

在日本方面，虽然他希望着"神风"再临，却痛苦于泥足深陷中国而不能自拔；因之，造成着日本统治阶级的苦闷和彷徨，激化着日本统治阶级内部的进一步的分歧和争执，近卫内阁以"革新"骑士风度，打倒了亲英美的米内内阁，订立了二国同盟，解散了既成政党，创造了大政翼赞会，气势磅礴，似乎大有为希特勒在东方打一出手的模样。可是曾几何时平沼入阁了，"近卫内阁的革新色彩有褪色之现象"（日本国民新闻语）；在现状维持派以宪法为盾牌的攻击下，大政翼赞会改组了；在经济困难的压迫下，财阀□要□——小仓入阁而为经济阁僚之首座了。池田则活跃幕后，操纵一切，□烈的少壮革新派感慨着"□云低迷之政局"，纷纷组织自己的政治团体（如中野正刚之振东会，桥本次五郎之赤□会等），并呼号着"革新派大团结"、"昭和维新"、"放逐金融资本"之类的口号，这就是说近卫内阁在掌政将近一年的后半，已经逐渐改变了他的原来性质的几分之几，如果说在近卫登台之初是"革新派"占优势的话，现在已经更是介于两者之间的中间派了。这便反映着日本政局在各派剧烈斗争中处在彷徨未定的歧途上。这给美国张伯伦以极好的机会，来动员其日本的喽啰们制造东方慕尼黑，以期达到平静太平洋、专力对付希特勒的目的。在美国统治人物中，有这样一部份人物，他们在西方特别危急时，甚至企图以（一）牺牲中国与荷印、（二）海军平等、（三）大批借款、（四）无限制的资源供给、（五）海上贸易自由等项，来贿买日本，以便供给日本英美派以武器，去平定德意派的反对，去拆散三国同盟，去获得日美妥协。

总之，英美在西方特别危急时，为了拆散三国同盟，给日本以重大让步的可能，这不是不存在的。这个新阴谋现在已经由新闻试探进到外交接洽的程度了，其大致的经验是这样的：五月初，合众社报导"日本目下外交政策首先在调整日美邦交，日本政府内若干人士希望日方迭次暗示及非正式建议，可使美国提出确定之建议……"这种非正式的建议试探之一，就是四月二十九日日本外务省机关报《广知报》之所谓"欧洲和平条件"，其中提到海军平等、美国势力不得逾越夏威夷以西太平洋各岛建立共荣圈等等；以反苏为钓饵的条件中，有"苏联解除西伯利亚武装"一项条文；五月十三日盛传的松冈访美，亦属于这种试探的范围之内。五月上旬之末，合众社华盛顿电，而以其欢乐的口气宣布下列消息，该消息谓：远东局势有"意外好转"，美国解禁了锌及橡皮、石油之输日，日荷石油协定之缔结。五月十八日莫斯科真理报揭露美日妥协的真相，而日美双方并不否认。相反的，五月二十日松冈、格鲁又会谈于东京。二十七日罗斯福发表了炉边闲话，这闲话引起了重庆某些人物的□之感激泪淋，可是他对于日本的关系却声称"尚未研究"。美对于中国的抗战甚至不专提及其抗日战争的性质，而称之为"阻碍希特勒征服世界计划之因素"，这证明美国统治阶级仍然在力求与日本妥协。廿八日罗斯福在特别新闻会议之上说明"目前美政府无意禁止石油运往日本，或更加限制石油之对日输出"，同时，赫尔声称："美国对日政策并无变更"。由此更可看到，对于中国炉边闲话并不是值得感激的东西，而是值得重大的警惕的东西。

凡此种种事实，使我们看见远东慕尼黑的车轮是随着西方战争的紧张而加速的转动着。我们的伟大民族抗战有被人出卖之重大危险，这个危险，现在比任何时候都来的更严重些。自然这项卖买之能否成功，尚有待于各种因素和力量之斗争，尚有待于日本内部、美国内部和中国内部之各种力量的斗争及各种斗争力量之总和。美国内部有着巨大的亲战力量（从正处于日益高涨的罢工潮中的美国工人阶级起，直至统治营垒内的亲日派、孤立派、亲德派止）；在日本，则德意派不愿屈服，要成功美日妥协，日本的英美派须得经历一个重大的政治斗争,而这在日本是颇为困难的。特别重要的是日益发展着的中国广大人民的抗日战争,是绝对不允许被人出卖的,谁要在"太岁头上动土",谁就要准备焦头烂额;对于中国人,只有那些寄其全部希望于美国和日美战争之上的害软骨病的人物,才会经不住这种风浪。虽然如此,但危机是严重地存在着的,帝国主义阴谋家们正在协□谋我,值得我们极大的提高警惕性。

我们现在要问一问国民党当局,你们对此究抱何种态度呢?美国已在向日本提议,叫他取消一九三九年间近卫宣言中所称"不以蒋介石为谈判对手"一项声明,假如日本遵办了,你们究竟作如何打算呢?这是已经轰动全世界的问题,何以你们还一声不响呢?全国人民在等待你们的答复呵!

(原载一九四一年六月五日《晋察冀日报》第一版社论)

提高教师社会地位加强国民教育

——纪念"六六"教师节

教育儿童,开展国民教育,是一件伟大而神圣的事业,它关系着民族国家的盛衰,它是一桩百年的大计;如果不能使后一代得到正当的教育,不能使他们得到正当的发展,将来的民族国家社会,便终将无所改进,况在今天,中华民族正进行着神圣的民族民主革命,革命的成败,干部是他的一个决定因素,而革命的知识分子是革命的干部的重要源泉;因此,加强国民教育,不只是民族国家社会的百年大计,而且是目前培植革命干部的一个迫切措施!

了解了国民教育的重大意义,同时也就可以了解了小学教师的伟大意义。谁都明白：小学教师，是开展国民教育的首要力量；没有小学教师，国民教育是无法进行的；因而他们在社会上的重要和社会地位的高尚，也是显而易见的。轻视小学教师的社会地位，把他们看成一种雇佣的文化仆役或知识奴隶，那只是反动资产阶级与今日顽固派的罪恶思想！

我们始终一贯地要从久远的民族国家社会人类的观念上，从严肃的政治立场上，澈底认识国民教育的重大意义与小学教师的重要社会地位。

加强边区的国民教育，我们觉得应该：（一）解决小学课本的问题。目前边区小学课本在某些地区既感缺乏，而各地课本又呈混乱，为了统一小学教材和广泛供给应用，各地教育机关，应根据边府发下的课本，大量以石印翻印。（二）广泛发动和提拔知识分子，予以适当的训练，俾边区能有足够的师资，可供分配；自然，对某些不能尽职或别有用心的分子，亦应加以适当的洗刷和淘汰。（三）永远坚持学校教育与民众教育。在任何环境下，我们都不放弃国民教育的岗位。应该根据双十纲领的规定，至少每一行政村设一小学，每一行政区设一完全小学或高小。而在游击区甚至敌占区，亦应以战斗精神和灵活方法，把国民教育，永远坚持下去。（四）从党政民各方面，积极深入动员学龄儿童入学，而青救、妇救、儿童团，更应成为动员儿童入学的急先锋，用各种方法，在配合统一累进税的工作中，普遍开展文化娱乐工作，启发与鼓舞儿童上学与求学的热情。（五）教学方法，应该注意儿童的课外活动，多给学生以复习、讨论、自由阅读与创作的时间，课堂时间应尽量减少，多注意启发式与设计教习法，启发学生的自动性，发展其天才的创造性。对于中世纪的打骂制度，应永远完全使之绝迹！

同时，边区现任小学教师更应该认清自己的责任，应该认识自己是担负着民族国家所给予的无比重大的责任；自己的事业是最光荣的事业，安心耐心的为这一事业而工作到底；雇佣观念，必须扫除；浮躁敷衍，必须纠正。要像慈母一样的爱护和教诲自己的学生。同时，不断地学习，提高自己的质量，以求更能胜任自己的事业，更充实的授益于自己的学生。

今当光荣的"六六"教师节，我们诚恳地向边区千百为国家民族与人类社会而辛勤"树人"的教师们，致崇高的敬礼！

（原载一九四一年六月六日《晋察冀日报》第一版社论）

拥护陕甘宁边区施政纲领

在伟大的"五一"国际劳动节,中共陕甘宁边区中央局,经过中共中央政治局的批准,发布了陕甘宁边区施政纲领二十一条。这是一个具有划时代意义的全国性的、全国的施政纲领。这一纲领的提出,在推动全国团结抗战进步事业上,在敌后各个抗日根据地的新民主主义建设事业上,都将要展开新的历史阶段。

陕甘宁边区施政纲领发布于国内外形势发生激烈变化、反共顽固派实行黑暗统治,全国人民彷徨无路对共产党的热望愈益迫切之际,它全面的反应了我党中央抗日民族统一战线的总方针,贯澈着一个团结抗战的基本精神,揭示着一个显明的政治方向,在全国人民面前指出了一条光明的前进途径。无疑的，它不但会得到陕甘宁二百万人民的一致拥护，全国各党各派、无党无派人士及国民党中的进步人士，亦必给以热烈同情与赞助。

陕甘宁边区施政纲领，提出了模范的新民主主义建设的全面的具体方法，给全国各地以活生生的榜样，在全国人民面前指出了胜利的远景和奋斗的目标。这一纲领，不但敌后各个抗日根据地可以实行，全国人民亦只有把这一纲领推行到全国去，要求国民党当局结束一党专政，为建立新民主主义的共和国而奋斗，才是人民唯一的自由解放的道路。全面的执行了这一纲领，就是胜利的建设成新民主主义社会。这一纲领推广及于全国之时，亦即新民主主义，即新三民主义在全国范围胜利之日。

陕甘宁边区施政纲领，更加发挥了民主政治。纲领中规定："本党愿与各党各派及一切群众团体进行选举联盟，并在候选名单中共产党员只占三分之一……，在共产党员被选为某一机关之主管人员时，应保证该机关之职员，有三分之二为党外人士充任。共产党员应与这些党外人士实行民主合作，不得一意孤行，把持包办。"它规定了"人民有无论用何种方式控告任何公务人员非法行为之权。"它保证一切抗日人民人权、政权、财产权及言论、出版、集会、结社、信仰、居住、迁移之自由权，禁止任何公务人员假公济私之行为，并特别规定"共产党有犯法者，从严治罪"。这些规定保障了三三制不但在形式上，而且在实际上澈底执行，给人民的权力以更有力的保障，使民主政治发挥到新的更高的阶段。

陕甘宁的施政纲领，不但表示其全国的意义，而且具有世界的意义。这一模范的全面的施政纲领，这一新民主主义建设的具体方案，对于各殖民地、半殖民地的革命运动，也是一个很好的示范，特别是三三制政权的规定，对这些国家的政权建设，也必发生重大的作用。纲领中并且规定"其有因革命行动被外国政府压迫而来边区者，不问其是宗主国人民或殖民地人民，边区政府当一律给予恳切的保护"。世界上除了社会主义的苏联以外，陕甘宁边区是第二个"革命者之家"。这对于全世界的革命者，是更大的鼓舞和安慰。

这就是陕甘宁边区施政纲领伟大的历史政治意义。

陕甘宁边区的施政纲领是总结了中共二十年来，特别是坚持全国团结抗战四年来伟大斗争的丰富经验提出来的，它吸收了各地施政纲领的宝贵经验（双十纲领在这方面的贡献是很大的），因此，陕甘宁边区施政纲领是更丰富的经验的总结和结晶，具有更加生动、更加充实的全面的内容，成为各地施政纲领的模范。许多问题，如人民控告权、司法制度、反对强迫自首、廉洁政治、新文字教育、十小时工作制、两小时学习制、华侨政策、游民政策、会门政策、对外籍侨民政策、及对待革命亡命者的政策等等，我们在实际工作中已在执行，但双十纲领条文中未及提出，这些条文应该当作双十纲领的补充，这一纲领同时也应成为全边区党政军民的行动方针。特别是实行十小时工作制、加强干部教育、反对强迫自首，给游民份子以参加生产与教育的机会，更应引起我们高度注意。八小时工作制，本来是共产党人的一贯主张，但在抗战时期这还是将来的理想。为了增加生产、坚持抗战，工人应自觉的以眼前利益服从远大利益，实行十小时工作制。在边区各工厂，八小时工作之外，加作两小时义务劳动，和这种精神是完全符合的。但明确的提出十小时工作制，更有利于发展工人建设根据地的自觉运动。其次，加强干部学习，严格执行两小时学习制，毛泽东同志老早就号召过，因为学习是胜利的条件。但晋察冀边区的干部学习，较之陕甘宁是大有逊色的。陕甘宁边区把这列入纲领足见其对这一问题的重视。这应引起全边区一切干部的高度注意。再其次，反对强迫自首，是共产党人尊重人权，发扬人类优良品质，引导民族向上的一贯主张，共产党人从来不拿这种卑下的手段作为政治斗争的武器，这和大资产阶级实行大批自首，制造变节风气的玷辱中华民族的可耻政策是完全相反的。我们执行这一指示，还必须与反对大资产阶级的自首政策联系起来。最后，游民份子以及"大烟鬼",在边区某些地方也还是占相当数量的。这些份子如不加以改造,使之参加抗战与生产,对根据地建设是一大损失。陕甘宁施政纲领提出这一问题,对于我们更加是迫切需要的。某些地区对这些份子的歧视打击态度,从此应澈底纠正。

陕甘宁施政纲领的重大意义既如上述,它对双十纲领的执行更加多了一层保证。我们应立即展开深入的宣传解释研究工作,各机关、部队、学校应将这一纲领列入课程中,并配合双十纲领执行的检查,特别对政权三三制,应根据这一纲领及双十纲领的精神澈底检查。因为三三制政权是新民主主义政治的主要标志。现在执行三三制中有两种形式主义:一种是满足于表面上的三三制,实际上某些村政权,依然执行顽固反共势力的意旨;一种是某些共产党员,不善于与党外人士合作共事,三三制虽然执行了,但把持包办的现象个别的仍有存在。两种偏向都应在研究与讨论陕甘宁施政纲领时切实克服。

这是我们举手拥护陕甘宁施政纲领时首先应该作的工作。

(原载一九四一年六月七日《晋察冀日报》第一版社论)

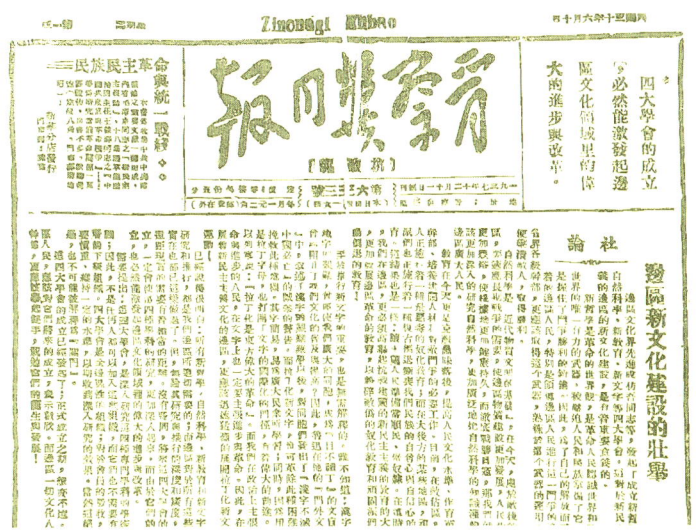

边区新文化建设的壮举

　　边区文化界先进成仿吾同志等,发起了成立新哲学、自然科学、新教育、新文字等四大学会。这对于新民主主义的边区的新文化建设,是有着重要意义的。

　　新哲学是革命的世界观,是革命人民认识世界和改造世界的唯一有力的武器。被压迫人民和民族掌握了它,就是握住了斗争胜利的锁□。因此,为了自己的解放而战斗着的边区人民,特别是领导边区人民进行这一斗争的边区各界各级干部,更应该取得这个武器,熟练于这个武器的运用,以便击溃敌人,取得胜利。

　　自然科学是"近代物质文明的基础",在今天,处于敌后的边区,要适应长期战争的需要,使边区物质建设更加发展，人民生活更加严格，使根据地更加健康持久，而澈底战胜日寇，那我们就应该更加深入的研究自然科学，更加广泛地把自然科学的知识灌输给边区广大人民。

教育在今天更是克服愚昧落后，提高人民文化水准、作育革命干部、培养建国人材和对敌斗争的必要工作。目前，在敌占区，敌人正施行着一种最恶毒的奴化教育；而在大后方的某些地区，顽固派们也正施行着一种复古倒退断□丧我们民族的自尊心与自信心的教育。这结果也是一样：让中国人民准备当顺民、做奴隶。在这时候，我们在边区，更必须高举起抗战建国的新民主主义的教育的大旗，更加发展边区革命的教育，以粉碎敌伪的奴化教育和顽固派们反动倒退的教育！

至于推行新文字的重要，也是无需解释的。谁不知道：汉字方块字的艰难，曾经使我们广大的同胞，成为"目不识丁"的文盲，曾经阻止了我们文化的普及与提高？因此，鲁迅在他的"门外文谈"中，叙述了汉字的艰难难学以后，对同胞们发出了"汉字不灭，中国必亡"的诚挚的警告。而拉丁化新文字，恰可革除此种困难、挽救此种危机。其字简易，易为广大民众所学习；同时，因为用的是拉丁字母，也打开了文字的国际化的门径，有着伟大的前途。所以列宁说："拉丁化是东方伟大的革命"。而我们在政治上主张革命与进步的人民，在文字上也一定要主张进步与革命。因此，在发展着新民主主义文化的边区，更应该迅速猛烈的展开拉丁化新文字运动！

已经说得很明白：所有新哲学、自然科学、新教育和新文字的研究和推行，都是我们边区所迫切需要的；而边区对于所有这些，实在也都已这样做过了。但，无论其研究与推行的深度和广度，都还距现实的需要有着相当的距离。没有疑问，将来这四大学会的成立，一定会使这四种学科的研究，更加深入起来。而由于它们的成立，也必然能激发起边区文化领域里的伟大的进步与改革。

需要提出：这四大学会，是深入研究这四种专门学科的学术组织；因此，不是任何人都可以加入这些组织，而它们也不需要有□层的下级组织。四大学会是全边区性的组织；对于会员的吸收，须要慎重、维持一定的水准，以期收到深入研究的效果。当然这绝不是，也不可能被解释为"关门"。

这四大学会的成立已经发起了；正式成立之期，想亦不远。边区人民，应该对它们将来的成立，表示欢欣。而边区一切文化人、干部，更应该举起双手，祝勉它们的诞生与发展！

（原载一九四一年六月十日《晋察冀日报》第一版社论）

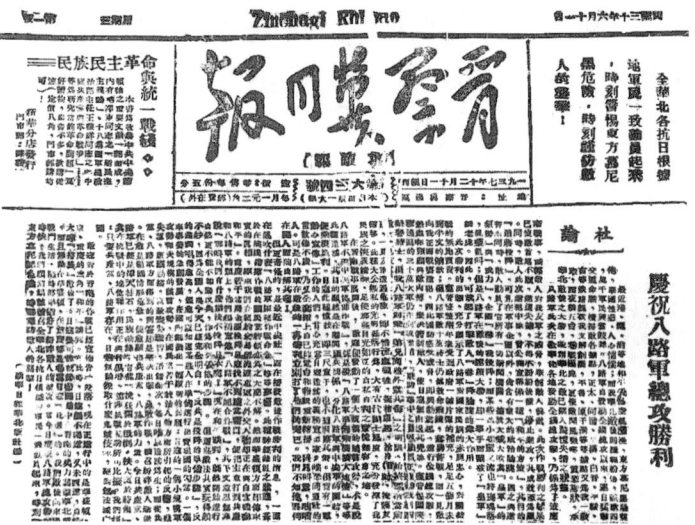

庆祝八路军总攻胜利

　　最近港、沪、渝等地和平妥协空气弥漫，东方慕尼黑阴□密布，举国惶惑，人心惴惴；而我华北敌后则捷报纷传，凯歌四奏，万千军民兴奋鼓舞。八路军自发动全线总攻以来，连日猛击敌交通命脉，横扫敌各地据点，正太、同蒲、平汉、白晋、平绥、平古等铁路既被我支解割裂，平鲁、原子沟等等据点又为我一□攻取，而夜袭五台，巷战□鹿，更使敌闻风胆寒，震恐万状，承认华北敌后之大胜，并谓华北之敌已陷入惊惶失措之状态。

　　八路军此次在全华北各地发动全线总攻击，乃系为了策应晋南战事，减轻敌人对我友军之威胁，牵制敌人前进。此次作战胜利之结果，已使敌首尾不顾，进退失据，不得不纷纷后撤，停止进攻，其成效至为显著。同时，敌人此次进犯中原，曾公开宣称系一种"和平的方策"，其目的在"迫蒋投降"，可见在军事企图以外，尚含有重大的政治阴谋。因之与进攻晋南同时，敌人动员了它所有一切新闻机关，摇旗大喊大吹其"皇军"的"气势"与"武力"，企图"吓"我投降；而某些胆小如鼠之流也将丧魂落魄，乱嚷乱叫。但是八路军在敌后的连续大胜，却一举而戳破了"皇军"的纸老虎，因此，可就起了打击敌人"吓"降阴谋的伟大作用。

此次胜利的出击，充分显示了八路军对国家民族的赤胆忠心，对团结抗战的无比负责。尽管整整两年未受到政府一械片弹的补充，足足五个月未领到半文钱的饷款，但八路军数十万将士仍然效命前线，奋勇苦战，而一见敌寇向我正面战场进犯，西北国防感受威胁，即□动奋起，进行全线总攻击，以热血和头颅与敌肉搏，坚决钳制敌人，使日寇无由逞其凶暴。尽管包围陕甘宁边区的三十万大军仍在向我进逼，"驻防"华中之汤恩伯部正搜杀我新四军荣誉将士，但我八路军则乘"兄弟阋墙外御其侮"之明训，始终认清当前大敌，一见友军遭遇危险，即不惜流血牺牲，挺枪跃起，舍身相助，掩护友军转移。此种大公无私的光明磊落行为，大有古代骑士风度，充分发扬了我们民族之侠义精神，足使那些目光如豆的自私自利之辈愧无容身之地！

在晋南战事开展后，敌寇便发动了一个大规模的谣言攻势，不是说"八路军不与中央军协助作战"，便是说"八路军准备乘机扩大地盘"等等，此种造谣，其目的显然是在离间国共关系，分化八路军与中央军的团结，以便乘机渔利，日寇此种惯技，即三尺童子，也不难洞察其奸。但竟有一群"热心宣传"工作的人们，甘心充当日寇造谣的义务宣传家，唯恐同盟社的谣言散布不广，乃又全套搬上自己的电台和报纸重新转播。谩骂叫嚣，咄咄逼人。可是八路军在敌后的一再胜利立刻打了他们的嘴巴。我们不知他们何以在国人面前自解其嘲！

但更奇怪的，是最近中央社一面在播发敌后作战胜利的消息，一面仍在□吹什么"八路军拒绝中央作战命令"等等梦呓。此种神经错乱之状态，甚至于在前线指挥作战的国民党将领亦为之大惑不解。然而华盛顿方面却传来事实的真相，原来我们在纽约交易所流连忘返之外交人物却正在与白宫磋商"和平"。重庆若干当局企图投降日寇找不到适当借口，便把主意打到共产党和八路军的头上。他们起初宣传"八路军不配合作战"，其下文意思无非是说："那叫我们有什么办法不投降日本呢！"现在和平谈判，既然开始进行，自然更不能不加紧反共，作为和平妥协的步骤。但这些戏法其实玩得颇为不妙，因为全国人民今天已经完全明白："反共是投降的准备步骤"，反共的曲调唱得愈高，便愈可以知道某些人在准备进行出卖祖国的勾当。一个月来事变的急剧发展，在国内刻画出一幅显明的对照：日寇的一个小规模军事攻势和大规模的谣言攻势，在国民党若干统治人物方面所引起的反响，悲观失望，剧烈动摇，以致丧失理智，语无伦次，每日唯以造谣为主；而从共产党、八路军方面得到的回答却是坚决出击，勇敢作战，号召粉碎敌人新进攻。在愈是祖国情形危急，便愈显出共产党、八路军的力量。今日共产党、八路军已经是擎天柱石，民族前锋，它能"挽狂澜于既倒，扶大厦于将倾"；其在抗战中的地位和作用正在与日俱增，远非抗战初期所可比拟。我们相信：只要共产党、八路军存在，日寇无论采取什么鬼蜮伎俩，绝对无法灭亡中国。

敌寇对于晋南的作战已经宣布告一段落，现在正在进行中的是华盛顿、东京、重庆的三角"和平"谈判。此时，日寇既不南进，又未西进，自然又要大肆"扫荡"敌后了。日寇很有可能就势撤回集中在晋南的兵力袭击华北敌后。而且无论在华盛顿、在重庆都是希望日寇"北进"的。我们敌后向来过惯战斗生活，随时都准备好了粉碎敌人的进攻。当今日庆祝八路军总攻胜利的时候，我们愿意竭诚号召全华北各抗日根据地军民一致动员起来，时刻警惕东方慕尼黑危险，时刻严防敌人的袭击！

(《新华日报》华北版社论)

(原载一九四一年六月十一日《晋察冀日报》第一版社论)

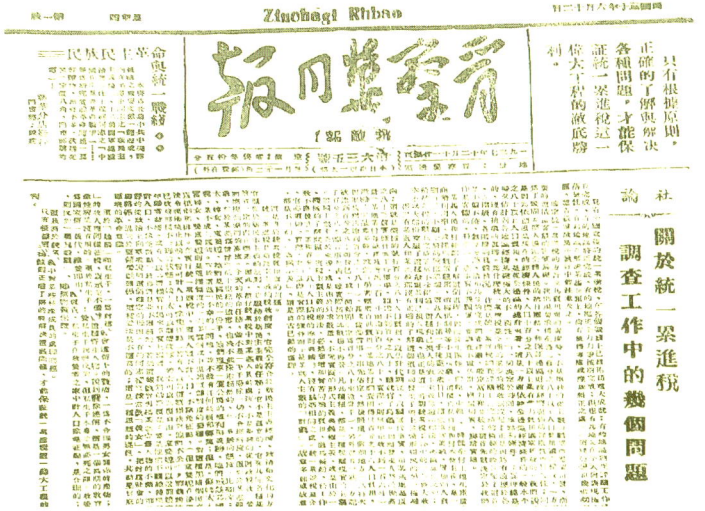

关于统一累进税调查工作中的几个问题

具有全国意义的统一累进税，在各个战线上已经取得重大成就：有的地区调查评议工作已胜利完成，有的地区将近完成，有的地区正全力力争按期完成；但也有些地方在今天尚表现极大的落后性，有的地区在解决某些问题上，尚有值得考虑或应即纠正之处。在这里特说出几个切要问题，望各级党政民在执行中能注意及之。

确定统一累进税的方针及其负担面的广度时，不是单纯的从主观的愿望与需要出发，而且主要的还依□客观的物质基础。我们说要求得全边区百分之八十以上人口负担国家税收，一方面是为了巩固与扩大边区全体人民的抗日团结、和保证边区财政经济顽强的健康性与持久性；同时也是因为依据边区现在的经济条件，人口中百分之八十以上是有能力负担国家税收的。我们说百分之八十以上人口负担，是从全边区的总计来看，这是一方面依据全边区经济条件的一般水平，同时又估计到各地区经济基础极大的不平衡性。"一切决定于时间、地点和条件"；真理总是具体的，没有抽象的真理。为什么统一累进税是合理的进步的税收制度呢？正是因为它适应于各地区、各阶级、各阶层的具体情况。什么是统一累进税调查评议工作完□的模范的胜利呢？这首先就是不偏不倚、无□□□、恰如其分的完成调查评议，确定富力和分数；这首先就决定于我们的工作是客观的、科学的□□事实不凭愿望，重调查不重估计，□紧切实，脚踏实地。

某些人民和村干部不了解这个道理，因而发生匿报、假报、少报，降低全村土地生产量或工商业利润率，或采取观望态度、消极抵制等等不良现象。这种自私自利和村本位主义，是一种只顾自己，不顾全局的狭隘思想。这些人不惜一手掩盖公众耳目，隐蔽事实真□，增加别人负担，给统累税的顺利完成造成不少困难。这种利己损人的资本主义思想和办法，必须加以反对；而基本上或大部分克服了这种严重的利己损人现象，也正是这一时期统累税工作中的一个重大收获。

但还有某些人和某些干部没有正确的了解这个道理而发生了与上述情形相反的另一极端的偏向：这就是机械的执行百分之八十人口负担，以估计代调查，以愿望代事实，如某些地区以百分之八十为竞赛条件与工作标准，谁达不到百分之八十，谁就背了乌龟。因而发生人为的提高生产量（某地某村每亩产量达到一石八斗而达到百分之八十，实际上则三年也收不到一石六斗），或激励大家故意多报，或动员劳苦群众自动负担（某地某村调查所得只百分之十六人口负担，后来因这些办法达到百分之七八十），甚或企图省事，事先估定，然后照填（个别地方一次再次，必欲达到百分之八十而后已，或一开始即假定为百分之八十来造册子），另外还有一些地方认为有了百分之八十即百事大吉，□实际超过此数也不再管。凡此种种，都是一种脱离现实的主观主义。这种主观主义的来源，或是由于只求数量、不究实质的形式主义与锦标主义，或是由于一般的、机械的了解问题。这种主观主义的办法，必然会增加贫苦同胞的负担，滋长纠纷，给工作上招致不良后果。这和百分之八十人口纳税的原则与精神，没有丝毫相同之处。统一累进税是合理的，它必须切合实际，它的基础是实际的条件而不是某些人主观的"计划"。故意多报或故意少报，都是不对的，"过犹不及"，这是自古已然的道理。

这是关于累进税负担区的问题。

统一累进税是新民主主义的税收制度，它完全符合于新民主主义经济、政治和文化的方向；它服从于新民主主义的原则，并服务于新民主主义的任务；它不是孤立的，它和其他各种基本政策有一定的内在联系。因此，推行统累税中对某些人员的处理，不是单纯的从财政税收□着眼，而应提到原则的高度。今天的革命任务，并不是一下子废除一切不合理制度，但对于某些罪恶现象，对于某些伤情悖理的中世纪的遗毒，也绝不能采取超然的、和□□□的态度。比如说：姨太太、婢女、童养媳，她们是国民的一份子，她们应享一个公民的权利和义务，她们应该为国家纳税，是不成问题的。对于这些"不幸的"同胞，并不能有任何歧视和轻蔑；但是，娶姨太太、购买婢女、养童养媳则是荒□无度的一夫多妻制或中世纪奴隶制度的□种。对这种黑暗制度必须加以抵制和排斥。在实行统一累进税中，这些人不计人口，不除免征点，（但童养媳在边区政府法令颁布禁止以前，暂可计人口、除免征点）若有人以为这种办法对他们不公平，那就请他们自己改变那种不合理的状态：姨太太可以离婚改嫁，婢女可以恢复自由，童养媳可以送回娘家或到年龄者结婚。或有人以为这样实行起来事实上困难。我们的答复是：要是他们不愿维持现状，不计人口、不除免征点对于他们是并不困难的。若恐这样□□引起某些守旧人物的不满，那就要很好的从政治上向群众说明这个确定的理由。有的同志把奴隶当做"养女"，把封建社会的人身属关系，混同于雇佣劳动关系，这种看法是不适当的；这是一种思想的混乱，其结果会麻痹广大群众的革命意识。

至于"□□"和私生子，一为封建社会遗留下的赘瘤，一为不合理男女关系的产物；"□□"的收入应同样征税，以示并不优待这种寄生人物。说到废除迷信，这是一个长期的教育过程，急性病是没有用的。至于私生子：养私生子我们反对，但私生子本身并无必死之罪。收养私生子为国家留一后代，谁养即由谁负责，私生子在收养者之家中计人口除免征点，是合理的；不如此，则反对"婴儿杀戮"，即无物质保证。

这是关于统累税中对某些特殊成员的处理问题。

只有根据这种□则正确了解的与解决这些问题，才能保证统一累进税这一伟大工程的澈底胜利。

（原载一九四一年六月十二日《晋察冀日报》第一版社论）

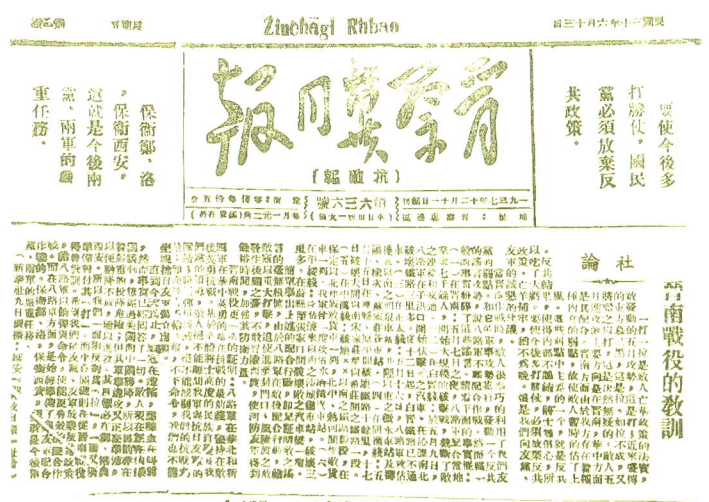

晋南战役的教训

一打一拉是敌人亡华政策的法宝,敌发动的五月攻势,这是打;近来盛传的东方慕尼黑,这是拉。如拉不成,又将继之以打,这是决然无疑的。敌人五月进攻的主要方向是在晋南,华中方面是其配合,晋南方面由于我方存在着种种内在的弱点,故使敌人暂时的占了上风。这些弱点中主要的一个,就是反共。反共结果,使得内部不团结,将士无信心,所以吃了大亏,要使今后多打胜仗,必须放弃反共政策,亡羊补牢,犹不为晚,这是我们向友党、友军的诚恳的建议。

当晋南作战时,敌人很乖巧的利用了我们友党的弱点。和它的军事攻势并行,发动一个反共的谣言攻势,说八路军不愿配合作战。然而铁一般的事实粉碎了这些谣言。请看下面的事实罢：（一）在晋南：五月七日之夜，八路军配合当地群众七千余人，开始大规模的破击战，截断了敌之连络和交通。（二）在白晋线：于五月九日，八路军在子洪口开始伏击敌之汽车、在沁源南北破坏铁路三里多。从十二日起，白晋铁路已不通车。（三）在正太线：五月十六日，八路军攻占获鹿以南之头泉车站，井陉以东之微水车站及寿阳、榆次、苏家庄各车站。（四）在同蒲线：五月十五日在崞县、原平间破坏铁路十余里，十七日破坏大同以南宋家庄至尚希庄间之铁路一段。（五）在平汉线：破坏□□以南之铁路数段，在保定以北炸毁敌货车一列，北平、热河间炸敌货车一列，我军曾一度攻占水冶镇汽车站。（六）在平绥线：攻占怀来以西之沙城堡车站，破坏三里多，在蔚县至张家口间破坏敌之汽车桥一座。

简单举出上述的配合行动，即足证明敌之谣言的毫无根据。由于八路军在敌后配合行动，给敌寇以重大打击，迫使进至封门口、风陵渡之敌发生后顾之忧，不敢冒险西渡，使河防友军得到余裕时间，加强其防卫力量。

从晋南战役更一次的证明：八路军在华北和新四军在华中英勇的站在抗战的最前线，坚持在敌后英勇抗战。基于全体将士高度的民族自信及我们党的领导，敌人绝不能离间我军与抗日友军的团结；断绝弹粮接济，绝不能减弱我们的抗战力量；即使政府不给情报，不下命令，我们也不能坐视抗日友军孤立应战。

直到今天为止，敌寇在造谣，应声虫在叫嚣，然而事实已经回答了一切。敌人现在正在与美国谈判，想经过美国向中国诱降。所以目前存在着严重的投降危险；但其军事进攻又正在准备，以便劝降不成，继以进攻。其目标必在郑、洛与西安。所以我们一面须反对其"拉"，一面又须准备对其"打"，而中心关键则在从晋南战役得着教训，希望我们的友党、友军放弃反共政策，给八路军以饷弹与命令，使能更有效的配合作战，而在八路军方面，是始终准备了与友军配合作战的。保卫郑、洛，保卫西安，这就是今后两党、两军的严重任务。

（新华社九日广播：延安《解放日报》社论）

（原载一九四一年六月十三日《晋察冀日报》第一版社论）

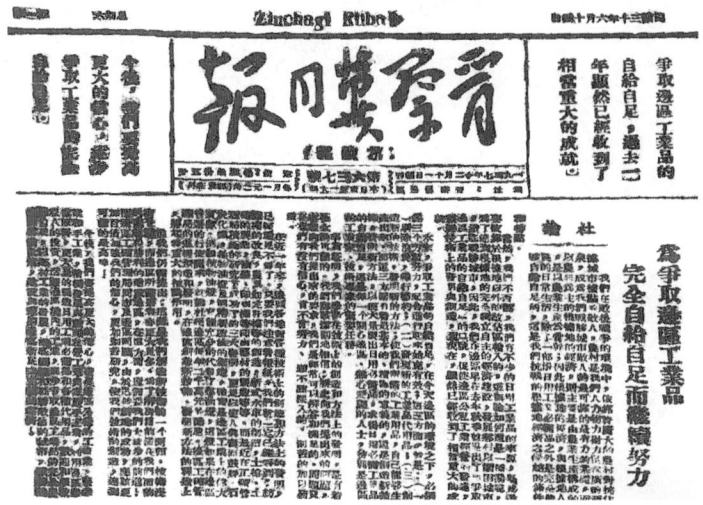

为争取边区工业品完全自给自足而继续努力

我们在敌后战争的环境中,依靠着广大的农村对抗占据城市据点的敌人,农村是我们人力物力财力的深广的源泉,成为我们战胜城市敌人的最可靠的最有力的基础,而以农村为主的根据地的经济,则主要是由农业生产构成的,是以农业生产为骨干;因此根据地的经济,与根据地人民的日常生活,除了一部份日用工业必需品之外是完全能够自给自足的,这是我们抗战的根据地经济之优越的条件和特点。

当然,我们不否认,我们有不少的日用工业品的来源,毕竟还要依靠于根据地以外的敌占区输入的,这无论如何还是一种□□,为了达到根据地的完全独立自主的经济建设、发展乡村以围困城市、澈底战胜城市，因此，我们在边区早在去年秋季就提出了"争取边区工业品的自给自足"的口号，促使边区公私工业经营的发达，□□技术上的发明与创造，到现在，显然已经收到了相当重大的成就。

本来，争取工业品的自给自足，在今天边区的环境之下，必须从三个方面努力，配合进行起来始克有效；这三方面，就是：（一）剔除浪费、厉行节约；（二）发现新的工业品代用品；（三）创造新的技术、发明新的方法；使我们所需的工业用品，自己能够生产出来，而这三方面有着最基本的、积极的意义的，还是创造新技术、发明新方法，以便大量制出日用必需品，求得日用必需工业品的自给自足，这是每一个关心边区、热心爱国的人士，特别是边区的工业家、技术专家的紧要任务。

事实证明，我们边区在技术上的创造和方法上的发明，是有着极大的可能的。我们应该深刻地相信：历史向我们提出来的问题，□□向我们提出来的要求，我们是经常可以解答和满足的。问题是在我们有没有信心、肯不肯努力、愿不愿深入的、刻苦的加以研究。

在近一年来，边区各地对各种技术上的创造和方法上的发明，已经屡见不鲜了。只要我们注意着报纸，我们就一定已经看到：纺织机的改良、农具如定耔□等的创造，新式水车的创造、土枪、土炮的制造、油□、印刷机等印刷器材的制造等等。而最近在工矿管理局积极的研究下成功了的三大发明，更是以□人兴奋而鼓舞，石炭化□、植物油灯及酒精新造法的创造，确实是边区工业上的伟大贡献。例如植物油灯，它能充分的代替了煤油灯，这灯如果在边区普遍的行使开来，就能杜绝边区每年二千万元的□□。边区工矿管理局的这样创造和发明，在边区创造新技术、展开新方法的程途上，将起着重大的推动作用。

但我们仍需提出：这就是我们创造新技术的一个关头。技术没有□□，而边区所需要者亦更大且多。为了解□目前横在我们面前的困难和胜利的建设地区，在这方面，还需要我们大踏步的前进！□边区工矿管理局同志及边区同胞，由于这些创造的成功，应该更加百倍加强我们的信心，更加刻苦研究，使我们技术的创造，达到可能的最高峰！

今后，我们要提高更大的信心，发展边区公营的工矿业，农业和手工业，积极发展与□□私营工业与家庭手工业，利用边区□□□料，更大量的制造日用工业必需品和各种代用品，欢迎和□□私人的投资，活跃边区境内的工业，□□争取边区工业品的完成度□□□，以乡村工业的发展，澈底□□和战胜敌占的城市，□□□□□□□□，建设与巩固边区新民主主义的经济！

（原载一九四一年六月十四日《晋察冀日报》第一版社论）

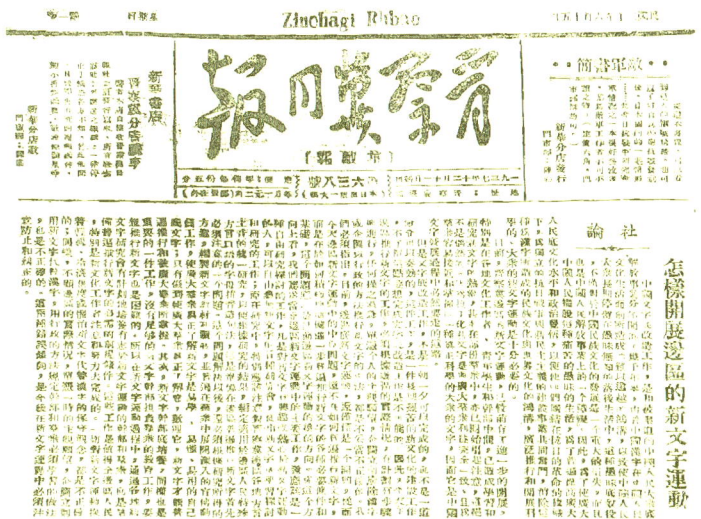

怎样开展边区的新文字运动

中国文字底改造工作，是和被压迫的中国人民大众底解放事业分不开的。几千年来，由于中国汉字在中国人民文化生活面前所造成的难以逾越的鸿沟，以致使中国人民大众长期停留在愚昧无知的落后生活中，这种愚昧底奴役，不仅对于中国民族文化的发展是一个重大的损失，而且也是中国人民解放事业上的一个障碍。因此，为了使广大中国人民摆脱这种痛苦的愚昧的生活，为了普遍提高广大人民底文化水平和政治觉悟，以便使他们团结在抗日的革命的旗帜下，为独立的抗日战争与新民主主义的建设事业共同奋斗，消除这种为汉字所造成的民族文化与世界文化的鸿沟，广泛推行和开展科学的、大众的新文字运动是十分必要的。

目前，晋察冀边区的新文字运动，已较前有了进一步的开展，特别是在各地文化工作者、青年学生和干部中间，已造成学习和研究新文字的热潮，基本在部份群众中，亦已开始引起注意，这绝不是偶然的。因为拉丁化新文字是与广大群众利益完全一致、且为群众容易接近和掌握的一种真正科学的大众的文字，因而它是中国文字发展过程中必然要走的道路。

但是文字底改造工作，不是一朝一夕可以完成的，也不是一道命令可以奏效的，这件工作，是一件长期艰苦的新文化的建设工作，不了解这点要想完成文字底改造工作是不可能的。因此，今天在边区推行新文字的工作，必须根据边区的实际情况，有计划有步骤地进行，任何操之过急，单凭个人的主观愿望，企图立刻废除汉字或企图以行政的方法推行新文字的做法，都是不妥当不正确的。我们必须指出，目前，边区底新文字运动，还仅仅是一个开头，从而今天边区新文字运动中的中心问题，还不在如何普遍推行新文字，而是在于如何积极地准备进一步普遍推行新文字的各种必要条件和基础，这个问题应该是目前边区新文字运动的总的方向。从这个方向上看，我们认为当前边区新文字运动中的主要工作，还应该是一种自由研究探讨的工作，凡是对新文字有兴趣或热心于新文字运动的人，可以自由参加新文字的各种研究会，从事新文字的学习探讨和研究的工作；而在研究中，特别应该注意对晋察冀边区各地方言土音的统一研究，以便根据研究的结果，编定适用于边区人民特殊方言口语的字母拼音造句法，这是准备在边区普遍推行新文字首先必须注意的一个问题。这个问题解决以后，还必须根据研究所得的方案，编制新文字教材和读物，并普遍在群众中展开深入的宣传动员工作，使广大群众真正了解新文字是易学、易懂、易用的自己底文字；只有做到使广大群众真正了解它，欢迎他，新文字才能普遍推行和被广大群众所掌握。其次，新文字干部底培养，同样也是重要的一件工作，没有足够的新文字干部担负群众的教育工作，要想推行新文字也是困难的。所以在新文字运动过程中,通过各地新文字研究会有计划地培养有志于新文字运动的干部和群众,也是准备普遍推行新文字的必需的前提条件。这些工作是值得全边区人民,特别是新文化工作者注意和努力去完成的。一切对新文字运动抱着轻视、冷淡态度或惧怕新文字代替汉字的保守观念,都是不正确的;同样,不顾边区的实际情况,单凭一时的主观愿望,企图立刻用新文字代替汉字,用行政的方法规定干部和群众必须学习的做法,也是不正确的。这两种错误倾向,是今后在新文字运动中必须注意防止和纠正的。

(原载一九四一年六月十五日《晋察冀日报》第一版社论)

地中海烽火与太平洋暗云

最近国际局势中最令人注目的有两件事：一是地中海的烽火，一是太平洋的暗云。地中海早已不是平静的海了，义阿战争、□希战争、北非战争及巴尔干战争，早已□地中海的四周牵入了战争的毁灭的漩涡。可是地中海的风云从没有像现在这样紧急。跟着在克里特岛□拉克的变化，斗争的双方互有消长之后，争夺地中海的战争就全面展开起来了。现在东起叙利亚，西至直布罗陀，中间加上马尔他、亚历山大和开罗，是一片轰炸，万里烽烟。最近几天德义空军正在轮流轰炸地中海中的英国的各据点，英国方面却以大军进击叙利亚，来保障地中海的东方出口。由于西班牙态度之更见明朗，直布罗陀之争夺战即在面前。争夺地中海的斗争已经进入决定的阶段了。这是在英美"□转"阴谋失败之后、在德国反苏派订结帝国主义和平以掉转枪头来反苏的主张失败之后、德国所举行的新的战略攻势，其目的是在切断大英帝国与殖民地的联系东方去的孔道。英国的情势岌岌可危，向美国告急的文电有如雪片，最后更不能不烦威南大使飞返白宫带着紧急的呼诉："除非美国立即参战，否则英国不能支持过一九四一年了"。

与地中海四周锣鼓齐鸣，杀气腾腾同时，东京的霞关（日本外务省所在地）却"车如流水马如龙，花月正春风，各国驻日使节，川流不息地进访松岗。有的竟不惜"连访三日"。风雨无阻□（德大使奥特），"有时竟此往彼来相差不及半时"。如七日英、法、德、意大使接一连二的往外务省，再加上纽约之欢宴会，伦敦之艾登、重光会谈，外交战之活跃可见一斑。尽管新闻的报道只零零几字，但是从整个帝国主义战争的全面上着眼，便可窥知其中玩的是什么把戏，这把戏，在德国方面，便是尽力催促日本在太平洋上尽快发动，以便配合在地中海的轴心攻势；在英美方面，则不惜以重大的代价贿买日本，即使不能拆散轴心，即一时的"绥靖远东"也好，以便能集中全力对德。而霞关的尤物，利用局势，依□玩弄于旧好（有二十年历史的英日同盟）、新知（三国同盟）之间，或撒娇，或佯□，或□张，或委蛇，卖弄风情，秋波暗送，八面玲珑，待价而沽。一面答应奥特大使之请，发表谈话，声称：日本外交政策，系以三国同盟为基调，并强调南进，不惜以武力为后盾，对荷印谈判，大尽威胁；另一方面，经过野村之口说出：日美之间一切问题莫不可和平解决，而且曾提出了缔结日美协定之种种条文。重光、艾登会议之中亦必有一番甜言蜜语，这样徘徊于太平洋之恶魔的暗影——新远东慕尼黑的阴谋，菲但未有消除，而且随着地中海烽火之激烈，太平洋之暗云愈益浓重，英国的处境愈难，西方的局势愈急，则美国的公开参战亦愈迫，其企图"绥靖远东"之念亦愈切，而我们的伟大抗战被人作为付账的零钱的危险也愈大。虽然这种情势亦会使日寇的贪心愈大，要求愈高；然而如果能不战而获，到底总是上策。何况一双泥足还深陷在中国大陆上呢？所以，太平洋上的暗云低迷，对于我们的抗战大局是一种切身的重大威胁，对它视若无睹，默不作声，或讳疾忌医，强为欢笑，虽则可自我陶醉于一时，而当忧患真正到来之时，势必要吃措手不及之苦。

然而，我们也用不着害怕，不管暗云如何浓重，我们伟大的中华民族却有着拨云雾而见天日的力量、办法、信心。中国抗日民族战争胜利的钥匙，在于我们自己国内的团结统一。（中缺）目前全国团结的基础仍在。此其一。实际上我们有着一个真诚援我始终不移的社会主义的苏联；即使国际风云如何变动，我们也永远不会陷于孤立的；而且中苏合作正在日益增长之中。并且我们也相信，中国的有自尊心的领导人物也绝非贝当等之流甘于自趋没落，躬蹈身败名裂的。中国的贝当也已经有了一个汪精卫，再加一个也不过照例享受四万万五千万人拳打脚踢的待遇。所有稍有心肝的人，是应该不学后头乌龟照路爬的。由此可知，远东的暗云愈重，愈需要我们国内团结之改善，中苏友谊之增进，国内政治之革新，这是我们克敌致胜之道，这是我们击破出卖阴谋的办法。我们共产党人是始终不渝地为着这些而奋斗的，抗战胜利和国家民族之福利是我们唯一遵循的路标。

在此远东慕尼黑危机严重之时，我们希望我们的友党人士亟谋所以善处之道。抗战四周年纪念快要到了，希望中国国民党发表一个令人满意的宣言，痛□远东慕尼黑。

（新华社十一日广播：延安《解放日报》社论）

（原载一九四一年六月十八日《晋察冀日报》第一版社论）

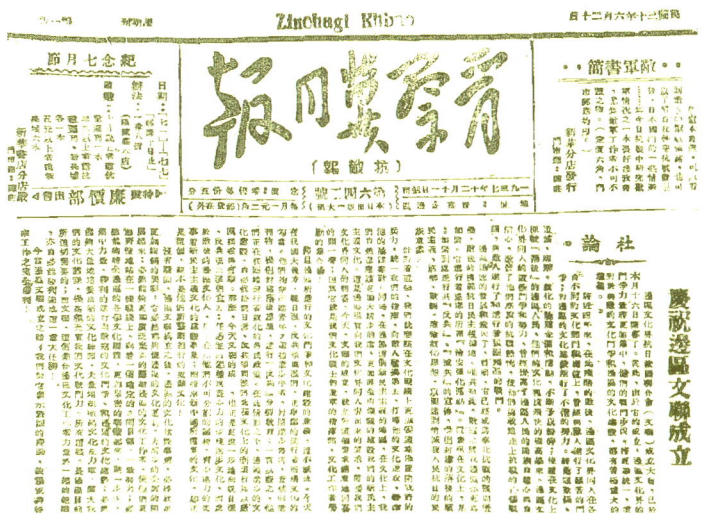

庆祝边区文联成立

边区文化界抗日救国联合会（文联）成立大会，已于本月十六日开幕了。从此，由于它的成立，边区文化界的斗争力量将更加集中，他们的战斗步伐，将更加统一、这对于与敌的文化斗争和边区的文化建设，都有着极重大的意义。

将近四年来，在此残酷的敌后，边区文化界同人在各自不同的文化部门和岗位上，曾经与敌人进行了艰苦的斗争；对边区的文化建设进行了不倦的努力。将敌寇欺骗、造谣、麻醉、奴化的阴谋企图和活动，不断予以粉碎；使□在文化上原始"落后"的边区人民，他们的文化程度飞快的提高起来。边区文化界同人的这些斗争和努力，曾经提高了边区人民的民族自尊心与自信心，激发了他们高度的抗战热忱，使他们勇敢地走上抗战的□个战线，与敌人进行了和进行着猛烈残酷的战斗。

边区迅速的发展和巩固了，目前，它已经成为华北抗战的强固堡垒，敌后的模范抗日民主根据地。唯其如此，敌寇之□我边区亦更为加紧。它进行着恶毒的所谓"治安强化运动"。这表现在文化上，是：加紧到处进行其"反共"、"灭共"的宣传，提倡封建的落后的顺民主义，麻醉、欺骗，灌输奴化思想，以图达到消灭我人民抗日的民族意识。

针对着这个，我们就应该在文化战线上更加妥适地布置开我们的兵力。统一我们的指挥，向敌人猛扑过去，打垮他的文化进攻，粉碎他的阴谋毒计。同时，在边区这个新民主主义的地区，在文化上，我们自然还应该更加大踏步前进，更加健全与灿烂的建设我们的新民主主义文化。这是边区现实向我们文化界同人提出来的要求，需要我们文化界同人的回答。今天，文联的成立，就是对这个要求满意地回答的头一声；因为它就是我们文化战士们进军的指挥部，文化工作者劳动的集合场！

抑且边区所进行的文化斗争和文化建设的意义，还不只此。今天在我国大后方，亲日派、反共顽固派们，正卑鄙的进行着摧残文化的勾当。他们拘禁前进青年，逮捕进步学者，封闭进步书店，查禁前进刊物，提倡封建落后思想，进行"反共"分裂教育；一言以蔽之，他们正在狂烈地进行着奴化的愚民政策。在此情形之下，边区进步的文化建设，自必能给亲日派、反共顽固派们此种文化上的倒退行为以严厉揭破与打击。那么，今天文联的成立，也正是更进一步地进向亲日派、反共顽固派们宣告：任凭他们怎样竭尽心力的摧残进步文化，而处于敌后的边区文化人，□□在□他们不可分割的团结，齐心协力的从事着新民主主义文化的建设事业；而将来新中国所需要的文化，却正是这个，绝不是他们所垄断推行的奴隶文化！

没有疑问，边区文联成立之后，边区的文化建设事业，必将放出更加绚烂的异彩：它必然能够使边区的文化运动，大踏步的全面的开展起来；

必然能够更加广泛坚固的团结边区的文化工作者，使他们更加齐整地站在一条战线上，向着一个确定的共同目标，一致努力；必然能够将全边区的各个文化团体，更加紧密的团结起来，统一步伐，集中力量，胜利的进行与敌寇的文化斗争、和边区的文化建设；必然能够大量地培养出新的文化干部，大量地组织起文化生力军，扩大我们的文化部队，提高和充裕我们文化战斗力。所有这些，是边区目前所迫切需要的；而文联，这个集合边区文化工作者力量于一起的组织，亦自必能胜利达成这一重大任务！

今当边区文联成立之始，我们对它表示热烈的庆贺，以庆祝□将来工作之完全胜利！

（原载一九四一年六月二十日《晋察冀日报》第一版社论）

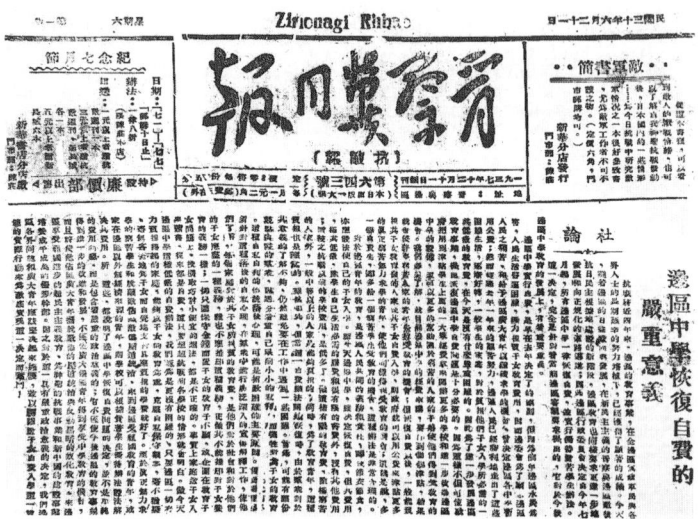

边区中学恢复自费的严重意义

抗战将近四年来，边区的教育事业，在全边区党政军民与各界人士的长期艰辛的努力培植下，已经获得了显著的成绩。今天，随着边区的日益巩固与发展，在新民主主义的晋察冀边区敌后抗日民主根据地建设的新阶段，边区教育也同样要求更进一步地发展和向正规化的道路迈进；因此边区行政委员会决定自今年七月起，所有边区中学一律恢复自费，并实行优待贫苦学生办法。这一决定，完全是针对着当前边区客观要求提出的，它对于今后边区中学教育的发展上，有着重要意义。

边区中学实行自费，是早在去年决定了的原则，但因为前年边区水灾为害，人民生活普遍困难，无力担负子女教育费用，因而边委会为了关心边区人民之痛苦，和给予边区广大青年以继续求学的机会，曾决定边区各中学暂用公费；然而经过去年一年来的艰苦努力，边区人民已经胜利地走出了这些困难生活，逐渐好转，一般学生的家庭，对于负担他们子女入学所必需的一些低级的教育费，在今天是没有什么严重困难的。因此为了进一步发展边区教育事业，提出恢复边区中学自费问题是十分必要的。因为这样不但可使政府把用到津贴学生上面的一大笔经费拿来开办更多的学校和进一步改进边区中学的设备，还可以更多的帮助过于穷苦的人家的子弟使他们得到受教育的机会。我们经过了解，就目前边区中学的经费来讲，要□到个个津贴，结果就会使许多穷苦人家的青年失掉受教育的机会；但恢复自费以后，一般能负担其子女教育□的人家使其子女自费入学，则政府就可以用公费来津贴更多的真正穷苦无力求学的青年，使他们同样得到受教育的机会；这就是说，多一个自费生，即多给一个穷苦学生受教育的机会，这种办法是非常合理的。

对于边区青年的教育，是边区人民共同的义务和责任，即使缩衣节食，亦应设法使自己的子女入学。而今天边区中学，虽决定恢复自费，但其费用，极其低微，除学生自己生活必需的膳费和很有限的书费外，没有其他费用；这较之抗战以前的学校费用，是低多了。像这样有限的教育费，除极穷苦的人家外，一般中等以上的人家是能够负担的；同时，为了教育青年，这种负担也是随意的。虽然如此，但当这一自费办法开始恢复时，由于群众对于其意义的了解不够，仍然难免要在工作中遇到一些困难。首先，可能有部份观点狭隘的群众，因过分看重自己眼前小小的私利，而牺牲对其子女的教育。这种自私自利的传统落后心理，可能是招致困难的主要原因。因此□□□须针对这种落后的自私心理，在群众中进行广泛深入的宣传解释工作，使他们了解，每个家庭对于其子女所担负的教育费，是他们对于社会和对于他们的子女应尽的一种义务，谁也不应推却这种义务，正像其不能推却对子女养育的义务一样；一切只图保守金钱而置子女的教育于不顾，或企图在教育子女问题上，投机取巧讨小便宜的想法，都是不正确的。事实上家庭送子女入学读书，从来都是自费，这只要想想抗战前各学校的情形就会明白。像今天边区中学这样低□的自费办法，我们认为是更没有困难的，只要边区一切有力负担得起的家属，能够以子女的教育为重，克服自私保守观念，毫不犹豫、□无吝啬地为子女而自觉地支付其应负担的学费就好了。至于真正无力求学的穷苦学生和脱离敌占区敌伪压迫统治、来到边区受祖国教育的青年，或家在边区以外无经济来源的青年，则学校可以根据贫苦学生优待办法设法解决其费用。所有这些，都说明了边区中学恢复自费问题的决定，并不是单纯的费用问题，而是包含着严重的政治意义的；它不仅使今后边区的教育事业得到进一步的改进和发展，不仅使广大边区青年得到享受中学教育的机会，而且将使敌占区广大青年摆脱敌伪的压迫统治与反动黑暗的奴化教育，来边区享受祖国进步的新民主主义教育，为神圣的抗战事业和新中国的建设事业培养成千成万的优秀干部。因之对于这一具有严重政治意义的决定，我们边区各界同胞和广大青年应该坚决起来拥护，并以踊跃送子女自费入学这一模范的实际行动来为澈底实现这一决定而奋斗！

（原载一九四一年六月二十一日《晋察冀日报》第一版社论）

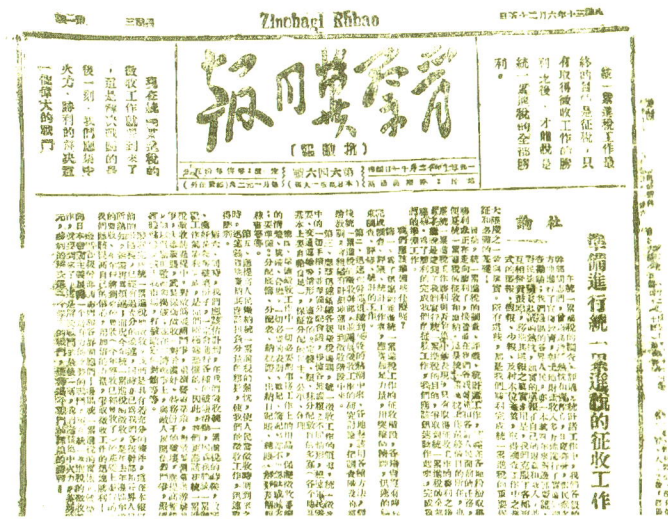

准备进行统一累进税的征收工作

在统一累进税的调查、评议、统计诸工作中，我们各级的干部同志们，曾以高度的热忱和责任心，日夜奔劳，对民众多方地进行了宣传教育，对土地财产收入多方地进行了实地的调查勘验；我们边区的各界人民，亦一本其四年来对边区爱护、对民族国家忠诚的热忱，如实的填报了自己的财产和收入，并互相督责鼓励，务期其填报之真实□用是，我们克服了各种形式的匿报、假报、少报、及村本位主义，取得调查工作中之最大限度之一致与真实。所有这些，都是我们胜利完成统一累进税的重要保证和必需的基础！

目前，统一累进税的调查、评议、统计等工作，已经在各地纷纷取得胜利或正在走向胜利了，接着摆在我们各级□□和各界人民面前的任务，便是统一累进税的征收和缴纳。这是统一累进税工作最终的目的所在，也是统一累进税工作胜利与否的集中的表现，只有取得征收工作的胜利之后，才能说是达到了我们实行统一累进税的目的，争取到统一累进税的全部胜利，为了胜利的完成我们的征收工作，我们应该迅速动作起来，完成我们的准备工作。

我们应该准备些什么呢？

第一，为了迅速的走进统一累进税工作的征收阶段，各地尚没有胜利完成调查、评议、统计工作者，应当加足力量，用突击的精神，迅速的结束调查、评议、统计的工作。

第二，迅速把干部组织到征收的热潮中来，各地应该用各种方法，训练统一累进税的征收干部，并开展征收工作的研究讨论，把调查阶段的经验教训，有组织有计划地运用到征收阶段中来。

第三，应该迅速组织各级缴税机关，统一征收工作的领导，统一征收中的一切手续；并准备分配会议，根据各地产粮的不同情形，根据军民需要、交通运输等情形，适当的决定钱、粮、秣分配数目的多寡（各个地区基本上要自给自足），保证分配的民主、公平、合理。

第四，准备征收工作中一切必要的事务工作上的用品，保证征收手续的清楚、□确、合理，一切必要的表册、戳记、簿记等都不可忽略或减省；要准备：分配底簿、分配表、纳税证、出纳日记账、总账、解□及解粮秣书等等。

第五，应提高人民缴纳统一累进税的热忱，使人民当征收时期到来之时，迅速热烈地缴纳其应该担负分量的粮□，使我们的征收工作，迅速取得胜利。

第六，同时，我们应该估计到，在我们征收统一累进税的时候，敌寇、汉奸及特务破坏份子，一定会进行各种的破坏活动，因为我们统一累进税工作的胜利完成，是他们所极端恐惧的。因此，我们更应该在统一累进税征收的过程中，对敌伪展开斗争，继续发动群众，对敌展开群众游击战争、大举破袭、武装保卫征收及对于汉奸、特务份子的破坏，应提高警惕，加以严密的监视与揭破；并在经济战争上，与敌人展开激烈斗争，严厉□□伪钞，扩大我市场，打破敌寇的封锁等等。

胜利完成统一累进税的征收，我们是具有着充分的条件，这在本报以前的社论里，已经有过充分的论述，同时亦已为我们各级干部和各界人民所熟知，无需再次烦述；而况今年统一累进税的征收，是在去年边区年成的丰收、今年行将到来的丰收（今年表收已经丰收了）的基础上进行的，我们应该提高自己的信心，用加倍的力量、争取征收工作的迅速胜利！

边区各级干部同志们和各界同胞们！边区统一累进税的实施，就□于向日本帝国主义展开一个最有力的攻势的战斗，现在统一累进税的征收工作，就要到来了！这是解决战斗的最后一刻，我们应该集中火力，英勇争先，胜利的解决这一个伟大的战斗，获得这个战斗的辉煌的胜利！

（原载一九四一年六月二十五日《晋察冀日报》第一版社论）

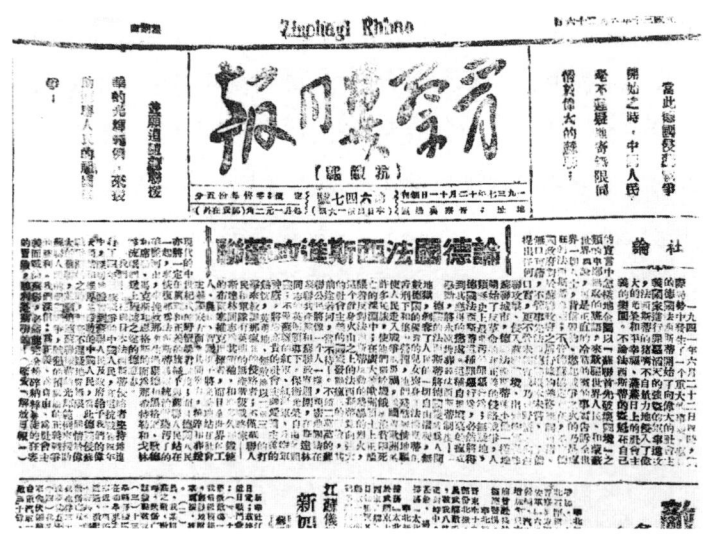

论德国法西斯进攻苏联

一九四一年六月二十二日四时，国际局势中发生了一个重大的事变。疯狂的德国法西斯蒂开始了向伟大的社会主义国家进行罪恶滔天的强盗的军事进攻，法西斯蒂的猪嘴不自量力地侵入了伟大的光荣和平幸福、蒸蒸日上的社会主义的乐园。不论法西斯蒂的盗魁在自己的宣言中怎样地企图以"苏联首先破坏国境"之类的卑鄙无耻的谎语，来欺骗世界人民、和蒙蔽世界舆论，可是正直的冷酷的铁的事实告诉全世界一切人士，背信毁约、燃起战争之火的乃是疯狂的法西斯蒂□□；不管德苏协定□□，□□德国政府对于苏联政府之履行条约义务无词可借、无口可借，不管事先法国德国根本未尝、□□能提出任何口实，更不管未经宣战乃□野蛮□向苏联攻击，侵入苏联国境、出动空军轰炸苏联城市，德国法西斯蒂像小偷一样地开始了反革命的非正义的侵略战争，人类历史上最卑污的罪恶行为；无疑地，德国法西斯蒂这种罪恶行为，必然将得到其应得的惩处。这种自掘墙坟墓的疯狂举动，将永远埋葬掉法西斯蒂制度！

德国的法西斯蒂将德国变成为人间地狱，剥夺了人民的一切自由权利，无数德国的优秀的儿女丧身在法西斯蒂的苦刑下和集中营里，他们残酷无情地驱使人民走入战争的灾祸，蹂躏着欧洲的许多民族，使他们陷于饥饿□浪贫困死亡的深渊中；在广大的欧洲领土上正酝酿着反对法西斯蒂反动的残暴的烈火，这个置身火山之上的法西斯蒂竟向强大的社会主义的国家发动疯狂的□□，其前途若何，当不待□。不顾二万万的苏联公民将像一个人一样，亲密地团结在苏联共产党和苏联政府周围，在斯大林同志的英明领导下，保卫光荣自由的祖国；不仅苏联的红军、红海军、□空军神鹰，将以高贵的社会主义爱国主义的热忱，英勇地、无敌地以二倍三倍的打击来教训那疯狂的侵略者；不仅苏联人民和军队有英明的无产阶级战略家——斯大林同志为其领袖、和许多久经锻炼的布尔塞维克指挥者，而且全世界的工人、农民、知识分子将完全地站在社会主义国家方面来共同努力，粉碎和葬送现代的中世纪式的野蛮暴君□度；而□德国人民亦将一定在真理和正义的旗帜下与苏联人民站在一起，来恢复那为法西斯蒂暴军统治所染污了的美丽河山，来挽救那发生过康德和黑格尔、歌德和席勒、马克斯和恩格斯的而为那希特勒和戈林等流氓们送上毁灭之途的德意志。

我们——在与日本法西斯蒂侵略者坚持地进行了四年民族战争的中国人民，在这抗战的四年中，深切地体会到苏联人民及政府给予我们的伟大同情和雄厚的援助的中国人民，当此德国侵苏战争开始之时，即毫不迟疑地寄无限的同情于伟大的苏联，并愿追随苏联援华的光辉范例来援助苏联人民的祖国战争，诚恳的预□他的正义战争的胜利。我们深信：为正义、为自由、为社会主义而战□苏联，必然能完全粉碎纳粹暴徒的狂妄的言论，胜利是苏联的！（□□《解放日报》）

（原载一九四一年六月二十六日《晋察冀日报》第一版社论）

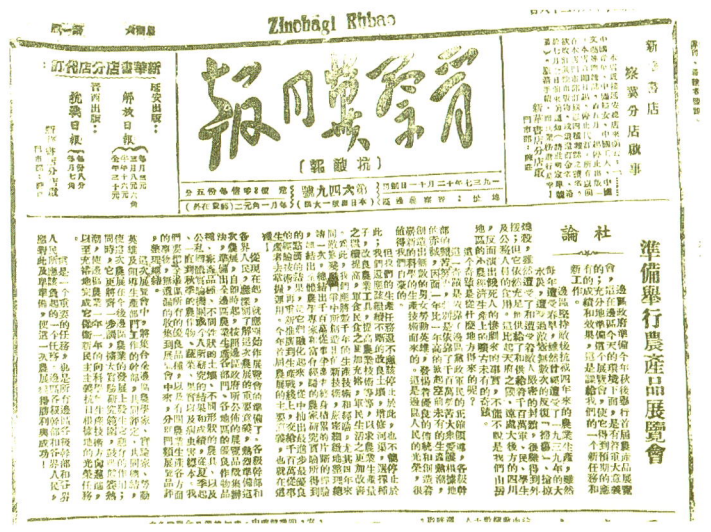

准备举行农产品展览会

边区政府准备今年秋后举行首届农产品展览会，这在边区今天的环境下面，是有着重大意义的；充分地准备这个展览会，使它得到预期的应有的成绩和效果，这是课给我们的一个新任务和新工作。

边区坚持敌后抗战四年来的农业生产，虽然每年遭受春旱，虽然曾经遭受了一九三九年的大水灾，遭受过敌寇无数次的反复"扫荡"、抢掠烧杀，虽然遭受了和遭受着敌人严密的封锁，很难得到外援；但它依然充足地供给了和供给着千百万军、民、学生及公务人员的食用。这比起天府之国、远处大后方的四川，反而演出饿死人的惨剧来的事实，不能不说是我们山岳地区的小农经济生产上的旷古未有的奇迹。

这个奇迹是从什么地方得来的呢？

这一奇迹是依靠了边区党政军民的正确领导，各级干部的艰苦努力，特别是依靠了千百万劳苦大众爱护根据地的赤诚，因而一年比一年高的掀起空前未有的生产热潮，创造出无数的男女劳动英雄，发扬着优良的传统和创造着崭新的科学的生产技术而来的。这是边区人民的光荣，很值得我们自豪的。

但我们的生产任务还不应该停止于此，也不能停止于此；我们还应该继续不断的改良土壤，增修河渠，选择种子，改良农业工具，提高农业技术等等，以求农业生产量之继续提高，军食民食之更加充裕，军民生活之更加改善。为此，我们应将数千年的生产技术和经验，尤其四年来同敌寇残酷斗争中所创造出的新技术，严密细致地整理总结一次，总结出千百万从事生产□终身积累的片断的经验，总结出全体农学专家和富有经验的农家研究实验所得到的点滴的结果，把它们融化起来，从中抽出最进步最优良的经验技术，再重新推广到生产战线上，交给千百万从事生产者去掌握运用。今年首届农展的主要意义，也就在这里！

从现在起，就应开始作展览会的准备了。各级干部和各界人民，应深刻了解这次农展的重要意义，热烈准备这次农展，自即时起，按照边区政府所公布的展览品征集办法，准备出全边区农业生产各部门、各地区的优良作物品种、家畜品种、不同性状的土壤、不同形状的农具、以及公私团体实验机关或个人所研究的结果和成绩，从夏季起，一直到秋季的农作物、蔬菜、果实以及病虫害标本。我们要把全边区所有的优良品种，以及有关农业生产各方面的事物，无遗漏的收集到展览会中来，分别门类展览品评，整理总结。

这次展览会中，将集合全边区农学家、实验家、劳动英雄及领导生产部门工作的干部，共同评定、共同总结，使这次农展在今后边区农业的发展上发生它应有的作用；同时，它更将齐一步调、扩大实验研究范围、鼓动竞赛热潮，使边区农业一年一年的向科学的生产技术方向迈进，以至充裕地完成它保卫新民主主义抗日根据地的光荣任务。

这是一个重要的任务，也是所有边区各级干部和各界人民所应该负起的一个任务。边区各级干部和各界人民，应对此及早准备，使这一次农展获得胜利与成功！

（原载一九四一年六月二十八日《晋察冀日报》第一版社论）

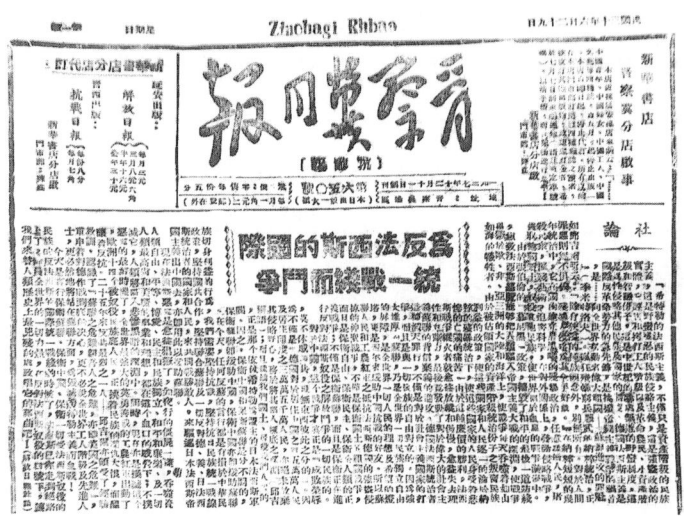

为反法西斯的国际统一战线而斗争

"希特勒的法西斯主义，不仅只是资产阶级的民族主义，这是野蛮残忍的民族侵略主义，这是强盗政治的实体，它诬害和拷打工人阶级以及革命农民、小资产阶级和知识分子，这是中世纪的暴虐无道的野蛮制度，这是□性侵略其他民族及国家的制度，德国法西斯主义是国际反革命势力的急先锋，是挑拨帝国主义战争的祸首，是……向全世界劳动者伟大祖国——苏联进攻的罪魁"（季米特洛夫）。疯狂残暴穷兵黩武的纳粹统治，正如丘吉尔所云："除有狭隘的种族观念外，别无所有。对于人间罪恶则无不具备。残暴反侵略为其拿手好戏。"在纳粹短短的几年统治中，它在国内建立最黑暗的残暴政治，任意蹂躏人民，屠杀民众，摧残艺术、迫害科学、在对外关系上，发动侵略战争，卷取他国领土，奴役其他民族，使世界陷于血腥的战争漩涡中。

　　由于张伯伦的"慕尼黑"政策，摧毁了和平的最后一道防线，以致法西斯恶魔能够把人类驱入帝国主义大战的深渊，使战争猖獗于欧、非、亚三洲的大陆和海洋上，使战争每天吞噬着如山如海的牺牲者。由于被占领国家的资产阶级统治份子之叛卖民族利益的政策，使这些国家和人民逐一的沦于纳粹的残暴统治下，使这些国家的人民身受着悲惨的亡国的痛苦。由于这种廉价的胜利，法西斯战争纵火者就愈益放纵和傲慢，愈益失去理性和判断力，最后竟发动了对于伟大的社会主义苏联的背信弃义的进攻。德国法西斯统治者这种滔天罪行，不仅是对于社会主义国家的打击，而且是与一切民族的自由对立的。因为强大雄厚的苏联，乃是全世界一切民族独立自由的屏障，是全世界一切人民的理想及希望的灯塔，更是四年来援助中国抗战的好友。所以苏联人民和工农红军之抵抗法西斯德国的强盗侵略的神圣战争，不仅是保卫国土的祖国战争，而且是保卫自由、保卫民主、保卫全人类的正义战争；不仅是保卫苏联，而且是保卫正在进行反对法西斯奴役之解放斗争的一切民族的。

　　对于中国，这个战争才真正是"成败荣辱，莫不休戚与共，几无东西彼此之分的"。因为不仅是□德国对于居住中国之四五万万人民及居住印度之三万万五千万人民，亦绝未放弃其侵略野心，务于将其陷入无底之深渊（丘吉尔语）；而且蹂躏我们国土、屠杀我们人民的，正是那个依仗希特勒为盟主的日本法西斯军阀。因之，保卫中国和保卫苏联是分不开的，保卫苏联即援助中国，保卫中国亦即援助苏联。在今天，任何反苏的言行都是有损于中华民族切身利益的行为，我们需要坚持抗战，坚持抗日民族统一战线政策，坚持国共合作，坚持联合苏联及一切反对德、义、日法西斯统治者的国家和人民，来共同战胜敌人，来驱逐日本法西斯帝国主义出中国去，亦即用此以援助苏联。

现在法西斯恶魔是愈益猖獗了，如夜行的僵尸一样，吞噬着人类自由、平等、博爱、民主和民族独立、和平和康乐、及一切人类最高尚和美丽的事业和理想，都在这个血口的威胁下；不扑灭它，人类将陷入悲惨黑暗的深渊中。同时，现在亦是扑灭这个恶魔的最好时机了，全世界最强大的英勇善战的工农红军出动了，欧洲十四个被奴役民族底人民，正挟着民族的深仇大恨，而酝酿着反抗。二十五年来反共最烈之一人——丘吉尔亦领受了经验教训，认识了"苏联之危难即吾人之危难，亦即美国之危难"，重申着对德作战到底的决心，更不必说全世界工人阶级及先进人士，更必然地将站在苏联方面，为毁灭希特勒主义而血战！

今天是实行保卫苏联、保卫中国、保卫一切受法西斯奴役的民族的反法西斯的国际统一战线的时候了，法西斯已经走到绝路上了，动员全世界的一切力量，在反对法西斯奴役的口号下，让我们来替人类历史上最凶残的虐政唱它的葬曲吧！（《解放日报》社论）

（原载一九四一年六月二十九日《晋察冀日报》第一版社论）

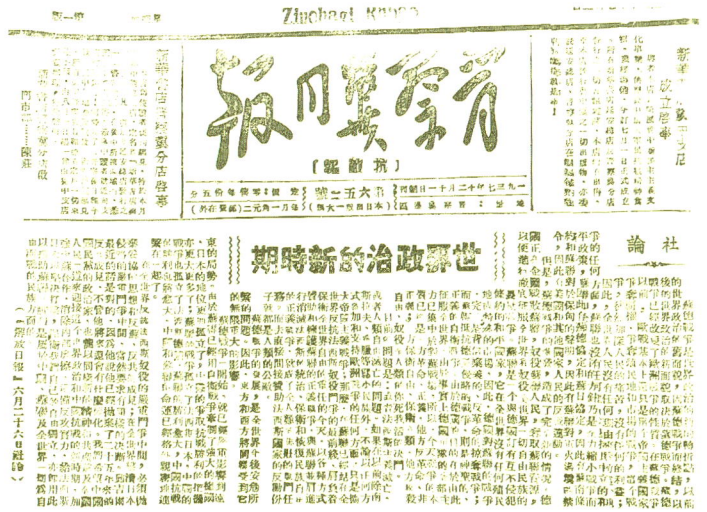

世界政治的新时期

　　苏德战争是世界政治的新的转换点，以前的世界政治的旧面貌，因苏德战争而终结，以后的世界政治的新面貌取决于苏德战争。苏德战争已经改变了欧洲战争的性质。在苏德战争以前，欧战基本上还只是两个帝国主义国家争夺霸权、争夺殖民地和市场的战争。这个战争徒然加深人民的痛苦，没有任何的利益，因此全世界人民没有任何理由来赞助这个战争的任何方面，苏联也没有任何理由不坚持其中立的和平政策，苏联和全世界人民的方针乃是全力缩小战争而扩大和平，因此有苏德协定和苏日协定，因此有苏南条约和苏联对于保匈的声明，因此有苏联对军火过境的禁令，因此有美国和其他国家人民的反战运动。

但是，苏德战争的爆发，造成了完全新的情况，德国正在企图战败苏联，奴役苏联人民，夺取苏联资源，以便进行澈底征服全世界和奴役全世界一切自由民族的长期战争。苏联是一个与德国订有互不侵犯条约的和平国家，它在全世界没有任何殖民地或特殊的市场，因此，德国对苏联的战争，完全是背信弃义的、反革命的掠夺战争；而苏联抵抗德国侵略的战争，则是神圣的、正义的自卫战争。由于德国的目的在于由此征服全世界，由于事实上德国军队的全部主力已集中于对苏战场，所以，今天战争的本质已经是一方革命、正义，他方反革命、非正义；一方保卫自由、保卫人类，他方绞杀自由、奴役全人类的你死我活的决斗。

目前的问题是：或者法西斯主义灭亡，或者人类自由灭亡的问题。如果在以前除南斯拉夫、希腊等弱小民族外，不能以任何方式参加和支持欧洲战争的任何方面，只是扩大帝国主义战争；那么，在苏联已经站在全世界反抗法西斯奴役斗争的最前线、肩负着保卫全世界自由的重任的今天，以各种方式赞助和拥护苏联的正义战争，与苏联并肩进行消灭法西斯的统治、保卫和恢复民族自由的正义战争，就成了全人类□□□的战斗任务，而去直接间接赞助法西斯国家的反动份子就都是人类的公敌。

苏德战争的发展，是全世界今后安危所系的问题，因此，东方和西方将同样受到它的无限重大的影响。

苏德战争一开始，就已经严重影响到远东的局势。由于苏联已经用自卫战争牵制了强大的德国，日本的地位更加孤立了，中国的争取抗战胜利的把握亦更大更多了；苏联的战争孤立了法西斯日本，中国的战争也孤立了法西斯德国，苏联的胜利愈大，中国抗战的胜利也将愈大，中国和苏联的命运已经格外亲密地联系在一起了。

在全世界反抗法西斯奴役的严重斗争中间，必须抛弃妥协的思想和反苏、反共的成见；在全世界击溃日本侵略的严重斗争中间，当然要求有同样的决断。丘吉尔最近的话是对的，因为他说他已经抛弃了二十五年来的反共成见,不管他将来还会有什么变化。我们希望中国国民党的政治家,也能以同样新的精神和共产党及全国人民一道来迎接这个世界政治和中国抗战的新时期,加强中苏合作、消除内部摩擦、准备反攻实力,给法西斯日本以坚决打击,保卫我们自己的自由独立,亦即用此以援助苏联,胜利是属于中国、苏联及全世界一切为自由而战的民族方面的!

(《解放日报》六月二十六日社论)

(原载一九四一年七月三日《晋察冀日报》第一版社论)

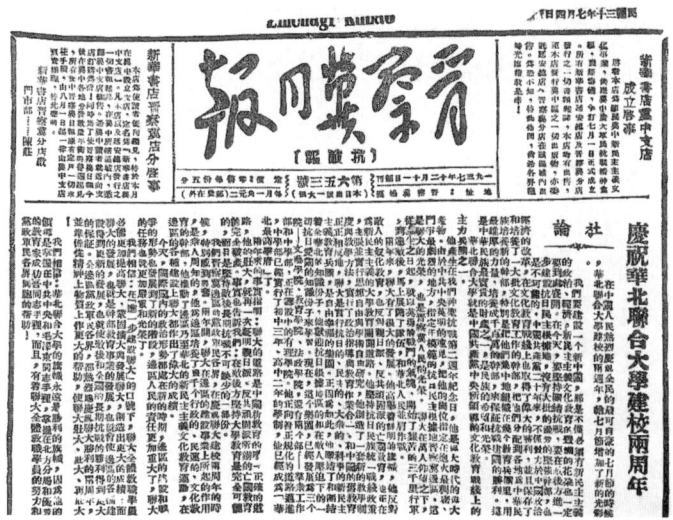

庆祝华北联合大学建校两周年

在中国人民热烈庆祝全民的最可自豪的七月节的时候，华北联合大学建校的两周年，给七月节增加了新的光彩。

我们要建设一个新中国，那是不仅必须有新民主主义的政治、经济，新民主主义文化教育的丰满的花朵也一定要到处盛开。在今天，要坚持团结抗战，要在敌后方进一步建设抗日民主根据地，没有大批的优秀的坚强干部，也是不可能的。中国共产党二十年来，不仅致力于中国政治经济的改革，在文化教育战线上也取得了伟大的胜利，并且保存了和培养了一大批文化教育工作的干部，把他们分配到各地为中华民族培养新的干部，特别是把他们集中地组织在几个教育兵团里，用最雄厚的力量，培养成千百万的干部，来保证抗战建国的胜利。这是中华民族的最宝贵的财产之一，是民族的希望和光荣。

华北联合大学就是中国共产党中央所领导的文化教育战线上的主力兵团之一。

他产生在我们神圣抗战第二周年纪念日，他是伟大时代的伟大产物。由于中共中央英明的远见，把他的岗位指定在炮火最稠密、斗争最剧烈的地方，指定在模范的抗日民主根据地晋察冀边区。这是联大的光荣，也是晋察冀人民的光荣，联大在万人仰望之下，从诞生之日起，就以英勇的战斗的气魄，开始了艰苦的三千里行军，到达敌后，马上展开了队伍，和华北人民并肩作战。

两年来，联大有了很大的发展。他高举着鲜明的旗帜，他反对敌人的奴化教育，也反对亲日派、反共顽固派的亡国教育，他正在为新民主主义的大学教育开辟道路。他坚持抗日民族统一战线政策，主张并实行思想自由与学术自由研究，他创造了一套新的教学制度与教学方法，实行了政治指导与教育作业合一。和中国的旧教育正正相反地，联大是实行抗日的、民主的、大众的、科学的新民主主义教育兵团，是自由幸福的乐园。正因为如此，他团结了和团结着全华北的知识分子，他欢迎抗日根据地区的和在敌人压迫下的一切抗日爱国的知识分子来学习。现在，这个乐园，已经发展为三个院——文艺学院、教育学院、法政学院，还有两个部——群众工作部和中学部，正在筹设中的有理学院。他正向着正规化的道路迈进，中学部已经实行了初中三年、高中二年的学制，他已经成为"华北最高学府"了。

两年来的事实指明：联大的道路是中国新教育的唯一正确的道路，他的壮大，就再一次证明亲日派、反共顽固派所办的亡国教育的完全破产。事实也告诉我们：在敌后方坚持大学教育是完全可能的，而且是坚持敌后长期抗战不可缺少的一部份。

我们晋察冀边区的党政军民各界，在庆祝联大建校两周年的时候，特别感到兴奋。两年间，联大在边区的建设事业上所起的作用，是众人周知的，他为边区培养了几千个行政的、民运的、文化教育的干部，他推动了边区乃至华北的新民主主义文化教育运动，在边区的各种建设上联大都作出了伟大的成绩。

今天，国际国内的政治形势都处在新的时期，边区的建设和战争的形势也发展到了新的阶段，边区人民的责任更加重大了，联大的任务也就更加严重和光荣了。

我们相信：在"进一步建设联大"的口号下，联大全体教职学员必能更加提高联大，巩固扩大与发展联大，创造出更大的成绩。而联大的发展，也就是干部教育事业的发展，也就会使边区的各种建设得到更新的发展，也就使敌后和全国的长期抗战的胜利得到更大的保证。全边区党政军民各界，都热烈地庆祝联大胜利的两周年，并准备从精神上物质上作更大的帮助，使联大壮大、壮大、再壮大！

我们相信：华北联合大学的旗帜永远是胜利的旗帜，因为他的领导是掌握在中共中央和毛泽东同志手里，掌握在北方分局和优秀的教育家成仿吾同志手里，而且，有着联大全体教职学员的努力和党政军民各界同胞的帮助！

（原载一九四一年七月四日《晋察冀日报》第一版社论）

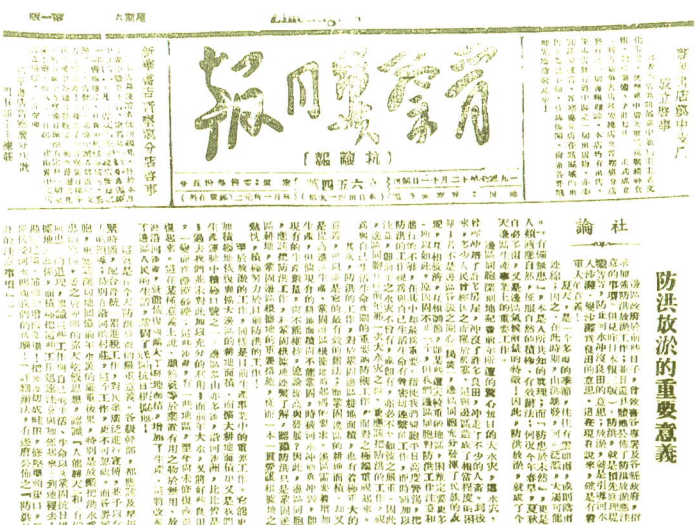

防洪放淤的重要意义

边区政府于前些日子，曾致书各专署及各县政府，指示加强防洪放淤工作；并且还具体地公布了防洪放淤应注意的事项（俱见昨日本报三版）。防洪，就是预先修理堤坝等等，防止河水冲没良田的意思；放淤，就是引导河水入沙滩，变沙滩为良田的意思。这在现在说来，确是有着重大的意义！

夏天，是一个多雨的季节，往往有云即雨，或则阴雨连绵；因之，在此时期，山洪暴发，河水泛滥，大属可能。"有备无患"，本是人所共知的真理；而"防患于未然"，更是人类适应自然，征服自然的积极、有效办法；何况今年春旱，夏秋自必多雨，又是边区气候雨量的特征！因此，防洪放淤，就成了今天边区生产事业上的重要工作。

边区同胞深刻地记着前年所遭的惊心怵目的大水灾，这水灾，曾经冲坍了许多房屋，冲没了许多良田，冲走了不少的人畜。到后来，多少人民曾经因之而罹于饥寒，这与边区造成了相当程度的困难；若不是边区各级之关心"民□"，边区同胞充分发挥了民族的友爱，互相救济，互相调节，即某些遭灾较重的地区，困难定要更多。所以如此，原因固不止一个，但我们边区同胞对防洪工作注意和进行的不够，在其中却最为重要。借使我们同胞平日高度警惕，把防洪的工作视为与自己生活生命有着密切连系的工作，而时刻加以注意，即前年之水灾不会有，或即有，亦必不至如彼之严重。因此，边区同胞在□前年那一次大水灾之后，更应该把防洪的工作，视为与自己生活生命攸关的重要的防御工作，而对之极端重视起来。

其次，防洪的工作，对于巩固边区耕地面积，也有着极重大的意义，可以说是它的最有效的办法；而巩固边区的耕地面积，却又是提高边区生产、巩固边区根据地的起码的要求。边区需要着增加生产，但倘现有的耕地面积尚不能巩固，时被河水冲刷与冲毁，即现有的生产数量，尚不能维持，遑论提高与发展？因此，边区同胞，应该把防洪工作，和巩固根据地连系了解，认识防洪只是巩固边区耕地，巩固边区根据地的重要措施，从而一本一贯爱护根据地之热忱，积极努力于目前防洪的工作！

至于放淤的工作，同样是目前生产事业中的重要工作。它能更加积极地恢复与扩大边区的耕地面积，而扩大耕地面积却又是我们生产运动中积极口号之一。边区多山亦多沙，沿河沙洲，比比皆是；过去我们并未对此加以充分的利用；而前年大水，又将好些良田，一变而为漫漠砂砾；这些沙砾，有一些地区，至今尚未修复或淤复起来。这在某种意义上说，显然就等于弃置有用之物于无用。放淤沿河沙滩，就能恢复与扩大了耕地面积，增加了生产，这将改善了边区人民的生活，巩固了边区抗日根据地！

这就是在今天防洪放淤的严重意义。各级干部，都应该及早抓紧时机，配合着统一累进税工作，对民众广泛进行宣传，并予以有力的领导；特别在沿河的村庄，这个工作，更不可忽视。而各界同胞，更应该深切地回忆前年水灾的严重后果，特别是放弃把洪水为患的原因，委之于神明的靠天吃饭思想，认识"人能胜天"和"有备无患"的道理，认识这些工作与自己的生活、生命以及巩固抗日根据地的关系，而积极把这些工作迅速注意与加强起来。到地里去！勘察堤坝、补修和增修堤坝！把沙滩切成畦田，修坚坝头渠口，准备接受河水赐与我们的沃壤！（详细办法，有边府公布之"防洪放淤的注意事项"）。

（原载一九四一年七月五日《晋察冀日报》第一版社论）

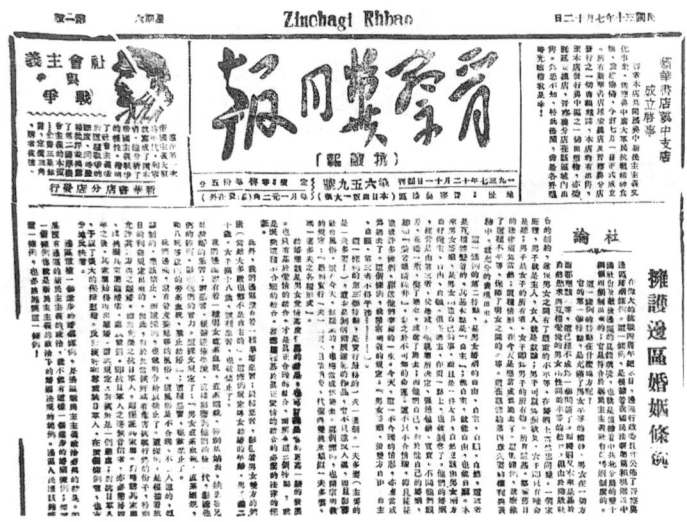

拥护边区婚姻条例

在伟大的抗战四周年纪念日，边区行政委员会公布了晋察冀边区婚姻条例。这一条例，是根据着我国民法亲属篇和现阶段中国社会及敌后边区的具体环境，也就是根据着中共北分局的双十纲领而创制出来的；它是符合于新民主主义社会的婚姻制度的。

这一条例的特点在什么地方呢？

它的第一个特点，是充满了男女平等的精神，男女在一切方面都应该平等，这已经不成为一个问题了。而婚姻又本来是基于自然□求与互相爱悦的男女两性间的平等的结合，但由于阶级社会的制约，遂使男女之间有了严重的不平等，在婚姻上当然也同样。一个家庭里，男子就是主人，女人就是奴隶；男子可以为所欲为，女子即只有唯命是听；男子是女子的所有者，女子即为男子的所有物。所有这些，都被旧日的法律视为当然；这种情形，在今天是应当成为过去了。这个条例，就废除了这种不平等，保障了男女之间的平等。这在该条约第四章夫妻的权利与义务中，就充分的表现出来。

这一条例的第二特点，是男女婚姻的自由、自主、自愿。自然，这三者是互相连系着的，其基本点是"自主"；能自主，就能自由，也能自愿。本来男女婚姻，是男女□造自己的事，而且是一件大事，自然应该由男女两方自行做主、自由、自愿。但在过去，在这一点上，也被剥夺了。他们的婚姻，经常是由第三者、父母或其他亲属所决定、强迫包办、买卖。不问他们愿否，花轿一□，娶了过来，或送了过去；而他们自己，对于他自己的婚姻，却如"蒙着眼睛跳井"，□之于不可知的命运。这不只不合情理，抑且往往造成许多惨剧，葬送他们幸福的一生。今天，这一不合理的情形，亦应当成为过去了。这个条例，就开宗明义的规定："男女婚姻，须双方自由，自主，自愿，第三者不得干涉……"。

这一条例的第三个特点，是实行严格的一夫一妻制。一夫多妻（主要的是一夫多妻！），这本是剥削阶级淫□的作品，它不只违反人道，而且影响社会风俗。这在今天，无疑问的，也应当成为过去。这个条例，也开宗明义的规定："严格实行一夫一妻制，严禁纳妾，代娶与双挑及类似一夫多妻、或一妻多夫之各种形式"。

结婚应该是男女爱情高度□属的结果，也可以□□□□的更高一级的发展。也只有基于爱情的结合，才是真正合理的结合，而所□这二个特点，就是泯除这种不合理的结合，□进□□基于真正爱情的结合的必需的法律的保证。

此外，我们边区还有着一种早婚恶习；这种恶习，影响着男女双方的健康（当然大多数也都不是自主的）。这条例规定男女结婚的年龄，男子满二十岁，女子满十八岁，这种恶习，也被禁止了。

我们边区还有着一种男女直系血亲，直系姻亲，特别是姑表、姨表等兄妹结婚的恶习；这恶习，根据遗传学说，直接影响到他们的后一代，影响他们的体质，影响他们的智力。这条文规定了："男女直系血亲，直系姻亲，和八亲等以内的旁系血亲，禁止结婚"；这种恶习，也被禁止了。

我们边区，还有着童养媳等的风俗，这风俗是不合理、不合人道的、奴隶制的，应该禁止，而这条例，也就明令给以禁止了。这条例，是根据着抗日的利益规定出来的，因此，对于充当汉奸或有危害抗战行为的份子，特别允许其对方与之离婚。而对光荣之抗日军人，则保证其家属。对□诱其家属、或挑拨其家属离婚者，处以重罚。即抗日军人之毫无音信者，亦必需待四年之后，其家属始得提出离婚。这些规定，对汉奸是一个□处；对抗日军人，予以了很大的保障慰藉。反对汉奸和尊重抗日军人，在这个条例里，也充分地反映着。

边区这样一个进步的婚姻条例，是边区新民主主义政治必然的结果。如果没有边区的新民主主义的政治，就不能有这样一个进步的婚姻条例；而这一个条例也就是新民主主义的政治下的婚姻法规的范例。边区人民应该拥护这一条例，也必然拥护这一条例！

（原载一九四一年七月十二日《晋察冀日报》第一版社论）

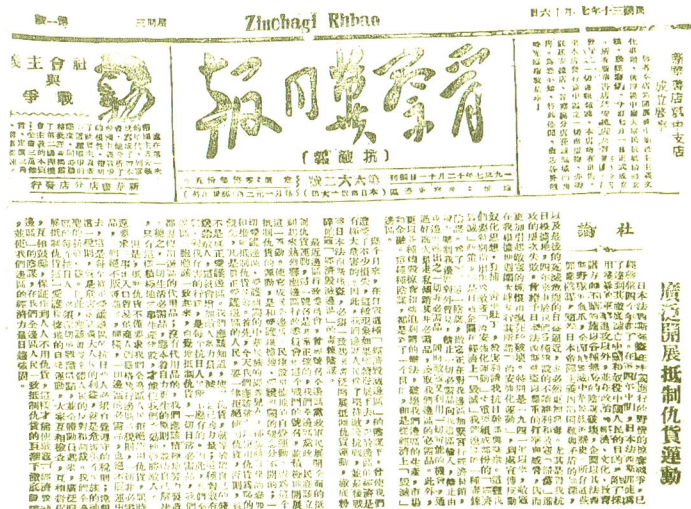

广泛开展抵制仇货运动

　　日本法西斯强盗在中国进行的野蛮的掠夺战争，已经整整四个年头了。在这四年中间，日本法西斯匪徒为了达到其澈底灭亡中国和奴役中国人民的目的，除了采用残暴的军事进攻以外，并在政治和经济、文化、教育诸方面不断的施以各种无耻的阴谋破坏，企图以其法西斯野兽的血爪，全面地毁灭中华民族的历史。所有这些罪恶阴谋，随着日本帝国主义内部困难与矛盾的加深，以及最后的死灭危机的日益逼近，也必然更加恶毒。尤其是对我抗日根据地，四年来由于我们各种建设的不断胜利和敌寇"扫荡"进攻的屡次失败，曾给予日本法西斯强盗以严重的打击与威胁，因而更加引起敌寇的嫉恨和疯狂的破坏。特别是一九四一年以来，敌寇在我根据地周围大肆进行其所谓"治安强化运动"，到处宣传反动奴化思想，狂捕□青年壮丁，杀害利诱我抗日干部与群众。这里我们要特别指出作为敌寇"治安强化运动"中重要组成部份的"经济毁灭"政策，这是日寇企图在经济上"毁灭"我们边区的一种毒辣阴谋。为了实现这一阴谋，敌寇正在对我边区加紧实行经济封锁，竭力压制我边区对外贸易，禁止一切必需品向我边区输入，禁止由我边区输出之一切非必需品，同时敌寇又利用一切可能的机会，通过奸商大量走私倾销其非必需品，换取我们边区的必需品。此外，更以各种烧杀掠夺和强迫利诱的办法，破坏我们边区的生产，市场和金融。这种种阴谋，都是为了一个目的，即是从经济上"毁灭"边区。

几个月来，在日寇这种"经济毁灭边区"的阴谋下。曾使我们遭受了不少损失，这种现象如果继续发展下去，对于边区的经济是有极大危害的。因此，我们边区人民为了坚持敌后抗战，并最后战胜日本法西斯强盗，必须一致起来广泛开展抵制仇货运动，彻底粉碎敌寇"经济毁灭边区"的毒辣阴谋。

最近边区行政委员会，曾经号召全边区党政军民展开全面的抵制仇货运动，这一号召是非常正确的，我们全边区党政军民应该立刻起来热烈响应边区行政委员会的这个战斗的号召，并积极地开展这一运动，使它成为全边区人民建设根据地的自觉运动。因为这个抵制仇货的运动，是和爱护根据地、爱护祖国的观念分不开的；一切爱护边区、爱护祖国的中华民族的优秀儿女，都应该自觉的参加和推动抵制仇货运动。首先，今天我们应该确立以使用仇货为耻的观念，凡是真正爱护边区的人民，要一律拒绝使用仇货，否则，就不是真正爱护边区。我们应该知道，使用仇货，就等于把自己的钱送给敌人，这就会增加敌人的力量，减轻自己的力量；这种对敌有利、对我有害的行为，是每个抗日人民所不应有的。因此，我们全边区同胞应该一致起来，自觉地抵制仇货，一切日常必需品，我们都要使用边区的代用品；没有代用品的，我们应该积极地努力制造。总之，一切生活必需品，应本着自力更生的原则，设法自己解决，只有这样积极地从事生产建设，才能使我们有效地战胜敌人。

但是，抵制仇货不仅要求我们全边区人民拒绝使用仇货，同时还要求从事出入口贸易的商人们严格执行边区新税则，一切非必需品，我们绝不贩运进来，同样，一切边区的必需品，也绝不贩运出去，这是每个真正爱护边区的抗日的人必须自觉遵守的税则；违犯这一税则，就是危害边区广大人民的利益，就是危害整个民族的神圣的抗战利益。因此，应该遭受全体人民的反对和制裁。我们全边区的每个抗日人民必须深切地认识这点，并全体动员起来，广泛开展抵制仇货这一爱护根据地的自觉运动，大家互相检查、互相督促、互相鼓励、保证作到人人不用仇货，这样才能使敌寇"经济毁灭边区"的阴谋，在我们全边区人民一致抵制仇货的巨潮下澈底粉碎，并使我们边区的经济力量日趋强固。

（原载一九四一年七月十六日《晋察冀日报》第一版社论）

苏英对德联合行动协定的重大意义

（苏联·真理报）

这次苏维埃联邦和不列颠两国政府所缔结的对德联合行动协定，是历史的和政治的文件中一个伟迹，是世界上两个强大国家合作精神的结晶，是反对与消灭最善于撕毁国际条约的法西斯匪帮的优良武器，它是结合两大力量的一条坚韧的环带，去在事与企图征服整个世界、并变全世界的民族、甚至如苏联和大不列颠的民族，为他的驯服的奴隶的恶魔——希特勒——作最后的斗争。生活告诉了人们，究竟希特勒给予了人类一些什么东西？！许多国家与民族的自由和独立变成废墟。独立的法兰西、捷克、塞尔维亚、挪威、比利时、丹麦、荷兰、希腊以及其他欧洲各民族都在残酷的法西斯的蹂躏下，遭到了空前的厄运。而这些地方所受的荼毒，若以中世纪的黑暗时代较之，则不管"灰"之与"黑"，希特勒就这样以"新秩序"的精神，笼罩了这些地方，并进而想扩展到整个世界。法西斯侵略者伸张着它血污了的魔爪，到苏联的国土，到不列颠帝国，到拉丁美洲，到美利坚。希特勒血腥的旗帜上，是大书特书着"奴役与压迫全世界的民族"的口号，他并毫不知耻地宣称说：他不承认一切其他人类与他们的"德意志主人"有所谓权利与平等。

为着坚持她的和平政策，与竭力防止战争的蔓延，苏维埃联邦毫不犹豫地，在一九三九年与德意志订立了互不侵犯协定。正如我们最高国防委员会委员长斯大林同志于他有着历史性的七月三日广播中所说的，德苏互不侵犯协定的缔结，在苏联政府是已获到了一年半的和平，与准备所有可能的力量，去应付那随时可以来临的法西斯主义者对我们祖国的侵略。苏联政府对上述协定，并不曾希望过奢。果然，希特勒和他的党羽们，是终于不能安于这种和平环境的，而希特勒的德国乃不惜弃信背义与突如其来地向它的缔约国——苏联悍然进攻，也毫不假思索地撕毁了那个协定，从此它吸血鬼的侵略者的狰狞面目，也毕露于全世界人士的面前。全人类的同情心，都集中倾注于苏维埃联邦和大不列颠帝国，现在这两个强大的民族，是已坚定地联合起来，一同向她们的公敌，希特勒恶魔，全人类和"德谟克拉西"的死仇去奋斗。

自法西斯匪帮出现于世界上以后，他们便着手破坏所有的民主自由、国家独立，将人类的尊严放在脚底。他们毁灭了成千万在他们眼中被视为"贱种"的人们的生命，他们就拿着那些可怕的成批的屠杀，老人、妇女、孩子们的集体的摧残；与无数个国家所遭遇的空前奴役的凌辱；来铺垫他们希特勒匪帮们的兽欲之路。这就是希特勒主义为什么成了世界上凡为争取他们的独立、自由、民主与反奴役而斗争的人们的公敌的缘故！现在希特勒所有的迷梦里的计划，已被粉碎无余；希特勒的德国，已被全世界人们孤立了起来。这是德意志现时统治者所施行的恶魔政策应得的报应。同时他们为增强他们的海盗阵营而苦心经营着的"欧洲国家的大联合"也是可怜又复可笑的。"联合"的意义，原是平等国家间的联盟，或互相尊重者之间的协约的结果。而希特勒与其身后所率领的一群鹰犬们之间的勾搭，有那一点像是由于"联合"的关系所结成的呢？！生活与事实证明了匈牙利、罗马尼亚、斯洛伐克、芬兰的人民，都是被迫地卷进了这个战争，他们都是被忽视他们利益的统治者所掌握着的。墨索里尼、提梭、安多尼斯哥、马诺汗之辈，是不是就等于希特勒的驯良的□徒与可怜的侍仆呢？没有一个人敢说一句他们所要说的话，或做一件他们所要做的事，他们只是听取命令，与等待着服从。为着要完成所谓反苏、反英的"欧洲国家大联合"，法西斯的德国报纸，把希特勒疯狂政策所收的效果，一齐从德意志人民面前掩盖净尽。事实上，希特勒所呼号的"反苏人民大联合"的计划，是已经可耻地失败了的！反之，希特勒却促成了真正有力的苏英两大民族为反对希特勒自己而结合起的联盟。

　　苏英联合行动协定，事实上才是真正反对希特勒德国的伟大力量，它规定着缔约的任何一方，不经共同协意，是不许对敌人进行订立任何停战或媾和条约，这也正是在显示着，这个协定才真正团结起了全欧洲的人民，去反对希特勒恶魔，去澈底完成扫除希特勒主义的伟绩。

　　德国一些远见的政治家们所最引为忧虑的，就是同时于两线作战，而今日希特勒却正面对着这个困难，这个足以使他的征服世界的计划根本溃灭的困难。戈贝尔及其伙伴们，现在已无法再将他们这次冒险所得的悲惨结果，一手从德国人民眼前掩尽了。希特勒从东线带回去如潮水似的伤兵列车，而西线不列颠的轰炸机，又从英国海岸出发，飞临了每一个德国的工业中心，轰炸与燃烧她们德意志敌人心腹的力量。就是这样两面——其实又何止两面——受敌，希特勒及其匪帮们为德意志构成了的一个新的命运。希特勒估计错误了！他原来是计划着将欧洲的国家，个别地在每一个时期内击破他们中的一个，然而现在他却被迫地需要周旋于两大之间。这除去领着希特勒和希特勒主义稳稳地走向死亡之路以外，还能有什么？希特勒的春梦，依次的成了泡影，攻英的计划失败了，英伦三岛上的制空权，也只归于想像，德意志总的作战计划实现的价值，由于美国与冰岛政府订约，而合法出兵冰岛，已大大减低。在东线上，与苏联劲旅接触的结果，希特勒又丧失了许多他的精锐师团。英勇的红军，在前线上给希特勒盗匪军队的攻势的打击，则已使希特勒对其自己的杰作——闪击战——丧失了信心。为防卫人类文明的不可数计的大军，是挺立起来了！他们给希特勒建起了一个死的威胁，全苏联的民众已经钢一样地万众一心地围绕于他们的领袖斯大林的周围，向法西斯侵略者作决死的搏斗。英国反抗希特勒德国的力量，也是与日俱增，美国给他的援助是无尽的，而美国自己却拥有着巨量的原料与军事资源，他也不惜为促成希特勒的毁灭，而拿出她每一件宝藏。

苏联和大不列颠的协定的缔结，是指示着这个反对希特勒德意志的战争，已步入了一个新的转变点。苏联每一个人民为满意这个协定而欢呼着，同样地，已经表示过愿与苏联人士共休戚的不列颠人民，也将闻讯鼓舞。不列颠人民从事于反纳粹的艰苦的战争，到现在已经有不少的时候了，而这次苏英之间所缔结的协定，无疑地将更给予为反抗希特勒主义的奴役者而斗争的大不列颠和其他在欧洲已被法西斯强盗们蹂躏着的广大民众以无边的鼓励。另一方面，这个协定，也激起了希特勒及其党羽们一种绝望的愤怒，因为对于他们掳掠的计划，这将是多么沉重与承担不起的一击。而无可怀疑地，血腥的希特拉一定还要计划一个新的更毒辣的军事阴谋，斗争的前途是更要残酷与艰苦的。但克服过这重重的难关，胜利终将属于我们。因为我们所举起的，是一面为自由、为祖国、为独立而去反抗希特勒法西斯奴役者的军队的凶口而斗争的大旗。

英苏协定，是为着打击希特勒——人类的公敌，也保证着苏联与不列颠为解放全人类出于希特勒之魔手，与澈底完成斗争的胜利所下的决心。在这个创造新世纪的先声中，苏联与不列颠的人民，一定要紧密地团结在一起。敌人一定要被粉碎，全欧洲以及全世界的人们一定要从希特勒的德意志的奴役危机下拯救出来！

（本报特译莫斯科十四日塔斯电）

（原载一九四一年七月十七日《晋察冀日报》第一版社论）

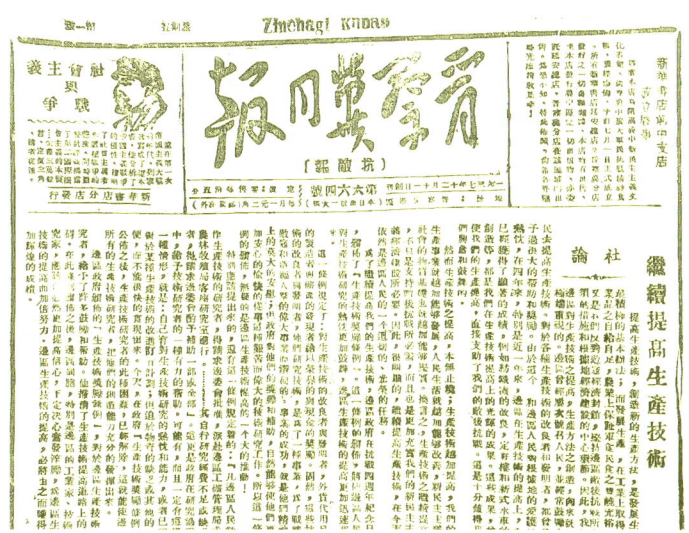

继续提高生产技术

  提高生产技术，创造新的生产方法，是发展生产最积极的基本办法；而发展生产，在工业上取得工业品之自给自足，农业上保证军食民食之丰饶充裕，又是我们反对敌寇经济封锁、坚持边区敌后抗战所必须的措施和根据地经济建设的中心环节。因此，我们边区对生产技术之提高，生产方法之创造，向来就是极端重视的。边区曾经屡次号召人民，并经常鼓励人民去提高生产技术。对于各种生产技术的改良者和发明者，都曾给予过很大的帮助和奖励。由于这个□和边区人民对根据地的爱护的热忱，在四年来，特别是近一年来，边区在生产技术的提高上，也已经获得了显著的成绩，例如纺织机的改良、定耔楼和新式水车的创造等，都是我们在生产技术提高上的光辉的成果。这些成果，曾使我们的生产提高，直接支助了我们的敌后抗战。这是十分值得我们兴奋和鼓舞的。

然而生产技术之提高，本无止境；生产技术越加提高，我们的生产事业就越加能够发展，人民生活就越加能够改善，新民主主义社会的物质基础也就越加能够坚实。换言之，生产技术之继续提高，不只是支持敌后抗战所必需，而且也是更加充实我们的新民主主义经济建设所必要。因此，很明显的，继续提高生产技术，在今天依然是边区人民的一个迫切的、光荣的任务。

为了继续提高我们的生产技术，边区政府在抗战四周年纪念日，颁布了"生产技术奖励条例"。这一条例的颁布，将使边区人民对生产技术研究的热忱更加鼓舞，边区生产技术的提高更加迅速起来。

这一条例规定了：对生产技术的改良者与发明者，外货代用品的制造者与矿产的发现者给以荣誉的与现金的奖励。固然，这些技术的改良者与发明者，他们研究技术，是为了一种事业，为了战胜敌寇和造福人群的伟大事业而钻研的。事业的成功，就是他们精神上的莫大的安慰；但政府对他们的奖励和补助，自然能够使他们更加安心的愉快的从事这种艰苦而伟大的技术研究工作。所以这一条例的颁布，无疑的是边区生产技术提高的一个大的推动！

特别应该提出来的，还有这一条例规定着的："凡边区人民欲作生产技术的研究者，得请求边委会批准，派赴边区工矿管理局或农林牧殖局客座研究室进行。……其自行研究经费不足或缺乏者，得请求边委会酌予补助一部或全部"。这更是政府在研究过程中，给予技术研究者的一种有力的帮助。可能有，而且一定有这样一种情形，就是：自己有对生产技术研究的热忱和能力，或者已经对于某种生产技术的改进订有计划；但迫于物资的缺乏或其他的不便，而不能很快的实现出来。今天，在政府"生产技术奖励条例"公布之后，生产技术研究者的此种困难，已经解除，这就能使边区所有的生产技术研究者，把他们的创造能力充分的发挥出来。

边区政府颁布的"生产技术奖励条例"，对于边区生产技术研究者，给予了许多鼓励和帮助。他扫清了生产技术提高道路上的障碍。在此条例颁布之后，边区同胞，特别是边区的工业家、技术研究家，应该□必然更加提高信心，下定决心奋发淬励，为边区生产技术的提高而加倍努力。边区生产技术的提高，必将由之而获得更加辉煌的成绩。

（原载一九四一年七月十八日《晋察冀日报》第一版社论）

为最后澈底胜利的完成统一累进税而斗争

经过了边区党政军民三个月的紧张工作，统一累进税的调查统计工作，基本上是胜利的完成了任务，这一胜利已经为最后全部的胜利奠定了雄厚的基础。目前紧接着开始的就是最后一个阶段的征收工作，征收工作的胜利，就是我们统一累进税的最后的全部胜利，就是我们边区财政经济和边区抗日根据地更进一步的巩固与壮大。我们边区党政军民必须高度发扬我们一贯的工作顽强性、贯澈性、坚持性，继续调查统计阶段的紧张热烈的精神，更高度的动员起来，为最后全部胜利完成统一累进税而斗争。

第一，征收工作的胜利完成，适当的正确的分配工作，是有很大作用的。我们的分配原则是由边区政府根据战争的需要与人民可能负担的能力，按照调查统计所得的分数平均分配到各县，各县之间每一分的负担量，基本上是相同的（即所谓标准负担量）；但由于各县工作的不平衡，调查的真实程度稍有出入，所以每分负担量可以根据分数调查的高低，根据边府指示适当增减。为了在一定范围内灵活机动，边区分配具体到县，但分配数字不完全固定，专署可在专署范围内，根据最后评议分配适当调剂（但不得超过每县征收量的十之分一，超过十分之一者，应经边区政府批准），对被灾地区，特别是对今年新的灾区，应很好调查，以村为单位适当减轻。

分配工作的适当，又必须依靠深入了解具体情形，发扬民主精神，采纳各方意见，以求集思广益之效。因之，召开适当范围的各级财政工作会议，具体讨论布置分配与征收工作，也是十分必要的。

其次，是征收工作的胜利还必须依靠我们党政军民各级干部在精神上有所准备。我们必须了解：足食足兵是坚持边区抗战的先决条件。我们必须用尽一切努力，完成边区财政经济建设这一重要步骤——统一累进税。由于战争的需要，我们整个征收额比往年增加了，但并未超出人民可能负担的力量之上，特别是由于我们正确政策的执行，苛捐杂税的取消，人民政治水平与文化水平的提高，生产热情的提高与生产运动的开展，边区中农经济在一般基本地区的飞跃发展，而我们统累税最大的富力层就是在一分以下的（最大多数的人在第一税等）中农。而且我们的调查统计的真实性以及统一累进税本身如免征点、累进率、标准亩等都比过去的合理负担更加进步与合理了，特别是百分之八十人口负担的决定，扩大了负担面，差不多比过去大一倍以上。这些新增加的负担人口，一般都是经过了三年减租减息而没有出任何负担的，他们是积蓄了一部分负担力；因之，使我们整个负担力增强了。所以，我们可以肯定说：整个征收额并未超出人民可能负担力以上，每一分的标准负担量，并不太大，只要我们能进行深入的宣传解释工作,胜利的完成征收工作,是没有任何问题的。

第三,还必须依靠我们艰苦耐心的政治动员、与广大人民积极自觉的自愿为国□将精神的高度发扬,□共产党员与广大的先进人士开明士绅的模范作用。因此,我们必须加强群众的革命战争教育,使群众了解为了战争胜利,为了自己的最后解放,目前必须舍己为国,更必须使群众了解边区的利益与他们自身永远利益是一致的,目前个人局部的暂时利益必须服从整个边区的利益,也□是服从广大群众自己的永久的全部利益。任何只顾眼前的局部的利益,而看不到全体的永久的利益的鼠目寸光的观念,都是有害的。共产党员在缴纳统一累进税中,必须起积极模范作用,表示自己更远见、更识大体、更能牺牲自我的无产阶级伟大精神(当然过分的先锋主义也是不必要的),来影响与教育广大群众;各群众团体应通过自己的组织,教育自己的会员,提出保证。我们主张完全依靠政治动员,但对某些不顾国家民族利益的自私自利的分子,故意逃脱对国家民族应负的神圣义务抵抗不交的行为,亦必须给以群众的、行政的制裁。

最后,我们在征收过程中必须注意到以下几个问题:

(甲)注意巩固与扩大抗日民族统一战线,对某些个别地区收钱租,根本不够交付统一累进税的,必须经过两方的商讨,政府及群众团体的仲裁,适当改变,使地主不致因地赔钱,更进一步的巩固边区内部的团结。

(乙)对有关宗教及少数民族问题的庙地,因其均按一人计算,应适当减轻其每分负担量,使他们能维持一定的生活。

(丙)坚持金库制度。统一累进税所收之款一律交边区政府入金库,任何下级政府不得扣用。县优抗及其他地方款之由县统筹者,不得边区政府批准,不得附加征收。

（丁）由于边币流通的不平衡，征收时可能引起某些地区物价高涨与某些地区物价的跌落，政府必须随时注意调剂，以免伤农。

（戊）必须按期于八月底一律完成，以便进行我们新的中心工作与新的战斗任务。

（原载一九四一年七月十九日《晋察冀日报》第一版社论）

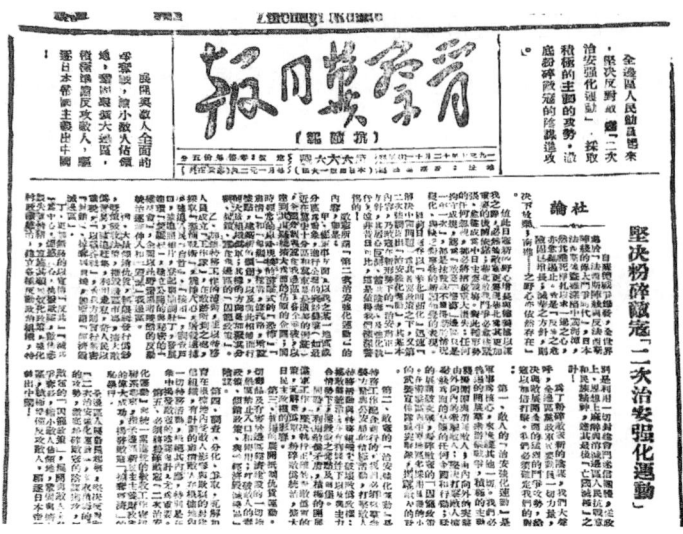

坚决粉碎敌寇"第二次治安强化运动"

自苏德战争爆发,全世界处于"法西斯阵线与反法西斯阵线的伟大斗争时代",日本法西斯强盗虽深陷中国泥潭,然其垂死挣扎以求一逞之心,亦愈难遏止。于是"反华之危险固已增长;灭华之方针,则决不放弃;南进……之野心亦依然存在"。

值此日寇新的野心增长与德义协以谋我之际,必然的敌寇更要视华北为其更加重要的后防依靠;华北敌我斗争必愈益紧张、愈益成为中日主要战场。对此种形势的任何忽视,都必将招致重大损失;任何拘守成规,认为"敌寇'扫荡'边区只是一年一次",都是抹杀或不懂得新的情况变化,与缺乏对事物的新颖知觉的表现。

目前日寇在以"华北明朗化"迅速"解决中国问题"为其首要政策之下，又第二次强调提出"治安强化运动"，其基本内容，乃敌寇在新形势下的"治安肃正"方针，其居心叵测、蓄意阴毒、及强化执行，远非昔日可比，这是值得我们深深警惕的！

敌寇所谓"第二次治安强化运动"的内容，即是：

甲、从军事方面，以我之某一地区或分区为对象，进行全面的突然袭击（如最近在冀中十分区和冀东是最显著的例证），企图分割与"蚕食"我边区，各个击破，以达到其由点线扩大为面的占领的企图；同时经常的以小规模的游击式的"恐怖""肃清"和"包剿"，挖沟、修汽路，增设据点，建筑新的碉堡，以及与此相辅而行的大量组织伪军；其总的方向是加紧其分割、封锁、"蚕食"我边区的"囚笼政策"。

乙、加强特务工作的活动，并以特务人员成立"工作队"，在敌迹所到之处，采取"恐怖战术"，震悚人心，屠杀逮捕，强迫人民"自首"、"接头"，调查户口，强迫照相片，登记与抽调壮丁，发展连环"爱护□"，建立公开的与秘密的"维持会"，企图以此野蛮黑暗残酷的反动统治逐渐伸入和"毁灭"我边区。

丙、大量倾销仇货，无限制发行伪钞，贬值吸收法币，摧毁边区市场，扩大敌伪贸易，强迫赶集，利用走私，苛人民以重税，"以战养战"，而我方则实行严密"封锁"，掠夺与焚烧，即所谓"经济毁灭边区"。

丁、更加无耻的以宣传"反共""灭共"为中心，煽惑人心，挑拨欺骗，散布悲观失望情绪，实施其顺民奴化政策，强化村政权统治，建立各种反动政治组织，特别是利用一切封建会门迷信团体，从政治上、思想上麻醉与消灭边区人民抗战意识和民族精神，达其最后"亡国灭种"之毒计！

为了粉碎敌寇新的阴谋，我们大声疾呼，全边区党政军民要动员一切力量，坚决与敌展开全面的猛烈的斗争攻势，给敌寇以加倍打击。我们必须确定我们的对策：

第一，敌人的"治安强化运动"是以军事为核心，来掩护其他一切。我们必须普遍的开展群众游击战争，积极的主动的袭扰围困与消耗敌人；由内向外的突击与由外向内的牵制敌人；坚决打击敌人扩大点线为面的占领的任何企图和行动；猛烈的展开破交战，粉碎敌寇的"囚笼政策"。在游击区与平原地区多采用暴动的小型的武装宣传队或突击队，揭露敌人的欺骗。

第二，敌寇的"治安强化运动"是与特务工作配合进行的，我们必须以群众武装力量与公安局的积极活动，打击敌人的特务活动与特务组织；破坏敌伪政权；动摇敌伪统治，在有利条件下以及与主力配合情势下，摧毁敌之据点及碉堡。

同时，利用敌伪矛盾，积极的开展敌伪军工作，坚决执行正确的对敌伪军的政策，瓦解敌伪军，粉碎敌伪统治，扩大抗日民主政权的影响。

第三，普遍的展开抵制仇货运动。一切毒品及有害于边区经济建设的一切物品，严厉禁止入口和使用；打破敌人的毒化政策、倾销政策、与"经济毁灭边区"的阴谋。

第四，调查、分化、争取、瓦解和教育在根据地内受敌人影响与欺骗的封建迷信组织，有计划的肃清敌人在根据地内的一切特务活动，根绝其内应，特别是在群众中揭发敌寇的阴谋诡计，尤为重要。

第五，必须将粉碎敌寇"二次治安强化运动"与统一累进税的征收工作密切的联系起来，指示边区新民主主义财政建设的伟大成功，揭发敌寇"掠夺经济"的无耻暴行。

全边区人民动员起来，坚决反对敌寇"二次治安强化运动"，争取积极的□□的攻势，澈底粉碎敌寇的阴谋进攻，打破敌寇的"囚笼政策"，展开与敌人全面的争夺战，缩小敌人占领地，巩固与扩大边区，积极准备反攻敌人，驱逐日本帝国主义出中国！

（原载一九四一年七月二十日《晋察冀日报》第一版社论）

一切为着希特勒主义之死亡

列宁在一九一七年曾经写过:"常常有这样的情况,当历史急剧的转折时,……昨天还曾是正确的口号,可是在今天便失去了一切意义;其失去意义之'突然',正如历史转折之'突然'一样。"(论口号)历史上——特别是危机的时期,战争与革命时期,常常有这类历史发展之急剧转折。六月二十二日由德国的背信弃义的进攻所引起的苏德战争,显然是这种历史发展的转折点,而且是有全世界历史意义的转折点。世界政治情况在六月二十二日以后根本不同于六月二十二日以前。苏德战争改变了世界政治的面貌,改变了一切,其中也改变了英德战争的性质;因而也使英国工人阶级以及全世界工人阶级斗争的昨天的旧口号失去了一切意义，而需要以新的口号代替之。

在六月二十二日以前，欧洲战争显然是有着两种不同性质的战争纠结在一起。一方面是英德争霸的帝国主义战争，另一方面是反对法西斯奴役的民族战争（如希腊和南斯拉夫）。在这混合在一起的战争巨流中，领导的决定的主流，还是英德的争霸战争，因而一般的说来，在当时欧洲战争的性质还是英德两个帝国主义集团争取世界霸权的帝国主义战争，正如一九一四——一九一八年的第一次帝国主义大战时一样。在当时的帝国主义大战中，亦曾有塞尔维亚人反对意大利的民族的成份，可是它不能改变当时战争的帝国主义性质。如列宁所指出："对于塞尔维亚，就是说明于这次战争的参加者中仅百分之一的小国，战争是资产阶级解放运动'政策的继续'，对于其他的百分之九十九的参战国，战争是帝国主义的……"（第二国际的破产）。所以，"在奥大利、塞尔维亚战争中的民族的成份，较之决定一切的帝国主义争霸没有任何郑重的意义"（论尤尼岛斯的小册子）。可是列宁在当时就指出帝国主义战争转变为民族战争是可能的。他写道："马克思主义辩证法的基本论点，就在自然和社会中，一切界限是有条件的和活动的，没有一个现象不能在一定的条件下转变为自己的对立的，民族战争可能转变为帝国主义战争，以及相反。例如法国大革命战争以民族战争开始和曾经是民族战争，这个战争曾是革命的，保卫大革命和反对反革命的民主联盟；可是当拿破仑创立了法兰西帝国，奴役着整批的早已形成了的、巨大的有生活力的欧洲民族国家时，从德国的民族战争中，得到了帝国主义战争口而反过来产生了反对拿破仑帝国主义的民族解放战争……。至于这一九一四——一九一八年帝国主义战争变为民族战争，在很大程度上是不会的，……可是不能宣布这种转变是不可能的。假如欧洲无产阶级二十年内处于无力状态中，假如这次战争以如拿破仑式之胜利和奴役许多有生活力的民族国家为结束，假如欧洲以外的帝国主义（首先口口，譬如由口日美战争）亦再支持二十年而不转入社会主义，这时候伟大的民族战争在欧洲是可能的。"（论尤尼岛斯的小册子）。大家知道，正如列宁所预见的一样，在那时这种转变的可能并没有实现，帝国主义战争转变为自己的另一个对立物——内战和十月革命的胜利。

可是在这次世界战争中，情况就很大不同。首先，是有着一个强大的社会主义国家——苏联的存在；第二，在这次世界战争中，在欧洲战争开始前，就存在着四万万五千万人民的中华民族反对日本法西斯强盗的侵略的民族战争；第三，德国法西斯在战争一年半后，已经奴役了十四个"早已形成的巨大的有生活力的欧洲民族国家"，而且已经将交战的敌手挫败得不仅使大英帝国主义霸权摇摇欲坠，而且威胁着这个民族的生存。纳粹的祸害不仅蹂躏着半个欧洲，而且威胁着英美，威胁着全世界。由于第一个因素，将使得这次世界战争在其发展的过程中，随时可有突然的转变。由于第二个因素，这次世界战争一开始，就有两种不同性质的战争并行的发展着。中华民族底伟大的解放战争，不能不给全世界政治的发展以重大的影响，首先给遭受法西斯侵略与奴役的民族国家以巨大影响。由于第三点，较之拿破仑帝国主义坏得几十倍的纳粹暴虐政制之奴役十几个民族，威胁全世界一切民族，必然地会引起欧洲的以及世界的伟大的民族战争，这个趋向已经从今年春季的希腊和南斯拉夫的抗战中显示了出来，从被占领国家中人民的反抗之增长中显示了出来，就在苏德战争前的欧战巨流中，民族战争的因素已在日益增长，已给了战争的面貌以几分的改变；可是它还没有能够成为主流，还没有能够使帝国主义争霸的因素成为服从于它的附带的因素（如美国独立战争时，英德的帝国主义争霸成为附带的因素一样）。因纳粹威胁的增长，使英德战争由保卫自由、保卫民族独立、保卫民主的意义增长起来，使世界局势走向迫近新的重大的转折点。

苏德战争使全局突变，侵略成性的残暴的德国法西斯暴君背信弃义的进攻爱好和平、辛勤建设、信守条约的苏联，使整个战争的中心转移到反对苏联的罪恶战争上去。苏德战争现在是决定一切的主流，这不仅因为从单纯的军事观点上德军现在的主力集中在东战线，法西斯军事上的成败基本地决定于东战线之成败；而主要地还在于德国法西斯已经是人类的公敌，它威胁着一切民族，威胁着一切人的民主和自由；还在于苏联是一切民族国家独立自由的屏障，是民主自由和平的堡垒，是人类光明和希望底故乡。苏联的保卫战是正义战，是进步战，是神圣战。苏联工农红军不仅肩负着保卫祖国困境之神圣任务，而且担负着保卫自由、保卫民主、保卫全人类的光荣职责。苏德战争分明了全世界力量的分野，使以前在欧洲战争中存在着民族战争的因素及中国的神圣的民族战争和苏联的正义战结合起来，而且使英国的反德战争亦和苏联的正义战汇合起来。这次不仅使在整个战争中苏联、中国和欧洲被奴役民族的正义解放战争成了决定一切的主导潮流，使英德争霸的因素成为没有重大的意义的附带的东西；而且由于英国的对德战争与苏联的正义战争联系起来的缘故，亦使前者改变了自己的性质，辩证法教导：任何现象在不同的联系中有不同的性质，一切决定于时间、地点和条件。例如，在第一次大战中，塞尔维亚的战争，"假使这个战争是孤立着的，即不与全欧的战争，不与英俄等□□利，掠夺目的联系着的，那么他是民族解放战争；可是，正因为是联系着的，所以'解放塞尔维亚'即为把塞尔维亚的自由卖给意大利帝国主义，作为帮助掠夺奥大利的交换条件"（列宁），因而失去了民族战争的性质。对于目前□□□对德战争亦是一样，它在没有和苏德战争联系起来的条件下，单独的拿来看是帝国主义性的战争；在今天的具体环境和具体联系中，这个战争已经是保卫英国底独立自由的斗争，是毁灭万恶的希特勒主义的正义战争底一部份、一支流，是保卫自由和民主的战争的一部分、一支流。因而目前的英国对德战争已经变了质，已经是正义的民族的战争了。

　　从这样一个世界的急剧转折中，从苏德战争改变了一切中，必然的应该得出改变世界工人阶级的斗争策略的结论来。昨天的旧口号由于形势的突变已经不适用了，陈旧了，失去其意义了。在昨天世界上存在着不同性质的战争，因而各国的工人阶级以不同的口号对待不同的战争，对于一切正义的民族战争，则加以拥护、赞助、积极参加，使这个战争得以早获胜利；对于争夺霸权的战争，那么，全世界先进人士，当然没有任何理由来赞助它，因为这个战争的扩大，徒然增加各国人民之困难。所以当时的要求，是以人民的和平（运动）来结束帝国主义战争。可是就是对于英德战争，英国工人阶级始终亦没有提出使本国失败的口号，从来也没有反对抵抗野蛮黑暗的希特勒主义的口号，因为希特勒的胜利，就是意味着英国人民被奴役、被拉回黑暗的中世纪去，使工人阶级遭受残酷折磨，使历史倒退几十年。英国工人阶级所要求的是真正有效的抵抗希特勒的侵略，保障英国人民的民主权利，与苏联合作，抛弃一切有害的帝国主义野心企图。

在今天情形已不同了，今天战争的本质已经是一方革命正义，另一方反革命、非正义；一方保卫自由，保卫人类，另一方绞杀自由、奴役人类的决死□斗争了。因之，今天的任务，是动员和组织一切力量来参加这个伟大的战争，来帮助摧毁希特勒和促进红军的胜利。今天对于一切人的标准是：能够帮助战胜德国法西斯侵略者的，都是好的、对的、有益的；反之，凡是帮助希特勒的，都是坏的、不对的、有害的。所以在今天之国际范围内的任务，是组成苏、英、美及其他一切反对德国法西斯的国家底国际的反法西斯的联合战线，来扑灭血腥的法西斯匪徒。七月十二日在莫斯科缔结的英苏联合行动协定，已经奠定了这个联合战线与联合行动的基础。局势的往前发展，将令美国及其他民主国家都加入这个联合阵线中去。我们伟大的中华民族，事实上早已是这个保卫民主、保卫自由的联合阵线的一份子，我们事实上已是立在苏、英、美的正义的联合战线上，为摧毁法西斯匪徒而尽我们应尽之力。

在各国内部，那么很明显的，对于被占领的国家，今天的任务，是组织反抗德国法西斯奴役的民族统一战线，团结这些国家内的一切力量，去反对德国侵略者；发动游击战争，以破坏德国的后方及交通联络，反对德国法西斯的一切设施，造成它在这些地区内不堪忍受的条件，以促进德国法西斯的灭亡和红军的胜利。在英美这些国家内，同样的亦应该采取和正在采取反德民族统一战线的方针，以团结英美的一切反法西斯力量，来打击希特勒主义。这种方针，不仅有必要，而且已经有可能。在今天，在欧□一年九个月之后，在大英帝国生死存亡之时，在美国感受纳粹严重威胁之际，英美的统治阶级，外不得不联合拥有强大力量的苏联，内不得不依靠民众之奋勇和自我牺牲；所以我们的英美的兄弟党、正在为着这样的国际和国内的反法西斯民族统一战线而斗争。据合众社不完全的报导，上月二十七日"英国国会中唯一共产党员格拉菲尔，声□准备拥护一切使英国在战争中获胜之措施"，彼宣称："共产党希望英苏密切合作"。二十七日、二十八日之美共全国委员会决定下列方针：英、美、苏与其他民主团结或国际统一战线，进行全面的援助英国和苏联。□□共产党之政策；（一）将团结各种进步力量结成统一战线，反抗希特勒主义；（二）动员党员缓□罢工运动。至于中国共产党的任务，则我党中央在六月二十三日的决定中，早已指出："目前全世界的任务，是动员各国人民组织国际统一战线，为着反对国际法西斯而斗争，为着保卫苏联、保卫中国、保卫一切民族的自由独立而斗争……□□共产党在全中国的任务是：（一）坚持抗日民族统一战线，坚持国共合作，驱逐法西斯日本强盗出中国，即因此以援助苏联；（二）对于大资产阶级中反动份子之任何反苏、反共活动，必须坚决反抗之；（三）在外交上，与英美及其他一切反德、日、义法西斯统治的人士联合反对共同的敌人。"

苏德战争改变了世界局势，可是它没有改变中国人民的当前的基本任务——粉碎日本法西斯日本强盗的侵略；反而更使这个任务在今天国际局势中加重了他的重要的作用与意义。因为在今天德国法西斯是日本侵略者底盟主，德、日、意法西斯结成了□恶相济的匪帮，他们合伙行劫，逞凶残于世界，所以打击东方的法西斯，即以削弱整个强盗集团之力量，亦即以援助苏联及一切为民主自由而斗争的民族。正因为日寇尚深入国土，抗日的基本任务仍旧，抗日的民族统一战线不但仍须继续坚持，而且更需要它的巩固和扩大。

在我们的兄弟党正各自为建立自己国内的民主统一战线而斗争时，我们欣幸我们已经有四年抗日民族统一战线的经验，我们应为更加巩固这一统一战线而尽一切努力。今天的斗争目的，是一切为着希特勒主义——这个人类历史上最凶残的暴政和逞性侵略的制度——底死亡。今天的方针是组织国际和各国内部的反法西斯国际统一战线和反法西斯民族统一战线，对于我们，主要的任务仍然是坚持抗日民族统一战线，坚持国共合作，驱逐法西斯日本强盗出中国。

（《解放日报》社论）

（原载 一九四一年七月二十二日《晋察冀日报》第一版社论）

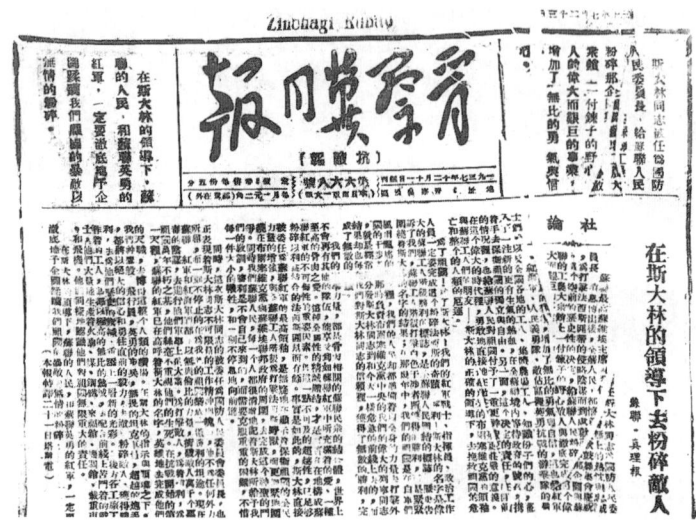

在斯大林的领导下去粉碎敌人

（苏联·真理报）

苏联最高苏维埃主席□□任斯大林同志为国防人民委员长，消息传出后，全苏人民，都怀着无上的热忱与忠诚，为打击法西斯匪帮的侵略阴谋而到处欢欣鼓舞集会庆祝。这个空前的历史性的决定，给苏联人民粉碎那企图与苏联的工农大众锁上一付链子的野心敌人与澈底完成这个伟大而艰巨的□□，增加了无比的勇气与自信，这也给红军、红海军、人民义勇队、敌占区里英勇抗战的游击队的战士们，以及全国各地的工人、集体农场工人、知识分子们的心，灌入了一注新的更有生气的热血，在全苏联境内等待政府的号召，携着手去保卫祖国的独立与自由。另一面，这个决定的责任，在目前的情况里，也给苏联人民对祖国付予了一重更神圣更庄严的意义。在这个伟大的时代里，勇敢地直接地在光荣的布尔塞维克党的领袖与苏联工人们的朋友——斯大林的正确的领导下，去挽救祖国的危亡和整个的人类的厄运。

为了祖国！为了斯大林！我们的红军战士、指挥员、政治工作人员一定要完成这个粉碎法西斯的奇迹的胜利！斯大林的名字是伟大的苏联工人终级胜利的标志，是全苏联人民团结的标志，历史告诉了我们，苏联工人阶级打击白色干涉者所获得的胜利，□是紧紧围绕着斯大林的名字的结果；在那几年中，我们的祖国是在白军们风雨飘摇的进攻里，我们的人民却都准备着以全身的力量去打击外国的干涉者，那时负责布尔塞维克党中央的我们的伟大的列宁同志，就是经常的分发斯大林同志到和今天一样危急的前线上去的，而结果却也每在我们对斯大林同志的信赖里，获得了无数的胜利，完成了无数的奇迹

我们的军事力量，都是骨肉相关的苏联民众的结合体，世界上不会再有其他的队伍，能享受到如苏联红军中所充满着的爱、一种至高的骨肉之爱。这种全国性的精诚团结，才是实实在在地构成苏联红军的不可侮性的重要因素。在这一点不可及的超越性，已足够粉碎以利益结合的法西斯匪帮而有余。事实是如此的，斯大林直接被委任为苏联红军的最高领袖，是无疑地在显示着保卫祖国的全民力量的增强，与全苏联工人阶级为打击法西斯野兽，而更加紧地围绕在布尔塞维克党与苏维埃联邦政府的周围，去完成这个神圣的斗争。同时我们苏联人民，每一个人都很清晰地记着斯大林所给予我们的教训，胜利是不会自己来到的，而需要克服重重的困难，不惜每一件大小的牺牲，和一□不停息地向前进。

同时，这次斯大林同志的被委任为国防人民委员会委员长，也正表现着斯大林同志不可限量的工作精神与魄力，他不为任何外力所屈，而一刻不停止的在为我们的祖国筑成一道胜利的坦途。现在苏联的红军和红海军

们都在以无与伦比的力量，冲破敌人万千个恶毒的阴谋，去进行他们军事上的大业。为打击敌人，为着□利，为祖国万年不朽之基，他们丝毫不重视他们的生死。在抗战开始的第一天里，苏联的红军已在高呼着斯大林的名字，英雄地去完成他们的天职，去博得这整个人类的赞扬。在斯大林的指示与领导之下，我们神鹰般的飞行员，英勇的步兵，无畏的坦克车员，超越的炮手，都将以绝大的信心和勇往直前的毅力，去澈底粉碎敌人，获得胜利，去为他们历史的旗帜，重添上一层新的光彩。在后方各工厂工作着的工人，也都以极高的无比的热诚，去配合前线上苦斗着的战士，他们大量地生产着火油、煤、钢铁、来福枪、机关枪、载重车，和飞机。他们同样地认识他们对祖国无限重大的责任。

在斯大林的领导下，苏联的人民，和苏联英勇的红军，一定要澈底地予企图蹂躏我们祖国的暴敌□无情的粉碎。

（本报特译二十一日塔斯电）

（原载一九四一年七月二十三日《晋察冀日报》第一版社论）

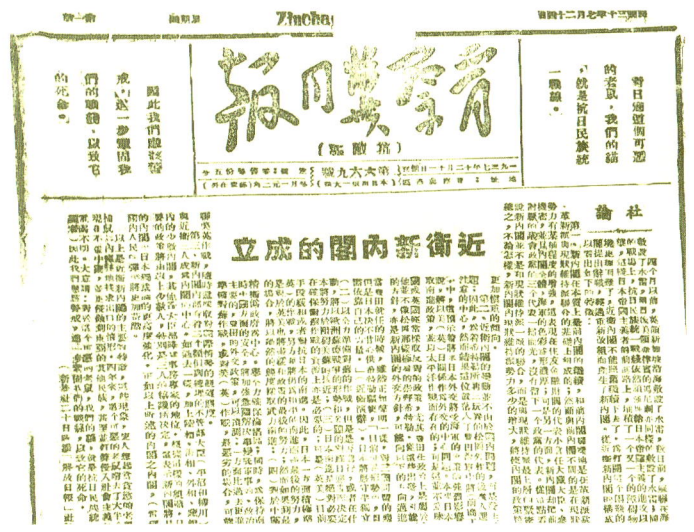

近卫新内阁的成立

四个月以前,英领新加坡沿海敷设了水雷,数日前,苏联在海参威沿海敷设了水雷,两日后美领菲律宾的马尼尔亦同样的敷设了水雷;同时在中国的战场上,抗日民族统一战线依然顽强地给日本帝国主义的进攻以有力的反击,这样日本帝国主义者的前进路上,堆积了一个又一个的障碍物,它的处境更加困难了,近卫内阁不能照旧继续下去了。为打开这个困难的局面,内阁提出辞职,经过重新改组而产生了新内阁。从近卫新内阁的构成,我们可以看出如下的特征:

第一、新内阁在本质上是前内阁的继续,和前内阁同样地是在革新派掌握领导权、革新派与现状维持派联合的基础上组成的；然而与前内阁不同的是在现状维持派的势力有某种程度的增强，这表现在住友金融财阀的代表小仓任大藏大臣、参与内阁的机密，并且内阁全体，海军的色彩益形浓厚；可是另一方面，新内阁却把前内阁所有讨厌的议会政党的三个代表一扫而光，没有留下一个政党的代表。从这点看来，可以说新内阁并不是和现状维持派一派的联合，而是与现状维持派最上层的紧密的联合。总之，不论怎样，新内阁内现状维持派势力多少的增大，将使内阁的政策较前内阁有更加慎重的倾向。

第二，近卫内阁的变动并不由于国内问题，而是发生于外交问题；因此，为着希特勒所再三玩弄的松冈外相的后□人选问题成为注意的中心，然而结果这位置落入了丰田海军中将（前商工大臣）的手中，这预示着将来日本外交将受海军的政策的强烈影响；换句话说，将以美（英）日关系作为外交的中心问题，本来日本海军是采取南进政策，并以太平洋作战而存在的；可是这并不是意味着对于美国或英国经常采取反对的政策，尤其丰田在政治上是属于中间派，他并不像松冈那样极端的崇拜希特勒，从这些出发，可能预测到他的方针，亦是新内阁的外交方针，可能向以下的方向迈进：（一）当丰田就任的时候，虽然正如声明一样，对三国同盟的态度不变，但是日本决不甘心供希特勒驱使，"目前世界形势中，日本主要必需依靠自己的力量。"（近卫演辞）。日本将严守半独立的立场；（二）以全力准备对苏的作战，但是是否进行，或者在什么时候发动，将以欧洲苏德战争的形势和美国的对苏日态度而决定，所以日本将努力于阻碍美苏的接近；（三）日本南进是绝对必要的，就是在确保对苏作战的资源上亦是必要的；可是（英美）目前正用一切手段缓和或者对抗日本的南进。因此，日本一方面积极准备对美（英）的作战，另方面将仍为和平的南进而做最后的努力，因此，就是对于英美也将尽缓和政策的最后的努力；然而如果到最终不可能的场合，将以断然的态度采取武力南进；（四）对于中国，将以汪清卫伪政府为中心，举全力确保沦陷区；同时，为保持南进或北进时中国方面的安全，将加强急图解决事变底军事的、政治的攻势。主要的，丰田的外交政策，可以预测：一方面比过去更进一步积极准备对苏作战，或对美（英）作战，最恶劣的场合，可能陷入对苏联美英作战，随时还采取对国际情势的观望态度。

第三，新内阁内部有着二个类似副总理的不□部大臣（平沼和柳川），此二人与近卫三人成为内阁的中心。如过去一样，加上陆相、海相、外相、□相而组成阁内的少数内阁，其他各大臣都降□事务专家的地位。根据这样的组织，日本将来重要的政策将由以上少数人，特别是三人的协议所决定，这表示新内阁将是直接战争的内阁，日本独裁□的更高度强化，正如以上所述的内阁之内阁，（电码不明）对国内人民的弹劾将更加苛酷。

以上是近卫新内阁的主要的特征，这些现象，使人想起当贪欲的老鼠被紧闭在捕鼠器内疯狂地找求出口的情形。四年来，这个可恶的老鼠啃去了大半个中国，到现在不仅中国，并更侵蚀到东亚的其他民族，甚至并打算侵入社会主义的苏联。（电码不明，大意谓：对于这个可恶的老鼠，我们的猫，就是抗日民族统一战线——编者）因此我们应该警戒，进一步巩固我们的战线，以致它的死命。

（新华社二十日广播《解放日报》社论）

（原载一九四一年七月二十四日《晋察冀日报》第一版社论）

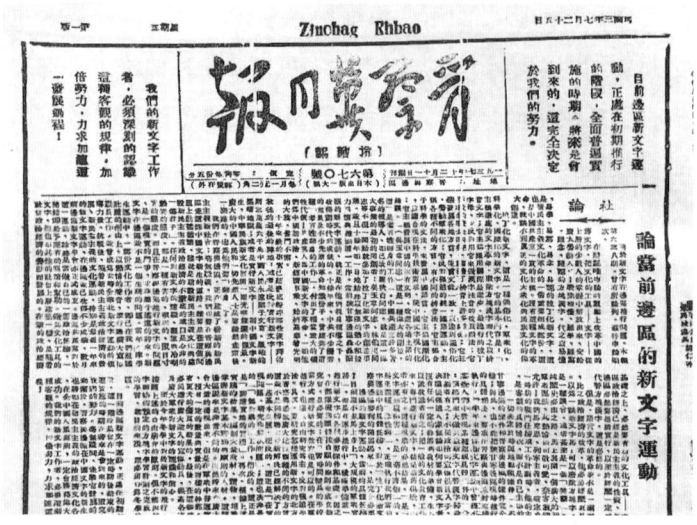

论当前边区的新文字运动

关于新文字在边区推行问题，本报第六三八期，曾有所论列，兹特申论如次。

在辩证唯物论的观点上改革中国的旧文字，把文化的工具——文字——从上层的少数人的掌握中解放出来，交给广大劳动人民；废除难懂，难学，难写，难念，难认的方块汉字，代之以易懂，易学，易写，易念，易认的拉丁化新文字，这是新民主主义文化革命的一个重要组成部份，这也是中国共产党一贯的主张。没有这种文字的革命，就谈不到真正的文化大众化与民族文化的伟大创造。

拉丁化新文字，这是一种通俗化、群众化、科学化、国际化的新文字。它的基本内容是："主张澈底的文字革命，废除方块汉字而代之以拼音文字；它主张采用国际最进步、最流行的拉丁字母，□反对用它来做汉字注音的改良办法；它□□的废除四声，肃清了拼音上许多障碍；它主张发展各地方言，使□文能一致，以达到通俗化、劳动群众化；它反对强迫的统一国语运动，主张各种不同的方言，有不同的拼音法；它主张合于科学的文法，来发展中国语言，它主张国际化，以适合现在科学技术要求，使中国文字现代化；它主张发展中国的固有文明，改进各地土语的错误。"（吴玉章同志）这是一种伟大的创造，这"是老百姓翻身的工作"。中国共产党许多著名的领导人，如已故的瞿秋白同志，就是这一伟大事业的最初的开创者；吴玉章同志、林伯□同志等不但一开始就参加了拉丁化新文字的创造事业，并且十余年如一日地始终以无限的热心和毅力关怀与推动这一工作。当前陕甘宁边区轰轰烈烈的新文字运动，就正是在他们亲身领导之下，收得划时代的成就的。十余年来，中共不少优秀的党员及不少先进的革命知识分子，曾经为了这种"老百姓翻身的工作"，付出了相当重大的牺牲代价！共产党人为中国新文字的革命，一如他们为中国新政治、新经济事业，始终高举着光明的大旗，奋斗不懈。

十年来铁的事实已经澈底粉碎那些汉字拜物教徒的最后的阵地；或者是反对实行新文字——则三万万六千万中国人民永远陷于文盲、愚昧的黑暗地狱；或者是实行新文字——则中国文字新生，中华民族新文化展开一面光华灿烂的远景。广大的中国人民和一切先进人士是要毅然走这后一条路的，因为他们要"翻身"了。

我们在晋察冀边区，正在建成了崭新的新民主主义新社会；毫无疑义，我们也要在晋察冀边区走这条中国文字新生的道路。谁要是在这个问题上动摇犹豫，谁就是建设新民主主义文化与建设新民主主义政治经济的不澈底的或口是心非的"伪君子"。任何对新文字的怀疑、观望与冷嘲热笑的态度，都是一种有害的、顽固的、鼠目寸光的态度。而且在晋察冀边区推行新文字的问题，是一个现实的斗争，并非属于遥远的将来。新文字在边区并不是一个生疏的问题。当年天津学生运动中,一部份文化工作者,即已在我们祖国壮丽的河山上,以热情的声音,进行过扩大宣传动员工作,并曾成为当时全华北新文字运动的领导力量。抗战后,随着新民主主义政治经济的发展,新民主主义的文化运动,特别是最近一年来的新文字运动,在边区并已收得不少成绩,数月前边区新文字学会亦正式成立。边区共产党对于这一运动,始终是当做自己的一个政治任务,一开始即给予应有的关怀和帮助。做为文化工具的文字,他也如其他的社会上层建筑一样,是随着社会政治经济的变动而发展的。在新的政治经济基础之上,必然要有新的文化工具——文字。边区政治经济已经是新民主主义的性质,新文字在边区必然要推广实行,以至于经历一定时期完全代替方块汉字,这是必然的。

但是,语言文字的革命并不是一蹴而就的,比之政治经济的改革,他必须经历更长的时期。以为一谈新文字马上可以废除方块字,这全然是一种误会,或者甚至是一个"笑话"。妄想超越历史必由之路,马上展开一个广大的新文字的群众运动,其热情固可敬可爱,奈客观条件还不允许!我们马克思、列宁主义者,确定自己在每一时期的战斗任务或工作计划时,他的主要根据,是客观的具体情况,而不是自己主观的愿望。

"一切决定于时间地点和条件"。不能把陕甘宁边区的条件和晋察冀边区的条件完全看成一样;因此,也不能把陕甘宁边区现时推行新文字的具体办法,要求在晋察冀边区原封原样机械的执行。这半年来边区新文字运动中曾经不断的在某些人们中发现某种忽视具体条件的"急性病":关起门来大做其以新文字代替汉字扫除文盲的计划者有之;不从政治的宣传动员入手,做一个决议便强迫人家无论如何要学会新文字者有之;没有任何一定的干部与教材的准备,生吞活剥的以讹教讹者有之;把一般的文化教育工作停顿起来,专门进行新文字,结果新旧俱废,两无所得者亦有之。这种现象的必然结果,"是一定给新文字运动以损害",是"毫不夸张"的。因此,纠正这种"急性病",正确执行我们当前在新文字运动中的具体任务,对于"拉丁化新文字在晋察冀边区胜利的开展起来",是完全必要的。

边区的新文字运动,当前的具体任务是什么?目前还不是马上走上"大规模的群众实施的道路",而是在逐步推行中,积极准备进一步普遍推行新文字的各种必要条件和基础。因之,首先,在部队机关团体按自愿的原则来成立新文字研究会,是必要的;在学习时间较长的学校中以适当方式进行新文字教育也是可以的。在群众中的推行,也应以自由研究为主,反对强迫学习的方法。其次,要研究怎样运用新文字的北方话方案于晋察冀边区广大地区复杂的不同的方言土语。这并不是回转过来重新解决已经解决了的新文字的一些基本问题,相反的,这正是"在实践中发现问题、研究和解决问题";这也决非是"空洞的""无对象的"工作,相反的,这正是实事求是"脚踏实地的实践"。再次、根据上述研究与实践的结果,编制大量教材、读物、培养大量的掌握新文字基本理论与原则的人材。这种人材在边区说来是非常不够的。固然将来在广大群众中会大量的涌现出来,但是在群众中普遍实施之初,没有一定的数量与质量的这样的干部,是不会有更大的优良的结果的。最后,在这个时期,还必须进行广大深入的宣传动员,提高各方面人士及广大群众对新文字的认识和信心。

至于今年冬学中对于新文字的推行,主要应按照上述的自由研究的原则,但不能因推行新文字而妨碍预定的方块字学习计划之完成。方块字的学习,就目前来说,还必须作为冬学的主要课题。

目前边区新文字运动,正处在初期推行的阶段,这一阶段是会在一定时期后结束的。全面普遍实施的时期在将来是会到来的,这完全决定于我们的努力。毫无疑问,走过它发展的必经步骤和阶段,晋察冀边区在中国文字的新生这方面,也将如在新民主主义的政治经济文化各方面一样,在全中国人民面前,一定会获得伟大的创造和成功。我们的新文字工作者,必须深刻的认识这种客观的规律,加倍努力、力求加速这一发展过程!

(原载一九四一年七月二十五日《晋察冀日报》第一版社论)

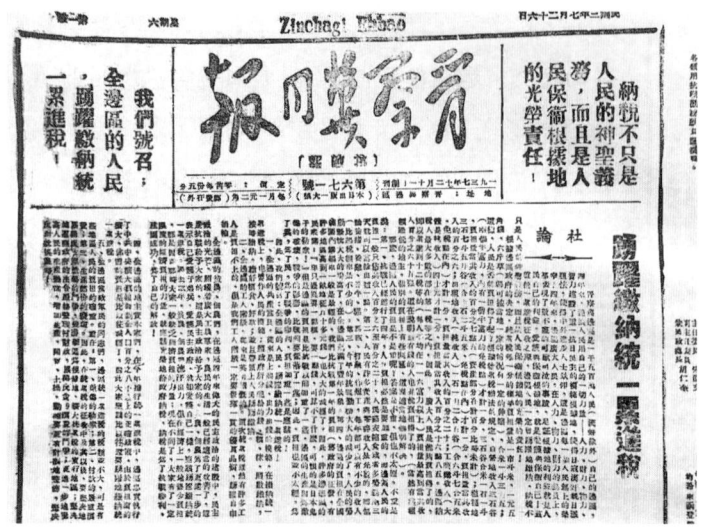

踊跃缴纳统一累进税

晋察冀边区是一千五百万人民（汉奸除外）自己的边区，四年来，边区人民用自己的一切力量——人力、财力、物力、智力建设了这一抗日民主的模范根据地，使得日寇汉奸亲日派胆怯，使得中外进步人士景仰，这是边区每一个人民无上的荣幸！四年来，边区广大人民，在人力、物力、财力的动员上，都表现了数不尽的可歌可泣的事迹，足证根据地的利益就是人民自己的利益，爱护与保卫根据地，就是爱护与保卫自己！兹值统一累进税征收之际，边区人民一定会踊跃地缴纳，纳税不只是人民的神圣义务，而且是人民保卫根据地的光荣的责任！

根据边区政府的决定，统累税每一分的标准负担量是一市斗米，一元五角钱，六斤草（县可按当地一定的情况有一定的伸缩），合来一斗三□五；这样，人民是否能负担得了呢？根据统累税办法的规定，自营地收入三石谷（两个半富力，内有一个半富力的免税点）才计一分，三石谷合米一石一斗，负担量当其收入的百分之七点五（资产部分在计百分比时未计）；租种地三石七斗五升谷（合七石二斗五米，免税点在内）才计一分，负担量当其收入的百分之六；出租地收入（纯收入）一石一升二合五谷（合六斗七合五米，免税点在内）才计一分，负担量当其收入的百分之二十；工商业收入（大体是纯收入的）四十元才计一分，负担量当其收入百分之十六点八五。边区纳税人最大多数的都在第一税等之内，因此，广大人民是能够负担得了的，即以累进到十二税等的（每人平均在一一六富力以上）负担量最高到当其收入百分之六十五强。这在说明兹有钱的人也是能负担得了的，（当然有望租额过低的地主，个别的负担上有些问题，这□适当地个别解决）。

那么，边区人民的负担是不是重呢？答案是不重，但也不太轻，不重是说：第一，抗战已经进行了四年，人民负担必然是要加重的，而边区人民的负担一般只占其收入百分之六至百分之二十，人民节衣缩食或者多劳动两三天就可以富余出这一点。第二，人民有许多资产与零碎收入是免税的，而无论养猪、养鸡、养牛、骡、马匹、打□、作短工，每年都可以有不少的收入（比起税额来是不少的）。第三，今年的抗战勤务大大的减少了，人民的劳动热忱大大的提高了，在全边区充满了丰年景象。第四，边区的负担在全国范围内讲起来一般是最轻的，我们比抗战第一年的负担（旧政府的征发，有许多地区高到一亩地征五十多元钱）也大大的减轻了。因此，许多游击区的民众讲："单只边区要一点粮，要一点钱，可算不了什么，可恨的是日本鬼子的勒索！"但是边区的负担是比抗战以前加重了一些，边区的生产因为敌伪的破坏，战争的影响，比战前要低落了一些；因此，负担也并不太轻，为了□，为了民，为了战争的胜利，负担加重一些是应该的！

因此,我们号召:全边区的人民,踊跃缴纳统一累进税!

一、全边区的共产党员,从来是上前线、出力出钱的模范,在缴纳统一累进税上,也要作人民的模范:照政府所分配给的钱、粮、秣,照数缴纳,按时缴纳,缴好粮食、好草;并且带领上人民踊跃缴纳。

二、全边区的工人阶级,从来是英勇慷慨的。这次统累税虽然有许多工人是负担不上的,但是我们工人阶级一定要发挥一贯的优良质量,踊跃自由捐粮。

全边区的贫农、佃农们,在边区四年来伟大的民主政治的建设中,民主政治的光芒,照顾着广大工农群众,农民的生活一般已经适当的改善了,这是抗战给予大家的,这是民主政治给予大家的。贫农、佃农为了更进一步的表示自己爱护子弟兵,爱护民主政府,就如爱护自己一样,应该踊跃缴纳统一累进税。过去三年,贫农、佃农们流汗出力,但在经济上一般地很少负担,那是因为那时大家一般缺乏经济负担的力量;现在不同了,大家有了一定限度的经济负担的力量,就应该光荣地给政府纳税,纳税是为了抗战胜利,建国成功,为了自己的解放!

四、全边区的地主资本家们,在今年推行统一累进税中,边区忠实执行了中共中央扩大负担面到全人口百分之八十以上的正确政策,由于负担面的扩大,他们的负担是比以往减轻了,因此大家应该比以往还要踊跃地缴纳统一累进税。

五、全边区党政军民的同志们,边区统一累进税的税额并不大,可是有些地区人民的负担的确重。重在:第一,敌伪的勒索;第二,村款的严重浪费;第三,生产部份的衰退。因此,在统累税的征收中及其以后,要坚决地展开反支应敌伪的斗争,变游击区为根据地,扩大统累税的实行地区;坚决地遵照政府的法令严格整理村财政,展开反贪污现象的斗争;更进一步地提高人民的生产热忱,增加生产、开□、土操、勤□要更有计划地整饬,坚决反对耽误农时!

(原载一九四一年七月二十六日《晋察冀日报》第一版社论)

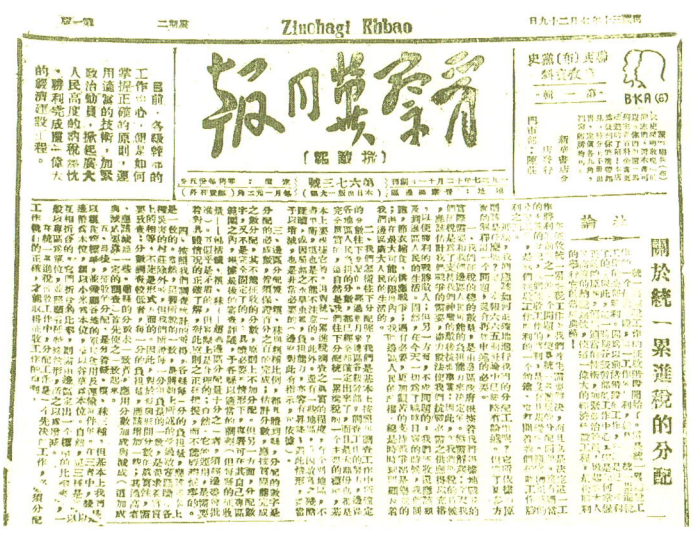

关于统一累进税的分配

统一累进税工作的征收阶段开始了。这是统一累进税工作的一个最后阶段,这一工作的胜利,就是□□统一累进税工作的全部胜利。因为以前诸阶段的工作,我们是已经胜利了的;因此,这一时期各级干部的工作中心,仅是如何掌握正确的原□,运用适当的技术,抓紧政治动员,掀起广大人民高度的纳税热忱,使这一伟大的经济建设工程,最后胜利的举行它的落成典礼!

在征收统一累进税工作中我们首先需要解决,而且也是决定这一工作胜利的前提之一的一个问题,便是统一累进税的分配问题。没有适当的正确的分配,我们征收工作的胜利,是没有其基础的。适当的正确的分配工作,是我们征收工作胜利的一个锁链,它打开着我们征收工作胜利之门。

那么,我们应该如何正确地进行我们的分配工作呢?它所依据的原则该是什么呢?本报六六五期社论中已经略有论述。但为了更多方面的解释这一个问题,还有再加申述的必要。

一、我们征税的总的数量,是由边区政府根据着我们根据地战争的实际需要和我们边区人民可能的负担能力来决定的。无需解释:今天我们征税是为了支持我们神圣的敌后抗战事业;因此,在我们征税的时候,应该估计我们战争的需要,尽力设法使我们抗战必需之供应得以充裕,以便胜利的战胜敌人;但另一方面,不成问题的,我们征收还应该顾及到边区人民的生活。固然,在今天一切为了战胜日寇的时候,我们同胞,节衣缩食,供应战争;遇有必要,更加艰苦的支持战争都是乐意的;但在最大可能的限度内,我们边区人民的政权,总是时时刻刻顾及着我们边区广大人民的生活的。

二、我们怎样往下分配呢?我们是基本上按照在调查工作中所确定的分数往下分配的。经过数月来边区各级干部,调查工作的努力,边区各地区人民负担的分数,都已经全部确定出来了,而且最大的部份也都是完全真实的,这自然是我们往下分配统一累进税的一个主要的标准,基本上要根据它。但对统一累进税调查之真实的程度,有个别地区,不尽平衡,这也是不能不注意的。此外,还有一些地区,或因敌寇之残酷蹂躏,或因局部之水旱虫雹,负担能力,亦容有升降;遇此情形,适当予以增减,也是非常必要的(边府对此有指示,可依据)。

三、边区分配钱、粮、秣与粮种比例,都具体到县,分配的数字是分配的必成数,皆须保证百分之百的完成;估计分数,应按实际能完成之数分配,其不能征收的分数,原则上不加分配。但另一方面,分配数字,又不是完全固定了的,在具体必要的情形下,专署可在其自己专区范围之内,根据最后的审查评议,予各县以适当的调剂(但每县的征收量——包括钱、粮、秣——超过边区分配量十分之一者，须经边委会批准）。这似乎是矛盾的，但实际上是合理的；自然，它的运用，是需要着对具体情况的正确了解，对此原则之正确把握，而不能轻□从事的。

四、按照我们调查统计的所得，各县每一分的负担量，应该基本上是一致的，当然，这里所说的一致，是将如上所述的受过敌寇蹂躏的各种灾害的村庄除外的，但我们所说每一分担负量的一致，是要求着实质上的相等，不徒是形式方面的。因此，对于县与县间分数的真实性，需要考查；分数调查较低者，每一分的负担量，应该增加一些；其过高者，应该减轻一些、□县的分数未一致者，应用分数加成与减成（这加成与减成要靠一定的调查）首先使之一致起来。

五、最后，征收的分配，是分着钱、粮、秣三种，但基本上我们是以粮食为标准，并兼顾各地的军民食用及运输条件的。在三者中，钱以边币为本位，粮以小米为本位，草以谷草为本位。自然，这三种是可以互相折合的。它们折合的比率，则需由边区定出一个标准的比率来，一般以专区为单位，并照顾各种特殊情形，循之以为增减。

在统一累进税征收工作中，分配工作是一个先决的工作，必须分配工作执行的正确，才能取得征收工作的胜利。

（原载一九四一年七月二十九日《晋察冀日报》第一版社论）

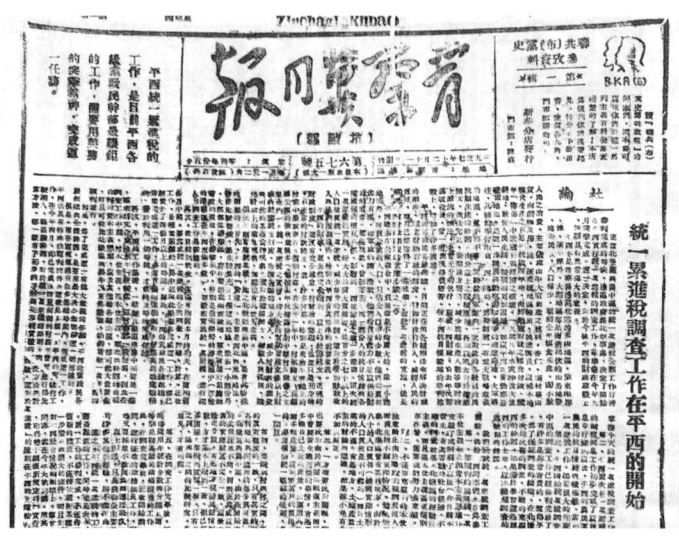

统一累进税调查工作在平西的开始

　　正当北岳区与冀中区的统一累进税全部工作行将胜利完成的时候，边区政府冀北办事处，决定了开始在平西实行统一累进税的调查工作，并准备在今年九月突击完成。这一决定，对于今后平西的财政建设上，无疑具有异常伟大的意义。

　　平西不是晋察冀边区北部的多山地区，除东南房、涞、涿平原外，大部地区都是岗岭起伏的山岳地带，地瘠民□，人口稀少，战前全年粮食生产，即不敷人民之消费，主要依靠山中大宗出产之核桃、杏仁、药材等山货，向蔚县及房、涞、涿产粮地区输出，换进粮食，以补本地粮食生产之不足。抗战四年来，由于敌寇对我之粮食封锁，历年"扫荡"

中敌寇对我经济之破坏，一九三九年水灾冲毁大量耕地，致使人民生活，较战前更加困难。加以平西□□热察最巩固地区，是进一步开展与热察游击战争的前进阵地，大军过往，其补给率皆取自平西。同时，为控制这一有重大战略意义的地区，又不得不□一定数量的军队与一定数量的各级党政民脱离生产的干部。由于以上之种种原因，再加以过去对于□节开支，裁汰冗员，紧缩后方□□，减少脱离生产人数等等财政上节流的办法，未曾充分的执行，以□平西财政，自去年反"扫荡"战役后，曾一度表现得很窘苦，使平西抗日根据地的胜利建设上，增加了许多困难。

平西的党政民各级组织，目前正在用各种办法来解决财政的困难、建立财务行政的制度，譬如财政的收入，减轻人民的负担，而且已经获得了一些成绩。而统一累进税的实施，便是解决平西财政困难的实际步骤之一。

平西过去在公粮征收中，负担面是不够广大的，除一小部地区外，担负公粮的人口，只占全人口□的少数，他们的负担能力有限，而军政的开支浩繁，他们的负担能力不足以供给财政的需要。这些现象，曾影响到平西一部份人的抗日情绪与各阶级间的相互关系，影响到平西根据地之进一步巩固。这次统一累进税的实施，将大大的扩大负担面，使百分之七十以上的人口担负统一累进税，减少每分的负担额。这对于增加财政收入与□□阶级关系，特别在平西有其特殊的重要意义。

平西的财政，还未能完全做到□以上的统筹统支，正规的财政制度，还没有完全建立，村财政的整理，也还只是初步的，不正当的村款开支，还有许多村庄，特别是东南□□地区的村庄中严重存在。个别村庄，在去年一年中，村款开支，竟超越公粮的征收量很多（包括去年反"扫荡"时期中该村□敌伪之支□在内）。统一累进税之实行，将大大的帮助着建立镇以上财政的统筹统支制度，取消各县的地方收入，减少村财政的□费与可能的某些贪污现象。这对于□□开支，减轻人民负担，避免财政上的紊乱现象，无疑也有其重大意义。

但在平西实施统累税，比之北岳区与冀中区，是有其特殊的困难的。首先，平西的"仓库"，主要是西北与东南地区，物产比较丰饶，民生较为充裕；但这些地区，除去一小部份外，大部都为游击区，存在着敌我两重政权，群众被迫对敌缴纳苛重的负担，在游击区中，特别是敌□优势的游击区中（这样的游击区在平西还占多数），要澈底实施统一累进税，朝廷深入的调查工作是困难的。

其次，从目前到秋收，仅仅有两个多月的功夫，在这两个多月中间，要完成统一累进税的全部调查、评议、计算、征收工作，是相当困难的。冀中区和北岳区为完成这一工作，都已经费去了四个月以上的时间。因此，平西的党政民各级组织，为要完成这一工作，必须□□的紧张起来，发扬英勇的突击精神，善于利用一切时间，才能够及时的完成任务。

再次，平西的工作基础，一般较北岳区与冀中区要差一些，群众的文化政治水平一般较低，区村□□都一般较弱，因此在调查工作中间，村本位主义，区本位主义，群众与干部的自私自利的资本主义思想，以及其他的各种问题，都可能大量发生，而且可能比北岳区与冀中区更为严重，妨碍着统一累进税的顺利进行。

因此，为了完成这一有重大意义的任务，平西的党政民各级组织与全体干部，是要用最大决心去战胜这一切困难的。

但是，要在这短短的两个多月的时间内，完成这一工作，平西也具有特殊的胜利条件，这就是：第一，平西的实验村工作，在今年四月，即已完成，而且□□的村庄，曾经进行得比较深入，县区级干部，对于统一累进税的原则，调查方法与计算方法，都一般有了初步的了解与初步的实验的经验。这对于掌握今天的统一累进税调查工作，是比较容易的。

第二，平西这次统一累进税工作的进行，正当从六月开始的减租减息工作初步完成了以后，在坚决执行边区政府减租减息□行条例以后，平西的农民运动，当可取得进一步的发展，农民的抗日情绪与积极性，当可获得进一步的提高，这对于统一累进税工作，起着很大的保证作用。

第三，平西开始统累税调查工作的时候，正当北岳区与冀中区的调查工作已经胜利完成了以后，这些调查工作中的经验，有许多是非常宝贵的，值得平西全体干部深刻的研究与学习。为了保证调查的精确，在北岳区的某些村庄中，曾经进行过多次的反覆的调查，不断的克服着调查工作中的某些缺点。平西的干部，如果善于学习这些经验，便可以运用这些经验到平西的工作上来，以□缩短调查的时间，避免在调查工作中的某些缺点与错误。

我们□就统一累进税调查工作中的一些经验，提出主要的几点，供给平西同志们，作为参考：

第一，要顺利的展开统一累进税的调查工作，必须坚决□本位主义观念和资本主义思想作坚决的斗争，只有把□坚决地克服了或削弱了以后（在目前本位主义观念与资本主义思想之发生，有其客观的社会根据，不可能澈底肃清），才能得到正确的调查结果。北岳区的经验告诉着□：不仅有村干部的本位主义，而且区本位主义甚至个别县级干部的县本位主义，都还存在着，需要我们努力去克服。这是调查工作中的中心问题。

第二，不仅要克服右的本位主义与资本主义思想，而且要注意□止由于态度的强调负担人口达到全人口百分之八十以上而产生的不顾实际情况、勉强□负担人口达到百分之八十的现象。北岳区曾有某些地方，由于干部要争取使本村达到百分之八十的人口负担（按照实际情形，这些村庄要达到百分之八十的人口负担是不可能的）而对土地产量作过高的估计，引起群众的不满。有些地方，土地产量与等级的评定未经过广泛的民主的讨论与通过，结果都不免有失于公平合理的原则，而不得不加以纠正。

第三，一方面要反对匿报、□报等自私自利的思想，同时也要反对由于狭隘的报复主义而发生的故意多报的现象。在冀中曾经发生过这样的事情；有些农民由于对富户的不满，故意多报自己土地的产量，以逼迫其比□的富户的土地不得不因之而多报产量，以加重富户的负担。这种狭隘的报复主义是不对的。必须根据统一战线的原则，多用说服教育的办法来解决这一问题。

第四，要做到村与村之间、区与区之间、县与县之间调查的真实程度的一致，只有真实的做到了这种一致，才能够确定各个地区共同适用的每分负担量，求得各种负担的公平与合理。北岳区与冀中区，由于在开始进行调查时，对于这种一致性的尖锐注意不够，因而在完成以后，发现每分与每分之间所代表的实际财富不完全一致，以致有些地方重新调查，有些地方修正分数，有些地方根据具体情形，酌量增加或减少每分负担数，方才基本上做到一致，但已经费去了很多时间，增加了很多困难。要做到这种一致，只有多多注意村与村之间、镇与镇之间、县与县之间的比较研究，多发扬民主讨论，多听取群众意见，才有可能。

第五，在调查工作完毕后，征收工作开始前，将有一大段的时间用在统计分数与分配上面。这主要是各级干部与政权，特别是较高级的政权机关的工作，而不是□大群众的工作。因此，在调查完毕后，征收开始前，应当抓紧这个短短的间隙时间，进行征收的政治动员工作，以保证征收工作的胜利；但同时又要注意不致因此而□廷过久，影响征收工作的进行。

以上所述，只是几个最主要的问题，至于北岳区与冀中区的许多其他的经验，则不能在此一一评述。

总之，平西统一累进税的工作，是目前平西各级党政民干部最艰巨的工作，同时也是对平西具有极大的特殊意义的工作。这一工作的胜利完成，不仅将使平西的财政建设上□进到一个新的阶段，不仅将使还在某种变动中的平西统一□□获得进一步巩固与扩大的条件，而且对于全体干部工作能力的增长，对平西社会情况的组织上，都会前进一步。我们希望平西全体同志，能在今年大□以前，用英勇的突击精神，完成这一任务，取得双十纲领所规定的"实行有免征点和最高累进率的统一累进税"的原则在平西的光辉胜利。

（原载一九四一年七月三十一日《晋察冀日报》第一版社论）

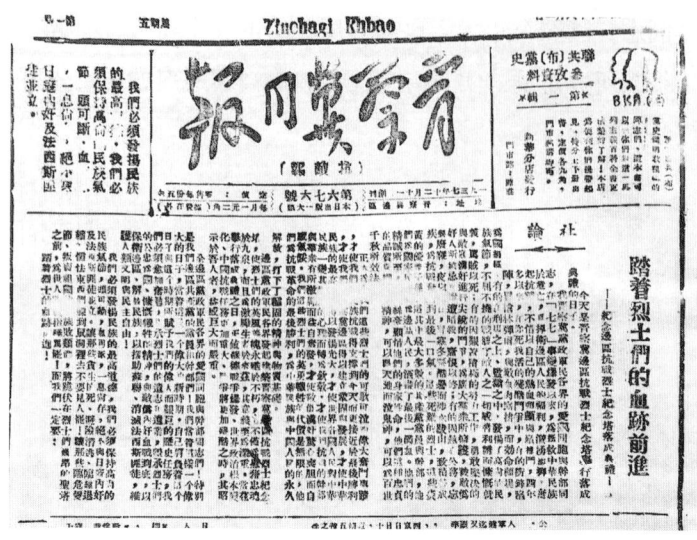

踏着烈士们的血迹前进

——纪念边区抗战烈士纪念塔落成典礼!

今天是晋察冀边区抗战烈士纪念塔举行落成典礼的日子。

我晋察冀党政军民各界的爱国同胞与干部同志,在"七七"事变爆发以来,为拯救中华民族于危亡,为捍卫边区人民的福利,汹涌澎湃,奋起抗战,不惜以自己的热血头颅与敌搏斗,四年多以来,在你死我活的残酷斗争中,有的冲锋陷阵,冒枪林弹雨,与敌血肉厮拼,而效命疆场,为国捐躯,有的在刑场之上,监狱之中,发扬了高尚的民族气节,不屈不挠的战胜了敌人之一切威胁利诱而慷慨就义、□贼以死；有的因艰苦积极的努力工作，勇敢坚决的与敌寇汉奸进行尖锐的斗争，为广大群众所拥护，被敌伪奸人所嫉忌□惨遭暗杀，齐恨以□；有的因热心公务，忘餐废寝，夜以继日，冒寒冬历酷暑而涉水跋山，致积劳成疾，为抗战奋斗到最后一口气。这些死难的烈士，这些炎黄的优秀子孙，这其中最大多数的共产党党员与干部，他们为国家民族，为边区人民，洒尽了最后一滴血。他们的精诚所至，□□丝毫顾惜他们的身家性命，他们这种忠贞的品质与□□精神，可以感天地而泣鬼神，可以为百世千秋所效法。

正因为□我们这些烈士们的可歌可泣的伟大奋斗事迹，才使我们的民族抗战得支撑到今天而更接近于最后胜利，才使我们的晋察冀边区得以建立巩固与发展，才使中华民族的最高□□得以发扬光大，才使世界各国人民对中华民族一变其□□的心理而转为钦敬，才使我们抗战的干部与群众有所激励而益自奋发，才使敌伪汉奸惊心丧胆而自感气馁。我们这些烈士们的英勇牺牲的代价是无限的，他们为抗战革命的最后胜利，为中华民族与中国人民的永久解放，打下了坚固的精神与物质基础。

边区党政军民各界发起建筑晋察冀边区抗战烈士纪念塔，使烈士们的英风义魄永垂于不朽，这不仅为慰藉忠魂于九泉，而且为激励生者于来兹，其意义至为深重。当兹举行落成典礼之日，正值苏德战争爆发、世界政治根本变化、中国抗战任务更加重大、斗争将更加残酷之时，其昭示于吾人者，益感巨大而严重。

全边区党政军民各界的爱国同胞与干部同志们！特别是我们边区共产党的党员和干部们！我们当着这样一个伟大的日子，当着这么一个伟大的新时期，自己肩负着这个日子与这个时期所赋予我们的伟大而艰巨的历史任务，我们必须愈加奋勉，秉承烈士们的遗志和遗业，秉承烈士们的公忠为国、慷慨牺牲的精神，与敌伪内奸血战到底，以保卫边区、解放民族，以援助苏联、消灭法西斯匪徒，维护人类文明与民主自由！

我们必须发扬民族的最高道德，我们必须保持高尚的民族气节，头可断，血可流，一息尚存，绝不与日寇内奸及法西斯匪徒并立。让那些贪生怕死、避险潜逃、临难退缩的懦怯东西们躲到鼠洞里去不要见人罢！让那些临危变节、叛卖祖国的民族败类们，将跪伏在烈士们巍昂的圣塔之前，为世人□□指唾骂罢！而我们一定要：

踏着烈士的血迹前进！

（原载一九四一年八月一日《晋察冀日报》第一版社论）

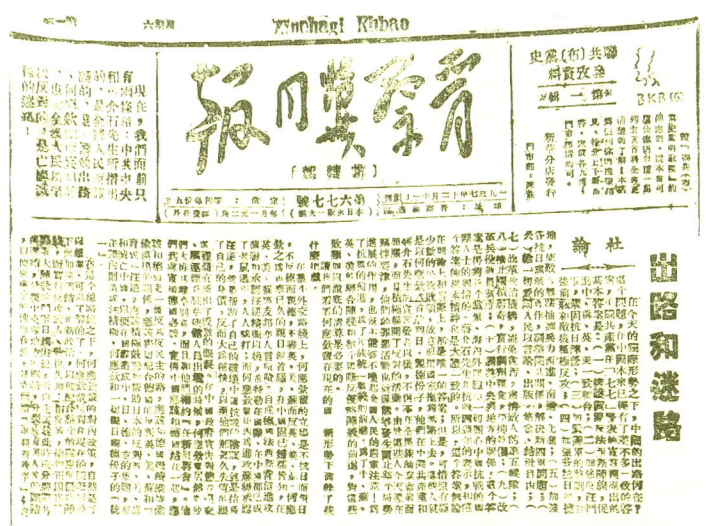

出路和迷路

在今天的国际形势之下,中国的出路何在?这个问题,在中国本来已经有了差不多一致的答案,中国共产党在"七七"发表的宣言里提出的基本答案是:(一)拥护国际反法西斯阵线,促进中、苏、英、美一致联合;(二)加强反汪斗争,巩固抗日阵营;(三)加紧国军的整训,加强前线和敌后积极反攻;(四)加强各抗日根据地,使敌人无法抽调兵力西进、南进、北进;(五)加强各抗日党派的合作,调整国共关系,解决新四军问题;(六)给一切爱国人民以言论、出版、集会、结社自由;(七)改革政治机构,罢免贪污,肃清敌人的第五纵队;(八)禁止囤积居奇,实行调剂粮食,平抑物价;(九)改革兵役动员制度;

（十）调整中央与地方的关系。这个答案是得到各个党派、海内外同胞的一切关心中国抗战的国际人士的同情的。蒋介石先生在抗战四周年的表示，和这个答案的根本精神也是大体一致的。所以，这个答案无论在理论上和实际上，都是唯一的答案；但是，可惜还有极少数的民族败类，故意要把国家拖到□路上去。这些人就是以何应钦为首的亲日、亲德份子，他们在中国共产党和蒋介石先生的宣言发表以后，不但不在全民族的□□□面屈服，而且积极展开了反对的活动。由于这些人今天还在□据要津，他们的罪恶活动也就还能够发生阻止整个局势进展的作用，也就不能够不唤起全国人民的严重注意！为了抗战的前进，为了民族统一战线的前进，为了中、苏、英、美的联合阵线和整个国际反侵略阵线的前进，对这些败类加以澈底的清算是必要的。

让我们看看何应钦辈在现在的国际新形势下都干了些什么把戏。

在整个外交路线上，何应钦辈的立场是不抗日而亲日，不反德而亲德，不联英、美、苏而反英、美、苏。何应钦之为由来已久的亲日派首脑，在中国固已妇孺皆知，在英、美、苏等友邦亦人言啧啧。自从德国法西斯背信进攻苏联和承认汪逆精卫以后，希特勒在国际、在中国都已成了老鼠过街，人人喊打；而何应钦辈却因为进攻苏联承认汪逆，□是帮助了自己的破坏中国团结抗战的阴谋，就是抬高了自己的身份，反而大为称快，以至他们那长久失望的眼窝里□直涌出了感激的眼泪。在中国政府宣告对德意绝交，驱逐德意驻华使馆人员出境的时候，何应钦辈居然对他们大排其离亭别宴，而且和他们相约"在新疆再会"。他们到处宣称德国必胜，宣传中国应该和德国站在一起，应该和德国走一样反共反民主的路，应该和德国继续维持偷偷摸摸的关系，应该密切配合德国的反对英、美、苏和"育成"汪逆，应该积极鼓励和帮助日本的反对英、美、苏和灭亡中国，以便在国际造成中、日、德、意的集团，而在国内则造成汪精卫、何应钦和一切亲日亲德份子的"统一"。

在这个总路线之下，何应钦辈的对内政策，自然是可以想象、可以了解的了。何应钦辈反对在现在的国际形势下面加强团结、□新政治，以便配合整个的国际反侵略阵线，而实行反攻敌人、收复失地；相反的，他们正因为国际两大阵线的斗争日趋尖锐，所以主张趁此时机分裂国共的团结，分裂中央与地方的团结，分裂政府与人民的团结，以便与南京的傀儡合流，建立所谓"中国新秩序"；实现日寇和三国同盟多年的梦想。何应钦从"七七"起，就亲自出马，重弹出那被全中国全世界所一致反对的皖南事变的老调。以后，更变本加厉，捏造了一个"十八集团军越轨行动"的奇谈，交中央社广播，企图使国民党落入与八路军、新四军对立的陷阱，这样来煽动全面的内战和斩断国共关系好转的前途，在国内和国际孤立国民党，使联合英、美、苏反对日、德、意的国策成为不可能。当然，何应钦的法宝决不止于"散布合理流言"，何应钦现在正在准备对皖东北和苏北的新四军作新的进攻，同时命令他的部下，加紧"扩大自首运动"和迫害各地的爱国青年，甚至对青年记者学会和工业合作社这类非政治的职业组织，也尽情加以摧毁。而另一方面，对于人民反对贪污、平抑物价、改革兵役的迫切要求，却能够恬然泰然，充耳不闻。

很明显的，中国是一面世界的镜子，世界政治关系的每一次新的变化，在中国都找到了新的反映。国际反法西斯阵线的形成，固然在中国受到了国共两党和全国人民的拥护；同样，德意法西斯的猖獗和日本法西斯的蠢动，也不但带给了汪精卫辈，并且带给了何应钦辈以新的□□跳踉的刺激，而何应钦辈亲日、亲德份子因为至今仍寄生在抗战营垒之内，其潜□中外□□，妨害团结抗战，就如未出走以前的汪逆一样，就比任何公开的敌寇汉奸更为危险。我们共产党人在汪逆未出走以前，就曾以国家民族利益为□，不顾个人情感，不顾本身危险，大声疾呼的做了反汪的先锋。事变的发展，证明了我们的预见完全是正确的。不幸历史还需要我们作第二次的预见。因为汪逆虽早已出走，暗藏的汪逆党羽却遗留下了很多,而何应钦便是这批新的汪精卫的代表,正由于何应钦辈的继续作祟,以至汪逆走后,抗战营垒依然未见澄清、抗战事业依然未见发展,而国共间纠纷却在愈演愈烈。二十八年底、二十九年初,发生了边区、华北各地的摩擦,二十九年底、三十年初,又发生了新四军的问题。摩擦终于在何应钦一手主持之下爆发了,震惊世界的皖南事变至今犹悬而未决,言之令人心痛!

现在国内外的一切条件,正要求我们:内和国共,外抗日德,正确的掌握国际形势,为中华民族的久远利益,奠定坚强不□的根基。而何应钦辈仍怙恶不悛,还在加紧施展种种鬼蜮伎俩,务使我们的同胞和子孙永无自由之日。

我们面前现在只有两条路:一条是共产党中央和蒋介石先生所指出的,全中国人民所拥护、全世界反法西斯人士所赞扬,而独为何应钦辈所坚决反对的路,这就是联合英、美、苏联,加强国内□□,改良政治,积极反攻,以求澈底驱逐日本帝国主义,建设三民主义新中国的路;另一条是何应钦等亲日、亲德份子所希望,而为国共两党全国人士所坚决反对的路,这就是全国分裂,反共、反蒋、反苏、反□美,投降日寇和国际法西斯阵线,使中华民族亡国灭种的路。选择第一条路,就是保存全中国而牺牲何应钦;选择第二条路,就是保存何应钦而牺牲全中国。二者究竟孰吉孰凶,何去何从呢?毫无疑问的,全世界都将看见中国选择第一条路,看见何应钦辈凄凉的把尾巴夹在腿里,嗅着汪精卫走过的路逃跑。何应钦的将来永远不可能在新疆□希特勒的任何一个遗卒"再会",幸运之神最多只能延长他几天的寿命,让他在东京的角落里望到国际反法西斯阵线的胜利,苏联的胜利和中国的胜利。

(延安《解放日报》社论)

(原载一九四一年八月二日《晋察冀日报》第一版社论)

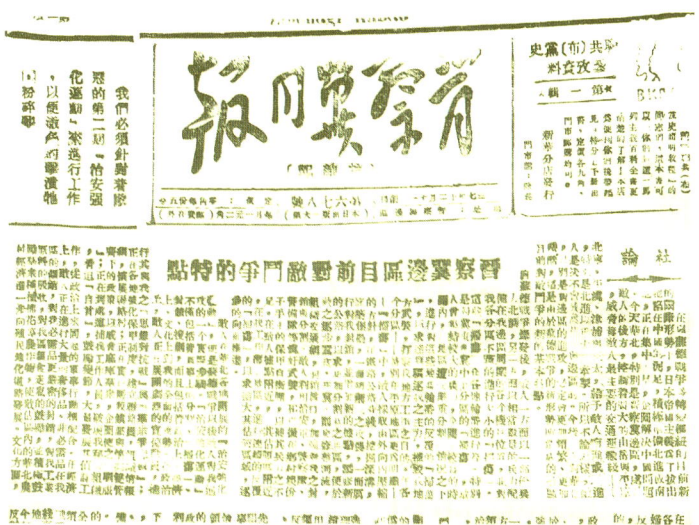

晋察冀边区目前对敌斗争的特点

在以苏德战争为转变枢纽的目前新的国际形势下，日本帝国主义为了拔出他陷在中国的泥足，积极准备北进或南进，正在集中力量，企图解决中国问题。今天华北，特别是晋察冀边区，处在敌人的后方，控制着广大的山岳与平原，威胁着敌人最主要的交通运输线——北宁、平汉、津浦与□太，给予敌人南进或北进，特别是北进以重大的牵制。所以不论怎样，敌人是决不会放弃华北与边区的。今后，□对华北，特别是对边区的进攻，必定会更加频繁、更加残酷，这是由于苏德战争的新形势所造成的边区目前对敌斗争的新的基本特点。

自苏德战争爆发后，敌人一方面以一部份兵力北调，另一方面以相当数量的兵力配备在我边区周围的各个机动位置，并对我各分区不断的进行大小的"扫荡"。这些"扫荡"在各地轮流进行着。特别是对冀东与冀中十分区的"扫荡"，敌人曾集结较大的兵力，企图在较长的时间内，在地区遭受严重分割的情况之下，进行对这些地区轮番的反覆的"扫荡"，以求达到驱逐我之主力，摧毁我地方武装，打击我地方工作之目的。在各个分区——特别在平原地区更为明显——"扫荡"中，敌人采取由外向内压缩的方针，在铁路公路两线，挖掘深沟，修筑堡垒，一面防御敌之攻袭，一面厉行对我封锁，并增加新的据点，添修新的公路，以求更加分割我之地区，便于敌之逐步"蚕食"。在冀中则更修整河流，组织交通网，封锁渡口，加强对我之封锁与分割。敌人利用治安军、警察队、警务队等汉奸武装，和把握在乡村坏份子手中的保甲自卫团，以补其兵力之不足。在敌人据点附近，其占领区附近，在我工作薄弱地区，进行连续的反覆的"扫荡"，以求扩大其占领区域，逐步的向前推进。

敌人在华北各地开展的"治安强化运动"，便是苏德战争以后敌人对我进攻的一个实际步骤。"治安强化运动"不仅包括着事实上的分割、"扫荡"、封锁、搜剿，而且包括着政治上、经济上、文化上对我的全面的攻势。在政治上，敌人正在展开剧烈的宣传动员，进行其与我之"思想对抗战"与"群众争夺战"；正在各地强化保甲制度，建立联络员，组织情报网，扩展联络村；正在实行屠杀镇压与怀柔双管齐下的政策，以威胁麻痹群众，企图使之"驯服"；正在到处逮捕我工作人员，破坏我秘密组织，胁迫"自首"，鼓励变节，大量发展其侦谍工作，从政治上来同他的军事行动相配合。在经济上，敌人正在进行大量的奢侈品、非必需品在我区的倾销，对我必需品更严密的封锁，对我工业原料的吸收，对我区粮食走私的鼓励，并积极鼓励群众种植棉花等农作物，使敌占区内的华北农村经济进一步向殖民地化道路发展。文化方面，在"治安强化运动"中，敌人在大小据点中举行各种定期的不定期的训练班，捕捉青年、儿童、妇女受训，在据点附近召开群众大会，宣传亲日反共思想，消磨群众的民族意识，发展封建思想，提倡封建道德，以便是在文化上敌人对我们新的进攻。

敌人第一期"治安强化运动"，在我边区党政军民的一致反对下，在我军事上反"扫荡"的胜利，政治上对敌伪阴谋的粉碎与揭露，以及经济上、文化上我正确政策的实施下，使敌寇的企图归于失败，没有收到什么成绩。现在第一期"治安强化运动"已经结束，第二期也于七月七日开始，在这一期"治安强化运动"中，敌人将总结第一次失败的教训，展开对我更阴险、更毒辣、各方面的攻势。我们对于敌人这一个新的攻势，必须百倍的警惕起来，必须针对着敌寇的第二期"治安强化运动"来进行工作，以便澈底的击溃他，粉碎他。

在目前边区新的敌我斗争特点下，我们对敌斗争的方针，应当注意到以下几点：

第一，抓紧目前对我有利的青纱帐季节，展开广泛的游击战争，与政治攻势，坚决反对敌寇的"治安强化运动"，以削弱敌伪组织，缩小敌伪影响，孤立敌伪，扩大我之占领地。这是我们在目前对敌斗争中的基本方针。

第二，要广泛的开展群众游击战争，必须加强民兵工作，巩固民兵组织，加强民兵教育，整理民兵武器。过去在这方面我们曾收到了一些成绩，但为了应付今后更加残酷的局面，我们必须用更大的努力来进行这一工作。民兵的教育，必须着重在真实的拿上武器从事于群众游击战争，反对过去对于民兵的某些形式主义的教育与训练。

第三，要展开广泛的对敌人的政治攻势，首先必须展开广泛的宣传鼓励工作，揭破敌伪的欺骗造谣，使群众普遍的更深刻的认识敌人的残暴事实。其次、必须对敌人的联络员、保甲制度、情报网等，从政治上缩小我之区域，扩大敌人占领地的种种措施，按照具体的不同的情况，分别的在各种对策下使其失败与粉碎。必须利用我们政治上的优势来帮助我们在军事上取得更大的胜利。

第四，估计到今年秋季在目前新的国际形势下，由于敌人积极企图解决中国问题与准备北进，对我边区之全面"扫荡"可能比以前更加提早、更加延长、更加残酷。我们今天就必须开始准备，以便粉碎今年秋季可能到来的新的"扫荡"。目前敌人所进行的"治安强化运动"，从一定的意义上来说，实质上也就是秋后对我举行大的全面"扫荡"的一个准备步骤。因此，我们也必须在反对"治安强化运动"、开展青纱帐期游击战争的斗争中，缩小敌之占领地，把敌人逼进点线里去，使我们今后进行全面的反"扫荡"战争的阵地，向前推进一步，以求更迅速、更有效的粉碎今年秋季敌人可能进行的全面的"扫荡"，争取反"扫荡"战争的胜利。

（原载一九四一年八月三日《晋察冀日报》第一版社论）

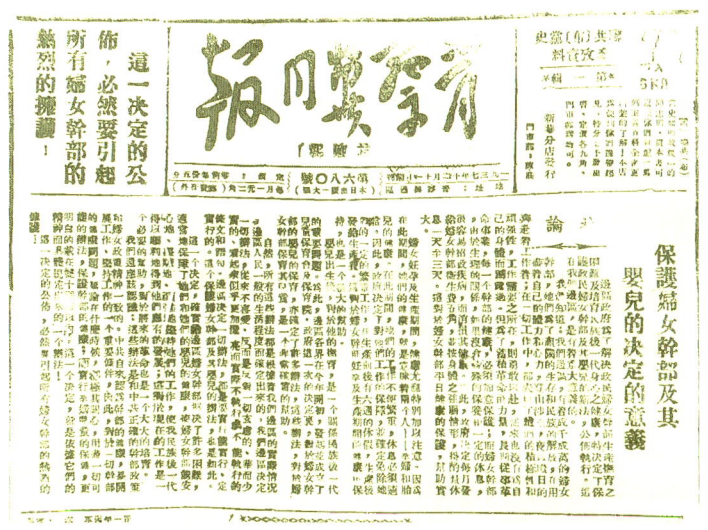

保护妇女干部及其婴儿的决定的意义

　　边区政府为了解决政民妇女干部生产抚育之困难及培育民族后一代身心之健康，特决定了保护政民妇女干部及其婴儿的办法，公布执行。这在我们边区，是有着重大意义的。

　　我们知道：我们边区，有着成千成万的妇女干部，她们为了祖国的生存和民族的解放，在用尽着自己的体力和心力，登山涉水，夜以继日的奔走着工作着；在一切工作中，都表现了她们的积极性和顽强性，工作需要之所在，则勇敢以赴，从来也没有为自己的身体而踌躇过。但为了蓄积革命的力量，长期从事革命事业，每一个干部的健康，必须加意保护；而妇女干部，由于生理的关系，如果没有特殊的保养和一定的休息，很容易招致疾病，而消损其健康。因此，政府决定每月发给妇女干部卫生费五角，并按身体之强弱情形，得酌量休息一天至三天，这对于妇女干部平日健康的保护，帮助实大。

妇女妊孕及生产期间，健康尤应特别加以注意。因为在此期间，她们的健康，就是意味着两个人——孕妇和胎儿的健康。在此期间，她们的工作不便繁重，休息必须适当。因此，政府决定了对他们工作的保障，并确定免除她们的一定的繁重工作，在生产前后有六周的休假，生产后发给生产费。这对于妇女干部妊孕及生产期间的健康的保持，也是一个很大的帮助。

婴儿出生后，对于他的抚育，是一个关系民族后一代的重要问题。为此，边区各界在今年开初，发起并成立了儿童保育会及保育院。政府这一次的决定里，对于妇女干部的婴儿的保育，亦确定了许多办法，这些办法，对于妇女干部保育其儿童，是一个非常确实的帮助。

自然，所有这些办法都是根据着我们边区的实际情况，边区人民一般的生活程度而确定出来的。我们边区决定一切办法，从来不喜爱、反而是反对一切玄虚的、华而少实的、看起来似乎更加漂亮而实际不执行或不能执行的条文和语句。边区决定一切办法，都是要实行能实行、定实行的。这个保护妇女干部及其婴儿的办法，也是如此。

这一个决定，确实给边区妇女干部解决了许多困难，适当地保障了她们和她们的婴儿的健康，使妇女干部能安心地、长期地、顽强地坚持她们的工作，使我民族后一代得以顺利地得到他们应有的发展；这对于现在的工作是一个必要的帮助，对于将来的革命也是一个大大的培育。

我们还应该认识：这些办法是和中共正确的干部政策和妇女政策精神一致的。中共自来认为干部的健康，是开展工作、坚持工作的一个重要条件，因此，对于一切干部的健康问题，无论在什么时候，都极其关心，用尽一切可能的办法，保护干部的健康；而实行孕妇儿童的保健，更明白的载在双十纲领以内。这一个决定,就是依据它们的精神而具体规定出来的一个办法!

这一决定的公布,必然要引起所有妇女干部的热烈的拥护!

（原载一九四一年八月六日《晋察冀日报》第一版社论）

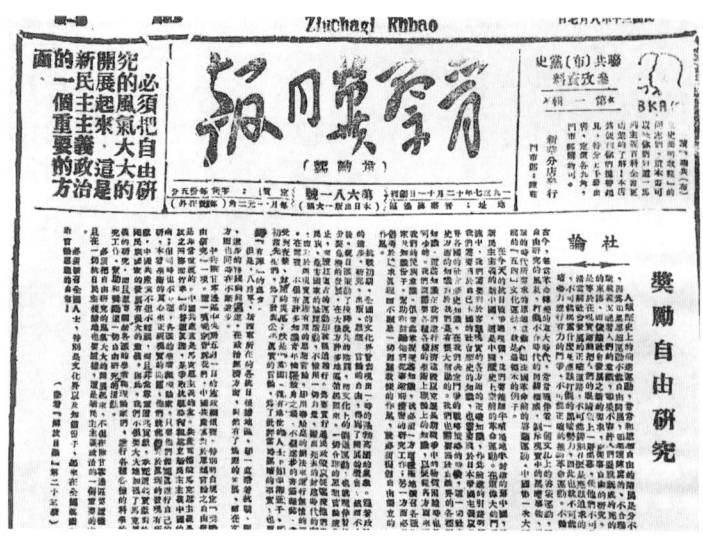

奖励自由研究

人类历史上的前进运动，常常和思想自由的开展是分不开的，因为如果思想运动不能自由开展，如果让陈腐的、不合理的独断教义支配着人们的意识，如果不容许人们摆脱既成的死的教条的束缚，而依据社会发展之新的要求，来从事自由的研究，那就是等于在现实面前把人们的眼睛蒙上一层黑幕，使他们不可能看清当前社会发展的正确道路，不可能辨别什么是应该追求的目的，不可能揭露什么是应该打倒的黑暗势力，因此也就不可能对黑暗势力进行有力的斗争，不可能正确的推动革命运动。不论中外古今，每当革命转变的伟大时代，常常随伴着一个文化上的启蒙运动，开展自由研究的风气，打倒不合时代的因□权威，剥斥现实中的黑暗事物，启发新的时代所要求的思想意识，如法国革命前的启蒙运动，中国第一次大革命前的"五四"文化运动，就是最根本的例子。

在今天的抗日战争过程里，我们要推翻半殖民地半封建的旧中国，建立新民主主义的新中国，这是中国历史上空前的革命运动。在这伟大的斗争洪中，我们需要对于客观现实的各方面的正确知识，作为前进的引路明灯。我们需要属于自己本国的社会历史的知识，也需要关于日本帝国主义以及世界各国的社会历史知识，在我们决定斗争的战略策略的时候，这一切社会历史方面的知识对于我们是有很大帮助的。我们也需要关于自然界的各种科学知识，这些知识在我们进行经济建设以克服长期战争中的物质困难时也是不可少的。我们还需要各种各样的学术上理论上的知识，以便从各方面来提高我们的民族意识。但要能掌握这些知识，就必须一方面积极地号召各种专门家及知识分子，帮助和鼓励他们从事深刻机密的研究工作；另一方面必须提倡□于□求真理而不愿□一切因□教条的作风，就必须提倡自由独立的研究作风。

抗战初期，全国的文化界曾表现出一时的蓬勃高涨的气象。随着政治上的进步，研究、出版、思想、言论的自由，得到了开展的机会，然而不久以后，亲日派策动了投降反共的阴谋，而文化上的倒退运动，也就随伴着投降分裂危机的发展，在大后方许多地区抬起头来。一切合理的思想言论遭受禁止，而读经复古的运动却被强迫推行。为要实行愚民政策以便遮掩他们出卖民族、危害国家的阴谋活动，不惜用一切力量，搬出死去的封建时代的幽灵，而对于与现实真理有关的思想言论，却用秦始皇的办法来进行无情的摧残。在这里，不但有许多知识青年惨罹杀身之祸，不但进步的书籍杂志、书店受到查禁，封闭的灾厄；就是"党国"里有地位的人士比如像柳亚子、马宝初□先生们，为了发表公平真实的言论，为了批评当时黑暗的事实，也要受□"有罪"的处方。

但是，八路军、新四军所在的各抗日根据地区，却一直沿着抗战、团结、进步的路线向前迈进，在政治经济方面，固然有了□□的发展，而在文化方面也同时在不断进步。

中共陕甘宁边区中央局五月一日的党政纲领里，特别明白规定"奖励自由研究"一项。这一项规定告诉我们，中国共产党对于思想言论之自由发展是非常重视的。中国共产党是马克思主义的党。共产党□□马克思主义是"放之四海而皆准"的普遍真理，是争取抗战胜利和建立新民主主义中国的指南；但同时也不否认，各派的学者和理论家，只要他们能认真进行自己的研究，本着学术的真心来正视现实的问题，他们就能够对于真理的发现有所贡献，中国共产党不但不轻视，而且非常尊重这些贡献，承认这些贡献对于中国民族国家的发展有很大的意义，因此，我们不但要大大地加强了马克思主义的研究，而且还要团结各派的学者和理论家们，进行各种各样的科学的研究工作，帮助和奖励这一切自由研究的活动。

必须把自由研究的风气大大的开展起来，不但在陕甘宁边区要这样，而且在一切抗日民主根据地也要这样，这是新民主主义政治的一个重要的方面。

必须号召全国人士，特别是文化界以及知识分子，起来在全国范围内争取言论思想的自由！

（参看《解放日报》第二十三□）

（原载一九四一年八月七日《晋察冀日报》第一版社论）

欢迎科学艺术人才

随着抗战以来文化中心城市的相继失去,以及亲日派所策动的国家政治逆流的高涨,大后方的文化阵地已显示了一片荒凉,只有陕甘宁边区以及各敌后抗日民主根据地,成为全国文化最活跃的地方。

陕某宁边区以及各敌后抗日民主根据地,高竖起了崭新的光芒四射的新民主主义的旗帜。在这个旗帜下萃聚了不少优秀的科学艺术人才,从事着启□的研究的和实际建设的工作。建立新民主主义文化已成了全国进步文化工作者共同努力的目标,而只有在这些地区,他们才瞧见了他们的心灵自由大胆活动的最有利的场所。

这就是为什么他们在陕甘宁边区及各敌后抗日民主根

据地看见了生机，一个民族的生机，寄托了完全的信赖和希望。

最近中共陕甘宁边区中央局所颁布的施政纲领（这是一个全国性的纲领！）内明确规定了提倡科学知识与文艺运动，欢迎科学艺术人才，这无疑地对今后新民主主义文化事业将有更大的推进，将会使更多的科学艺术人才来到陕甘宁边区以及敌后各个抗日民主根据地，将更提高这些地区以及全中国的科学艺术的水平。

在陕甘宁边区以及各个敌后抗日民主根据地，不拘一切客观条件的困难□限制。各种文化活动在蓬蓬勃勃地发展着，科学□艺术受到了应有的尊重，在抗日的共同原则下，思想的创作的自由，获得了充分的保障。艺术的想象，几乎科学的设计都在这里发现了一个可在其中任意驰聘的世界。任何细小的创造与发明，都会博得赞扬与鼓励。自然，物质上的生活是较清苦的，然而大家精神上都不以为苦，有一个共同的基本认识支配着大家：每个人都知道自己是在为什么人工作，为着什么目的。这些地方不提倡"与抗战无□"的作品创造，亦不鼓吹为"一个领袖"服务的精神，一切都服从战争，服从大众。这就是科学艺术所以能够繁荣的真实原因。

科学和艺术，只有与□□斗争的实践任务相结合，才能向上发展；而要建设与提高陕甘宁边区以及各敌后抗日民主根据地，没有科学艺术的帮助，也是不可能的。由于历史的社会的种种条件，这些地方曾经是，现在也仍然是文化落后的地区。不然，四年以来，这些地区都曾做了不少的启蒙工作，艺术大众化与科学大众化等工作，而且获得了初步成果。民众娱乐已逐渐改进，民众的欣赏趣味与水平已开始渐渐提高。伴随着落后散漫的小农经济而来的人民的落后意识、迷信、旧习等也已慢慢地被新的意识、观念和知识所代替。然而进步还不够得很，需要更广泛更深入的启蒙工作。我们期待着有更多的愿意到民国去的科学艺术人才来共同担负这工作。

在这些地区的经济建设上，技术科学，尤其是一个决定的因素。不论是□□农牧、造林、修水利、开矿、工厂管理、商业合作，都必需有专门的知识技能，必须受科学的指导，□□老法已经不行了，必须让位给科学。自然科学家在这里有着最广大的活动地盘。

陕甘宁边区以及各敌后抗日民主根据地，已为全世界进步人士所称道，然而，关于它们，却还没有看见在艺术语言上的较完整的反映。深入到这些地区去□，深入到民间去□，涌现在你眼前的将会是无限丰富而生动的形象，许多新奇的生活的故事，斗争的故事，不用歌颂，只需忠实地写出来，就会是动人的，富于教育意义的。对于这些地区的缺点（即是在和新社会亦所不免的），也正需要从艺术方面得到反映和指摘。我们看重"自我批评"，尤其珍视真正的"艺术家的□气"。

这样说，我们欢迎科学艺术人才，就只是为的要他们来反映、宣传、帮助建设这些地区么？不，我们并不把科学艺术活动拘限在启蒙与应用的范围，我们同样重视，或者毋□说更重视在科学艺术本身上的建树，普及和提高这两□工作，□我们谁是联结着的。谁处在战争环境、□估计到战争的长期性，中国地大的条件，以及抗战与建设新民主主义的必须同时进行，我们不应把科学艺术上的提高工作推迟到抗战胜利以后。特别是因为中国新文化的根基尚浅，而民族化的程度又还十分不够，我们的责任是尤为重大的，我们要奋起直追。我们要有决心来做长期研究和长期讲学的工作。我们要大大发扬切实朴素的埋头做学问的作风。

我们面前放着的科学艺术的领域如此广阔，任务如此重大，所以这些地区虽然已经有不少的科学艺术人才聚集着，然而还觉得必须有更多更多的人来共负□巨，我们忠实地遵守着列宁的遗愿："没有在许多不同的范围中与非共产党员成立联盟，任何共产主义建设的工作都是不能成功的。"何况我们今天所着手的还只是新民主主义的建设事业。

我们虔诚欢迎一切科学艺术人才来陕甘宁边区，来各敌后抗日民主根据地，特别是晋察冀边区！

(参看《解放日报》第二十六期社论)

(原载一九四一年八月八日《晋察冀日报》第一版社论)

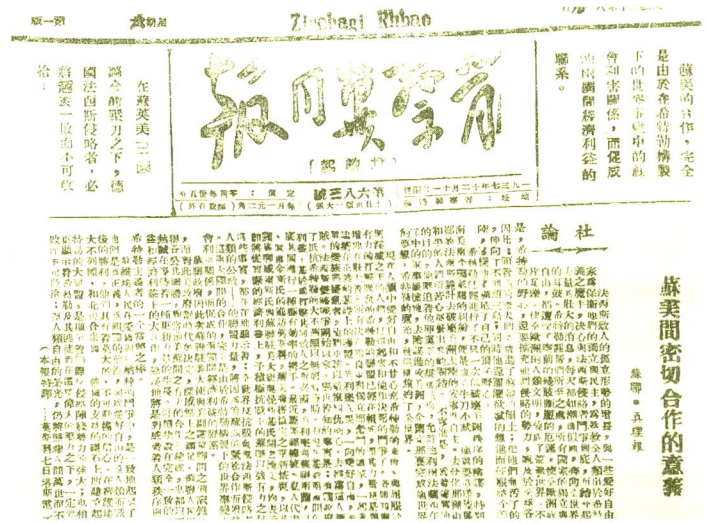

苏美间密切合作的意义

（苏联·真理报）

法西斯敌人的孤立形势的增长，与一些爱好自由的国家为保卫他们的独立与民主，为拯救全人类出于希特勒主义之魔手，决心与法西斯侵略者斗争到底，而结合起来的力量的壮大的消息，每天都如潮涌似地，奔向全世界人士的耳鼓。希特勒匪帮们所至之处，所有国家的独立与民主自由，都遭受了空前的残肢断□的厄运，使全欧洲成了一片瓦砾，使全欧洲的人类文明，变成了荒凉世界。不宁惟是，希特勒的野心，还要扩充他们侵略的势力，遍及于全球各地，因此，领着他的鹰犬们，踏进了苏联的领土；把他们血污了的魔爪，伸向了不列颠三岛；同时他还踊跃欲灭的想进而征服整个美洲大陆，这样他才满足了自己的狼子野心。

希特勒已经进行了不只一次的破坏美洲秩序的阴谋，特别最近南美两个国家间的纠纷，便是他□牛刀小试，他就要这样施展他可鄙的法西斯诡计去破坏美洲大陆的安宁与自主。去分化那里由爱好和平的人们所苦心经营出来的团结。不宁惟是，为着□□他卑污的目的，他压迫着他卵翼下的维琪政府，允许他利用法兰西在大西洋中的军事根据地，去阴谋进攻美洲，企图从那里完成他世界王国的梦想，希特勒的魔光，就这样焦灼了全世界。

现在人类中爱好自由和不甘心充希特勒的走狗、与屈服于法西斯淫威之下的人们，已经起来和他作决死的斗争了。各国□庞大而有力的打击吸血的希特勒的联盟已经在组成，而其力量更是与日俱增地在壮大着。所有决心为自由与独立而奋斗的国家，一起走□这建筑在正义的基础上的联盟。美利坚人民，一向爱好自由，□法西斯的蛮族与扰乱者，他们更该以敌忾同仇的心，去"扫荡"这人类的蟊贼。法西斯侵略战争开始以来，举世皆知的事实是：美国政府给予了抵抗希特勒的大不列颠以无穷的援助。而现在基于两国间的共同利益，基于为打击共同敌人之所必需，美利坚同苏联两国，已□澈底共同进行一种极有效率的携手。最近罗斯福总统，私人代表哈□、贺甫金斯氏的进访莫斯科，苏美商务协定之重新恢复，以及美副国务卿威尔斯氏与苏联驻美大使奥曼斯基氏间之换文，均表示美国即将从实际的经济利益上，予积极抗战中的苏联以强有力之帮助。这些事实，都□在地显示着：全世界反抗吸血鬼法西斯侵略者——人类的公敌——的联盟力量，将因为美苏间的紧密合作而增强无已。这两大国间的合作，完全是由于希特勒构制下的世界事变中的社会利害关系，而促成的两国间经济利益的联系。

苏联政府因此次苏联驻美大使与美副国务卿间之备忘录的交换，而对此美政府划时代的决定，深感无上之满足。苏联人民以及苏联各公共团体，对当前美苏间之有力的合作□建□，也都以至高的热诚在等待着一种更新力量的生长。这种建设在完全一致的社会利益和经济利益上的大合作，无疑地将是对威胁着人类秩序与自由的希特勒主义者的一个当头之棒。

苏维埃人民在爱国与反纳粹的斗争中，是一致地起来了！因为他们是为正义，为祖国的前途，与为爱好自由的全人类而战，对最后的胜利，他们具有着莫大的、不可动摇的信心。在苏维埃联邦、大不列颠、和北美合众国□强国的支持的□石上所建立起的反希特勒的大同盟，是显示着国际反侵略阵线势力的强大；也相反地，更显示着希特勒及其匪徒们在这个伟大的压力之下，一定要趋于一败而不可收拾；而人类自由的荣光，仍将照耀人间万世而不灭。

（本报特译——莫斯科七日塔斯电）

（原载一九四一年八月九日《晋察冀日报》第一版社论）

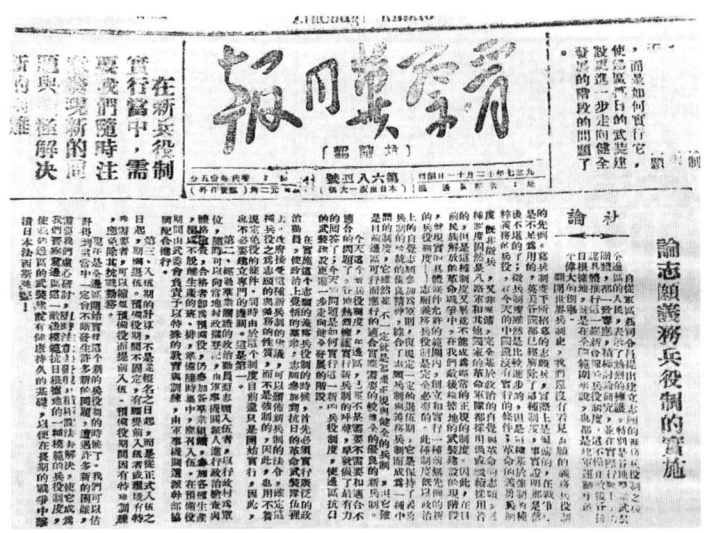

论志愿义务兵役制的实施

　　自从军区聂司令员提出建立志愿的义务兵役制之后，全边区的人民，表示了热烈的拥护，特别是各地群众武装团体，都一致响应，积极讨论研究，并在实际行动上□□谋具体推行这一崭新合理的兵役制度。这不仅在敌后各抗日根据地，就是在全国范围来说，也都是建军运动中的一个伟大的创举。

　　翻开世界兵制史，我们还没有看见志愿的义务兵役制的先例。募兵制度下所招募的志愿兵，实际上是雇佣的，在战争中是不足为用的，英美各国都已经废除了这种制度，事实证明那是落后不堪的了；征兵制度虽然是比较进步的，但是这种基于强制的纯粹义务的兵役，在今天的中国还没有实行的条件；革命的义勇兵制度既非征兵，又非雇佣，完全基于政治的自觉与革命的志愿，这种制度固然是八路军和其他国家的革命军队都采用过或继续采用着的，但是这种制度又毕竟不能成为经常的正规的制度。因此，在目前民族解放的革命战争中，在我们敌后根据地的武装建设的现阶段，就现实的具体条件允许的范围内，创立和实行一种前无先例的新的兵役制度——志愿义务兵役制是完全必要的。此种制度既以政治上的自觉志愿参加为原则，复规定一定的退伍期，它是保持了义务兵制的传统的优良精神，综合了志愿兵制与义务兵制而成为一种中间的制度，它虽然并不一定就是怎样正规与健全的兵制，但它确是目前边区可行而应行的适合实际需要的较健全的优良的新兵制。

今天这个新兵役制度，在边区，已经不是需要不需要和适合不适合的问题了，各地热烈拥护实行新兵制的呼声，早就做了最有力的回答了；今天的问题是如何实行这一新的兵役制度，使边区抗日的武装建设更进一步走向健全发展的阶段。

在实施这个志愿的义务兵役制的时候，首先必须实行广泛的政治动员，使政治上觉悟的群众，志愿参加到抗日的革命武装队伍里去。政府接受这种新兵制的建议，可以颁布新兵制的法令，确定这种兵役之为志愿的与义务的性质，而不是强制的，因此，也用不着规定免役的条件，同时由于这个制度目前还只是开始实行，因此，也不必要建立专门的机关，这是第一。

第二，经过群众团体的政治动员而志愿入伍者，以行政村为单位，随时可以向当地村政权登记，由军事机关派人进行政治检查与体格检查，合格者即为预备役，仍参加各群众组织、参加各种生产，组成不脱离生产的班、排，准备随时集中，应召入伍。在预备役期间由武委会负责予以特殊的教育与训练，由军事机关选派干部协同配合进行。

第三，入伍期的计算，不是从报名之日起，而是从正式入伍之日起，期满退伍。预备役期间不固定，有愿提前入伍者或环境有特殊需要者，可以缩短预备役而提前入伍。预备役期间因有特殊训练，应免除其抗战勤务。

现在是全边区开始实行这个新的兵役制的时候了。我们可以估计得到这当中一定会不断发生许多新的问题，遭遇许多新的困难，需要我们虚心研讨，随时注意去发现，积极设法去解决，使它成为我们晋察冀边区这一敌后模范抗日根据地的一种模范的兵役制度，使我们边区的武装建设有健康持久的基础，以便在长期的战争中击溃日本法西斯强盗！

（原载一九四一年八月十日《晋察冀日报》第一版社论）

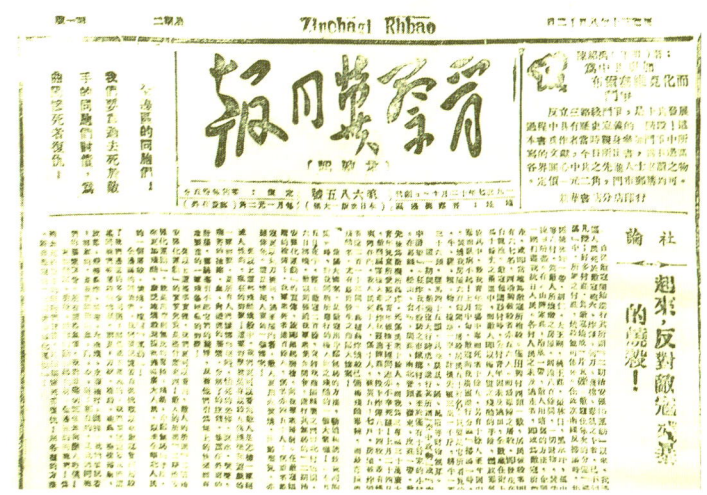

起来，反对敌寇残暴的烧杀！

  自从敌寇开始进行其所谓"二期治安强化运动"以来，我边区人民死于敌寇炮火、炸弹、刺刀、长枪、毒气之下者，已不知凡几；好多村庄，为敌寇烧成一片瓦砾。敌寇在每次的分区"扫荡"中，所过之村庄，烧杀无可幸免。在此次南线反"扫荡"时，井陉桃林坪一带，胡仁，大王庙，桃王庄，枣林口，黑水坪，孤山等六村，为敌人所烧毁之房屋，则达八百余间，一切财物，焚烧掠夺殆尽。在平山陈家庄、冷泉一带，敌人用暗袭的方法，企图一网打尽我抗日人民。各村人民之未及逃走者，即或为敌寇所带走，或即当地为敌寇所枪杀。仅田兴村西头一截，居民被杀者即有六七名，西沿兴被杀者亦五六人。而最毒辣之屠杀，即发生在白龙池。敌寇包围该村时,全村青年因未及逃出,全数藏在街下长十余丈之甬道中,而敌人即以极人世之残酷的手段,燃放毒气于其中,致我青年当场中毒而死者十余人,另有十余人至今因中毒而卧病不起!上月中旬,敌寇向我广灵进行分区"扫荡"时,焚烧我房屋六百余间,屠杀居民五十余名,只要是他所看见的,牛、骡、粮、物,掠劫一空,计损失粮三万一千斤,耕牛一百三十六头,骡马四十五头,其他农具、锅、风箱等财物无算。

这一期间,敌机复大行肆虐,进行其所谓"空中攻势"或"空中游击"。狂炸我不设防之市镇乡村,甚至于仅有十余家的小村。在易县、松山、台峪、周庄、南北管头、岭东、皮庄一带,曾先后为敌机所轰炸,死伤民众十余人,而我为三专区三十万广大青年儿童所爱戴之青年领袖王鄢同志亦不幸死难!上月二十四日,敌□编队复大举轰炸我灵寿陈庄,投下炸弹八十四枚,并有烧夷弹在内,我人民死十人,伤十人,被灾五十七户,房屋被炸毁者达二百一十三间。此种轰炸烧杀已备极残酷毒辣,而最毒辣与残酷者,尤有最近发生之曲阳大惨案!

曲阳大惨案,是敌寇用卑鄙无耻的方法,勒迫和诱致我同胞开□时,对我同胞所举行的极人世之残酷的一个大聚歼!在本月五日夜半,灵□敌寇二百余,突将我曲阳县属之西野北村包围,六日拂晓,敌寇则强迫我群众集合开会,进行其无耻的"二期治安强化运动"的宣传,旋即架起机枪,向我群众扫射。在敌寇如雨的枪弹下,我群众死者达百余人,伤者亦四五十人;伤重者敌寇更以刺刀挑刺,逃至屋内者,敌人更用火焚烧,两龄婴儿,亦难幸免。这是惨绝人寰的一个惨案!

从以上这些残酷烧杀中,我们更可以看到敌人是怎样一群绝灭人性的,疯狂的野兽!这群野兽就是专以杀人为娱乐和游戏的一群野兽,是所有人们凄惨的绝叫,怯死的恐怖,泪水、哭声,痛苦的抽缩,血、肉迸流的脑浆,分解了的肢体,暴露在外面的肝肠,都丝毫引不起他们的惊悸,反被他们引为无上的快乐而专意制造的一群残暴绝伦的野兽！

　　从以上这些事实里，我们更可以看到，敌人的所谓"二期治安强化运动"的实质究竟是些什么东西！敌人的所谓"二期治安强化运动"，就是用空前无比的毒辣、残暴、卑鄙无耻的手段，来更加残酷、广泛地烧杀劫掠我边区广大人民，以至全华北人民的一个屠杀、焚烧、掠夺"运动"！

　　全边区的同胞们，我们要记忆着自从抗战以来敌寇曾经屠杀了我们边区的多少同胞：那是成千累万的。我们要记忆着我们这些同胞们被屠杀的惨状，那是：刀砍、枪杀、炮轰、机枪扫射、放毒、飞机轰炸、活埋、米油烧、皮鞭抽打、倒掉。我们要记着：那红的，是我们同胞的血、肉、心、肝；那白的，是我们同胞们的脑浆骸骨。所有这些血债，我们要痛切记住去向敌人取□！

　　更加坚定、勇敢、精细的动作起来呀，全边区的同胞们！为过去死于敌手的同胞们讨债，为曲阳惨死者复仇！用各种的方法，粉碎敌寇的"二期治安强化运动"！

　　　　　　　　　　　（原载一九四一年八月十二日《晋察冀日报》第一版社论）

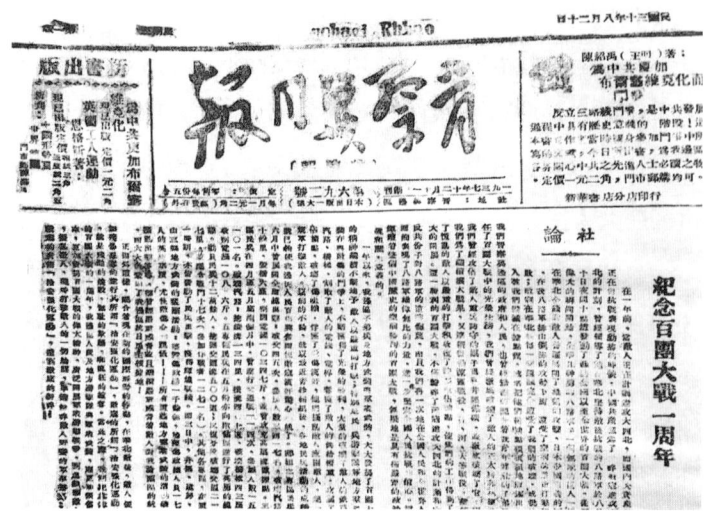

纪念百团大战一周年

在一年前，当敌人正在计划进攻大西北，而国内大资产阶级正在对抗战表现动摇的时候，中国共产党为了粉碎敌寇进攻大西北的计划，曾经领导了□在华北坚持敌后抗战的八路军于八月二十日夜间十点钟发动了轰动全国以至全世界的百团大战，从这个伟大的瞬间开始，全华北神勇的八路军像一个无敌的巨人一样，在华北全线对敌人普遍展开了雄猛的攻击，日本帝国主义的军队，在我八路军排山倒海的攻势下面，遭受了空前的严重打击和溃败；敌寇在华北的每一交通线完全遭受了我们的破坏，成批的敌人被我们毁灭在据点里，或者把他们从据点里狼狈地驱逐出去。我们晋察冀边区的政府和人民，也曾经热烈的配合着我青年健壮的子弟兵担任了百团大战中的光荣任务，我们曾经澈底破坏了敌人的正太路和□□路，我们曾经攻占了敌人重兵防守的娘子关和井陉煤矿，并澈底破坏了它，以后我们为了继续扩大战果，又连续发动涞灵战役，□、河、□等战役，继续给了慌乱的敌人以严重的打击和收复了许多敌占据点，使我们的工作得到了大大的开展。这一胜利的百团大战，不仅粉碎了敌寇进攻大西北的计划和内部反共份子对八路军的造谣侮蔑，而且我们再一次地在全国人民和全世界人士面前表现了八路军雄伟无比的力量，进一步坚定全国人民抗战的信心。这一辉煌着整个中国历史的空前胜利的百团大战，无疑地是具有极严重的政治意义和历史意义的。

一年以来，我边区子弟兵及地方武装与群众武装，大大发扬了百团大战的精神继续不断地予敌人以严重的打击；特别是民兵游击队等地方群众武装在与敌伪的斗争上，不断获得了光荣的胜利，大量的破坏了敌人的铁路、汽路、桥梁、割取了敌人的电线、电杆，夺获了敌人的供给辎重，攻进了敌占据点，破坏了伪组织，俘获了敌伪汉奸，他们扰乱敌人疲困敌人，□□正规军打击敌人。以前的不论，就以最近青纱帐起后，各地民兵活动的成绩，就已够使我边区人民百倍兴奋而使敌寇汉奸惊心动魄了。即如二专区民兵在六月中曾展开全面总出击：破交四五次，参加人数三四一七名，破坏汽路六十余里，毁桥六座，割回电线一〇三四七斤，并曾攻克高渠沟敌据点。三专区民兵在四月至五月底两个月中，曾进行交通战一一四次，参加人数一五一一〇一名。破坏汽路：挖纵沟一三四里，横沟四〇七道，破坏桥梁四三座，收割电线一〇八五六斤。五专区民兵在五月份亦向敌占区进行了英勇的总出击。动员民兵十二万余人，挖掘交通沟五〇〇道；反复分段破坏交通二一九七里，并配合战斗十七次（参加作战者一二七一名）。其他各专区，在这同一时期，亦皆发动了民兵出击，获得辉煌战绩。而三日中，井陉、建屏、平山三县地方武装的猛烈活动：摧毁伪政权一千余个，捕获伪政权人员一七二人的英勇事迹，尤使敌伪心惊胆慑！——所有这些地方群众武装的活动□□扰乱出击等等，都曾经严重威胁并且继续严重威胁着敌人对我沦陷区的统治，而大大的巩固了我边区抗日民主根据地！

　　正因为这样，配合着现在新的国际形势的特点，在华北敌后，敌人便更加残暴恶毒的进行其所谓"治安强化运动"，敌寇的所谓"治安强化运动"，就是残酷的烧杀，无耻的欺骗，和疯狂的掠夺。当此之际，我们纪念伟大的百团大战的一周年，我边区人民及地方游击队与群众武装，应更加□□起来，更加发扬百团大战的伟大精神，广泛开展群众游击战争，到处□击敌人，扰乱敌人，随时打击敌人的一切阴谋，准备粉碎敌人野蛮的军事"扫荡"；使敌寇的所谓"治安强化运动"，遭到澈底的粉碎！

（原载一九四一年八月二十日《晋察冀日报》第一版社论）

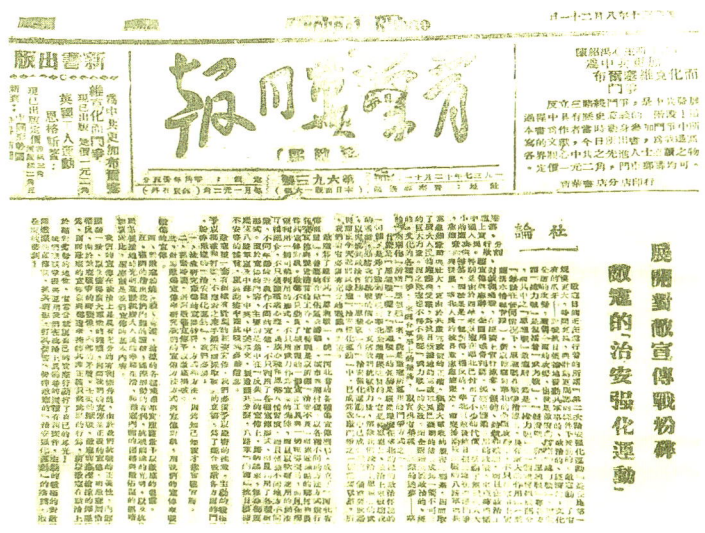

展开对敌宣传战粉碎敌寇的"治安强化运动"

敌寇目前正在进行着的所谓"第二次治安强化运动"是在比第一次规模更大,时间更长,与计划更周密的条件下发动的。敌寇动员了它所有的爪牙——对我抗日根据地发动其军事的、政治的、经济的、文化的全面的攻势,这个全面的攻势,也就是敌寇的□□"总力战",这个所谓"总力战"是包括着"武力战","经济战"和"思想战"等各方面,而其中之"思想战"敌寇则称为是"总力战"的一个重要组成部分,"无论在任何情况下,思想战在战争指导上,具有重大的作用"(敌内兰清水情报官语)。所以敌寇对华北的全面攻势中,不只在军事上实行"扫荡"、分割、封锁和残杀,在经济上实行掠夺、倾销、封锁和破坏,而且在政治上思想上实行欺骗宣传与麻醉，企图用威胁利诱，强硬与怀柔并用的政策，来麻痹与慑服中国人民。特别是由于四年来敌寇在华北已付出了不少的代价，发动了无数次大大小小的围攻与"扫荡"，而结果是一无所得，相反的，华北以敌后抗日根据地在与敌斗争中，愈趋巩固与发展，华北人民的抗日意志愈趋坚定，而坚持敌后抗战的八路军与共产党愈加巩固与壮大，更由于共产党政策的正确，□广大群众的亲密的联系，因而取得了广大人民的拥护与爱戴，为抗日根据地的党政军民已凝固的结合成为一个不可□□的巨大力量。因之敌寇也不得不供认"武力战"的失败，而企图藉□于政治的、经济的、文化的各种斗争，来配合军事上的"扫荡"，以实现□□□在国际的遗梦——华北的"明朗化"所谓"思想战"者，就是敌寇所运用的斗争方式之一。

什么是"思想战"呢？"思想战"的任务是服从敌寇在华北的总的政治任务的，一句话，是为了达到实现对华北全□确保之目的。它是从思想上、政治上来破坏我们的思想，动摇我们抗战的信心，瓦解我们抗战的力量，解除我们政治上思想上的武装，以完成其政治任务。"思想战"在"治安强化运动"中已成为敌寇一个重要武器，因而在今天我们反敌寇"治安强化运动"中，已成为我敌斗争之一个重要环节，所以，我们对它必须有充分的认识与对策。

敌寇为了进行其"思想战"，统一河北省的各种伪宣传机关，成立了"河北省宣传联盟"，普遍的在敌占区与游击区，城市与乡村里，以各种不同的方法方式进行其狂□宣传与制造谣言的工作，它特别是以所谓"治安不良"而靠近据点的乡村与农民为其宣传对□。敌伪不只动员了城市里的一切宣传工具与一切报导□□，而且在乡村里利用一切可能利用的形式，不只用武力作为宣传的先锋，而且以软硬并用的办法来互相配合，不只根据群众心理，民族心理和风俗人情习惯，而且根据不同地方不同职业，不同年龄□对象作不同的宣传，不只利用了各种宣传形式，而且利用了各种组织形式。至于宣传的内容,主要的是集中在"反共"的宣传上,归纳起来,□□诬蔑共产党八路军以及中苏、中英、中美邦交,制造国共分裂,八路军"内□"抗日根据地不安等的谣言,□□动摇中国抗战的战胜信念。

敌寇这一套有组织有计划的狂妄宣传,我们必须予以严密的注意,主动的积极的予以揭破和打击,不应对之束手无策而采取被动的立场,为了配合□敌各方面的斗争,粉碎敌寇的"治安强化运动",我们必须:

一、注意研究敌伪的宣传材料、方式和方法,因为知己知彼才能百战百胜。

二、抓紧时机,针对敌伪宣传予以澈底揭破。

三、针对敌伪宣传来研究我们的宣传方法方式与宣传对象,用我们的宣传来战胜敌伪的宣传。

四、对敌寇的烧、杀、奸淫、抢掠的各种残暴事实应尽量予以澈底的暴露。

五、强调的指出我们内部的团结、国际形势的有利,抗战前途的光明,以及抗日民主根据地的光明建设和广大人民的幸福生活,和敌寇内部的困难与敌占区的黑暗,加以对比,这应该是我们宣传的基本内容。

我们的宣传在政治上是具有充分的有利条件的,由于我们抗战的正义性、内部的团结一致,以及获得广大群众的拥护,因而我们的宣传是正义的宣传,而敌寇则恰恰相反,由于敌寇战争的野蛮性,内部的矛盾,士兵的厌战,敌寇的奸淫抢掠的罪恶行为,因而敌寇的宣传以与□□来掩饰其非正义只能武□的行为,所以敌寇在政治上居于绝对劣势的地位,它常常就用自己的实际行动打了自己的耳光!

我们应该掌握与运用我们在政治上具备着的这种有利条件,主动的积极的对敌展开□□的宣传战,抓其弱点,打其要害,粉碎敌寇的"治安强化运动"的阴谋,取得全面的胜利!

(原载一九四一年八月二十一日《晋察冀日报》第一版社论)

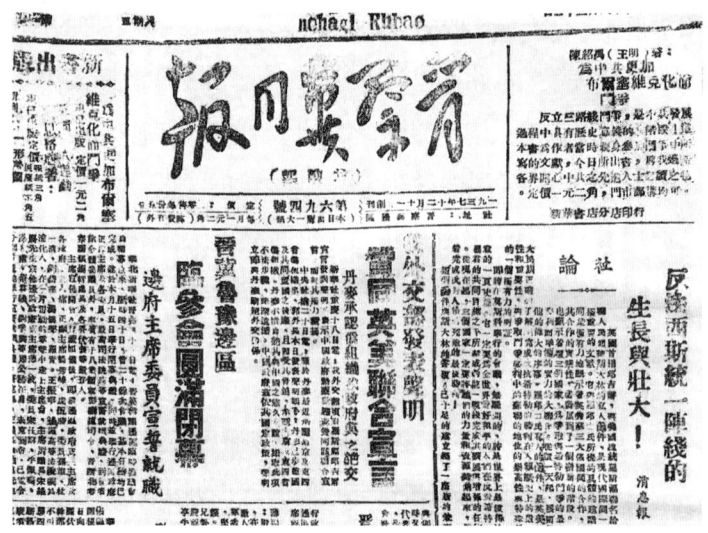

反法西斯统一阵线的生长与壮大!

(消息报)

英国首相丘吉尔,与美国总统罗斯福联名给苏联人民领袖斯大林的私人函件,是现代国际间一件极重要的文献。它与罗丘二氏所提的具体的建议,同是极有力地显示着英美苏三大强国间的合作,与其合作的实践性,已发展到了一个崭新的阶段。它也显示着这三个国家,为争取与希特勒斗争的最后胜利而准备的实力的大联合。从这一天起,展开了他的伟大的序幕,罗丘二氏私人的函件,是英美两大民族正确的了解到完成反抗希特勒的胜利在人类历史上的严肃性和重要性,与争取斗争胜利中的苏联的地位的崇高性与特殊性的一个极有力的明证。

即将在莫斯科举行的会议，无疑问的，将是世界上最值得注意的一页史□。它一定要为全世界爱好和平的人们在反对希特勒暴君的共同目标之下所结成的统一战线完成其扩展与增弹的任务。从现在起，三个国家一定要将他们的力量和资源结集起来，为着完成反对人类的死敌的最后胜利！

这个函件与斯大林的答覆，已十足的建立起了一座新的兼有政治性和军事性的长城，它将英美苏三国的合作更具体与实际地增强了。对敌人方面，从这一刻起，它已经是毫不容情的给予希特勒德国以一个沉重的政治打击。而英美苏三国在莫斯科的会谈的消息，为希特勒□匪帮们构成了无限严重的威胁。在戈贝尔的命令之下，法西斯所有的宣传报纸都试着□□□□庞大的反法西斯的联盟所给予他们神经上的打击，卑鄙地掩饰过去。事实上，他们虽然将罗邱二氏致函斯大林以及即将举行的莫斯科会议的事实，从德意志民众的耳目前掩盖了，但他们终不能将全世界反法西斯者所结合起来的前进的力量，足□□□□世界法西斯暴□的力量，也□□了。因为那对他们是一个必然的□□的真理，他们的企图，远将□纸包火似地达到可耻的失□！

现在全世界人士的视线，一齐集中于罗丘二氏署名的函件，与莫斯科会议。所有自由人民的报纸一齐□着这个反希特勒的联合力量的加强而鼓吹着。这几个强大的国家，为着扫除他们共同的敌人而结合起来了。他们正在考虑着如何以最大的效率，去□用他们所有的庞大的资源，而致□□希特勒主义者于一败不可收拾之地，而他们也正知道这点是需要在目前的主——苏德的前线——上，施行大规模的军事合作的。苏联的人民现在是渴望着英美苏三大民族在军事上的合作，以期达到扫除人类公敌——希特勒主义——的最后胜利。苏联整个的国家如今是全力以赴地应付这个法西斯的暴敌，他也设法予它以种种重大的打击，然而他们也时时在相信着，只有伟大的英美苏三强的联合才可以□这个伟大的抗战的胜利早日来临！希特勒主义者，终久是要陷于粉碎的！

（本报特译莫斯科十八日塔斯电）

（原载一九四一年八月二十二日《晋察冀日报》第一版社论）

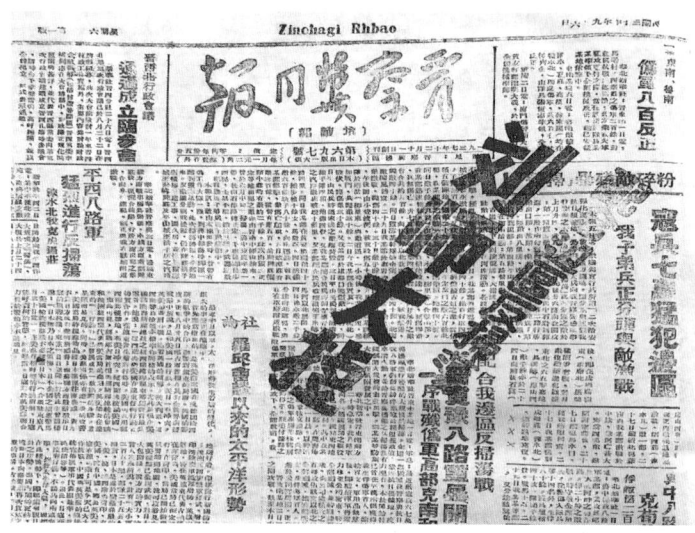

罗丘会谈以来的太平洋形势

最近半月以来，太平洋形势发生着新的变化，巨大的事变正在酝酿中。

首先应当指出的，是英美苏三国在反德国法西斯的战争中的合作，影响到远东的局面。英国的态度，正如八月二十五日丘吉尔首相在其对全世界广播演辞中所说，是和美国一致行动。美日一有冲突，英美即并肩作战。随着英国的领导，澳大利亚、纽西兰等自治领亦相率作同样的表示。尤其是现在美国访问罗斯福总统之纽西兰总理福来塞□发言最为露骨，他说："纽西兰决与美国在远东任何行动上切实合作，在远东发生敌对行为时美国可利用纽西兰为根据地。苟美日冲突，纽西兰决援助美国"。由此可见，经过丘吉尔首相与罗斯福总统的会谈和澳洲纽西兰代表与美当局的商□，英美过去在远东的"平行动作"已发展成为一致协调的步骤，这是显而易见的。同时，美苏关系亦有进一步的改善，美国当局将援苏物品经日本海运往海参威，表示不为日方反对声明所威胁；而苏联方面严辞驳斥日寇的无理抗议。东京"日日新闻"对于此事曾这样说："日本海乃日本之领海，日本全国之□□□马。美国输物援苏□不必经过日本"（合众社东京八月三十日电），在美苏互相呼应的行动面前，日寇徒呼□何的窘态，□□毕露。日寇对于英美苏联合力量的惧怕亦不难想见。

其次，英美在太洋的军事布置，正在雷厉风行地进行着。印度施行新国防法，增加军事工业出产；澳洲新西兰整军经武，增强防务；在新加坡，英印澳陆空军源源增防，英远东各属地军政要人齐集□地，将在英远东代表古柏领导下举行重要会议；在菲律宾，美国当局已拟定详细防御办法。积极推行；在荷印，当局已开始征兵法，扩大兵力。我们只要翻开地图，就可以看见南太平洋上星罗棋布的英美据点已全副武装，对日本形成绵亘数千公里的大包围线。这方面的实力，据日本大本营海军部发言人□永所说，计有"大小军舰二百艘，飞机一千二百五十架，部队二十五万人"。若以整个太平洋而言，日本是处于壁垒森严的四面包围中：南有英、美、澳、纽西兰与荷印，东有美国，北有苏联与美国，西有中国。过去英美与苏联分道扬镳，使日寇有隙可乘；可是今天已大大不同，英美苏携手合作抗战，中国与英美苏的关系亦更趋密切（如美总统宣布派军事代表团赴华，我国与澳洲、纽西兰互换使节等等）。因此，日寇在太平洋上进一步的军事掠夺行动，不论其向南或向北，都会遭遇四面决击，爆发太平洋大战，而把日寇陷入必败之境。在此种情势下，即如素来亲日的泰国，亦有改变方针之趋势。泰国内阁的更动，泰军之集中于泰越边境和日本向泰要求再次贷款之被拒绝，皆是值得注意的事情。古柏谈："日本在今天行动为时已太晚了"。这倒可为今天日寇四面碰壁的情况写照。

最后，今天尚未直接参战和拥有强大海军力量的美国，其在太平洋上左右局势的地位是无可否认的。美国对日的态度，仍在使用一打一拉的手腕，一方面固然尽力采用各种措施，以增加西太平洋上美国军力，并增进和其他反侵略国家的联系，形成对日包围形势和防止日寇的进攻；但是在另一方面，丘吉尔广播所宣布的美日谈判，证明了美国仍图以谈判延缓日本的行动，以至于使日本脱离轴心。谈判的内容，因双方□守秘密，迄今无从获悉。美国务卿仅声言以美国在"七七"事变后发表的要求日不放弃武力行动和维护美国利益的条文为□针，而华府外交界人士揣测"美日间谈判，不致造成美国承认日本在亚洲侵略的结果和不致予中国人民以抛弃他们的印象"（合众社华盛顿二十九日电）。至于日寇方面，在被反侵略国家重重包围和轴心与国远隔重洋的困难环境中，自亦不得不表示愿意谈判；但同时日官方通讯社和各报纸，莫不强调"处理中国事变和建立东亚共荣圈"。有些评论家甚至高□"海界乃美国之思想，在回归线一百六十度以西不能适用"。从这些片断消息中，不难看出：美国所能给予的和日本所要求的，二者之间尚有相当距离。美日谈判能否得到多少结果，实大成问题。这样，在美日□方外交家□衡□□的幕后，远东侵略者日寇与反侵略各国家仍然剑拔弩张的对峙着。

在这太平洋上空前危机和巨大事变的前夕，加强团结，坚持抗日，组织反攻，以粉碎日寇"处理中国事变和建立大东亚共荣圈"的梦想，和促成日寇的溃败，这便是我们对于解决太平洋危机和帮助全世界反法西斯反侵略战争的胜利的供献。

（新华社延安广播《解放日报》一日社论）

（原载一九四一年九月六日《晋察冀日报》第一版社论）

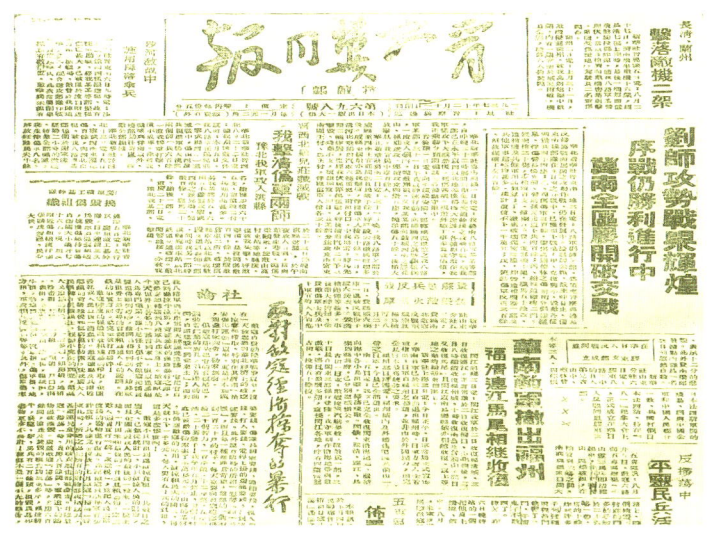

反对敌寇经济掠夺的暴行

敌寇自发动侵华战争以来,没有一天放松过对华北经济上的破坏,掠夺和榨取,特别在其所谓"治安强化运动"以来,更是变本加厉,到处打家劫舍,勒索无穷。

但敌寇却夹起它的豺狼尾巴,假装着仁慈的面孔,唱着迷人的曲调,自谓建设"兴亚乐土";而对我八路军与共产党则大肆诬蔑造谣,他把他自己到处拉牛拉马,苛征暴敛的强盗暴行之罪,竟然妄想转嫁到八路军共产党身上。敌寇原是今天世界上著名的"谣言国家"。惯以造谣骗人为专门职业,虽不足怪;但不管敌寇把谣言制造得如何巧妙,曲调唱得如何动人,始终只是世界上最劣等的言词和最难入耳的滥调。在铁的事实面前,就完全被打得粉碎!

敌寇肆意的强迫征收和残暴的榨取，企图吸干我人民最后一滴血汗。敌寇据点及其附近乡镇的苛捐杂税和无穷尽的勒索，使我广大人民辗转在饥饿线上。根据不完全的调查，敌区人民缴纳的捐□□□一百多个，如房捐，地捐，牲畜捐，井捐，□□捐，□头捐，户口册捐，表捐，□旗捐，治安捐，报纸捐，斗捐，落地捐，□□捐，汽车捐，伪军捐，地方捐，军衣捐，□□捐等等。此外，伪军娶老婆要钱，伪队长回家要钱，过节要钱，抓人要钱，打人要钱，电杆上挂的灯笼要钱，□到没条要钱，此外还有临时的所谓"慰劳"和"摊派"，而且每一种都非常苛重。望都的一个不到一百二十户的村子，每天竟要向敌寇炮楼供给二十个苦力，一百斤柴，十二斤菜，五斤香油，二十个鸡子！到今年五月为止，这个小村庄已被敌伪勒索去了两万多元。平山县的某村，为供应敌寇的吃用，抢掠和民夫的开支，每天就不下一千多元，每人要有五十元的负担，这是多么惨重呵！

敌寇不只四出到处抢掠食粮（其数目之庞大，已无从统计），不只抢掠人民的财物，而且企图摧毁我人民的最后的一粒米，一块土地，一片田禾和最后的一件农具和食物。定□敌人假□实行"统一累进税"，竟把人民□微值钱的器物尽行抢去。涞源敌寇只准每家有少许食粮，其余完全没收。上月敌寇"扫荡"晋东北时，所过之处把所有的财物都搜□以去，甚至连儿童穿用的破衣服也都被抢走。井陉敌寇"扫荡"时，□房八百余间，群众遗下的器物尽被摧毁。广灵敌寇"扫荡"时，□房六百余间，抢走及焚毁的粮食约三万多斤，强拉耕牛，□骡，驴，马共有二百余头，损毁农具和器物更多不胜计！望都本是一个不大的县份，被铁路起汽路的护路沟所占去的土地就有六万六千多亩，北□子村全村的土地不过十九顷，被敌寇挖沟及公路占去的就有十顷零九亩！冀中□无一县敌寇点线附近拔去的高禾就有一二二四〇二亩，约损失粮食三十六万多石！

从以上这些举不胜举的事实里，说明了什么呢？

它说明了敌寇所诬蔑八路军与共产党的，恰好不是八路军与共产党，而正是敌寇的自供罪状，拉牛拉马的、苛征暴敛的、老百姓越贫穷而越得意的、像蛀虫一般的是谁呢？不是任何别人□而正是敌寇自己！

并且它不只说明了敌寇这种破坏和掠夺的毒辣阴谋是企图摧毁我抗日根据地的经济基础和人民在经济上斗争的依靠，来配合它军事上的政治上的攻势，而且更说明了敌寇在我抗日根据地人民的英勇斗争的面前束手无策，物资困难已达极点，只有实行"打家劫舍"的办法，□穷途末路的挣扎。

我抗日根据地四年来的辉煌建设，使我广大人民过着和平幸福自由的向上的生活，特别是自双十纲领颁布以后，统累税的实施，不只我边区广大人民生活□臻向上，而敌区同胞亦不断的逐渐回到祖国温暖的怀抱里来。这里是我们的土地，有丰富的资源、广大沃野与壮丽山河，有我们祖先历代遗下的血汗和辛苦的□绩。我们必须坚决反对敌寇一切残暴的破坏和掠夺，我们必须坚决保卫我们和平幸福自由的向上的生活！

（原载一九四一年九月七日《晋察冀日报》第一版社论）

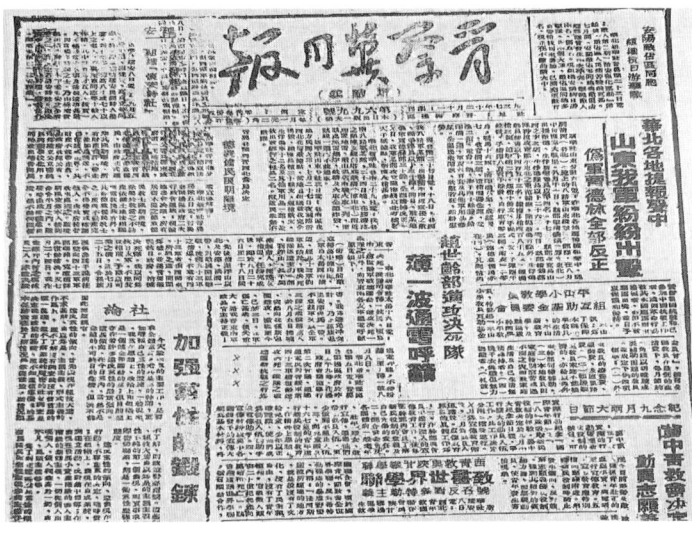

加强党性的锻炼

今天巩固党的主要工作,是要求全体党员,尤其是党的干部,更加增强自己党性的锻炼,一般说来,我党在思想上、政治上和组织上是一个健全和团结的党;但目前还存在着许多违反党性的严重倾向。这些倾向,在今日党内,当然不是急迫的不可终日的危机,但决不能因此而忽视它。

违反党性的倾向,首先表现在粗枝大叶、不求甚解、自以为是、主观主义、形式主义的作风上,还不了解没有调查就没有发言权的这一真理,还不了解系统的周密的社会调查是决定我党政策的基础,还不知道领导机构的基本任务就在于了解情况与□□政策,对情况如不了解,则政策势必错误。这些同志还不知道,粗枝大叶自以为是的主观主义作风，就是党性不纯的第一个表现，而实事求是，理论与实际密切联系，则是一个党性坚强的党员的起码态度。

违反党性的倾向，还表现在政治上的自由行动，不尊重党的决定、随时发言，标新立异；在组织上，表现在自成系统、自成局面、强调独立活动、反对集中领导；在思想意识上，表现在发展小资产阶级的个人主义来反对无产阶级的集体主义，一切从个人出发，一切都表现个人，个人利益高于一切、自高自大、自命不凡、风头主义等等。

为了纠正这些□□党性的倾向，首先，必须展开反对主义□□□□□作战的斗争，提倡实事求是埋头苦干、力□高□□浅的□□，提倡理论与实践密切联系的作风。各级组织和全党同志，必须着重对于敌、友、我各方面情况的调查研究，着重对于历史、对于环境、对于国内外、省内外、县内外具体情况的调查与研究。在干部学校和在职干部教育中，进行□于了解敌、友、我各方面客观情况的教育。学习中教条主义是主观主义作风的具体表现之一，在学习中反对那些□尚空谈不管实际的□风，反对只记条文和只学字母的非马列主义的作风，提倡学习创造性的马列主义的学风。其次，应当在党内更加强调全党的统一性、集中性，和服从党中央决定和领导之重要性，严格检查一切决定之执行，及时发现和纠正每个党员的错误，强调党内团结互助，加强党的纪律教育，严格遵守个人服从组织、少数服从多数、下级服从上级、全党服从中央的基本原则，□□□党内自我批评、克服这些倾向。

（新华社延安七日广播《解放日报》□□）

（原载一九四一年九月九日《晋察冀日报》第一版社论）

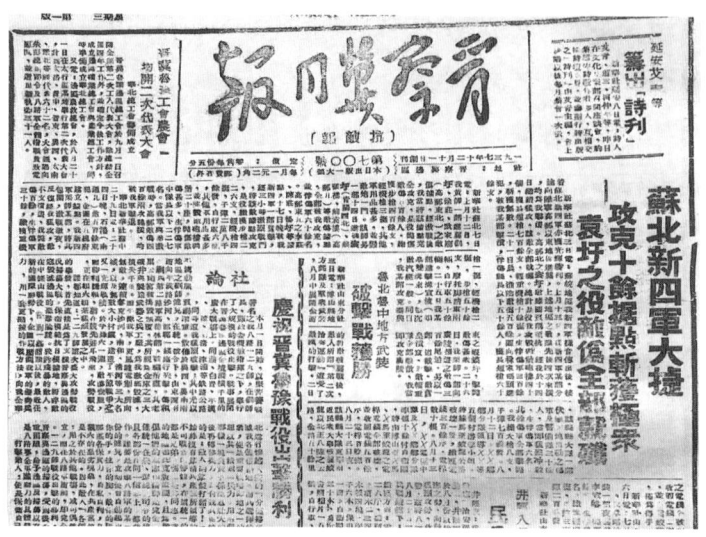

庆祝晋冀鲁豫战役出击胜利

本月一日开始,以艰苦善站著名之我八路一二九师,在刘师长、邓政委机敏指挥之下,举行了大规模的战役出击,战事展开在晋冀鲁豫边区全境纵横千里的广大战场上,同蒲、白晋、平汉、□辽、南清、津浦等铁路公路;同时遭我猛烈破击,其中尤以平汉动脉,负创深重,散布于冀西、冀南两地区之刘师健儿,在统一号令下,由东西两面向平汉路沙河、邯郸一线施行夹击。伪和□剿共第二路军高德林部,被歼殆尽,其老巢公司□被捣毁倾覆,其所视为金库之三大矿井与制造武器之兵工厂,为我澈底毁灭,损失千万;而平原我军,更风驰电掣,所向无敌,连续夺克沙河、南和、清河等三大名城,以及无数大小村镇,建造了平原战争之又一光辉战绩。于今烽火一周，敌伪丧胆，而胜利捷报犹在竞先迎耳飞来，攻势战役正在如火如荼猛烈发展之中。

谁都知道：一二九师这次盛大攻势战役的举发，首先直接是为了支援晋察冀边区的反"扫荡"大战，保卫模范抗日根据地，粉碎敌寇毁灭边区的恶毒阴谋，狡诈残暴的敌人，在中条山战役尝到一丝甜头以后，最近在新的国际形势下，企图以压倒我军的优势兵力，用一套更酷辣的作战方法，向我全华北进行惨绝人寰的"分区扫荡"，陆续毁灭我各个根据地；而其选择的第一个开刀对象，便是重要战略阵地之一的晋察冀边区，想以其"精锐"兵力，用两个月时间，压碎那样一块炎黄子孙生息壮大的光明乐地，然后再转移兵力□对付我其他地区。但是不幸的是：敌人的算盘打错了！一粒算珠：就是始终没有算清共产党所领导的八路军，是个不可战胜的整体。在这统一的整体中，人人都是兄弟，个个全为同志，虽然他们所分布的地区如此宽广辽阔，且为敌所分割隔绝，但他们的意志和精神是完全一致的。他们不仅统一在朱、彭总副司令的总的指挥下，而且各部份在同一信念上，都能自动的协同动作，谁要是攻击八路军的某一部份，其他部份的健儿，立刻便会自动起来配合作战，扯你的手，拉你的脚，戳你的腰，断你的头。那些各保实力、自私自利、见危不救、隔岸观火的恶劣现象，在共产党领导下的军队，是不存在的。因此敌人"各个击破"的诡计，用之于其他战场，或可偶然窃取一些小便宜，而在八路军面前，却完全是徒劳无功的。一二九师战役出击的胜利，已使敌人对于晋察冀边区的"扫荡"，受到很大牵制，遭遇严重困难，给予边区反"扫荡"以有力援助。这便是八路军全军团结力的具体发挥。

打击敌人，便是保卫自己，一二九师这次大规模的战役出击，即在巩固与扩大本根据地方面的重大的意义，自也不容我们忽视。刘、邓两将军是晋冀鲁豫边区的创造者和领导者，一二九师全军是晋冀鲁豫边区的子弟兵，他们无时无刻不惮精竭虑，英勇奋斗，为晋冀鲁豫边区和边区人民尽忠效力。去秋"百团大战",一二九师全体将士为了保卫与发展根据地,为了坚持敌后抗战,曾作了最大贡献。"百团大战"被消灭的力量,敌人至今无法补偿;"百团大战"被拔除了的钉子,敌人至今未能恢复。而现在正当敌进行所谓"治安强化运动",一面修路掘沟,筑寨树垒,向我严密封锁,一面策助邪恶势力,推行"蚕食"政策,侵蚀我根据地边缘,扩大其占领区时,我刘师三军又突以迅雷急电之势,展开勇猛出击,予敌以冷不及防的打击,使敌封锁与危害我根据地的阴谋,裂为片片!据该师公布,仅在平汉路西侧的两里作战中,该师拨去敌寇□钉四十六个之多,至于摧毁的砖泥鸟□壳,自更不可胜计。敌人年来之辛苦经营,可谓又悉付流水东去。本根据地在临参会民主政治施行获得光辉胜利以后,于今又在军事前线,创造了惊人战果,使根据地更加巩固与坚强,树立了今后反"扫荡"胜利的基础!

一二九师的战役出击,同时亦拯救了许多敌占区同胞。敌人的"治安强化",给予沦陷区同胞的迫害与痛苦,已无所不尽其极,好多青年男儿,被骗往外洋,充当炮灰;好多老幼,童叟被迫参加修路,筑堡等苦役,好多良田被毁于一旦;好多村庄被并湮没,苛捐、重赋、虐杀时闻。在临参会开会的时候,曾有多少敌占区同胞,推派代表向我请愿;现在八路军的出击,便是假他们以援手,使他们脱出了苦海。在一二九师光复的地区,人民自然立刻见到了光明,特别是平汉路沙河一带高逆德林所给予人民的灾厄和苦难,真是罄竹难书;一二九师痛创高逆,为民除害,实使人心大快!这里,八路军坚决地执行了自己对于敌伪的政策。八路军对于一切伪军、伪组织,向来是以宽恕和争取为主的,但有民族蟊贼,死心为敌作伥,助仇肆虐,踩踏敌占区同胞,扰乱根据地安全,而又执迷不悟,争取无效者,则八路军唯有以最严厉手段,最后促其反省。

由此可见:一二九师不仅是坚持晋冀鲁豫边区抗战的主力,而且是边区周围敌占区同胞的救星!一二九师的攻势作战,尚在节节进展。但敌人对晋冀鲁豫边区的"扫荡"却已箭拔弩张。今日我们庆祝战役出击的大捷，除向一二九师全体指战员致以崇高的革命的敬礼外，同时即在此再度号召全边区军民：加紧一切备战工作，准备迎击敌人空前残虐的大"扫荡"；而为了要使反"扫荡"获胜，最重要的，是要爱护我们自己的子弟兵一二九师，帮助子弟兵的壮大、发展，解决子弟兵的各种需用。没有子弟兵，将没有边区！这是我们应该深刻铭记在心的。

（华北新华社九日广播华北《新华日报》社）

（原载一九四一年九月十日《晋察冀日报》第一版社论）

粉碎日寇秋季"扫荡"

旬日以来，日寇开始对我晋察冀边区大举"扫荡"，同时，在华北各地，加紧其所谓"第二期治安强化运动"。其内容为：首先，日寇"扫荡"我抗日根据地之方针，是以我某一地区为对象，进行全面的突然袭击，尽量使用新式武器，并辅以经常的小规模"恐怖""肃清"和"包围"。同时，随着"扫荡"的进展，普遍地修路、浚河、筑堡，以及大量编练伪军，这样来割裂和封锁我抗日根据地，将我军民围困于狭小范围，以便遂其各个击破的毒计。其次，在日寇所到之处，特务人员"工作队"即大施恐怖手段，震慑人民，屠杀逮捕，大捉壮丁，登记人口，发给良民证，发展连环"爱护村"，实行联保连坐法，建立公开和秘密的"维持会"。同时更加无耻地以"反共""灭共"为中心,挑拨欺骗,散布悲观失望情绪,推行顺民奴化政策,建立各种反动组织,以期麻醉我抗日根据地人民的抗战意识。复次,在经济方面,敌人对我根据地采取封锁和毁灭政策,这便是隔断我各个抗日根据地的联系,隔断城乡的联系,并实行其"烧光、杀光、抢光"的三光口号,极力破坏我根据地内建设事业。在目前,则强夺我收获,运入敌人据点内。此外,大量发行伪钞,破坏法币,倾销仇货,以期摧毁我根据地金融和经济。

为了保卫根据地,粉碎敌人的"扫荡",我们应当采取如下的对策:第一,要普遍和灵活的开展游击战争,对群众作深入动员,使他们踊跃参加与支持游击战争,帮助和配合八路军主力作战,积极和主动的袭扰、消耗和牵制敌人,武装保卫秋收,将收获安全储藏,实行空舍清野,并袭击掠夺秋收拉夫抽丁的敌伪部队,更积极地展开破坏交通战,□武装宣传队突入敌后,揭破敌人之欺骗宣传,加紧灌输人民以应付日寇各种新武器之知识,如防空、防毒、和消灭敌人降落伞部队之方法等。第二,利用日寇暴行事绩,激发根据地人民和敌占区人民同仇敌忾之心,而建立广泛的抗日民族统一战线。第三,充分利用敌伪间的任何矛盾与日益增长的伪军反日情绪和敌军反战情绪,来加紧敌伪工作,执行正确的对敌伪军政策和俘虏政策,以瓦解敌伪军及伪政权,扩大抗日民主政权的影响。第四,有计划地进行锄奸工作,肃清敌伪在根据地内一切特务活动,根绝内应,特别要在群众中揭发日寇的奸细政策,来提高人民的警惕性。第五,执行正确的财政经济政策,吸引根据地内外人士,投资举办生产事业,减轻人民负担,改善人民生活,展开抵制仇货运动,严禁有害于根据地之物品输入,这样来打破日寇在经济上毁灭我根据地之企图,而保证我对日寇进行持久战争所需的经济基础。

在今天国际反侵略阵线日益形成的□□,全国各战线要抓紧良机,实行反攻。为□□目的,必须粉碎敌寇"扫荡",更□扩大和巩固华北敌后抗日根据地，更加发展广泛的游击战争，这不特有赖于华北军民的努力斗争，而且也有赖于□内外同胞的□济援助。

（新华社延安十一日广播《解放日报》社论）

（原载一九四一年九月十二日《晋察冀日报》第一版社论）

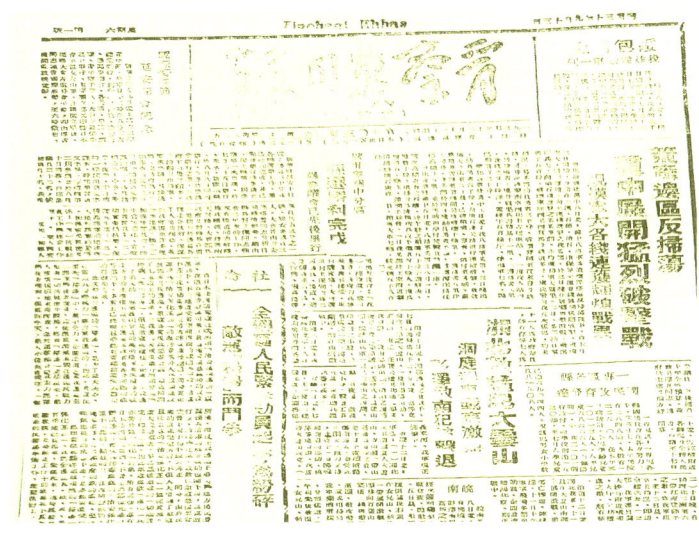

全边区人民紧急动员起来,为粉碎敌寇"扫荡"而斗争

自日本法西斯魔寇狂吠所谓"治安强化运动"以来,我敌占区游击区同胞在敌伪极□横暴无耻的奴役运动下,不断地遭受着空前惨重的蹂躏与屠杀,敌寇不仅对我敌占区游击区同胞肆掠摧残压迫,同时更企图将其"治安强化运动"的血污毒爪伸入我根据地以澈底摧毁我边区。敌寇为实现此恶毒计划,最近抽调了七万以上的寇军,对我边区大规模举行所谓分区"搜剿"与"扫荡",但是敌寇此种狂妄企图,在我边区子弟兵的领导者聂司令员的英明指挥与反"扫荡"的战役方针的正确指示以及全边区党政军民各界同胞的艰苦奋斗下,事实上已经而且必然更要继续

遭受到严重的打击和失败。

此次敌寇对边区的"扫荡"，是下了最大决心，企图以其优势兵力一举毁灭我边区的。因此，敌寇在这次"扫荡"中，集中全力，企图迂回包围我边区主力部队与后方□□，以便澈底消灭摧毁我边区抗战力□与一切抗战进步设施。然自"扫荡"开始以来，敌人虽饿狼似地东奔西走，急于追寻和合击我主力部队与后方机关，但直到今天，敌人不仅到处扑空，一无所获，而且在我边区子弟兵与地方民兵游击队的不断袭扰与活跃的游击战的包围下面，处处遭受到意外的打击，消耗与歼灭，以致使敌寇恐慌异常，在死亡的威胁下面不得不疲于奔走，同时，由于我边区广大群众的澈底坚壁清野，不但大大增加了敌寇的困难，并且使敌寇的"治安强化运动"无从实施。因为我边区广大觉悟群众，早已识破敌寇的一切阴谋诡计，事前完全转移□处，因此敌寇虽欲"强化"其"治安"，亦苦于无"强化"对象。所有这些，都有力地回答了日本法西斯强盗们，不管他们怎样凶暴野蛮，他们想毁灭边区与实现□污毒血腥的"治安强化运动"是永远不可能的。颠狂的□□法西斯野兽们，在我晋察冀边区军队，人民和政府的铁的团结、坚强的斗争意志和无比英勇的抗击下面，是必然要遭受最后失败的。

然而要澈底粉碎敌寇残酷的"扫荡"及其"治安强化运动"，我们全边区党、政、军、民还必须更加百倍地动员起来，紧张起来，随时总结□的宝贵的经验教训，及时纠正工作中的缺点和不良□□，继续完成新的反"扫荡"准备工作，坚壁清野工作□□□员广大群众更澈底地执行，特别是地方民众、□更加□□□组织起来，积极主动地配合我主力部队，利用一切机会，不断地袭扰、疲困和打击敌人，使边区各□□□广泛地展开胜利的群众游击战争，使敌寇在我边区□部的每一块土地上都遭受到严重的致命打击，□□□足迹所到的地方都成为他们葬身的墓地。这样，能致狂暴凶恶的敌人于死地。同时，我们更必须高度地提高警惕性，随时揭穿与粉碎日本法西斯暴徒□与无耻走□汉奸特务份子的阴谋欺骗和造谣破坏。因此，我们必须加紧锄奸工作，并将它造成一种广泛的群众运动。只有将锄奸工作造成为广泛的群众运动，使人人注意锄奸和参加锄奸工作，才能防止和杜绝汉奸的活动。

总之，这一次"扫荡"与反"扫荡"的斗争是空前残酷的，它是一个长期严重的斗争，□敌寇极度疯狂的"扫荡"面前，我们全边区人民，只有更加积极地起来，采取各种有效的办法和步骤，给予□□性的□四□野兽们□酷辣的打击，才能取得反"扫荡"建设的澈底胜利。任何惊慌失措、悲观失望的表现都是有害的。目前敌寇的"扫荡"还未彻底粉碎，虽然□□开始已遭受到严重打击和失败，但它绝不会就此停止的，因此，我们必须加紧准备迎接更残酷的"扫荡"，我们相信，敌人是□不会成功的，只要我们全边区党、政、军、民能够自信地紧张起来，全体团结得像一个人一样，大家集中全力与敌斗争，疯狂的敌人必然要在我无敌的晋察冀区人面前被粉碎的！

（原载一九四一年九月十三日《晋察冀日报》第一版社论）

加强反"扫荡"的战斗步调

我们全边区人民英勇的反"扫荡"大战已经日益猛烈地开展起来了。这是我们保卫家乡祖国,坚持与巩固晋察冀模范抗日根据地的一场空前激剧的血和火的斗争,凡是边区优秀的子弟,热血爱国的男儿,每一个不愿当亡国奴的男女老少,都要奋力争先,奋死击溃深入边区的日本法西斯强盗。

我们生活在边区自由民主的土地上的全体党、政、军、民,四年来已经在不断残酷的战斗里无比坚强地团结壮大起来了,我们丝毫也不惧怕敌人的疯狂进攻,尽管敌人调动了六个师团的精锐,以七万兵力,气势汹汹向我边区腹地狂扑而来,但是,我们有着坚决的反"扫荡"的正确方针与步骤，有着无比强韧的战斗力量与旺盛士气，有着边区四年努力的强大基础，有着全华北八路军的全面积极配合出击的有力援助，在全国与全世界抗日反法西斯的伟大新形势之下，我们敢于□言：战斗的最后结果，必定是我胜敌败！敌人要想"毁灭"我晋察冀边区是绝对不可能的！

敌寇企图集其优势兵力，多方包围，连续合击我党、政、军、民各个领导机关及后方部门，到处追寻我主力决战，但是不管它怎样登山涉水，冒险冲入许多山沟小道，结果总是不断扑空，沿途只是遭受了或大或小的冷不及防的埋伏袭击，恐疲劳与伤亡消耗敌寇于惧恨失败之余，惟有向着一些不设防的村□与山头，对着无辜的民众与老弱病残非武装者，以大炮飞机猛烈火力，大肆扫射，奸淫、屠杀、抢掠、放火，发□其举世无双的兽性，聊以自欺自慰，残暴作乐一场而去。但是，我们在这里，无妨告诉我们亲爱的敌人：你们这些疯狂不要命的强盗休矣！如要"毁灭'扫荡'"我边区，你们的兵力还是欠少，在全边区十几万公里的广大区域内，你们起码要安排在每一个山头和每一个村庄，同时都能平均有五百到一千的兵力，才有若干"战果"之可言，否则恐皆徒费心机。现时你们所要追寻"扫荡"的真正目标——我们这一切人物，都还依然健在，依然努力抗日工作，有劳你们光临，歉甚歉甚！

今天边区反"扫荡"战局还未终了，长期持久，连续反覆而又深入残酷的血战，正是来日方长的事情，我们始终准备着和敌人周旋下去，只要它一天还没有完全泄气到死，我们总要以一天比一天强盛的精神和一天比一天加重的武力来陪送它到底。我们就跟敌人下一个长期的挑战书吧：

敌人要继续进行其空前残暴的毁灭性的"搜索'扫荡'"，我们就一定要以武委会为领导，地方基干游击队为骨干，民兵游击小组为辅翼，积极开展顽强的群众游击战，配合子弟兵团的主力战来粉碎它！

敌人要到处杀人、放火、奸淫、抢掠，破坏我们的秋收，破坏我们同胞的生活，我们就一定要以澈底的坚壁清野，积极加紧秋收，快打快藏，互助互济，救人救火，以武装保卫秋收来粉碎它！

敌人要以军事与特务相结合，欺骗造谣，挑拨分化，怀柔胁迫，破坏我团结，我们就要开展除奸斗争，扑灭敌寇在边区的内应，用当前具体的铁的事实揭破敌寇汉奸的欺骗与造谣，加强农村统一战线工作，用铁的团结的力量来粉碎它！

敌人要深入边区，建立据点汽路，分割我根据地，我们就一定要以游击战与交通战结合一致，积极破路，攻袭据点，内外夹击，彼此呼应，拔掉它的点线，澈底粉碎它的企图！

全边区的同胞们！这是我们当前急需百倍加紧努力的反"扫荡"的基本战斗任务，这里的每一项目虽然都是大家很熟悉的工作，但是在今天对敌斗争严重的时期，这些项目所包含的许多具体而艰巨的工作，都还迫切需要我们深刻检讨，急起奋发，去切实认真执行的。

目前的敌人已是内外受制，疲惫难堪的了，"皇军"的衣服早已破烂了，罐头饼干已经没有了，全华北八路军配合我边区反"扫荡"的各线总出击正给予敌寇以重大打击，我边区反"扫荡"的初期作战又予敌以逐渐增多的伤亡消耗，敌兵士气阻丧，伪军动摇不可终日。加以整个抗战局面与国际环境对敌的极端不□，加重了敌寇本身的危机与困难，敌寇企图向我全国□名举世瞩目的模范抗日根据地晋察冀边区冒险一逞，事实上已经证明它完全打错了主意。旬日来敌寇自其师团长之流以下七万余人，边区峰峦重叠的山岳□中，又一次亲睹边区崇山巨人之巍峨不可侮而彷徨失望了，虽然强盗的野心未死，但是，现在正应该是我们进一步发扬边区党、政、军、民反"扫荡"的威力，加强我们的战斗步调的时候了，只要我们继续奋起，更加猛烈地展开全面的对敌斗争，我们必然能够争取有利条件予进攻的敌人以澈底的打击，让我们最后去问敌人：你们尝到边区铁拳的滋味，究竟如何？

（原载一九四一年九月十四日《晋察冀日报》第一版社论）

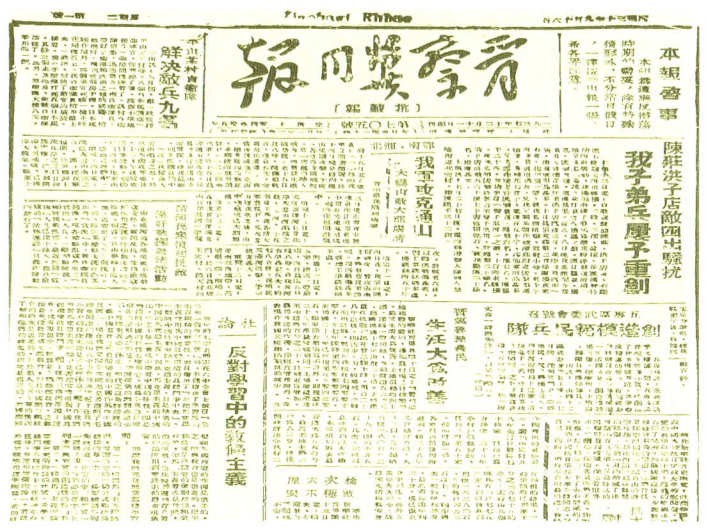

反对学习中的教条主义

　　三年前毛泽东同志在六中全会上号召"全党来一个学习竞赛"时，不仅指出了学习马列主义理论的重要性，而且指出了"□把马克思主义应用到中国具体环境的具体斗争中去"，"离开中国特点来谈马克思主义，只是抽象的空洞的马克思主义。因此，马克思主义的中国化，使之在每一表现中带着中国的特性，即是□按照中国的特性去应用它，成为全党急待了解并急须解决的问题。空洞抽象的调头必须少唱，教条主义必须休止，而代之以新鲜活泼的，为中国老百姓所喜闻乐见的中国作风与中国气派"。现在我们要问全党同志是否遵照了毛泽东同志的指示和六中全会的决定呢？在我们学习中的教条主义是否已经休息了呢？在我们学习马克思主义理论中是否把它应用到中国具体环境的具体斗争中呢？我们只得回答说：没有，或者说很少。无论是在职干部教育，也无论是学校教育或支部教育，对于中国历史和社会的研究是很差的，对于敌人友党友军的情况了解和他们的政策的研究是很差的，对国际形势和各国政策的掌握是很差的，对我党的政策之掌握与教育也是很差的。把学习马列主义理论当成是熟读它的个别结论和公式之学风正盛行着；把马列主义看成是教条，看成是信仰象征的现象，也比较普遍地存在着。不能把所学的理论应用到实践去的严重现象，也到处发生着。

那么我们究竟应当怎样学习马列主义理论呢？

第一，"精通马列主义理论，这完全不是说，要熟读它的一切公式和结论，并拘守这些结论的每一字句，为要精通马列主义理论，首先就必须□别它的字句和实质"。（联共党史）这就是说，我们必须把字句上的教条式的马列主义与实质的创造性的马列主义区别清楚。

第二，"精通马列主义理论，这就是说，要领会这个理论的实质，并学会在无产阶级阶级斗争各种条件下，在解决革命运动的实际问题时，来运用这个理论"。这就是说，必须善于领会和应用这个理论，否则就是理论脱离实质，就是教条主义。

第三，"精通马列主义理论，这就是说，要善于以革命运动的新经验来丰富这个理论，要善于新以原理新结论来丰富它，要善于发展它和推进它，要不怕根据这个理论的实质而以适合新的历史环境的新原则新结论来代替某些已过时的原理和结论。马列主义不是教条，而是行动的指南"。我们知道，列宁、斯大林正是这样的；毛泽东同志和我党中共也是根据我国革命和抗战的实际经验来发展与充实马列主义的理论。

然而我们应当指出，目前我党思想和理论阵线上的工作，比我党政治上，军事上的工作，比我党实际斗争中丰富经验，比目前客观的需要说来，是大大落后的，我党的理论水平是非常□的，因此，全党同志应根据六中全会的决定和毛泽东同志的指示,来学习精通创造性的马列主义,坚决反对学习中的教条主义,反对字句的教条式的马列主义。这是当前的急务,在我们学习上需要一个坚决的转变,面向实际,面向以马列主义武器来解决中国革命实践中所产生的一切问题。

(新华社延安四日广播《解放日报》社论)

(原载一九四一年九月十六日《晋察冀日报》第一版社论)

一切为了反"扫荡"战争的澈底胜利

今年秋季,敌寇挟其优越的兵力,对我边区进行了大规模的"扫荡"。这个"扫荡"从八日中旬开始,直到现在,还□继续进行中。目前全边区正处在"扫荡"与反"扫荡"的尖锐的剧烈的斗争中,边区的铁的子弟兵,已经在各地进行了不少的大大小小的粉碎敌寇"扫荡"的战斗,边区的各级党政民组织和全边区的广大人民,都已经战斗的动员起来。□配合反"扫荡"战争,为保卫边区而英勇奋斗。在这种空前残酷与空前紧张的斗争形势中,□在全边区党政军民面前的,是一个艰巨而光荣的共同任务,这就是:一切为了反"扫荡"战争的澈底胜利。

日寇对边区的这一进攻,是在青纱帐正处于繁茂时期举行的，比起去年和前年来，提早了两个月以至三个月。青纱帐季节，就军事上说来，对于敌寇是比较不利的季节，但由于国际国内形势的演□与边区敌我斗争的现势，迫使着敌寇的不得不选择这一不利的季节来对我们进攻。自苏德战争爆发后，使敌寇的国际地位更加孤立，国内困难更加严重，为了企图打开困难局面，以便冒险北进南进，必须首先求得"华北明朗化"，特别是边区的"明朗化"，以求消灭他在南进时的"心腹之患"和巩固他在北进对苏作战时的直接后方，随着国际形势的迅速演变和敌寇冒险心理的不断增长，迫使着敌寇不得不提早他对边区的"扫荡"。

其次，敌寇这次对边区的"扫荡"，还带有"先发制人"的性质，历年我在青纱帐季节的对敌攻势，特别是去年八月二十日开始的百团大战，曾给了敌人以极大的打击。今年八月初我在冀中与北岳区展开的反对第二次治安强化运动的交通破击战，也曾经使敌人奔走骇汗于"第二次百团大战又将到来。"因此，提早对我之进攻，以防止我利用青纱帐季节对敌人主动攻击，并乘我反"扫荡"准备尚未完成之际，企图击败我军，也成为敌寇这次提早对我进攻的一个重要的原因。

再次，敌寇这次对边区的"扫荡"，还带有摧毁我经济，破坏我秋收的作用。估计这次敌寇的"扫荡"，可能延长到今年秋收以后，以求妨碍我秋收，破坏我粮食生产，阻碍我统一累进税征收工作之进行，而且正在秋收季节，对我进攻，敌人在取得粮食供给上比较便利，便于深入我腹心地区，进行较长期的"扫荡"。

由于上述几点，构成了敌寇这次在青纱帐季节中对我"扫荡"的原因，同时，这也就构成了这次敌寇进攻的几个主要的特点。这些特点是：

第一，敌寇此次对我"扫荡"所用之兵力，较过去任何一次均为雄厚。根据可靠的报导，这次敌寇所用兵力，共计六个师团和四个混成旅团。单进入边区腹心地带的兵力，合计即有四万余人，在每个分区"扫荡"和合击时，其兵力之使用与分配也远较过去为多。

第二，敌寇此次"扫荡"，曾经过比较长期和比较周密的准备。七月七日开始的第二次治安强化运动，大举"扫荡"前对我边区展□地区的逐渐"蚕食"与深入我内地建立据点，都是这次大规模的"扫荡"的准备步骤。

第三，由于上述的特点，这次"扫荡"就必然更加深入，更加持久，更加残酷。敌人曾到过了四年来他从未到过的崇山峻岭，僻村独舍，四出搜索我物品与工作人员，包围山沟，进行搜索，挖掘我后方机关埋藏，捕杀我隐蔽在山沟中的伤病员和无辜的妇孺，敌人"扫荡"所及，比较过去任何一次，更加深入。同时在"扫荡"时间上，估计可能延长至秋收以后，其时间之长久，亦为过去任何一次所不及，至于这次"扫荡"的残酷性，则表现于敌寇所过之处，烧房之多，杀人之众，有一村即被敌人惨杀至数十名之多者。在"烧光、杀光、抢光"的口号下，敌寇用一切烧杀的暴行，来破坏我根据地经济，摧毁我根据地建设事业。

第四，敌寇大烧大杀的焦土政策是和他的欺骗怀柔政策结合着的。敌寇在大烧大杀之余，同时运用欺骗怀柔政策，以麻痹群众。这次敌寇所过之处，有些地方房屋未烧，就是敌寇这种欺骗怀柔政策的运用。

上述的几个特点，是目前我们认识到的这个"扫荡"的几个主要特点。认识这些特点，根据着这些特点来决定我们的工作任务与工作方式，对于坚持反"扫荡"斗争，争取反"扫荡"斗争的胜利，具有很大的意义。

在目前这种严重的"扫荡"与反"扫荡"斗争的形势下，我们的紧急任务，就是：一切为着反"扫荡"战争的澈底胜利，在这个紧急任务下面，我们的中心工作应该是：

第一，深入宣传解释工作，使全边区人民，在思想上政治上对敌寇新的进攻的特点，有足够的正确的认识，因而坚定我们的斗争意志，克服可能发生的悲观失望与急躁冒险的心理。认识我们必胜条件和敌人的必败的理由，但同时也必须充分认识到这一战争的严重性与我之困难条件。只有这样，才能以坚定沉着的斗争姿态来应付目前严重的局面。

第二，有组织有计划有领导的广泛开展群众性的游击战争，充分的利用青纱帐与敌人进行麻雀战□子战，配合主力积极打击歼灭敌人。把群众保卫秋收、保卫家乡的切身利益，与反"扫荡"斗争密切地结合起来。

第三，坚持统一战线方针，强调民族团结。以便动员全边区各阶层人民的力量，以争取反"扫荡"战争的澈底胜利。特别在锄奸工作中，应坚决执行保障人权与严厉镇压敌探汉奸的正确方针，严厉的依法惩治死心塌地的汉奸、敌探与特务奸细份子，□□争取一切盲从胁从份子，大量瓦解敌人从边区外线欺骗抓捕来的大量民夫，正确的适当处理在押人犯。

第四，澈底进行坚壁清野工作，并深入对这一工作的检查。总结过去坚壁清野工作的经验特别是在这次敌人深入□山中的许多新的经验，创造坚壁清野工作的新的方法。对于部队的粮食供给，必须用更好的办法，加以保证，以便不致囤粮食的困难而影响部队的行动与作战。

第五，由于敌人兵力不足，所以这次"扫荡"，也存在着严重的不平衡性。有些地区曾经过敌寇的"扫荡"，有些地区则未被"扫荡"；有些地区敌人曾反覆搜剿，有些地区则情况比较松驰；有些地区在敌寇的合击圈外，有些地区在敌寇的合击圈内，而且这些地区，正在不断的转换变动中，因此各地工作，必须根据这种不同的情形来具体布置，一切领导与工作，都必须灵活机动，能够适应环境的转变而转变。

在这次"扫荡"与反"扫荡"的斗争中，敌人的目的，在于摧毁我边区，以求实现敌人之所谓"华北明朗化"。为达到这一目的，敌人在"扫荡"的初期，曾经用尽一切办法，以优势兵力搜剿我后方□□驻在地区，企图合击我后方机关，打击我中枢指导机构，□求我主力决战，但是现在事实证明，敌人的企图是失败了，我们的后方机关，并没有遭到严重的损失，我们的主力，已经有力的打击着敌人，而且保持着今后继续给敌人更大的打击的有生力量。即在这个反"扫荡"战争的初期，事实已经可以判明，我们一定会胜利，敌人一定会失败。因为在晋察冀边区，有中国共产党的强大的力量，有聂司令员的正确指挥，有铁的子弟兵的英勇善战，有边区内部的团结，有久经战斗的各级干部与领导机关，有四年来在战斗中锻炼与组织武装起来的广大抗日人民，有各地抗日根据地的密切配合和帮助，这一切力量的结合，将是不可战胜的。

（原载一九四一年九月十七日《晋察冀日报》第一版社论）

纪念"九一八"十周年粉碎敌寇秋季"扫荡"

在中华民族生存历史上永远不能忘记的惨痛的"九一八"纪念日,今天又临到了我们的面前。自一九三一年"九一八"事变以来,中国人民被毁灭人类历史,丧失人性的法西斯东方恶魔日本强盗们公开地掠夺、侮辱和屠杀,已经整整十年了。在这十年当中,我东北广大同胞,曾经饱尝了日本法西斯匪徒们极端惨暴的践踏与蹂躏,他们不仅被日本法西斯海盗们夺去了自己的丰饶的田园、土地、家屋和所有一切财富,并且被这些强盗们以极度野蛮的手段毁灭着他们的肉体、精神和生命。日本法西斯军阀想用这种血腥的统治来"征服"我东北同胞,使他们完全像牛马一样,永远□为敌寇统治下的驯服的奴隶。

今天，这种为法西斯奴役的悲惨命运，已经不只是我东北同胞的不幸遭遇，而且已经直接降落到我整个中华民族的头上了。抗战四年来，日本法西斯强盗无时无刻不在竭尽全力，企图"征服"和毁灭我整个中华民族，但是四年来，由于全中国人民的坚决抗战，日本法西斯强盗的这种蛮横企图，已遭受到严重的打击，以致使日寇在万分深重的危机下面。日益迫近最后死灭崩溃的道路。特别是当目前国际反法西斯统一战线日益强大巩固，全世界酷爱自由的人民和民族正向疯狂的法西斯恶棍们展开生死的决斗的时候，日本法西斯匪盗为挽救其悲惨的历史命运，不得不在英勇的中国人民面前进行其最后的挣扎，力图迅速解决"中国事件"，以便进一步参加其国际法西斯道友们的新的屠杀与冒险。正是如此，所以日寇自一九四一年开始以来，即将他十年来残害我东北同胞的血腥经验和阴毒手段以及所有一切法西斯罪犯们的反动思想精华，组成所谓"治安强化运动"，对我沦陷区广大同胞更疯狂地施以惨毒的掠夺屠杀政策。同时，敌寇为消灭我抗战力量和巩固扩大其占领地，则更在其污浊的"治安强化运动"的恐怖旗帜下面，向我敌后抗日根据地进行所谓"毁灭'扫荡'"。

这次敌寇对我边区举行的空前惨暴的"扫荡"，正是在其"治安强化运动"的反动方针的指导下进行的。然而敌寇的这种"毁灭"计划，在我伟大的晋察冀人民面前，不仅永远未能实现，而且这种狂妄的幻梦，将不可避免地给日本法西斯匪盗们招致更大的危机和最后的死灭，不管敌寇怎样无耻地狂喊其"治安强化运动"，不管敌寇怎样自欺欺人地散布其恶毒的欺诈之□语，但是清醒的边区抗日人民，是绝不会受骗的。四年来的惨痛经验，已经使广大边区人民清楚地认识了日本法西斯恶棍的真面目，他们知道日本法西斯强盗就是奸淫、烧杀、掠夺、欺骗和人间一切罪恶的代表；所谓"治安强化运动"，正是这种黑暗反动的罪恶行为的强化。这已经在日本法西斯寇军屠杀中国人民的"圣战"中，特别是在这次"扫荡"边区的惨无人性的兽行中得到充分的证明。这些无耻反动的法西斯东方"英雄"们，在绝望之余，到处以其龌龊的战蹄肆意践踏破坏我边区的田禾粮食，焚烧我边区人民的房屋用具和惨杀我手无寸铁的老年、儿童和妇女，这就是堂皇的日本法西斯英雄们的用武之地和他们"治安强化运动"的真实内容。

自然，日本法西斯强盗们的冒险"雄心"是不会得到满足的，他们还要继续在我们边区神圣的土地上用他们的血蹄践踏蹂躏，他们还要更疯狂野蛮地进行其惨暴的烧杀和"扫荡"，但是我们全边区人民具有必胜的决心和信心，我们丝毫不畏惧这些丧失理性的野兽们，在今天纪念"九一八"之际，我们全边区党、政、军、民要以更凶猛的姿态给予进犯边区的敌寇以更酷辣无情的打击，并坚决为澈底粉碎敌寇的"扫荡"而血战到底，因为只有这样，我们才能胜利地保卫边区，坚持敌后抗战，并最后驱逐敌寇出中国，收复东北失地，将我千百万东北同胞从敌寇奴役压迫下解放出来，同时也只有这样，我们才能最后击溃日本法西斯强盗，取得整个中华民族的澈底解放。

（原载一九四一年九月十八日《晋察冀日报》第一版社论）

反"扫荡"战争的新阶段

我们与敌寇进行空前严重的反"扫荡"斗争，经过一个多月的苦斗，已经初步的胜利的告了一个段落，现在进入了反"扫荡"的新阶段。

这一期间的具体特点：

第一，敌寇在前一阶段，企图以□优势的兵力摧毁我后方□□与寻找我主力决战，连续合击，均告失败，虽然在经济上我受到一部份损失，但在基本上我们粉碎了敌寇的所谓"铁脚闪击战"，陷敌寇于深入孤悬之境与空前疲困的状态。同时，由于同浦路上一百二十师的攻击战与平汉路上及其右侧一百二十九师攻克沙河、南和、兴平三个县城的辉煌战果，迫使敌寇不得不撤去其大部进入边区的兵力，而以其主力一部仍盘据我要□控制我□内，建立临时据点，仅修汽路、工事，企图分割我之地区，并反复轮番"扫荡"，由内而外分兵合击"清剿"，搜索后方，抓捕后方工作人员与后方干部，捣乱我之抗日秩序，同时在政治上则更加强其特务活动与狡猾欺骗的怀柔政策，以及挑拨离间，分裂我边区内部的阴谋；在经济上则积极破坏秋收，企图摧毁我之财政经济基础，这都是说明敌寇在新阶段"扫荡"的新特点，敌我斗争进入更加艰苦更加持久和更加严重的新阶段。

第二，在反"扫荡"的新阶段中，斗争形势逐渐转向有利于我不利于敌。敌寇凭借其新建立的据点与交通线，企图将我由内向外挤缩，逐渐达到其由点线转为面的占领，或将我之根据地变为游击区；我则必须突破一切横在自己面前的困难，坚持我之阵地，将困进边区内部的敌人加以澈底的打击与毁灭。但这是一个异常严重的斗争，因为敌人伸到了我边区的内部，并以重兵控制着这些点和线，虽势处孤悬，但敌寇则随时都可以分兵"清剿"与集结合围，更加上敌人政治上的欺骗与特务工作的深入，相当影响到某些群众的□情□与社会秩序的安宁。因此我们决不能因为敌之兵力稍松而麻痹自己，必须随时的警觉起来，检查我自己在前一阶段在各种工作中的弱点与目前阶段敌我斗争的严重性，积极的认真的组织与掌握群众游击战争，与敌展开"扫荡"与反"扫荡"的战争，普遍的大量的持久的困扰、袭击、疲□与消耗敌人，积极与主力取得配合，打击敌之运输，粉碎敌伪统治，毁灭敌之"清剿"与各种活动，坚决恢复与保持抗日的社会秩序，武装保卫秋收，保证边区财政经济建设的健康持久性，这是反"扫荡"新时期最严重的任务。

第三，经过前一阶段血的斗争，广大群众在战争烽火的锻炼与考炼中吸收了新的经验和教训，特别是组织群众的武装斗争在反"扫荡"的新阶段中将起其极重大的决定作用。同时在敌寇烧杀蹂躏与威胁下的广大人民，对敌寇的仇恨和愤懑，即成为组织群众游击战争的广大社会物质基础。

共产党员必须以身作则，站在武装斗争的最前线，以英勇模范的行为，影响、团结、动员与组织广大人民在自己的周围，到处成为群众游击战争的组织者和领导者。我们的口号是组织广泛的群众游击战争！恢复与保持抗日社会秩序的安宁！武装保卫秋收！一切为了反"扫荡"战争的彻底胜利！为彻底粉碎敌寇"扫荡"而血战到底！

第四，在反"扫荡"的新阶段中，将百倍的提高广大群众胜利的信心与战斗情绪。这不仅因为群众有了反"扫荡"新的斗争经验，战斗力量有了猛烈的增长，战争领导者的艺术有了新的创造与提高，而且由于党、政、军、民在艰苦的斗争中又有了精神上、思想上、政治上、新的团结；这一切都是彻底粉碎敌寇的有利条件，再加上晋西北、晋东南与各抗日根据地坚强而有力的战斗配合，敌寇内部矛盾增长等种种困难，都是说明我必胜敌必败是一个无可争辩的真理，一切在敌人进攻面前的惊慌失措，与对反"扫荡"斗争最后胜利的缺乏信心，是没有任何根据的。

（原载一九四一年九月十九日《晋察冀日报》第一版社论）

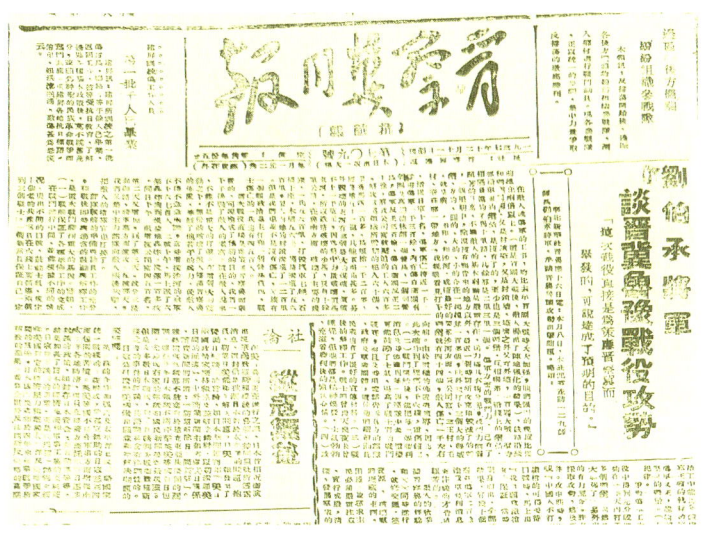

纵寇无益

在美日谈判正在进行之际,日本首相近卫演出亲笔函致罗斯福总统的喜剧。据同盟社所透露消息,这封信是披□日本对于太平洋的问题□抱负,期望日美能和平解决问题,日美□报发出了赞助日美谈判的言论,如日本新闻周刊谓"美日两国政治家应持和协及谅解之精神,以期沟通美日间的鸿沟",中外商业新闻主张考虑美日关系,读□新闻则称谓:"期望解除日美间误解"。虽然这些报纸都不放弃对于建立东亚共荣圈的□调,虽然许多日本报纸不断抨击英美等国对日包围,尤以极右派的报纸如国民新闻等为最猛烈。但是大多数日本报纸,对美日谈判及近卫致罗斯福之书的事件的评论,其语调是含有协调性的。

日寇为什么对美国做出愿意和平解决问题的姿态呢？

英美苏的合作加强以及太平洋上反侵略国家统一战线的日益形成，使孤立无助的日寇感到四面包围的苦境。英美等国不特在军事方面增强南太平洋各地防务，而且在经济方面采取对日逐步封锁的政策，如封存日本资金，对日禁运等等。结果加甚了日本的经济危机和军事工业的原料荒。日寇对美谈判的人□望，正是利用这一谈判来缓和美国对它的经济压力和离间太平洋反侵略国家间的关系。日本国内民众痛于四年来反华战争所招致的恶果，并为全世界反法西斯反侵略的高潮所影响，他们厌战反战的情绪空前的增加，日本进行对美谈判，此是为了缓和他们这种情绪，对他们表示："非至绝境时，不使用兵力"，同时，大事宣传英美对日的"包围威胁"，若干谈判失败，日本唯有一战，即"全国化成焦土，亦所不惜"（见日前敌空军情报班长马渊演辞）。这样来鼓动日本人民□精神的准备，使其甘为进一步冒险侵略而流血牺牲。美国人民一致反对日寇侵略暴行，这是日寇当局所深知的。日寇对美的"和平谈判"姿态，也正是为缓和美国人民的反日义愤和给美国国内的亲法西斯亲日份子以说话的机会，使这些份子可以利用近卫致函罗斯福的事件。来重弹绥靖日寇的旧调：日既有诚意言和，美国便应对它让步，不可逼他太甚，使近卫革新派"内阁倒台而让位给纳粹军人内阁，以致日本挺而走险"。总之，日寇对美谈判的目的，在于延岩时间，缓和反侵略国家对日压力，以便伺隙而动，准备进行更大的冒险勾当和侵略战争。

日寇这样阴谋，明眼人是不难看出的。美国务卿赫尔曾宣布美国与日本谈判，系以彼在"七七"事变后所发表之十四条原则为准绳。不用说，日寇的行径和赫尔这些原则是完全相反的。例如赫尔说"维持世界和平""不得凭借武力遂行国策"，而日寇则是专事破坏世界和平，"凭借武力以推行其□略"国策的强盗，赫尔说"不得干涉他国内政"，而日寇则在中国领土上建立傀儡政府，最近复侵入越南，使其成为日本之"保护国"；赫尔说"忠实遵守国际条约之神圣义务"，而日寇则撕毁九国公约，蔑视"遵守国际条约的神圣义务"，赫尔说"商业机会均等、并实施待遇均等的原则"，而日寇铁蹄所至，英美等国的侨民均惨遭排斥虐待，他们的商业利益横被摧残。一言以蔽之，赫尔十四条原则与近卫等所叫嚣的"大东亚共荣圈"是互相水火的。美国当局若真能遵守这些原则，那末它对敌寇"用最大之忍耐"，以期达到和平解决，（丘吉尔广播演讲），如何能如愿以偿？的确是很难想□的事情。即令退一步而言，如美国某些通讯社所说，美日谈判可能不解决两国基本上分歧之点，而仅仅对目前某些问题获取暂时□□。如美国允许恢复两方□务，缓和封锁日资金及对日经济封锁之措施，对日本则允许在南洋等地不作进一步的侵略行动。若果如此，则日寇不只获得经济实利，而且在外交上也将有相当收获，可是美国所得到的，将只是日无信义包藏祸心的日本强盗的空言许诺。日寇既可以减轻它的经济危机，复可以补充它的军事原料，同时巩固它在太平洋上已得据点（如越南等），秣马厉兵，以待时机。而在反侵略国家方面，追随和倚重美国的国家，如澳大利亚、纽西兰等，一见美国妥协，难免降低敌日之心；而开始变更亲日政策的□国，亦将有投入日本怀抱之危险，这样使太平洋□反侵略阵线呈露弱点，而日寇有机可乘。"灭自己威风，长他人志气"，其为不智，莫此为甚。今天太平洋反侵略国家联合力量远过日寇之上，更加亲密的团结这些力量，勇敢地运用这些力量，来坚决打击日寇，这是唯一万全之策，反之，纵敌养寇，有损无益。以实际主义精神闻名之"山姆大叔"，似不宜出此。

（新华社延安广播《解放日报》社论）

（原载一九四一年九月二十日《晋察冀日报》第一版社论）

团结、英勇、顽强　粉碎敌寇秋季"扫荡"

　　将近死亡的日本法西斯蒂,当它在国际上已处于四面楚歌,处在苏中美英大包围的危境之下,为企图"解决中国事件",冒险南进或北进,以挽救其垂死命运,于是首先强化华北"治安运动",从军事上,政治上,经济上变本加厉向我全面的进攻,对我晋察冀边区,此次更集中寇兵七万之众,大肆"毁灭'扫荡'",幻想以此摧毁我边区军事、政治、经济财政、文化各种建设,精神上打击我边区一千五百万抗日军民与全国军民的抗战决心,以此促成它"解决中国事件"以及南进或北进的便利条件。所以敌寇侵入边区,即多路重兵迂回包围合击我各个中心区,并每到一区即分头搜山抢掠杀烧奸淫,大发其野蛮兽性。

边区军民对此残暴□□敌寇之狂犯，咸能同生死共患难，英勇不屈的予敌寇以不断袭击，并一致机敏沉着脱出敌寇每一次合围，保存了我们的有生力量。特别是我边区人民子弟兵，以巧妙灵活战术，处处打击敌人，疲惫敌人，消耗敌人，尽管敌人怎样毒辣、狡猾、野蛮、凶暴，都处处扑空，始终伎俩无从得□，徒遭疲惫与伤亡。敌人无论在平山区，盂县五台区，阜平区，灵寿行唐区，唐曲区，易涞区，雁北区等等之合击，均徒劳无功而疲于奔命，蒙受重创。即在平山五台区，敌寇曾以□余之众进入我区，在我迎击、侧击之下即死伤六七百以上。其他地区敌之死伤亦在一千以上。敌寇死拖穷奔之结果，已疲惫不堪，锐气大减，大规模之合击是宣告失败了，在此种情况下不得不□窜据点。我则保持一切固有的战斗力量与雄伟昂涨之杀敌精神，准备随时严厉打击与消灭敌人。我之有利形势愈加明显。

但敌寇贼心未死，其在陈庄、洪岭、城南庄、龙泉庄、东□□、阜平、王□、娘子□、石□、耿镇、柏兰、上下社等地均盘据有一部兵力，不顾死活，尚企图再争四出搜扫，以挽救其最后失败之悲惨命运。

当此"扫荡"边区敌寇之凶焰□挫，士气低落，敌虽欲图作困兽之斗，无疑义的必更难施其伎俩，而我不论军队与人民，则斗志焕发，愈战愈勇。日□我平山□村自卫队一班人，用手榴弹、镰刀、锄头都曾打死敌寇一个下级官长，解决一班日兵，并活捉三个日本俘虏，缴获步枪十支，子弹千余发，轻机枪一挺，□吾之敌被我军打得不敢在村落宿营昼夜躲在山上。□此许多许多事实，都已证明敌寇战斗力之退路与我军民气势之日益发扬，在我边区周围，友军一二九师、一二〇师、决死队已向平汉、正太、同蒲敌人后路大举出击，以及冀中我军向敌据点猛裂进攻，均克复据点数十处，全华北其他地区的八路军与华中之新四军亦一致动作，展开了百团大战以后再一次的战役攻势，有力的配合着我边区的反"扫荡"，使得敌寇首尾受击，顾此失彼，陷于极大狼狈之境。

全边区军政民抗日同志同胞们！澈底粉碎敌寇"扫荡"胜利条件已更

加增强起来了，只要我全边区军政民更进一步的加强共患难同生死的团结精神，更高度的发扬抗战坚定顽强性，不为敌寇汉奸所欺骗，不为敌寇野蛮烧杀抢掳与威吓而恐慌悲观，以应有的与敌水火不容的大无畏气慨，更加奋起，为保卫家乡，保卫秋收，坚持模范的抗日根据地而血战到底，团结一致的勇猛向前，把全边区一千五百万人民的伟大力量发挥到最高度，求得迅速的澈底粉碎敌寇"扫荡"。厉行锄奸，杜绝敌探汉奸之活动。更广泛的普遍积极英勇的开展民兵游击战，应将平山某村自卫队员活生生的光荣战绩发展到全边区自卫队、青抗□中去。更有力的配合子弟兵疲态、围困，打击、消灭敌人，来保卫家乡，保卫秋收，坚持根据地！

（朱良才）

（原载一九四一年九月二十一日《晋察冀日报》第一版社论）

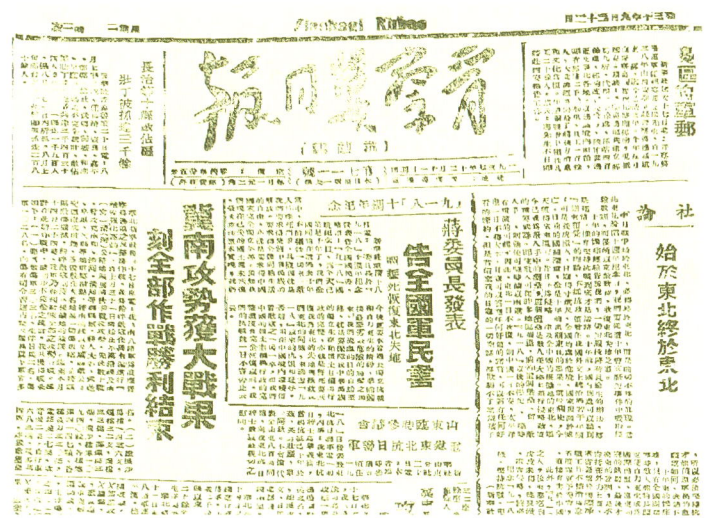

始于东北终于东北

中日战争始于东北,必得终于东北,这是确切不移的真理。当此东北沦陷十周年纪念日,我们要从这十年丰富历史事件中吸取经验教训,而□所以克敌致胜、收复东北失地之道。

十年的惨痛经验告诉我们,一切屈服投降苟且偷生的办法,都是死路,惟有坚持抗战到底才是活路。十年前,国内到处可以听到"逆来顺受"的理论,不抵抗政策曾在我国外交上统治过若干年头;可是养虎□人,日寇得寸进尺,全国均处于危境,国家几濒于灭亡。目前的国难深重,全是十年前出让东北的恶果。这段痛史,今天值得拿来温习。昔日作为侵略天津及全中国的根据地的东北,如今已成为敌人手中的堡垒，这个堡垒是敌人在大陆上推行侵略政策的重要武器。即使敌人可从许多地区撤退，倘若这个堡垒□留□敌人手□，则他便可随时据以南进。"九一八"以后的惨史，随时有重演的可能，因此，东北一日不收复，则中国一日不安，太平洋也一日不得太平，日寇可以答应任何好听的诺言，可以签订任何好看的条约，但是背信弃义的日寇的一切空话，都欺骗不了三岁孩子，所以必须坚持抗战到底，收复东北失地，才能保障胜利的果实，才能偿还军民的血债。一切中途妥协屈服投降的幻想，不论其主观愿望如何，决逃不出汪逆和贝当的死路。

十年来的惨痛经验告诉我们，要想坚持抗战到底，收复东北失地，只有全国团结。"九一八"事变时国内正是分裂的局面，这是那时敌人能够长驱直入，我国无法实行有效抵抗的重要原因。分裂更使自力更生成为不可能，结果只有依赖外力，然而李□调查团、国际联盟、远东列强战争都□依赖过了，美丽的幻想终于敌不过强寇的铁骑，最后才觉察到，这一切原不过是黄粱春梦。这些用血肉换来的教训，是不应忘记的不幸。直到现在，还有人将我国命运寄托在外力上面，他们或念念不忘于三国干涉还辽故事的重演，或者寄危亡于国际冲突。而对于自己的力量则不惜摧残破坏，对于抗战工作不惜消极怠工，对于以破坏全国团结为事业之亲日、亲德第五纵队更予优容，任其无法无天，胡作胡为。此种自毁长城的行为，直接有害于中国的抗战。

此外，"九一八"的经验还教训了国际的反侵略人士，纵容侵略之人，后来都吃到自己的罪恶，想和侵略者"与虎谋皮"，却不知虎皮未得，徒只做了"招虎者"的工作，以致纵虎伤人，且伤自己，纵容侵略，终必害及自己，这个真理，非□明白。

纪念"九一八"，我们应当珍重这些经验教训，不蹈过去的覆辙，坚持抗战，坚持团结，制裁侵略。

（新华社延安广播《解放日报》"九一八"社论）

（原载一九四一年九月二十二日《晋察冀日报》第一版社论）

打碎旧的一套

　　清朝末年以来的所谓新教育的失败，曾在中国知识界引起很多的争论，一直不断被提出的问题，是所谓循环教育的问题，也就是先生拿东西去教学生，学生拿了这点东西去做先生，这一场无观众无锦标的接力赛跑，究竟是为了什么？自然还不能说这种教育跟社会完全隔绝了。如重庆大学就曾受到"社会"的解散，且不管这个"社会"究竟是代表着百分之几的人民。如果学校一般的只能消极的被社会所影响，或只供给社会一些纯粹技术服务人材，那这种教育对于社会还有多少意义呢？我们的抗战虽然曾又一次的提出了这个问题。可惜现在这个问题，在大后方不但没有解决，而且比没有解决还要坏些，危害教育，危害师道，危害学风，危害青年的恶劣活动，嚣张到这种地步，以至我们宁愿拥护早的教育空气。这种痛心的经验，证明一个真理：没有民主的政治，民主的教育，从根本上说，是不可能的，但民主的教育固然需要民主的政治，民主的政治，也同样需要民主的教育。这就是说，在民主政治已经实现的时候，我们就需要一种与人民相联系的教育，这不但是说人民可以普遍的享受教育，而且是说人民的实际生活应该成为教育的中心内容，并从教育得到一种迅速进步的基础。

用这种观点来审查各个抗日民主地区的教育，我们就将发现我们的工作还是落于这个需要之后。诚然，我们的学校不但根本没有什么□务作风，并且不受阶级限制，人人可进，师生合作，毕业即就业，这些都是我们的成就，然而，这一切都不过是我们的起点，而决非我们的目的。我们决不以此为满足。老实说，我们还没有战胜精神劳动与肉体劳动分离的传统影响，这就是还没有战胜形式主义和主观主义的影响。许多学校仍然还没有成为今天抗日战争与革命堡垒，它们除了传授一些战争与革命的名词学和目录学以外，对实际的战争与革命还仍是麻木的，还没有了解应该负何种严重的责任。许多教员对于学生的内心甚至外表都是不熟悉的。对于他们曾从何处来、将向何处去、是冷淡不关心的。他们热心于把青年一代人造成自己的一般模样。在某些干部学校，那种理论与实际的分离，更在组织上、形式上表现出□。由于教育脱离政治，政治也脱离了教育，于是政治工作、干部工作和党校中党的工作，就成为柳暗花明又一村。于是学习成为镀金，成为学习前后的生活中的□□。若干极端的情形下，甚至不但没有加强了，反而减弱了学习者对于实际工作的斗志；不但没有丰富了，反而贫乏了学习者对于实际情况的知识，因为教育在他们中间生□了对于人民及政治的离心力。我们的教育□不与今天战争、与革命的实际情形、实际需要和实际动向相联系，则不但无益，而且有害地消耗学生的时间健康与精力，不但不能满足现在国际、国内斗争形势的要求，而且抗战胜利和新民主主义的理想即□无达到可能。正如列宁所再三教育我们"只有把他们研究训练与教育的每一步骤，都与无产阶级的劳动大众正在进行的反对旧的剥削社会的继续不断的斗争联系起来，他们才能学习共产主义"。

打碎旧的一套，澈底的改换我们的学校教育、社会教育和在职教育，切实转变方向，发展真正与人民与实际相联系的教育，替中国的新教育真正开辟一条康庄大道。

（新华社延安十二日广播《解放日报》社论）

（原载一九四一年九月二十三日《晋察冀日报》第一版社论）

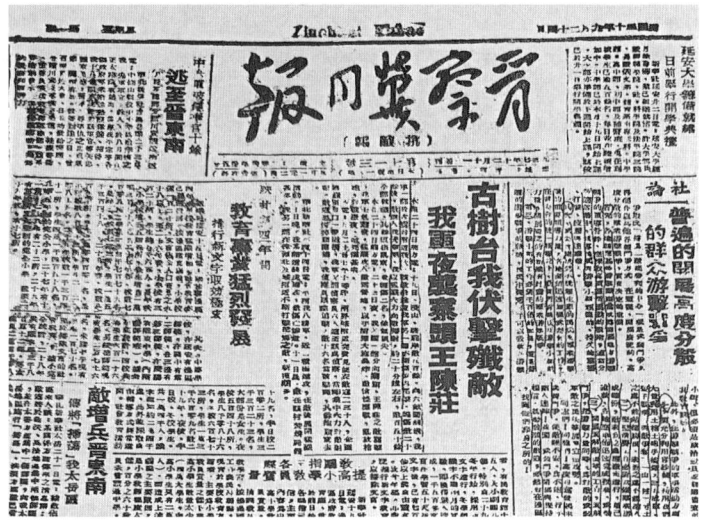

普遍的开展高度分散的群众游击战争

争取反"扫荡"澈底胜利的中心一环是武装斗争，再配合以其他各种斗争方式。在□□，开展广泛的、高度分散的群众游击战争，实有决定的意义。

首先，各地县区基干游击队应当□□□□□□游击战争的领导骨干，应采取高度灵活□□的战术，适当分散适当集中，领导□□与游击小组□□的、持久的袭扰、打击、疲态与迷惑着。

其次，武委会应成为不脱离生产的民兵及群众游击队的重要领导力量，各地必须迅速加强武委会的工作，在武委会的统一领导之下，动员所有民兵及游击小组的力量，开展广泛的有组织有计划的群众游击战争。

第三、游击小组的工作必须千百倍的加强，这是普遍的游击战争的细胞，民兵中□□□□可以吸收到游击小组，但必须是政治动员并经过审查的吸收，更应加强其教育训练。

此外，在游击战争的军事活动方面：

一、要充分利用青纱帐，利用我们一切有利条件，大量利用土枪土炮手榴弹，三五成群，到处打起麻雀战□子战来，与敌争夺"一山一村一寸土"，使敌寇已到之处不能站稳脚跟，未到之处不能深入。

二、坚壁清野工作必须当做群众游击战争的一个组成部份，敌未到之处应澈底进行，敌已到之处，应设法抢救，各地应准备迅速完成秋收，武装保卫秋收。

三、开展瓦解敌伪军的工作，瓦解敌之民夫□脚之斗争，把游击力量同时□为对敌的武装宣传队，对敌伪军敌之民夫等展开宣传攻势。

同志们！同胞们！高度的奋发起来！高度开展群众武装斗争，使敌睡不安、食不饱、行不便，如聋如瞎，陷入迷阵！并围绕武装斗争开展与坚持其他工作！我们相信，气势汹汹的敌寇，必然会在边区繁茂的青纱帐里，找到他们葬身之所的！

（原载一九四一年九月二十四日《晋察冀日报》第一版社论）

抗战到底自力更生

"抗战到底,争取最后胜利",已经成了全国妇孺皆知家喻户晓的口号,可是无容□言的是抗战如何才算到底,最后胜利应该怎样争取,时论□杂,观点各异。以抗战到底言,曾有抗战到底之底即最后开头之关,亦即芦沟桥之桥之说。在国际上,在我友邦之中间,亦有劝诱牺牲东北以达妥协之风传。谬论流传,谣风□起,影响于士气民心者至深且巨。因之关谬论,堵谣风,明定抗战到底之确切解释,明告天下,已经是当局者的当局之急了。因为只有这样才能意志集中,力量集中。尤其在目前动□多变的国际形势中,这种昭告更为需要和迫切。

在这个意义上,蒋委员长的"九一八"十周年纪念告全国国民书，有着重大的意义。因为它明确的宣告"我们流血的目的自始至终就是要保障我们中华民族的独立生存和领土、主权、行政的完整，亦就是誓死排万难要恢复我们东北的失地和拯救我们东北的同胞，来洗雪'九一八'以来的仇恨和耻辱，必须使我们的东北和一切沦陷区都脱离敌人的蹂躏和劫掠，必须实现我们真正的独立、自由、平等，重建东亚和世界永久而合乎正义的和平，才算达到我们抗战的目的；否则，如在中国境内还残留着敌军一兵一卒，而我们中国的领土主权与行政的完整还没有完全恢复以前，我们的抗战就一日不容停止"。我们完全赞成和拥护蒋委员长这种明确不移的抗战目的的昭告。中国共产党人早就认为：抗战到底就是说打到鸭绿江边，收复一切失地。

不但在抗战到底上，而且在如何争取最后胜利上，国内论点亦多纷歧，或且甚于前者。其中要点，首先即是自力更生还是依赖外援？我们中国共产党人，自始至终强调自力更生，当然并不否认争取外援之必要。可是，另外有些人士却把主要的希望放在外援上，因而分心外□，而不能专力培植增强自己的力量，以图反攻争取最后胜利。所以蒋委员长在这次告全国军民书中所说"我们更应自助、自强、自勉、自重，万不可存一毫侥幸依赖之心，以至自废自弛"，实为饱经忧患的痛切之谈，足为存心侥幸依赖者之当头棒喝，并且亦是我国今后真正走自力更生的大道的始基。

然而最后胜利固非清谈可以坐致，自力更生亦非空谈所能奏效，今日之症结，在如何自助，如何自力更生，而自助与自力更生之道，则在于除旧布新，一扫今日各种惊心怵目之暗影，一新国人之耳目，所以我们认为在已经有了一致的目标"打到鸭绿江边"，一致的方针"自力更生"之后，重要的是如何实现这目标，这方针。

我们认为要实现这目标这方针，首先，要加强国内团结，即"加强各抗日党派的合作，调整国共关系，解决新四军问题，承认各抗日党派合法活动，停止逮捕共产党员及一切爱国份子，消弭内部磨擦，培养抗战实力"（中国共产党宣言）；其次，必须实现民主政治，即"给一切爱国人民以言论、出版、集会、结社□自由，发动民智民力，反抗日寇"；第三，从内政至外交，皆宜有新的改革与建树。诸凡促进一切反法西斯国家与民族之联合，加强国军之整训，援助敌后部队，改革政治□构，罢免贪污、调节粮食，平抑物价等等，□不为当务之急。我们以为只有这样，抗战到底方不致流于空论，自力更生才有所着落，愿友党人士及全国同胞急起图之。

（新华社延安二十一日广播《解放日报》社论）

（原载一九四一年九月二十五日《晋察冀日报》第一版社论）